SCIENCE FICTION

Herausgegeben
von Wolfgang Jeschke

Von **Anne McCaffrey** erschien in der Reihe
HEYNE SCIENCE FICTION & FANTASY:

Der Zyklus
DIE DRACHENREITER VON PERN:

1. *Die Welt der Drachen* · 0603291
2. *Die Suche der Drachen* · 0603330
3. *Drachengesang* · 0603791
4. *Drachensinger* · 0603849
5. *Drachentrommeln* · 0603996
6. *Der weiße Drache* · 0603918
7. *Moreta – Die Drachenherrin von Pern* · 0604196
8. *Nerilkas Abenteuer* · 0604548
9. *Drachendämmerung* · 0604666
10. *Die Renegaten von Pern* · 0605007
11. *Die Weyr von Pern* · 0605135
12. *Die Delphine von Pern* · 0605540

DINOSAURIER-PLANET-ZYKLUS:

1. *Dinosaurier-Planet* · 0604168
2. *Die Überlebenden* · 0604347

ROWAN-ZYKLUS:

1. *Rowan* · 0605622
2. *Damia* · 0605623
3. *Damias Kinder* · 0605624
4. *Lyon* · 0605625

EINZELBÄNDE:

Planet der Entscheidung · 0603314
Ein Raumschiff namens Helva · 0603354; auch ✒ 0601008
Die Wiedergeborene ·0603362
Wilde Talente · 0604289
Killashandra · 0604728

ANNE McCAFFREY

Damias Kinder

Dritter Roman des
ROWAN-ZYKLUS

Aus dem Amerikanischen von
ROLAND M. HAHN

Deutsche Erstausgabe

WILHELM HEYNE VERLAG
MÜNCHEN

HEYNE SCIENCE FICTION & FANTASY
Band 06/5624

Titel der amerikanischen Originalausgabe
DAMIA'S CHILDREN
Deutsche Übersetzung von Roland M. Hahn
Das Umschlagbild malte Karel Thole
Die Illustrationen zeichnete Johann Peterka

Umwelthinweis:
Dieses Buch wurde auf
chlor- und säurefreiem Papier gedruckt.

Redaktion: René Nibose-Mistral
Copyright © 1993 by Anne McCaffrey
Erstveröffentlichung by ACE Books,
The Berkley Publishing Group, New York
Mit freundlicher Genehmigung der Autorin
und Paul & Peter Fritz, Literarische Agentur, Zürich
(# 48467)
Copyright © 1997 der deutschen Ausgabe und der Übersetzung
by Wilhelm Heyne Verlag GmbH & Co. KG, München
Printed in Germany 1997
Umschlaggestaltung: Atelier Ingrid Schütz, München
Technische Betreuung: M. Spinola
Satz: Schaber Satz- und Datentechnik, Wels
Druck und Bindung: Elsnerdruck, Berlin

ISBN 3-453-12649-1

Dieses Buch ist ehrerbietig
meinem GUTEN Freund,
dem Harfenbauer und Geschichtenerzähler

RICHARD WOODS, O.P.

gewidmet.

Kapitel Eins

Laria bremste Saki an der Kurve, damit Tlp und Hgf aufholen konnten. Sie hatte den Blick bewußt nach vorn gerichtet, um Sakis Absicht zu zügeln, den letzten Hügel hinauf nach Hause zu galoppieren, denn sie wußte, daß die 'dinis auf alle viere gesunken wären, um den steilen Abhang zu schaffen. Tlp und Hgf reagierten nämlich äußerst empfindlich, wenn man sie auf allen vieren erwischte. Wie die Menschen gingen auch die Mrdinis auf zwei Beinen, sobald ihre Muskulatur weit genug entwickelt war, um ihren langen Rumpf zu stützen. Larias Vater glaubte, daß die 'dinis seiner Meinung nach sehr erleichtert gewesen waren, als sie erfahren hatten, daß auch Menschenkinder den aufrechten Gang erlernen mußten.

Als Sakis zuckende Ohren und ein heranwehender ledriger Moschusgeruch die Ankunft der beiden ankündigten, reagierte Laria mit einem kombinierten Pfeifen und Schnalzen. Sie bekam das Geräusch zwar noch nicht so gut hin wie ihre Brüder Thian und Rojer, aber sie war besser als Zara, die den Kniff noch gar nicht heraus hatte. Kaltia gab sich keine große Mühe, obwohl sie, ebenso wie Morag, so gut Zeichen gab, daß die 'dinis sie verstanden. Ewain und Petra, ihre jüngsten Geschwister, waren noch zu klein, um mehr als rudimentären Kontakt zu ihren Pärchen zu haben.

Trotz der von den Fängen des Tages vollen Satteltaschen marschierte Saki energisch bergauf; vorsichtig, um nicht auf die Flossenfüße rechts und links von ihr zu treten. Tip und Huf – so nannte Laria die beiden 'dinis im Geiste – hielten sich an den Steigbügeln fest, die ihnen beim steilsten Teil des Hügels halfen. Saki, bestens daran gewöhnt, 'dinis zu ziehen, nahm die zusätzliche Last hin.

Nun, da das Pony sich benahm, ließ Laria die Zügel los, damit sie die Hände frei hatte, um ihren Gefährten aufgeregt wegen der erfolgreichen Jagd Zeichen zu geben. Die beiden hätten sie aufgrund von Sakis lautem Hufschlags nie gehört, hätte sie die Worte ausgesprochen. Tlp und Hgf erzeugten fröhliche Klick- und Klackgeräusche, die in ihrem Schädel Echos warfen. So konnten sie jede Menge verständlicher Töne erzeugen, die Angst, Mut, Einverständnis, Abneigung, Neugier, Besorgtheit, Freude sowie das ausdrückten, was für einen 'dini Gelächter war.

Zwar konnte keine von beiden Spezies die verschiedenen Töne nachahmen, die die nötig waren, um subtilere Nuancen der Sprache des jeweils anderen nachzuahmen, aber die menschliche Körpersprache konnte den Worten ebenso Nachdruck verleihen, wie die Bewegungen der 'dini. Die fünf Finger der 'dini waren in der Erzeugung willkürlicher Muster so geschickt, wie ihre oralen Hohlräume im Ausstoßen hoher, verständlicher Töne, die ein Menschen imitieren konnte. Beide Sprachen bestanden, wenn sie von der jeweils anderen Spezies gesprochen wurden, aus einem ziemlich ausgefeilten begrenzten Vokabular, das man aber glücklicherweise auf eine ganze Reihe technischer Gebiete ausdehnen konnte: etwa die Weltraumfahrt, die Grundlagen des Maschinenbaus, Biologie, Meteorologie, Metallurgie und Bergbau.

Larias Eltern, Damia und Afra Raven-Lyon, hatten die letzten fünfzehn Jahre damit zugebracht, die Kommunikationsbrücke – abgesehen von den *Träumen* – zusammen mit Mrdini-Kollegen weiter zu entwickeln. Laria war das erste menschliche Testobjekt gewesen. Sie war seit ihrer Geburt ständig von erwachsenen Mrdini, und später von Tip und Huf umgeben gewesen und hatte Posen und Töne so verinnerlicht, wie ein anderes Kind eine Fremdsprache lernt, der es von Kindesbeinen an ausgesetzt ist. Im Alter von sechs Monaten waren Tlp und Hgf ihre Bettgefährten geworden, und sie hatte beim Mittagsschlaf und in der Nacht in ihrer Gesellschaft die schönsten Träume gehabt. Alle Kinder der Raven-Lyons waren im Alter von sechs Monaten ebenso mit 'dini-Jungen zusammengebracht worden.

Auf Iota Aurigae waren solche Partnerschaften inzwischen normal. Noch bevor viel Kommunikation zwischen den Spezies möglich war, hatten die Bergleute – so überarbeitet, daß sie sich über jede Hilfe freuten – auf die ›geträumte‹ Bereitschaft der Mrdinis hin, erwachsene 'dini-Pärchen mit in die Gruben und Schächte genommen. Die zähen und argwöhnischen aurigaeischen Kumpel hatten festgestellt, daß 'dinis geborene Kohlentrimmer, harte Arbeiter und ungewöhnlich stark waren.

»He-JO!« rief jemand hinter Laria. Sie wandte sich um und erblickte ihren Bruder Thian. Eine weiße Haarsträhne wehte vor seinem Gesicht; er bog gerade auf seinem stämmigen schwarzen Pony Charger um die Ecke. Mrg und Dpl trotteten neben ihm her.

Laria bedauerte es nicht zum ersten Mal, daß die Körperform der 'dini – sie hatten stämmige kurze Beine und einen gedrungenen Schwanz – es ihnen unmöglich machte, die robusten kleinen denebischen Hybridenponys zu reiten, derer die Menschen sich bedienten. Als Tip und Huf jünger gewesen waren, hatte sie sie gelegentlich auf Saki gesetzt: Tip nach vorn, wo sie ihn festhalten konnte, und Huf als Mitreiter am Schluß, damit er sich an ihren Gurt klammern konnte. Aber es war nicht die bequemste Art des Reitens gewesen, und jetzt waren ihre Gefährten zu schwer, um mit ihr auf Saki zu sitzen.

»Ordentlich Beute gemacht, Thian?« rief Laria zurück.

»Jede Menge für Küche und Vorratskammer«, rief er mit einem breiten Grinsen. »Rojer ist gleich hinter uns; er hat auch einen Sack voll. Nach der Menge zu urteilen, die er anschleppt, muß er irgendwo ein geheimes Depot an Flitzern haben.«

Die Jagd war die Wochenendbeschäftigung der drei ältesten Raven-Lyon-Kinder. Sie waren gute Bogenschützen, und die 'dinis kannten sich bestens mit Fallen aus. Wenn man einen so großen Haushalt ernähren mußte, stellten die kleinen Flugspezies, die in Bauen lebenden Flitzer und die Kaninchenhorden, die sich bestens an Aurigae angepaßt hatten, eine willkommene Bereicherung des Speisezettels, denn für alle erforderlichen Proteine konnten auch die großen Gärten nicht immer sorgen.

Natürlich hätte der Tower alle benötigten Lebensmittel beschaffen können, aber die Selbstversorgung mit allem Nötigen war zu einer Sache des Stolzes und der Familienehre geworden. Man besorgte sich alles auf den Hochebenen und in den Tälern hinter Aurigae City oder auf den eigenen Feldern.

Saki war zu sehr auf ihren warmen Stall und das Futter versessen, um auf Thian warten zu wollen, also ließ Laria sie losgehen. Ihre jungen 'dini-Gefährten schleppten sich neben ihr her.

Als sie schließlich die Terrassenebene erreichte, waren die Lampen schon im Begriff, den sich verdunkelnden Tag zu verstärken und erhellten den großen Hof. Sakis Hufe klapperten über den Boden und riefen die auf ihrem Grundstück lebenden Haustiere zusammen: Kunis, Darbuls und auch jene, die Laria Rutscher nannte: die Mrdini-Äquivalente von Haustieren.

Rutscher waren weder Reptilien, noch hatten sie ein Fell oder ein Gefieder. Aber sie waren liebenswert, anhänglich und bedurften der Hilfe, um zu überleben. Zum großen Erstaunen aller waren sie von den Kunis akzeptiert und von den Darbuls ignoriert worden. Bei den Menschen genossen sie den Status nützlicher Haustiere. Daß die Mrdini sie leben ließen und aufzogen war ein kurioser wichtiger Faktor bei ihrer Akzeptanz gewesen: »Ein Lebewesen, das sich um Tierchen kümmert, selbst wenn es sich nur um diese glitschigen, reptilienartigen … ähm … Entitäten handelt«, hatte der Flottenkommandeur gesagt, »kann nicht *ganz* schlecht sein.«

Da die Rutscher sich von Aurigae-Insekten und kleinen Käfern ernährten, die auf andere Lebensformen unappetitlich wirkten, hielten sie das riesige Anwesen der Familie Raven-Lyon von Schädlingen frei, die den Menschen auf dem Planeten oft beträchtliches Unbehagen bereiteten oder sie plagten, da sie sich an ihrer Ernte gütlich taten.

Laria rubbelte Saki schon ab, als zuerst Thian und dann Rojer im Stall auftauchten, um sich um ihre Tiere zu kümmern. Während ein 'dini die Beute in die Küche brachte, halfen die anderen mit dem Heu und beim Futter der Pferde. Die anderen Tiere im Stall stampften und schnaubten.

Sind auch die restlichen Ponys gefüttert worden? fragte Laria. Sie sandte ihre Gedanken weiter aus und richtete sie nicht nur auf ihre Eltern.

Bitte, Liebling? erwiderte Damia. *Im Tower war allerhand Verkehr. Was hattet ihr doch für eine prächtige Jagd!*

Laria 'portierte das Futter in die Tröge und fügte ihm spezielle Vitamine und Salze hinzu, die die beiden neuen Ponys brauchten, bis ihre Verdauung an das aurigaeische Gras angepaßt war. Wie üblich klackten die vier 'dinis in lauter Anerkennung ihres kinetischen Könnens.

WIR FÜTTERN DIE PONYS, WIR MACHEN DIE PONYS GLÜCKLICH, sangen Tip und Huf. Sie hatten zwar selbst nichts getan, aber da sie Laria gehörten, war ihre Leistung auch die ihre. Laria stieß einen leisen, fast unhörbaren

11

Seufzer der Resignation aus: Trotz all der Jahre in einem *Talente*-Haushalt entzückten kleine Teleportationen wie diese die 'dinis viel mehr als irgendeine beachtliche Leistung des Towers. Fracht und Schiffe tauchten in den T-Lagern auf und verschwanden wieder, aber im Gegensatz zu ihnen konnten die 'dinis die Bewegung von einer Stelle zur anderen *sehen*.

WIR FÜTTERN DIE PONYS AUCH, fügten Mur und Dip, Thians Gefährten, hinzu.

WIR ABER ZUERST, erwiderte Tip und nagelte Mur mit dem stählernen Glanz seines pechschwarzen Auges fest.

Laria gab ihm mit einem schnellen Zeichen zu verstehen, er solle nicht albern sein und *tlockte* tadelnd mit der Zunge. Tlp zuckte lässig die Achseln und wiegte bestätigend Oberkörper und Kopf.

Laria wandte ihre telekinetischen Fähigkeiten nur vorsichtig an, denn ihre Eltern hatten sie gewarnt, als sie angefangen hatte, mit ihnen zu experimentieren. Zwar 'pathierten die jungen Raven-Lyons mehr als die meisten *Talent*-Eltern es zur familiären Verständigung empfahlen, aber früher waren die Umstände eben auch ungewöhnlich gewesen. Gespräche zwischen ihnen wären unhöflich gewesen, da die 'dinis verbale Töne damals nicht verstanden hatten. Deswegen hatten sie oft 'pathiert, statt unhöflich auszusprechen, was ihre Gäste nicht verstanden.

Die gesamte Familie Raven-Lyon, einschließlich der acht Monate alten Petra, galt bei den Regierungsbehörden als offizielle Verbindung zu den Mrdini. Die Telepathie gab der Familie die Privatsphäre und Ruhe, um intime Angelegenheiten zu besprechen, die die 'dinis nichts anging.

Sobald Laria, Thian und Rojer für die Ponys gesorgt hatten, gingen sie mit den 'dinis über die Treppe vom Stallkomplex in den Saal hinauf, in dem die meisten gemeinsamen Aktivitäten des Haushalts stattfanden.

Morag war mit Hilfe ihrer 'dinis schon dabei, die Beute zu rupfen, zu häuten und auszuweiden. Zara, die keine Tiere zerlegen wollte, wusch Gemüse und Salate und bereitete sie zu. Afra und Flk umwickelten Vögel und Flitzer fürs Abendessen, und Damia und Trp kümmerten sich um den Rest der Mahlzeit. Zudem unterhielten sich die 'dinis lautstark mit den heimgekehrten Jungen. Trotz der Unterschiede in Form und Herkunft glichen sich viele Dinge bei den Mrdini und Menschen, wenn es um die Betreuung, Erziehung und Aufzucht des Nachwuchses ging.

Laria bekam nur zur Hälfte mit, was Flk und Trp mit den Jungen besprachen, aber die Töne gaben alles fröhlich wieder, wozu die Stimmbänder der 'dini fähig waren, so daß sie wußte, daß niemand getadelt wurde. 'dinis brauchten zwar nicht unbedingt die Körpersprache einzusetzen, wenn sie mit Angehörigen der eigenen Art sprachen, aber ihr Tonfall war in einem Haus, in dem psi-empfänglichen *Talente* lebten, leicht interpretierbar.

Irgend etwas Neues? fragte Laria.

Nichts im geringsten, Liebling, erwiderte Damia. *Kannst du noch ein paar Möhren schälen? Du weißt doch, Flk und Trp mögen sie, aber sie kommen mit dem Schaber nicht ganz klar.*

Vitamin A! sagte Laria mit einem mentalen Lächeln. Sie portierte noch zwei Büschel aus der Vorratskammer und hielt sie für ihre Mutter hoch, damit sie ihr sagen konnte, ob es genug waren. Damia nickte nur, und Laria machte sich daran, sie zuzubereiten.

Tlp und Hgf kamen ihr sofort zu Hilfe, ihre Einzelaugen funkelten, denn sie waren ebenso auf Möhren versessen wie die Erwachsenen. Nachdem Laria sie geschält und zerschnitten hatte, zuckten Tip und Huf freudig mit dem Oberkörper und neigten den ›Kopf‹ so, daß ihr Einzelauge sich auf das konzentrierte, was sie gerade tat. In der Regel hielten 'dinis alles, mit dem sie arbeiteten, in Augenhöhe, doch wenn sie sich menschlichen Aufgaben widmeten, neigten sie dazu, auch die Haltung der Menschen einzunehmen.

Es gab Menschen, die behaupteten, für sie sähe jeder 'dini wie der andere aus, aber das lag nur daran, weil sie noch nie mit einem Pärchen zusammengearbeitet hatten. Laria kannte jedes auf Aurigae lebende Pärchen beim Namen. Die ›Pärchen‹ waren ein weiteres Rätsel, das man noch nicht hatte adäquat erklären können, obwohl die Biologen sich alle Mühe gaben. Man mußte die Tatsache hinnehmen, daß die Mrdini stets zu zweit auf die Welt kamen. Laria wußte nicht, ob Tip und Huf die Jungen ihrer Eltern Flk und Trp waren. Sie wußte auch nicht, ob Flk und Trp Zwillinge waren oder sich in der Reifezeit aus gegenseitiger Sympathie zusammengetan hatten. Es gab noch immer Lücken in Sachen Verständigung.

Die Mrdini *träumten* zwar Erklärungen, aber diese erläuterten nicht ihre Biologie. Mrdini reproduzierten sich während einer jährlich stattfindenden Hibernation. Ob es dabei zu einer Paarung kam, war als Frage ebenso offen: Die Mrdini verstanden das Wort ›Zeugung‹ offenbar nicht als zeitliche Vorstellung oder gar als Vorgang. Sie verstanden auch ›Abtreibung‹ oder ›Impotenz‹ nicht als Grund, warum nicht alle ›Pärchen‹ reproduzierten. Sie wußten auch nicht, warum es immer zu Zwillingsgeburten kam. Die diplomatische Höflichkeit sprach den Menschen das Recht ab, ihnen bei der Hibernation zuzuschauen. Niemand wußte genau, ob die Mrdini lebendige Junge zur Welt brachten oder Eier legten. Doch die Jungen wurden ›erwachsen‹ geboren; sie kannten und verstanden alle Lebensgrundlagen, die ein 'dini instinktiv wußte. Zwar mußten sie warten, bis ihre Muskeln stark genug waren, um aufrecht gehen zu können, aber man brauchte sie nur an Töne – Worte – zu ›erinnern‹, dann konnten sie sie bestens nachahmen. Damia hatte einst gesagt, ein kleiner 'dini käme im Nu von ›E‹ zu ›Energieanlagenelektroniker‹. Sie verließen die Hibernation ›autodidaktisch ausgebildet‹ und mit einem Mund voller spitzer Zähne.

Die Mrdini-Baumeister hatten hoch auf den Bergen hinter dem ausgedehnten Raven-Lyons-Anwesen spezielle Hibernatorien errichtet. Dorthin zogen sich die aurigaeischen Mrdini zu einer zweimonatigen Periode des Nichtstuns zurück. Nicht alle Paare reproduzierten in dieser Zeit. Nicht alle blieben nur für zwei Monate dort. Wenn alle die Einrichtung verlassen hatten, war sie sauber wie geleckt und für die nächste Hibernationsperiode bereit.

Wenn Tip und Huf abwesend waren, empfand Laria sowohl Erleichterung als auch Einsamkeit. Erleichtert war sie, weil sie sich nun keine Sorgen mehr zu machen brauchte, etwas Mißverständliches zu sagen oder zu tun. Einsamkeit empfand sie, weil sie sich in der Gesellschaft der beiden wohl fühlte und ihren Spaß mit ihnen hatte. 'dinis hatten einen schrägen Humor und stießen anstelle von Gelächter ein besonders wogendes Schnaufen aus. Zum Glück hatten sie und die Menschen ähnliche Vorstellungen über komische Dinge.

Obwohl Laria gelernt hatte, die vokallosen Namen Tlps und Hgfs auszusprechen, nannte sie sie Tip und Huf. Thian nannte Mrg und Dpl Mur und Dip. Ihre Eltern nannten Flk Fok und Trp Tri. Dem Anschein nach kamen 'dinis ohne Vokallaute aus. Ihre Sprache wimmelte von Konsonanten-, Knack- und Reibelauten, mit denen sie all ihre Klicks, Klacks, Dongs, Bongs, Tlocks und unzählige Pfiffvarianten ausstießen. Laria war als Übersetzerin so sicher und geschickt geworden, daß sie von ihren Eltern oft gebeten wurde, das zu bestätigen, was sie bei Gesprächen mit Flk und Trp verstanden zu haben glaubten.

Dann war das Abendessen fertig und wurde der

hungrigen Meute eiligst serviert. Die 'dinis verfügten über raffinierte Instrumente, die als Löffel, Gabel und Messer dienten. Laria konnte damit umgehen; sie trug, ebenso wie Tip und Huf, ständig eins am Gürtel. Zu Hause waren auch die Finger zugelassen. Morag und Ewain setzten die ihren gekonnt ein und vergaßen auch nicht, die Fingerschalen und Servietten zu benutzen. Zara war mit ihren neun Jahren noch pingeliger, und ihre 'dinis ahmten sie gern nach. Daß 'dinis ebenfalls an Fingerschalen und Servietten gewöhnt waren, hatte die Menschen anfangs erstaunt. Afra hatte die ersten Schalen aus denebischem Hartholz geschnitzt und mit dem ersten *Traum* verziert, den die 'dinis Damia und ihm gesandt hatten. Obwohl er alle Hausbewohner mit seinen Origami-Entwürfen unterhielt, betätigte er sich in der Freizeit auch als Schnitzer.

Er hatte Origami-'dinis gemacht. Fok und Tri trugen die ihren in der Gürteltasche und zeigten sie oft vor, wenn 'dini-Gäste kamen. Obwohl die ganze Familie Afra gern zuschaute, wenn er Tiere und Formen erschuf, hatten nur Rojer und Zara echtes Interesse an der kniffligen Papierfalterei gezeigt. Fok und Tri hatten sich seine beiden ersten Lektionen angehört und sich dann zurückgezogen: Ihre Finger waren zu kräftig für die behutsamen Bewegungen, die man dabei machen mußte, und sie hatten mehr Papier zerrissen als gefaltet.

Die geistigen Prozesse der Mrdini unterschieden sich offenbar von denen der Menschen, auch wenn die Ergebnisse vergleichbar waren, aber gemeinsame Dinge befanden sich in konstanter Entwicklung, und Doppelhaushalte wie der der Raven-Lyons trug gewaltig zum gegenseitigen Verstehen bei. Dazu trug weniger ihr *Talent* bei, als ihr angeborenes Verständnis und ihre Objektivität.

»Papa«, sagte Thian, als er den ersten Hunger gestillt hatte, »wir haben in den Bergen in der Nähe gejagt. Bin ich jetzt nicht alt genug, um einen Schlitten zu steuern?«

Afra maß nachdenklich seinen ältesten Sohn. Er bestand nur aus knochigen Rippen, Ellbögen und Knien. Er erlebte gerade einen neuen Wachstumsschub und würde die Größe seines Vaters bald erreichen.

Es wäre ganz nützlich, wenn man bedenkt, daß wir unsere Freunde nicht überallhin portieren können.

Laria hielt den Atem an, denn obwohl sie Thian die Chance nicht neidete ...

Laria und Thian sind verantwortungsbewußte junge Leute, fuhr Afra fort und nickte ihnen auf eine Weise zu, von der beide wußten, daß er es als Warnung und Herausforderung meinte. *Ich werde bei der Stadt Führerscheine beantragen. Ihr werdet auch beide mit eigenen Leistungen qualifizieren müssen, aber ich rede mit Xexo, damit er euch Probeflüge erlaubt ... Studiert die Bedienungshandbücher.*

Klar, Papa, antworteten Laria und Thian erfreut im Chor. Wenn man bedachte, daß sie über das eidetische Gedächtnis der Familie verfügten, mußten sie diese Prozedur in weniger als einer Stunde hinter sich bringen. Und Xexo, der einfallsreiche T-8-Toweringenieur, der dafür sorgte, daß die Maschinen einwandfrei funktionierten, kannte sie seit ihrer Geburt und war ein besonderer Freund.

Als Thian sich Mur und Dip zuwandte, signalisierte Laria Tip und Huf, daß sie den Hügel bald nicht mehr erklimmen mußten: Nun war für Transport gesorgt. Bald konnten sie die Jagdgründe ohne große Anstrengungen erreichen. Die 'dinis klickten und zappelten begeistert, und Tip fiel in seinem Überschwang fast von der Bank.

Du mußt dich noch mit der Steuerung der Bodenfahrzeuge der Mrdini vertraut machen, Laria, fügte Damia hinzu und neigte den Kopf in Richtung ihrer Tochter. *Ich werde bei den Koordinatoren dafür sorgen.*

Dann gehe ich also zu den Mrdini?

Damia nickte, ihre Lippen zuckten resignierend. *So war es immer geplant. Thian folgt, wenn er sechzehn ist. Du bist der erste* junge *Mensch, der geht.* Sie sandte ihrem ältesten Kind eine Flut von Stolz und Ermutigung zu. Dann wiederum spürte sie die Wärme, Liebe und Beruhigung Afras, die den Trennungsschmerz leichter machte.

Sechzehn ist alt genug für einen der unserigen, sagte Afra in einem sehr schmalen Fokus, was bedeutete, daß der Gedanke ihr allein galt. Zudem war sie sich seiner mentalen Liebkosung bewußt.

Ich war nicht älter, als ich nach Atair geschickt wurde, erwiderte sie ebenso diskret.

Mit dem Unterschied, daß Laria ihre Pflicht nicht übelnimmt.

Ich glaube, wir haben getan, was wir konnten, um dafür zu sorgen, fügte Damia mit einem resignierten Seufzer hinzu. *Du warst ein sehr guter Vater.*

Afra lächelte offen. Sein Lächeln schloß sämtliche am Tisch versammelten Kinder ein. *Sie hatten schließlich die Hilfe ihrer Mutter.*

Sie wird mir trotzdem fehlen.

Wieso? Sie ist doch nur einen Gedanken weit entfernt.

Es ist der Gedanke, daß sie FORT *ist.* Damia lenkte sich ab, indem sie das schmutzige Geschirr vom Tisch portierte und den letzten Gang aus der Speisekammer holte.

Abgesehen von irdischem Bienenhonig waren die Mrdini nicht auf Süßigkeiten aus. Honig war jedoch, *falls* man ihn hatte, ein Luxus. Während die Menschen also Obst verzehrten, knackten die 'dinis Nüsse, entnahmen sie der Schale oder knabberten an ungesüßten mehligen Keksen aus importiertem 'dini-Mehl. Damia hatte sie für die gebacken. Von Zeit zu Zeit schickte man dem 'dini-Austauschpersonal Leckereien zu, aber heute war es nicht der Fall.

DAMIA! rief Keylarion. Es gelang der T-6 des Aurigae-Towers, ihren Schrei mit Aufregung und Besorgnis zu durchsetzen.

Damia und Afra entschuldigten sich sofort und portierten den Abhang hinab zum Tower-Kontrollzentrum, wo die Generatoren inzwischen mit voller Kraft liefen.

»Der Erdprimus hat mir befohlen, euch herzuholen«, sagte Keylarion.

Vater? Damia sendete durch die endlose Weite des Alls, ihre Gedanken wurden von der Mensch-Maschine-Gesamtheit und Afras offen zugänglichem T-2-Schub verstärkt.

Mrdini-Späher haben den Weg von drei Käferschiffen gekreuzt! sagte Jeff Raven.

Drei? schrie die Damia-Afra-Verbindung in fast ängstlichem Tonfall.

Drei! Man nimmt an, daß sie aus ihrem Heimatsystem kommen, denn ihr Kurs lief allmählich auseinander, als das Mrdini-Späherschiff die Ionenspur kreuzte. Glücklicherweise war der Späher ein ganzes Stück von allen die Allianz-Kolonien entfernt. Die Käfer bewegen sich noch weiter nach außerhalb.

Die Damia-Afra-Verbindung jubelte, denn alle Besorgnis löste sich angesichts dieser großartigen Nachricht auf. Seit fünfzehn Jahren sondierten die Schiffe der Mrdini und der Neun-Sterne-Liga – man nannte sie nun Allianz – Sonnensysteme, um die Heimatwelt der Käferzivilisation ausfindig zu machen. Die Hauptdirektive dieser Fremdlinge, die einst versucht hatten, in die Mrdini-Kolonie im Sef-System einzufallen, bestand in der rücksichtslosen Ausbreitung ihrer Spezies. Zwar hatte man den Angriff zurückgeschlagen, aber nur unter großen Opfern von 'dini-Schiffen und Mannschaften. Die Kolonie war verwüstet worden und mußte neu aufgebaut und bevölkert werden. Danach waren die 'dini-Schiffe im Gebiet ihrer Kolonien ständig Patrouille geflogen und hatten Geschwader dorthin ausgeschickt, um dafür zu sorgen, daß nie wieder ein Käferschiff in die Nähe ihrer Welten kam. Seit zweihundert Jahren wachten sie nun; sie hatten die Parameter der ›sicheren Zonen‹ ständig weiter ausgedehnt, und ihre gesamte Zivilisation wurde von der unheilvollen Drohung der Käfer-Expansion beherrscht.

Außerdem hatten sie erfolglos nach Verbündeten gesucht, deren Raumfahrttechnik ausgereift genug war, um ihnen helfen zu können. Ihre konstante Wachsamkeit hatte dazu geführt, daß sie großen Raubbau an den Ressourcen ihrer Heimatwelt und ihrer Kolonialplaneten betrieben hatten.

Ebenso verzweifelt hatten die Mrdini nach neuen Waffen gesucht, um die räuberischen Käferschiffe zu vernichten. Die wirkungsvollste Taktik war der Einsatz von Selbstmordschiffen, die sich auf die Kugelraumer der Käfer stürzten und sich selbst in die Luft sprengten, um sie völlig zu vernichten. Nicht alle Selbstmordeinsätze waren von Erfolg gekrönt, denn die Bordschützen der Käfer waren geschickt, so daß manchmal bis zu sechs Selbstmörderschiffe in den Einsatz ziehen mußten, von denen eins das Ziel erreichte. Derart hohe Verluste kosteten natürlich beträchtlich viel Ausrüstung und Leben von 'dinis, deren Gene sonst hätten erhalten bleiben können.

Doch noch immer befanden sich Teile der 'dini-Flotte auf der Suche, um in den endlosen Weiten des Raums die Ionenspuren der Käfer aufspüren.

Irgendwann hatten dann ein marodierendes Käferschiff und eine Verfolgereinheit der 'dinis das Deneb-System entdeckt.

Jeff Raven, ein unerwartet begabter Telepath und Teleporter, hatte ganz allein drei Spähereinheiten eines in das System eindringenden Schwarms abgewehrt. Mit Hilfe der Primen der Erde sowie von Atair, Prokyon, Capella, Beteigeuze und Rowan auf dem Mond Kalli-

sto hatte die sich in ihm konzentrierte Geistesver-
schmelzung zwei Späher vernichtet und den dritten
zum Mutterschiff zurückgeschickt. Zwei Jahre später
hatte sich der Mutterschwarm auf Kollisionskurs mit
Deneb befunden und war abgeschmettert worden, als
Rowan, die Anführerin der weiblichen Geister, das do-
minierende ›Vielfach‹-Bewußtsein paralysiert hatte.
Dann hatte Jeff Raven, der Brennpunkt der männlichen
Talente, die Käfer in das grelle Weiß des denebischen
Zentralgestirns geschleudert.

Die aufgeschreckte Neun-Sterne-Liga hatte rings um
ihre bewohnten Systeme Frühwarnsysteme eingerich-
tet, um ein nochmaliges Eindringen dieser gefährlichen Spezies zu verhindern. Es war den Mrdini gelungen, die Geräte zu täuschen, indem sie knapp hinter
ihrer Sensorreichweite geblieben waren und instruk-
tive Träume in die schlafenden Geister Damias, Afras
und vier weiterer denebischer *Talente* eingespeist hatten. Sie hatten sich nicht nur gefreut, weil sie auf ein
Volk gestoßen waren, das Schwarmschiffe ohne Verluste an Leben und ohne Einsatz von Raumflotten und
Selbstmordkommandos vernichten konnte, sondern
auch, weil sie in ihrem langen Kampf gegen die Ver-
heerungen der Käfer endlich Verbündete gefunden
hatten. Die Käfer hatten Deneb ohne Wissen der Menschen zum Standort einer neuen Kolonie machen wollen. Da es offenbar nur wenige akzeptable Welten gab,
auf denen sie sich ausbreiten konnten, bedeutete ihre
Wahl die Auslöschung aller ihnen begegnenden Lebensformen. Leider verfügten nicht alle ihnen begegnenden Spezies über die Waffen, die derlei Taktiken
abwehren konnten. Die eingesetzten Methoden der *Talente* – Telepathie und Teleportation – war den Mrdini
wie Zauberei erschienen. Obwohl sie, soweit man in
der Neun-Sterne-Liga wußte, keine ›Talente‹ hatten,
konnten sie den empfänglichen menschlichen Geist
mit ihren Träumen überlagern.

Mittels dieser Träume hatten sie den Menschen einen Abriß ihrer Geschichte und ihrer Hoffnungen nahegebracht, und die Neun-Sterne-Liga hatte mit Hilfe der *Talente* begonnen, eine realisierbare Verständigungsebene aufzubauen: Sie fing bei den formbarsten und am wenigsten eingefahrenen Menschen an: den Kindern talentierter und untalentierter Familien.

Damia und Afra gehörten zu den ersten Familien, die kleine Mrdinipärchen angenommen hatten, um eine gewinnbringende Form der Verständigung zwischen den Spezies zu realisieren. Wie sich herausgestellt hatte, war ihr *Talent* dabei kein wichtiger Faktor, denn das Bewußtsein eines Mrdini konnte nicht einmal von starken *Talenten* wie Jeff Raven oder seiner auch Rowan genannten Gattin Angharad Gwynn-Raven ›gelesen‹ werden. Als Damia erkannt hatte, daß sie schwanger war, hatte sie als eine der ersten vorgeschlagen, man solle die Kinder beider Spezies von klein auf zusammen aufziehen, damit sie die Sprache der anderen ebenso leicht verinnerlichen konnten wie die eigene.

Und so hatte Laria, als sie sechs Monate alt gewesen war, wie alle ihre Geschwister, Bettgefährten gehabt.

Damia, die fast ebenso fruchtbar war wie die Heilerin Isthia, ihre denebische Großmutter, hatte keine Probleme mit ihren Schwangerschaften gehabt, doch hatte sie im Gegensatz zu ihrer Mutter Rowan darauf geachtet, ihre Kinder in einem Abstand von zwei bis zweieinhalb Jahren zu bekommen. Zudem waren ihre Pflichten im Tower von Iota Aurigae weniger fordernd gewesen als die ihrer Mutter in der Mondstation Kallisto. Afra, der mit seiner Gefährtin im Tower zusammenarbeitete, hatte genug Zeit gehabt, um sich seiner wachsenden Familie zu widmen.

Wenn Jeff Raven seinen Schwiegersohn damit aufzog, er werde es mit der Vaterschaft noch übertreiben, zuckte Afra nur die Achseln und erinnerte ihn daran, daß er es doch gewesen war, der ihn gedrängt hatte, zu heiraten und Kinder zu zeugen.

Das Mutterdasein hatte Damia ebenso abgeklärt, wie Afra das Vaterdasein entspannte. Auch wenn seine Eltern nicht verstanden, warum ihr begabter Sohn Capella verlassen und die Aussicht auf eine gute Position im dortigen Primen-Tower in den Wind geschlagen hatte: Er hatte sich jedenfalls bemüht, alternative Tower für jene seiner Nichten und Neffen zu finden, die sich wie er nach einem Leben sehnten, das nicht von der methodischen Vorgehensweise ihres Heimatplaneten eingeengt war.

Afra beharrte freilich darauf – doch wenn er es tat, lächelte er –, daß seine Kinder nach der höflichen Etikette lebten, nach der auch er erzogen worden war. Allerdings verfiel er nicht in den Fehler seiner Eltern, indem er fest daran glaubte, es sei nur zu ihrem Besten.

Demzufolge ging es bei den Raven-Lyons daheim ziemlich locker, freundlich und, was die Ausübung der *Talente* und die Aufnahme einer fremden Spezies in die Familienstruktur anbetraf, völlig unbefangen zu.

Doch nach der Entdeckung der mutmaßlichen Route zum Heimatsystem der Käfer durch die Mrdini stand dieser Lebensweise vielleicht bald ein drastischer Wechsel bevor. Damia hatte zwar keine hellseherische Begabung, aber sie brauchte auch keine, um zu erkennen, daß jetzt eine neue Ära begonnen hatte: Eine Ära, die – hoffentlich – die Bedrohung beseitigte, die die Käfer für Menschen und Mrdini darstellten.

Und was geschieht jetzt? fragten Damia und Afra den Erdprimus.

Nun … Jeffs Ton fiel irgendwie ironisch aus. Uns wurde aufgetragen, alle verfügbaren Schiffe der Galaxis- und Gründer-Klasse dorthin schicken, wo sich der Mrdini-Späher aufhält. Die Mrdini setzen so viele von ihren Schwergewichten wie möglich in Bewegung.

Afra schnaubte. *Was soll das ohne Unterstützung durch Talente bringen, Jeff? Wir alle kennen doch die Hochrechnung einer Konfrontation. Wer schafft ausreichende Kraft heran, um sie zu besiegen?*

Wir gehen vielleicht auch noch hin, erwiderte Jeff auf seine ulkige Art.

Du UND Mutter? Damias Besorgnis strömte trotz Afras tröstender Umarmung hinaus.

Wenn du bedenkst, auf wie viele Talente wir uns heute stützen können im Vergleich dazu, wie es vor zwanzig Jahren war, meine liebe Tochter, kannst du aufhören, negativ zu denken. Es müssen zwar noch viele Beschlüsse gefaßt werden, aber wir können den Einsatz von Talenten nicht ablehnen, wenn er von taktischem Vorteil ist.

Zuerst muß das Heimatsystem der Käferschwärme gefunden werden.

Und alle anderen Systeme, die sie bezwungen haben, fügte Jeff, scheinbar unbekümmert angesichts der monumentalen Aufgabe, die den Verbündeten bevorstand, hinzu.

Wie, beim Universum, kriegen wir das hin? fragte Damia, der diese Aussicht Sorgen machte.

Eben das müssen wir in Erfahrung bringen. Die starke Entschlossenheit in der Stimme ihres Vaters verlieh Damia innere Kraft. *Das Ereignis, auf das wir so lange gewartet haben, ist nun eingetreten. Wir können jetzt nicht feige sein.*

Nein, Papa, natürlich nicht. Der Aurigae-Tower steht hundertprozentig hinter dir.

Die Nachricht ist auf jene begrenzt, die sie kennen müssen, und dazu gehört auch der Aurigae-Tower. Man wird die offizielle Position bald bekanntgeben, also bereitet euch und den Tower auf ungewöhnliche Aktivitäten vor.

Liegt das Käfer-System in der Nähe von Aurigae?

Nein, aber die Förderungen des Bergbaus werden sehr bald und schnellstmöglich heraufgesetzt. Rechnet damit, daß ihr fortwährend große Erzdrohnen befördern müßt.

Und welche Erklärung sollen wir abgeben? fragte Damia, denn sie wußte, daß die Grubensyndikate Fragen stellen würden.

Sagt den Leuten, man hätte den Bau neuer interstellarer Transportmittel gebilligt, und daß das Projekt allerhöchste Priorität hat. Jeff lachte leise. *Es ist nicht mal geflunkert, denn unsere Leute haben gerade den Prototypen eines Fernraumers der Gründer-Klasse bestellt, die* Genesee. *Vier weitere sind im Bau und sollen so schnell wie möglich fertiggestellt werden. Eure Bergleute dürfen nicht wissen,* wohin *das Erz geht, nur daß es bezahlt wird. Wie gut sind eure beiden Ältesten in den Towerdisziplinen?*

Laria und Thian? fragte Damia und empfand erneut einen Stich irrationaler mütterlicher Besorgnis.

Sie können alles, womit auch wir fertig werden, erwiderte Afra. *Warum?*

Könnte sein, daß ihr mal wieder Dicke Brummer quer durch die Liga schicken müßt.

Welch ein Segen, daß meine Ältesten beide T-Einser sind, nicht wahr?

Jeff Raven lachte leise über die sarkastische Bemerkung seiner Tochter. Dann änderte sein mentaler Tonfall sich abrupt, und er klang sehr stolz und würdevoll. *Die Verbündeten werden sehen, wie weit unsere* Talente *wirklich reichen.* Er legte eine Pause ein, dann drang erneut sein typisches leises Lachen an ihre Ohren. *Die Gwyn-Ravens und Lyons müssen mal wieder die Welt retten!* Dann verschwand sein geistiger Ton aus ihrem Bewußtsein.

Jeffs unerschütterlicher Optimismus hatte Damia zwar aufgerichtet, aber nun blickte sie Afra an, damit auch er beruhigend auf sie einwirkte. Er nahm sie zärtlich in die Arme, drückte ihren Kopf an seine Schulter und schob mit einer Hand die vagabundierende Silberlocke ihres Haars zur Seite, die stets über ihre Augen fiel, wenn sie betrübt war. Er schob sie dorthin, wo sie hingehörte, küßte sie und nahm auf allen Ebenen, die sie miteinander verbanden, Kontakt mit ihr auf. Sie spürte, daß sie reagierte, nicht nur aus Gewohnheit, sondern auch, weil ihr danach war.

Ich habe keine Kinder aufgezogen, damit sie Käfer bekämpfen. Muß Laria zu den Mrdini gehen?

Wir haben dem Austausch zugestimmt. Wir profitieren wesentlich von ihm. Es wird gemacht, wie geplant. Nörgle nicht. Laria ist ein ausgeglichenes, sensibles und verantwortungsbewußtes K ... fast eine junge Frau, das wissen wir doch beide. Auf Clarf ist sie nicht mehr in Gefahr als hier.

Ja, wenn man bedenkt, daß sie uns hier helfen muß, Dicke Brummer zu verschieben. Damia bemühte sich, witzig zu klingen. Afra wußte jedoch, daß sie nicht so empfand, deswegen zog er sie noch fester an sich. Er wußte ihren Versuch zu schätzen.

Die Tochter des Mädchens, das Sodan besiegt hat, wird bei keinem ihr übertragenen Auftrag versagen.

Bei der Erinnerung an ihren Kampf mit dem Sodan-Bewußtsein schüttelte Damia sich. Es war gefährlich für sie gewesen, und verheerend für ihren jüngeren Bruder Larak, denn es hätte die anderen *Talente* dieses Brennpunktes beinahe vernichtet. Doch die Bedrohung durch die Käfer war für die Verbündeten weit gefährlicher.

»Damia«, sagte Afra und ließ sie soweit los, daß sie den Kopf in den Nacken legen und ihm in die Augen schauen konnte, »zähl doch mal nach, wenn du kannst ... Wie viele *Talente* gibt es heute mehr als vor achtunddreißig Jahren? Außer deinen Brüdern und deiner Schwester, David von Beteigeuze, Mauli und Mick, Torshan und Saggoner. Ja, schon die Onkel, Tanten, Vettern und Basen zweiten Grades auf Deneb sind eine volle Brigade!«

Damia ließ sich trösten, denn Afras Logik war nicht von der Hand zu weisen. Und natürlich bot die Menge der begabten Geister, die zu den Vereinigten Telepathen und Teleportern gehörten, Sicherheit. Ganz zu schweigen von den Hoch*talenten* in allen anderen Berufen, die psionische Fähigkeiten einsetzten. Bloß – wie richtete man eine solche mentale Waffe gegen einen weit entfernten feindlichen Planeten? So schlau und mächtig sich der Brennpunkt aus dem vereinigten Geist der *Talente* auch erwiesen hatte, heute standen sie vor veränderten Parametern, die derlei Einsätze nicht favorisierten.

»Und vergiß nicht, daß unsere Verbündeten in den letzten fünfundzwanzig Jahren auch nicht untätig waren. Auch sie haben ständig das Ziel verfolgt, die Schwarmschiffe zu schlagen.«

»Aber sie sind dabei gestorben!«

»Ja, sie sind gestorben. Aber damals haben wir auch noch nicht *geträumt!*«

Damia *spürte* Afras Überzeugung. War es nur männliche Gewißheit? Auch der Geist ihres Vaters hatte diese Färbung gezeigt! Sie fragte sich, ob sie ihre Mutter fragen sollte, was *sie* empfand. Nein, beschloß sie, ich muß dieses Durcheinander in mir selbst lösen. Und zwar bald! Ihre Zweifel durften die Zuversicht und den Mut ihrer Kinder nicht beeinflussen. Denn bald würden sie all dies brauchen.

»Ja«, sagte sie und blickte ruhig in die gelben, zielgerichtet funkelnden Augen ihres Gatten, »es war, bevor wir die Mrdini-*Träume* hatten.«

Kapitel Zwei

Schon am nächsten Tag gingen im der Aurigae-Tower eine Nachricht des Alliierten Oberkommandos und eine gewaltige Bestellung über zahllose Tonnen Eisenerz ein. Afra gab sie an das Bergbau-Hauptbüro weiter, lehnte sich zurück und wartete auf die Explosion.

Wenige Minuten nach dem Erhalt der Nachricht bat der Oberbergmann Segrazlin, der Leiter der verschiedenen Bergbau-Organisationen von Aurigae, um ein dringendes Gespräch mit der Prima, um die Transporterfordernisse zu beraten. Er wirkte einerseits zufrieden wegen der großen Bestellmenge, andererseits aber auch verblüfft und besorgt wegen des Liefertermins. Und er war leicht verlegen, weil er nicht wußte, wie man auf den Primus in Sachen der zu bewegenden Tonnage zugehen sollte. Und er war auch sehr neugierig, was die Endform der großen Metallmenge anbetraf.

Damia lächelte über seine schnelle Anfrage und erwiderte, er könne sofort kommen, da der Morgenverkehr erledigt sei.

Segrazlin kam mit seinem Privatsekretär und den Besitzern der größten in den Auftrag einbezogenen Gruben.

»An dem Auftrag ist zwar nicht das geringste auszusetzen, Prima«, sagte Segrazlin, während er nervös mit der Benachrichtigung spielte, »aber erstens haben wir nicht genug Bergleute, um das Erz innerhalb des Lieferungsrahmens abzubauen, und zweitens sind nicht mal genug kleine und mittelgroße Frachter da, um die Hälfte des Erforderlichen zu befördern. Natürlich wollen wir einen solchen Auftrag nicht verlieren, aber eins muß ich Ihnen sagen: Wir brauchen mehr Bergleute.« Er sprach es zwar nicht aus, aber im Grunde bat sie, Dicke Brummer einzusetzen. »Und meine Prinzipale ...« – seine fünf Begleiter nickten eifrig – »wollen sicher sein, daß das Metall auch ordnungsgemäß eingesetzt wird.«

»Ah«, sagte Afra. Er strahlte Beruhigung aus. »Das habe ich den Erdprimus auch gefragt. Man hat irgendein ein neues Schiff der Gründer-Klasse gebaut. Einen Fernraumer. Außerdem wurde grünes Licht für den Bau eines ganzen Geschwaders dieser Art gegeben. Sie sollen einige ältere Schiffe ersetzen. Wurde auch höchste Zeit, soweit ich weiß. Die VT&T wirkt zwar dem normalen Verschleiß von Raumfahrzeugen entgegen, aber das Problem der Metallermüdung ist noch immer lästig.«

Damia bedachte ihren Gatten für seine glatte Erklärung mit einem mentalen Lächeln.

»Außerdem freuen wir uns, Ihnen sagen zu können, daß der Tower nun größere Drohnen transportieren kann«, fuhr Damia fort. »Es wird eine gute Übungsmaßnahme für unsere ältesten Kinder sein. Da Größe und Form der meisten Behälter genormt sind, kann jeder Primus sie ungeachtet des Inhalts durch die gesamte Allianz verschieben. Nur neue und uns unvertraute Gegenstände rufen Probleme hervor, denn als Primus muß man sie gesehen und nach Möglichkeit berührt haben, bevor man die Portation garantieren kann. Da Sie Standarddrohnen einsetzen, können wir fast alles von dem transportieren, das Sie versenden müssen. Wie Sie wissen, sind Larla und Thian T-Einser ...«

»Sind sie auch alt genug?« fragte Segrazlin und hob überrascht die Brauen. Er hatte mit Widerstand gerechnet, nun konnte er mit seiner vorbereiteten Haltung nichts mehr anfangen.

»Sie sind alt genug und stehen unter unserer Führung, aber ihre Unterstützung wird es ermöglichen, größere Gewichte zu heben. Geistige Verbindungen dieser Art sind ein gutes Training für ihre zukünftigen Pflichten.« Damia neigte elegant den Kopf.

»Dann bleibt nur noch das schlimmste Problem, Prima«, sagte ein Minenbesitzer. Er räusperte sich und schaute seine Kollegen um Unterstützung bittend an. Die anderen nickten und murmelten beifällig. »Die fehlenden Arbeiter.«

»Ich dachte, Ihre Mannschaft reicht aus, Yugin«, sagte Damia und tat ihre Überraschung mit einem einstudierten Stirnrunzeln kund.

Yugin schnaubte. »Ja, für die normale Produktion. Aber die letzte Einwandererquote ist nicht für Tiefflözarbeit ausgebildet. Genau diese Leute fehlen uns jetzt. Außerdem brauchen wir qualifiziertere und erfahrenere Techniker. Wir müssen neue Schächte bohren ...« Er brach ab.

»Mit den bestehenden Einrichtungen können wir solche ungeheuren Mengen nicht liefern«, sagte Mexalgo.

»Wie wäre es mit weiteren 'dinis?« fragte Afra.

Mexalgo schaute unschlüssig drein, aber die Mienen der anderen erhellten sich deutlich.

»Wenn man sie richtig behandelt, Mex, hat man auch keinen Ärger«, sagte Yugin. »Meine 'dinis arbeiten, als wären sie als Bergleute geboren.«

»Die Arbeiter sind nicht das Hauptproblem, Yugin«, sagte Mexalgo. »Techniker mit Grubenerfahrung fehlen uns am meisten, falls wir neue Schächte in Betrieb nehmen.«

»Wie wäre es denn mit 'dini-Technikern?«

Mexalgo verzog das Gesicht. »Ich würde sie ja nehmen, wenn ich sie verstehen könnte ...«

»Was gibt's denn da zu verstehen?« fragte Segrazlin. »Man zeigt ihnen, wo das Erz ist, gibt ihnen das Material, das sie brauchen, und sie buddeln. Sie sind nach ihrer Norm ebenso gut ausgebildet wie unsere Leute, und außerdem …« – ein Grinsen verzog Segrazlins zerfurchtes Gesicht – »sind sie für unterirdische Tätigkeiten besser gebaut!«

»Tja, das ist eine Tatsache«, sagte Mexalgo, wenn auch etwas zögerlich. »Aber woher wissen wir, da sie doch gewisse Feiertage haben, ob sie uns auch als ständige Arbeitskräfte zur Verfügung stehen? Wir können die Lieferung doch nicht mit Teilzeitkräften erledigen.«

»Die Mrdini hibernieren nicht alle gleichzeitig«, erklärte Damia. »Die Hibernationsperiode hängt offenbar vom Kontinent ab, von dem sie stammen. Die 'dinis, die sich gegenwärtig auf Aurigae aufhalten, kommen zufälligerweise alle vom nördlichen Großkontinent. Das hat Fok jedenfalls erzählt. Soll ich mal für Sie nachfragen, ob weitere 'dini-Techniker und Arbeiter zur Verfügung stehen und ob sie bereit sind, auf Aurigae zu arbeiten?«

Die vier Bergwerksbesitzer gaben mit Nicken und Gesten ihr Einverständnis bekannt.

»Ja, Prima, es wäre uns recht, wenn Sie in unserem Namen eine Anfrage machen.«

»Sie zahlen natürlich nach Berufserfahrung und Ausbildung?« fragte Afra.

»Natürlich«, sagte Segrazlin leicht angesäuert. »Wir stellen ihnen auch die Unterkünfte und Hibernatorien zur Verfügung, die sie brauchen. Bisher haben sie sich noch nie beschwert.«

Dies entsprach der Wahrheit, denn Damia und Afra sorgten dafür, daß den Wünschen, die die 'dinis artikulierten, auch Rechnung getragen wurde.

»Ich möchte aber ihre Technikerdiplome sehen«, sagte der stets vorsichtige Mexalgo. »In übersetzter Form.«

»Natürlich«, erwiderte Afra lächelnd. »Das Übersetzen naturwissenschaftlicher Daten ist eigenartigerweise einfacher als die von Literatur oder anderen Kunstformen.«

Mexalgo zog die Nase hoch.

»Der Erdprimus hat zugestimmt, Ihre Anfrage an den Clarf-Tower weiterzuleiten«, sagte Damia, die sich während Afras Gespräch mit ihrem Vater unterhalten hatte. »Er wird die Antwort weiterleiten, sobald sie eintrifft.«

Jeff Raven hatte ihr erklärt, daß die 'dinis nicht nur bereit, sondern sogar wild darauf waren. Ihre eigenen Gruben waren erheblich geschrumpft, selbst auf den Kolonialwelten, und Grubenarbeiter und Techniker suchten verzweifelt nach Arbeit, um ihre Heimatwelt mit allem nötigen zu versorgen.

Kaum waren Segrazlin und die anderen Bergwerksbesitzer gegangen, vergaß Damia ihre Bedächtigkeit und führte einen kleinen Freudentanz über den Erfolg des Gesprächs auf. Es gab aber auch leichte Kritik – Flk und Trp hatten sie ihr und Afra übermittelten –, denn die 'dinis waren enttäuscht, daß man sie nicht in den leitenden Positionen einsetzte, für die ihre Berufserfahrung und Ausbildung sie qualifizierte. Die Grubenbesitzer kapierten einfach nicht, daß es unter den auf Aurigae befindlichen 'dinis ausgebildete und fähige Arbeiter und Techniker gab. Nun, bei so großen Aufträgen, bestand die Chance, daß sie hoffen konnten, ihre wahren Fähigkeiten endlich zeigen zu dürfen. Sie waren sehr geduldig gewesen, jetzt kam vielleicht die Gelegenheit, die ihnen seit langem zustand. Damia und Afra hatten Grund zum Jubeln.

Sobald die Grubenbesitzer in ihre Fahrzeuge gestiegen waren, um nach Aurigae City zurückzukehren, begab sich Afra auf die Suche nach Flk und Trp, um sie über die gute Nachricht zu informieren. Sie klickten, klackten und pfiffen vor Freude und eilten dann in die Stadt, um die Neuigkeit zu verbreiten.

»Ich glaube, wir müssen darauf bestehen, daß einige

der neuen Schächte von 'dini-Mannschaften ausgebeutet und geleitet werden«, sagte Damia.

»Ich weiß, ich weiß. Wir können für die Geduld der 'dinis nur dankbar sein.«

Damia lächelte ihren Geliebten an. »Wir müßten wirklich mehr von ihnen lernen. Flk sagt, sie hätten fast zehn Generationen gebraucht, um die Philosophie der Geduld ins 'dini-Temperament einzupflanzen.«

Es war auch ein Glück, daß 'dinis schwer voneinander zu unterscheiden waren, denn als die erste Ladung der neuen Arbeitskräfte eintraf, verblüfften diese die Grubenbesitzer, da sie alle modernen Abbaumethoden auf Aurigae kannten und unglaublich geschickt mit der von den Menschen konstruierten Ausrüstung umgingen. Außerdem hatten sie eigene Werkzeuge mitgebracht, große Fertigbauteilbohrer inklusive. Die ersten Gespräche über die Organisation jener Gruben, die die 'dinis eigenverantwortlich betreiben sollten, fegten sämtliche Vorbehalte beiseite, die die Bergwerksbesitzer und ihre Ingenieure in Sachen 'dini-Professionalität gehabt hatten.

»Ich war beeindruckt«, sagte Mexalgo zu Damia. »Sehr beeindruckt! Als wir ihnen zeigten, wo wir neue Erzgänge gefunden hatten, klickten und klackten sie, und im nächsten Augenblick hatten sie schon sämtliche Stollen, Schächte und Quoten sowie die Materialien, die sie zum Abstützen und Schienenverlegen und für Loren, Kräne und so weiter brauchten, für uns aufgezeichnet. Sie haben um die Erlaubnis ersucht, mehr von ihrer eigenen Grubenausrüstung herzuholen, und ich kann es ihnen nicht verübeln. Sie haben uns Pläne von manch schweren Zeug gezeigt, das sie zu Hause einsetzen, und ich muß sagen, es sieht sehr wirkungsvoll aus. Außerdem können sie mit ihrem eigenen Werkzeug viel besser umgehen. Sie kapieren auch sehr schnell.« Er schüttelte fortwährend den Kopf. »Na ja«, fügte er dann hinzu, »ich hab ja immer gewußt, daß die kleinen Burschen schlau sind. Ich wußte allerdings nicht, *wie schlau*.«

Es gelang Damia und Afra, entsprechend zu reagieren.

Er würde einen Anfall kriegen, wenn er wüßte, daß die ›neuen‹ 'dini-Techniker schon seit sechzehn Jahren in seinen Gruben arbeiten! sagte Damia, wobei ihr mentaler Ton über die Irreführung vor Lachen erbebte.

Später, versprach Afra. *Wir gestehen es ihm später.*

Die 'dinis waren auch beeindruckt von der Qualität der Unterkünfte, die die Bergwerksbesitzer ihnen zur Verfügung stellten, zu denen auch eine von 'dinis betriebene medizinische Einheit gehörte. Dies war ein Extra gewesen, auf dem Segrazlin bestanden hatte.

»Man bringt Menschen und ihre Familien anständig unter und ernährt sie ordentlich«, hatte er gesagt. »Man macht die Gruben so sicher wie möglich. Aber dann sollte man auch dafür sorgen, daß ihre medizinische Versorgung gewährleistet ist. Menschen arbeiten besser, wenn sie wissen, daß man sie wertschätzt. Das gleiche gilt für die 'dinis. Sie haben auch Gefühle.«

Während der Einzugsperiode dienten Laria, Thian und sogar Rojer als Übersetzer. Zara, obwohl erst neun, wollte ebenfalls an den Aktivitäten der Familie teilnehmen und dachte sich aus, den Neuankömmlingen die frischen Eier des letzten Geleges ihrer Rutscher zu spenden.

»Damit sie sich wie zu Hause fühlen«, sagte sie sehr feierlich und signalisierte Tip und Huf, welche Bedeutung ihr Geschenk haben sollte. Die Raven-Lyon-'dinis drückten der Reihe nach aus, wie dankbar sie ihr für ihre Großzügigkeit waren. Auch sie verfügten über Rutscher-Nestlinge, und so wurde eine Expedition geplant.

»Ich glaube, dies müßten die jungen Menschen den jungen Mrdini selbst klarmachen, Laria«, sagte Damia. »Deswegen darfst du – vorsichtig – fliegen, und …« –

sie verstärkte ihre Warnung mental – »einen Ausflug daraus machen.«

Sie ist durchaus in der Lage, einen Schlitten dieser Art zu fliegen, Damia, sagte Afra zu seiner Gattin, als sie gerade anfing, ihren Vorschlag zu bedauern. *Du bist doch oft genug mit ihr gefahren, um zu wissen, daß sie es kann. Und wir müssen dafür sorgen, daß sie eigene Erfahrungen sammelt. Es ist doch nicht so, als wäre sie sich jetzt völlig selbst überlassen.*

Ich weiß, ich weiß, Afra, sagte Damia. Doch sie war trotz seiner logischen Versicherung nicht in der Lage, ihre mütterliche Erregung gänzlich zu unterdrücken. *Es ist nur so, daß …*

Ich vertraue ihr. Und ich werde jeden Wegkilometer bei ihr sein.

Wenn du ihr wirklich vertrauen würdest, würdest du genau das bleiben lassen, sagte Damia leicht vorwurfsvoll.

Als sie zuschauten, wie Laria ihre Passagiere in den großen Schlitten lud, lachte Afra und zauste Damias Haar. Das Mädchen schaute die beiden unverwandt über die Schulter an.

Siehst du? Sie wartet schon darauf, daß du sie zurückpfeifst, Damia. Lächle, winke, ermutige sie!

Sie braucht im Grunde gar keine Ermutigung, erwiderte Damia, noch immer finster, aber sie lächelte und winkte mit aller Kraft. Als der Schlitten sich ohne Ruck auf sein Luftkissen hob, hielt sie den Atem an. Laria wendete ihn gekonnt, und sie entspannte sich allmählich. Es ging besser, als Afra leise in ihr Haar lachte.

Wir können nicht hier stehenbleiben und zuschauen, sagte er und drehte sie sanft in Richtung Tower um. *Auch nicht heimlich!* Damia mußte über diesen Tadel lachen, denn er hatte jenen Ausläufer ihrer Gedanken aufgefangen, der in die Ferne griff, um einen dünnen Kontakt mit Larias Geist beizubehalten. *Wir müssen die ersten Drohnen verschicken, und ich möchte, daß du deine ganze Aufmerksamkeit auf den Transfer richtest, mein Schatz!*

Afra hatte recht, daß er sie an die bevorstehende Arbeit erinnerte. Es waren zwar keine Dicken Brummer, aber ein paar sehr feiste Mamas. Der Bergbau wollte pünktlich liefern, und die erste Ladung war ein Vorgeschmack seiner Absicht.

Als die aurigaeische Prima und ihr T-2-Gatte ihre Towerpositionen einnahmen, arbeiteten die Generatoren schon auf Höchstleistung. Damia nahm Verbindung mit David auf Beteigeuze auf, der sie freudig begrüßte.

Ich habe gehört, die Aufrüstung wird uns bald wieder Dicke Brummer schwingen lassen, sagte David.

Ist es ratsam, erwiderte Damia vorsichtig, *über solche Dinge zu reden?*

Wer sollte uns schon hören, Damia?

Also, auf geht's, David! Mit dem Geschick und der Ruhe einer langen Praxis bezog Damia sich auf die mit voller Kraft laufenden Generatoren und teleportierte die Erzdrohnen aus den Minenlagern direkt zu David, der sie zur Hütte weiterhievte, wo man schon auf das Erz wartete.

Das Mutterdasein hat dich nicht verlangsamt, was?

Warum sollte es?

Bis später!

Wehe, wenn nicht! lautete Damias Antwort. Dann schickte Keylarion ihr einen dringenden Eingang hoch.

Im Rhythmus der Arbeit vergaß sie das erste längere Flugerlebnis ihrer Tochter.

Laria fand die Fahrt belebend. Sie war sich der Passagiere oder ihres neben ihr auf dem Vordersitz hockenden Bruders kaum bewußt.

Sich selbst zu teleportieren war ganz anders. Sie hatte es so oft getan, daß es nur noch Routine war. Aber andere in einem mechanischen Apparat zu befördern, war nicht damit zu vergleichen. Auch dann nicht, wenn sie wußte, daß sämtliche Towerfahrzeuge bestens instand gehalten wurden. Der Schlitten war mit einem Joch zum Steuern und Pedalen für Tempo und Bremse kinderleicht zu handhaben. Selbst wenn die Energie aus irgendeinem Grunde ausfallen sollte und das Luftkissen versagte – ihre Reflexe waren schnell genug, um in den kinetischen Modus zu wechseln und eine harte oder abrupte Landung zu verhindern. Ihr Vater hatte ihr sämtliche Notfallmaßnahmen eingebleut – bevor er ihr erlaubt hatte, mit einem kleinen Schlitten allein herumzudüsen.

Der wichtigste Gesichtspunkt war der, daß ihre Eltern sie nicht ›belauschten‹. Laria hingegen wußte, daß sie mit der Towerarbeit beschäftigt waren. Man gestattete ihr tatsächlich die Ausführung einer eigenständigen Handlung. Was ihrer Meinung nach nur passend war, denn sie war fast sechzehn und würde bald ›das Alter‹ haben.

Das 'dini-Dorf lag am anderen Ende der Stadt, wo das Land sich zum westlichen Plateau hinaufzog. Es war eine konsolidierende Anstrengung gewesen: Flk und Trp hatten das Projekt mit Unterstützung ihrer menschlichen Kollegen und diversen 'dinis aus unterschiedlichen Berufen überwacht. Nach dem Sammeln der Materialien hatte die gesamte Bevölkerung von Aurigae City sich drei Tage Zeit genommen, um das Dorf zu errichten. Es war vollständig und verfügte über ein Hibernatorium und medizinische sowie Freizeitanlagen. Die von den 'dinis stammenden Baupläne hatten die bewundernde Unterstützung der menschlichen Konstrukteure gefunden, und sie hatten ihre Begeisterung auf die gesamte Gemeinschaft übertragen. Das Ergebnis war ein Dorf von hohem Standard und jeder Bequemlichkeit, die ein 'dini auch nur auf seinem Heimatplaneten finden mochte.

Laria verspürte leichte Aufregung, als sie den Dorfparkplatz erreichte, da überall 'dinis in der Luft herumflitzten. Sie bedienten sich mitgebrachter privater Flugausrüstungen, aber sie flogen auf völlig willkürliche Weise, die keiner irgendwie erkenntlichen Ordnung folgte. Sie befürchtete, versehentlich einen Unfall verursachen zu können. Tip klickte ihr ermutigend zu, und Huf schob ein Fenster auf und klackte in Richtung der in der Nähe befindlichen Flieger, die dem Schlitten daraufhin Platz machten. Laria landete ohne weitere Hindernisse.

»Ihre Gürtel sind toll, Lar«, rief Thian und reckte den Hals, um die schnellen Manöver der Fliegenden zu begutachten. »Glaubst du, wir könnten so was auch kriegen?«

»Obwohl wir überallhin teleportieren können?« fragte Laria verblüfft.

»Teleportieren ist doch was anderes, Lar«, erwiderte Thian wehmütig. Er ignorierte das ironische Schnauben seiner Schwester. »Mir *gefallen* mechanische Dinge«, fügte er zu seiner Verteidigung hinzu.

Seine Schwester wußte, daß dies stimmte. Thian nahm ständig alles auseinander und baute es umständlich wieder zusammen. Manchmal auch weniger umständlich – wenn er die Teile gut genug kannte, um sie mit telekinetischer Hilfe wieder zu einem Ganzen zu machen. Ihr Vater hatte seine diesbezüglichen Aktivitäten zwar ermuntert, aber ihre Mutter war immer skeptisch geblieben.

Tip, Huf, Mur und Dip gesellten sich zu ihnen auf den harten Boden des Parkplatzes. Jeder trug einen kostbaren Korb mit Rutschern. Zara drückte den ihren fest an ihren schmalen Brustkorb; ihre Augen waren groß, weil sie sich wichtig vorkam und man sie mit auf diese Reise genommen hatte.

Tip gackerte und deutete mit einem Finger in die Richtung, die sie nehmen mußten – dort lag der ›Gemeindesaal‹. Die 'dinis hatten einen Eßsaal haben wollen, aber das Gebäude wurde ebenso für Versammlungen genutzt. Stühle und Tische waren für ihre Eßsitten in dieser Hinsicht keine Notwendigkeit. Stapel von Schalen standen ordentlich aufgereiht an einer Seite, und auf dem freien Boden lagen überall Kissen herum. Sie waren besetzt, als Laria mit ihren Geschwistern und Freunden eintrat, und ihr Erscheinen erzeugte bei den erwartungsvollen 'dinis eine Menge Lärm. Laria sah, daß die Mehrheit der Anwesenden junge 'dinis waren – Lehrlinge, die weniger lange arbeiteten als die Erwachsenen, aber sie waren genau die richtigen, die die Rutscher zu schätzen wußten. Die Geschöpfe sorgten bei ihnen für endlose Erheiterung, doch Laria hatte es nicht sehr gern, wenn ein Rutscher auf ihrer nackten Haut herumkrabbelte. Es war ein wirklich komisches Gefühl.

Das Klicken, Klacken und Pfeifen der eifrigen jungen 'dinis machte die Verteilung der Haustiere dringend, und als sie fertig waren, bedankten sich Zara und Rojer, wobei Tip, Huf, Mur und Dip für die Übersetzung sorgten. Die Jugendlichen wurden mit den Neuerwerbungen hinausgeschickt, und die erwachsenen Weibchen boten den Menschen Erfrischungen an. Laria, Rojer und Zara wurden gebeten, auf den Kissen Platz zu nehmen. Sie wurden von allen Seiten beäugt.

»Was ist denn so komisch an uns?« wollte Zara wissen.

»Ich glaube, sie haben noch nicht viele Menschen gesehen,« sagte Laria leise. »Ja ...« Sie fing Tips Handzeichen auf. »Sie sind reife Begleiterinnen, und noch nicht aus dem Dorf herausgekommen.« Sie stellte Tip eine andere Frage, und als er antwortete, lächelte sie. »Sie haben geglaubt, wir Menschen seien etwas, das sich ältere 'dinis nur ausgedacht haben. Es erstaunt sie, zu sehen, daß es uns wirklich gibt. Tip sagt, sie kommen vom einem Südkontinent, der noch nicht weit entwickelt ist. Aber sie brauchten die Arbeit wirklich und wollten sich diese gute Chance nicht entgehen lassen.

Es freut sie sehr, daß die Unterkünfte tatsächlich so aussehen, wie man es ihnen versprochen hat.« Sie lachte erneut und errötete.

»Was ist denn, Lar?« fragte Thian überrascht, denn dies kam bei seiner Schwester nur sehr selten vor.

»Die Gelbbraune mit den Beinstreifen gefällt Tip.«

Thian tat so, als unterzöge er die 'dini einer genauen visuellen Untersuchung, dann grinste er. »Sie ist auch recht entzückend gefleckt.«

Eine Sekunde später lachten die beiden jungen Leute auf, weil die fragliche 'dini seine Aufmerksamkeit falsch verstanden hatte und nun mit einem Tablett mit bißgerechten Nahrungsmitteln zu ihnen herüber eilte.

Ihr seid gemein, sagte Zara bissig und musterte ihre Geschwister aus zusammengekniffenen Augen.

Aber nein, Zara, sagte Laria irgendwie gedemütigt. Dann wandte sie sich zu Tip um, um ihn zu fragen, ob man sich die Quartiere der 'dinis ansehen könne oder ob man dergleichen als Eindringen werte.

Tip stand auf, tratschte kurz mit der gefleckten 'dini, und die anderen sprangen sofort hoch und bedeuteten den Menschen, sie sollten sich zur Tür begeben.

»Ich nehme an, wir dürfen inspizieren«, sagte Thian, der von einem Ohr zum anderen grinste und Tip signalisierte, daß er sehr erfreut sei, einer solchen Ehre teilhaftig zu werden.

Da sie in ihren eigenen Unterkünften immer mit 'dini-Gefährten zusammengelebt hatten, war es fast eine Überraschung, als sie sahen, was 'dinis für passende Quartiere hielten. Auf der untersten Ebene der fünf Schlafsäle, die man ihnen zeigte, befanden sich beheizte Schwimmbecken. Die Luken neben den großen Becken führten nach Thians Meinung in die Diensträume. Im Vorraum hinter dem Haupteingang standen zahlreiche Regale, die die Fluggürtel enthielten, die die 'dinis zu Transportzwecken einsetzten. Auf den beiden oberen Ebenen – die 'dinis bauten lieber in die Breite als in die Höhe –, wurde das Gebäude von langen, finsteren Korridoren geteilt. Zu beiden Seiten befanden sich Türen, die in kleine Wohnungen führten. Diese bestanden aus einem Hauptraum, der nie sehr groß ausfiel, dem 'dini-Äquivalent eines WC, und mehreren Schlafräumen. Die Schlafräume enthielten zwei- und dreistöckige Kojen, die jeweils zu viert nebeneinander standen. Am Ende jeder Koje war ein kleiner Spind befestigt, in dem man persönlichen Besitz aufbewahrte. Da Laria weder Decken noch Kissen sah, fragte sie sich, ob ihre 'dinis nicht immer an diesen Luxus gewöhnt gewesen waren.

Sie sind anpassungsfähig, nicht wahr? meinte Thian während der Runde zu seiner Schwester und drückte mit Hilfe von Gesten angebrachte Zustimmung aus. Ihre vier 'dinis beantworteten ihre Reaktionen mit Zeichen der Freude. Zara war von der Umgebung zu beeindruckt, um mehr zu zeigen als aufgeregtes Interesse.

Ich frage mich, warum sie keine Fenster haben, sagte Laria zu Thian, als es ihr auffiel. *Fenster wären doch viel besser als diese Leuchtstäbe.*

Vielleicht für uns, sagte Thian. *Aber laß uns erst danach fragen, wenn wir wieder draußen sind.*

Ich wollte gar nicht danach fragen, erwiderte Laria. Sie war leicht sauer, weil ihr Bruder ihr eine solche Taktlosigkeit zutraute.

Hab ich auch nicht angenommen. He, da sind Ventilatoren an der Decke. Jedenfalls sehen sie so aus. Kleine, über allen Betten. Es sei denn, diese runden Dinger sind doch Lampen. Haben unsere 'dinis also im Luxusschoß oder wie arme Leute gelebt?

Thian!

Thian grinste ungeniert.

Ihr spontaner Ausflug endete am Eingang eines Hibernatoriums. Thian fragte Mur, ob es fünf dieser Einrichtungen gäbe, um der Anzahl der 'dinis gerecht zu werden oder um die Bewohner verschiedener Kontinente unterzubringen. Wegen der Kontinente, wurde er informiert, damit für die Gruben ständig eine volle Arbeitsmannschaft zur Verfügung stand. 'dinis ehrten ihre Verträge.

»Hab keine Sekunde daran gezweifelt«, sagte Thian und lächelte Mur zustimmend zu.

Obwohl die drei jungen Leute nie in einen so heiligen Ort eingedrungen wären, schoben die 'dinis sie plötzlich flugs zum Parkplatz zurück. Die Grubenpfeife blies zum Schichtwechsel, was den Abschied noch beschleunigte.

Als an diesem Abend das Essen zubereitet wurde, hatte Laria eine Menge Fragen an ihre Eltern.

Glaubst du, daß die 'dini-Unterkünfte luxuriös sind, Mutter? Oder enthalten sie nur das Nötigste?

Flk und Trp haben uns deutlich gesagt, daß die Quartiere einen sehr hohen Standard haben und alle völlig zufrieden mit ihnen sind, erwiderte Damia.

Afra lächelte und schenkte Laria einen Blick. Er fütterte gerade Petra. *Am meisten machen ihnen die beheizten Becken Spaß. Ich nehme an, sie allein würden jeden sonstigen Mangel leicht ausgleichen.*

Aber wir sind sicher, daß es keinen gibt, sagte Damia. *Wenn einige der Annehmlichkeiten, die sie erbeten haben, auch etwas komisch waren.* Sie runzelte leicht die Stirn.

Zum Beispiel? wollte Thian wissen. *Die Frischluftventilatoren oder die Leuchtstäbe?*

Damia hielt kurz inne und bedachte ihre Antwort. *Ich weiß es eigentlich nicht genau.*

Sie verwenden zu Hause offenbar weder Bettdecken noch Kissen oder so was, fuhr Thian fort. *Hier aber doch.*

Was glaubt ihr, was sie sich damit quälen, sagte Afra mit Bedacht und löffelte zerstampftes Gemüse in den Mund seiner Tochter.

Ach, Papa! sagte Thian.

Sie passen sich unserem Leben an, sagte Damia und warf ihrem Geliebten einen zügelnden Blick zu.

Und ich muß mich dem ihren anpassen? Laria klang unschlüssig.

Man muß schon mal mit den Wölfen heulen ... sagte ihr Vater.

Afra! Damia wandte sich ihrer Tochter zu, um sie zu beruhigen. Larias Abreise war nicht mehr fern, und Fragen dieser Art mußten wahrheitsgemäß beantwortet werden. *Wir haben sämtliche 'dinis pausenlos gefragt, welchen Komfort sie benötigen.* Sie stieß einen verzweifelten Seufzer aus. *Sie haben gesagt, daß sie nichts Besonderes brauchen. Daß sie ziemlich glücklich mit allem sind, was wir für sie tun.*

Aber werde ich auch glücklich sein? erwiderte Laria und fragte sich, wie sie je mit fensterlosen Räumen, Ventilatoren und langen Leuchtstäben fertig werden sollte. Sie hatte im Grunde noch gar nicht darüber nachgedacht, unter welchen Umständen sie auf Clarf leben würde. Tip und Huf hatten noch nie einen Moment des Unbehagens gezeigt. Zumindest nicht auf ihrem Grund und Boden. Und auch dann nicht, wenn sie mit ihnen bei Urgroßmutter Isthia auf Deneb im Urlaub gewesen war.

Die Towerbesatzung auf Clarf hat mir versichert, daß sie geräumige und elegante Unterkünfte hat, sagte Damia so eindringlich, daß Laria sich allmählich weniger verunsichert fühlte.

Aber Lar wohnt doch nicht im Tower, Mama, oder doch? fragte Thian, der ebenso unschuldig dreinschaute wie seine jüngste Schwester.

»Thian!« sagte Afra mit fester Stimme. Thian verstummte augenblicklich. *Natürlich ist es erforderlich, daß du, wie jeder 'dini, zwei Monate im Jahr ein Hibernatorium aufsuchst.*

Sein Tonfall war so prosaisch, daß Laria ihn anschaute. Dann brach sie in ein Lachen aus und fühlte sich anschließend hinsichtlich ihrer Zukunft viel besser. Und noch etwas: Ihre Eltern hätten sie niemals einer Sache ausgesetzt, die für sie nicht absolut sicher war. Laria empfand Stolz über ihre bedeutende Position in der Familie Raven-Lyon: zwar nicht im Übermaß, aber genug, um sich ihres hohen Dienstalters bewußt zu sein.

In der nächsten Woche wurde dies in praktische Anwendung umgesetzt, als sie und Thian sich zu ihren Eltern in den Tower gesellten, um die ersten Dicke Brummer-Drohnen zu verschieben.

»Die Masse ist so schwer zu verschieben, nicht das Gewicht an sich«, sagte Afra zu den beiden, als sie auf den in den Kontrollraum des Hauptturms eingepaßten Zusatzliegen Platz nahmen.

Thian zappelte vor Aufregung. Laria konnte die ihre beherrschen, auch wenn sie ein schreckliches Flattern im Bauch verspürte. Natürlich hatte sie ihren Eltern in Notfällen schon geholfen. Sie alle hatten es während des Einsturzes der Malteserkreuz-Grube getan. Telekinese hatte jeden einzelnen von einhundertacht Bergleuten vor dem sicheren Tod durch die Gasvergiftung bewahrt. Es war Afra sogar gelungen, die Leichen der anderen zu bergen. Ein großer Trost für die trauernden Familien. Laria hatte *diesen* Aspekt der Rettung zwar nicht genau gekannt, aber sie war sehr glücklich gewesen, als sie sich mit ihrer Mutter verbunden hatte, um die Lebenden zu befreien: Sie, Thian, Rojer – und sogar Zara – hatten ihre Kraft der Kraft ihrer Mutter in einer spontanen Verbindung geliehen. Sie hatten derlei Verbindungen zwar für eben solche Notfälle geübt, aber damals war es um Leben und Tod gegangen.

Die heutige Übung war bloß eine Verbindung von vier hochtalentierten Geistern, um das tote Gewicht verfeinerten Eisenerzes zu heben und es quer durch die Galaxis nach Beteigeuze in die dortigen Fabriken zu schicken. Fünf Transporte standen an.

»Es ist nur eine Art Übungssitzung, Kinder«, sagte

Afra. »Sie dürfte euch bei euren Fähigkeiten und eurer Kraft keine große Mühe machen.«

»Ihr werdet es so oft und mit so vielen Drohnen machen, daß es euch langweilig werden könnte«, fügte Damia hinzu, als auch sie auf ihrer Liege Platz nahm. »Es *darf* euch aber nie« – sie hob einen mahnenden Zeigefinger – »langweilig oder zu einer bloßen Übung werden. Ihr müßt euch jetzt und immer dann, wenn ihr teleportiert, streng ans Protokoll und die Verfahrensweise halten. Besonders bei solchen Massen.«

Laria und Thian nickten feierlich. Sie wußten, wie stolz ihre Mutter als Aurigae-Prima auf den Status ihres Tower war. Sie trug ihren Titel seit ihrem achtzehnten Jahr und hatte noch nie Fracht verloren oder fehlgeleitet, ob sie nun lebendig oder unbelebt gewesen war. Man hatte Laria und Thian ausgebildet, seit sie zum ersten Mal allein mit Geisteskraft etwas ›gehoben‹ hatten.

»Nun macht es euch bequem«, sagte Damia. Sie legte den Kopf auf die Stütze und schüttelte ihre Hände, um sie zu entspannen.

Die Generatoren schnurrten nun mit voller Kraft. Laria kannte den Klang genau. Sie schlenkerte ihre Hände aus, ließ sie seitlich an sich herabsinken und versetzte ihrem Kopf den letzten Stoß. Sie lauschte konzentriert den Generatoren und spürte die Berührung von Mutter und Vater in ihrem Geist, gestattete die Verbindung und empfand sich als Teil einer Übereinstimmung. Dann spürte sie, daß Thian hinzukam. Nun waren sie nicht mehr vier getrennte Geister, sondern ein Bewußtsein, das sehr viel stärker war als die Macht von vieren. Es war auf die erste der fünf belanglos aussehenden Drohnen gerichtet, die wie geschwollene Nacktschnecken auf dem gepflasterten Hof der Kleeblatt-Minengesellschaft lagen. Das Bewußtsein packte die Drohne und hob sie hoch und höher, und dann, wie ein kleiner Junge, der einen flachen Stein über das stille Wasser eines Teiches oder Flusses schleudert, wurde sie hinter den Planeten, hinter seinen Mond und immer weiter geschleudert. Sie nahm Geschwindigkeit auf, bis sie nur noch ein verwaschener Fleck war und das Bewußtsein einen Widerstand spürte.

Beteigeuze fängt auf! sagte das Bewußtsein, das David auf Beteigeuze dirigierte. Er wurde von seinen erwachsenen Kindern unterstützt.

Die erste von fünf, gab das Bewußtsein, zu dem Laria gehörte, offiziell bekannt.

Empfangsbereit.

Hebe an.

Pause.

Empfangsbereit.

Hebe an.

Pause.

Empfangsbereit.

Und so ging es weiter, bis alle fünf Drohnen ihren Bestimmungsort erreicht hatten.

Das war alles für heute.

Ist auch genug für heute! erwiderte Beteigeuze mit Gefühl.

Also wirklich, David … Wir müssen unseren jungen Leuten doch ein Beispiel geben.

Wir SIND *heute unsere jungen Leute, Damia! Herzlichen Glückwunsch, Afra, Laria, Thian.*

Herzlichen Glückwunsch, David, Perry, Xahra, Morgelle.

Die nun folgende Stille war so starr, wie die Verständigung flüssig gewesen war: fast schmerzhaft. Laria spürte, daß etwas fehlte. Sie wußte, daß Thian sich aus dem Bewußtsein zurückgezogen hatte. Dann empfand sie auch ihren Ausschluß. Sie öffnete die Augen, bewegte den Kopf und entspannte ihre Nackenmuskeln. Sie sah, daß Thian genau das gleiche tat.

»Ich danke euch«, sagte Damia herzlich. »Ihr habt uns wirklich sehr geholfen.«

»Ich habe den Kniff jetzt raus, Mutter«, sagte Laria verhalten. »Ich habe keine Kopfschmerzen mehr.«

»Die hat man nur, wenn man sich der Verbindung widersetzt«, sagte Damia und streckte eine Hand aus, um das Haar ihrer Tochter zu zausen. »Alles klar, Thian?«

Der Junge schüttelte den Kopf und rollte dramatisch mit den Augen. »Ich habe mich wohl widersetzt. Meine Kopf tut furchtbar weh.«

Damia schwang sich sofort von ihrer Liege und setzte sich neben ihn. Ihre langen Finger massierten seinen Nacken bis zum Kopf hinauf, und dann auch seine Schultermuskeln. Thian schnitt Grimassen, damit Laria es sah, denn sie fühlte mit ihm, da sie wußte, wie kräftig die Finger ihrer Mutter waren, auch wenn sie ihren Bruder um die Sonderbehandlung beneidete.

»Ist alles Übungssache«, sagte Afra, setzte sich neben seine Tochter und massierte sie ebenfalls.

Thian verzog erneut das Gesicht. »Und davon kriegen wir demnächst mehr als genug, nicht wahr?«

»Jedenfalls genug, um das erforderliche Verfahren zu *erlernen*«, sagte Damia. »Na schön, das dürfte reichen. Ihr könnt jetzt gehen. Ihr müßt heute noch allerhand lernen!«

Thian stöhnte. Laria war sicher, daß er den Kopfschmerz nur vortäuschte, weil er hoffte, sich vor dem Unterricht drücken zu können. Aber Mutter war viel schlauer als Thian! Sie behielt ihren Verdacht jedoch für sich, da sie momentan für einen Streit nicht in Stimmung war. Bestandteil des gemeinsamen Bewußtseins zu sein, war vielleicht nur ein Teil der Arbeit des telekinetischen *Talents,* aber die Verschmelzung, Bestandteil ihrer Eltern und ihres Bruders und auf die Generatoren eingestimmt zu sein, erhöhte sie so – ja, erhöhte war *genau* das richtige Wort –, wie keine andere Facette ihrer Begabung. Einst hatte sie die Verzwicktheit dieses Unterschieds ihrem Vater zu erklären versucht und war schlimm dabei gestolpert. Aber sie waren nicht ohne Grund Telepathen, und er hatte sie in die Arme genom-

48

men, telepathisch getröstet, denn er wußte genau, was sie meinte. Daß es genau das war, eine Transzendenz des Ichs. Sie hatte sich sehr beruhigt gefühlt.

Obwohl sie zwischen Hochtalenten aufgewachsen war und ihre Neigungen schon im Alter von drei Jahren gezeigt hatte, gab es gewisse Aspekte ihrer Gaben, die sie hin und wieder überwältigten.

»Und das, mein kleiner Liebling«, hatte ihr Vater gesagt, wobei er sie sanft und zärtlich gewogen und seine Liebe sie wie ein weicher, warmer Schal umfaßt hatte, »ist genau so, wie es sein sollte. Es bringt nichts, überheblich zu werden. Es ist eine Gefahr, der wir bewußt aus dem Wege gehen müssen.«

Nun ging sie hinunter, kam in den Hauptraum des Tower-Komplexes und winkte Keylarion, dem T-6, und Herault, dem Stationsmeister zu. Sie wirkten ungeheuer erleichtert, weil der Transport einer solchen Masse so glatt vonstatten gegangen war. Xexo schaute von den Meßgeräten seiner geliebten Generatoren nicht auf, und die Versandleiterin Filamena war damit beschäftigt, eine Auflistung der Eingangsfrachtaufträge zu begutachten.

Als sie auf der Treppe erschien, schauten Tip und Huf von dem komplizierten Stockspiel auf, das sie mit Mur und Dip spielten. Sie pfiffen und hoben einige vor ihnen liegende Splitter auf. Mur und Dip protestierten, und Laria mußte lachen. Egal wie oft die beiden Pärchen spielten, Tip und Huf waren stets Sieger, und Mur und Dip schienen nie dahinterzukommen, wieso. Sie signalisierte Mur, daß auch sie Tip und Huf nicht schlagen konnte, doch daß dies das Verlangen der beiden auch nicht stillte. Thians Ankunft jedoch führte dazu, und das Sextett machte sich auf den Ruckweg zum Terrassenhaus und den auf sie wartenden Unterricht. Denn alle sechs jungen Geschöpfe mußten lernen, und dies taten sie, bis es Zeit zum Mittagessen war.

Kapitel Drei

Als Laria von ihren Eltern erfuhr, daß sie in Kürze zur Heimatwelt der Mrdini reisen sollte, war sie anfangs geradezu ekstatisch. Tip und Huf waren vom aurigaeischen Mrdini-Häuptling gleichzeitig informiert worden, und ihre Freude, nach Hause zu kommen, drückten sie in Form von unglaublich verrückten und komplizierten Turnübungen aus, so daß alle im Raven-Lyon-Haushalt bei ihrer momentanen Tätigkeit innehielten, um ihnen zuzuschauen. Die restlichen 'dinis vollführten angemessene Unterstützungsdrehungen, die aber weniger kompliziert waren als die Figuren, die Tip und Huf aufs Parkett legten. Schließlich waren sie es, die nach Hause kamen.

Vielleicht lag es am Anblick der auf der Terrasse ihres Heims vollführten Possen, daß Laria klarwurde, daß sie es verlassen mußte. Sie würde Saki, die Kunis, die Darbuls und auch die Rutscher verlassen. Sie würde ihre Brüder und Schwestern verlassen, und außerdem ihre Eltern und alles, was ihr vertraut und heimelig war. Laria unterdrückte den zunehmenden Zweifel und die nebulösen Ängste über ihr Vermögen, mit allem fertig zu werden, was nun auf sie zukam. Man hatte ihr das Austauschabkommen seit dem Tag erklärt, an dem sie ihre Eltern im Alter von fünf Jahren gefragt hatte, wieso manche Menschen keine 'dini-Freunde hatten. O je, wie sie alle vermissen würde!

Es würde uns schrecklich verletzen, wenn es nicht so wäre, sagte ihr Vater sanft, der allem Anschein nach nur zu ihr sprach. Sie zwang sich ein Lächeln für ihn ab, als sie sich in die Richtung drehte, in der er mit ihrer Mutter auf der obersten Terrassenstufe stand. *Du bist doch nur einen Gedanken weit entfernt, Schätzchen,* fügte er hinzu. *Diesen Vorteil haben wir immerhin.*

Ja, Papa, stimmt, erwiderte sie beherzt und resolut und wandte sich positiven Gedanken zu. Der erste bestand darin, sich das, was sie umgab, fest einzuprägen: das Haus mit den dahinter aufragenden Bergketten; die unter ihr liegende Stadt mit dem leisen Rattern und Scheppern der Grubenindustrie (ein konstantes Hintergrundgeräusch); die tanzenden 'dinis, das bewundernde Publikum ihrer Brüder und Schwestern; die Kunis und Darbuls, und sogar einige Rutscher, die sich vorsichtig am Rand hielten, wo sie von Flossenfüßen wahrscheinlich weniger oft getreten wurden.

Der Abendhimmel wies einen besonders schönen Azurton auf und dunkelte langsam den lebhaften Tiefen der Nacht entgegen. Es kam sogar leichter, aus den Bergen herunterströmender Wind auf. Er war kalt und duftete nach dem Geruch der Vegetation, die den aurigaeischen Frühling willkommen hieß. Und sie spürte, wie immer, den schwachen, beißenden Hauch, der einen metallischen Nachgeschmack auf der Zunge zurückließ.

Laria würde sich für immer an diese Szene und diesen Augenblick erinnern. Sie wußte es. Und holte tief Luft.

Ihre Schwestern Zara und Kaltia, sogar die fünfjährige Morag, halfen ihr beim Packen. Die 'dinis schauten zu. Sie nahmen pro Nase nicht mehr als einen kleinen Beutel mit nach Hause, der nur für sie wichtigen Krimskrams enthielt: Hübsch aussehende Steine und Muscheln, Perlenplättchen unbekannten Nutzens und ungeschliffene Edelsteine, die sie am liebsten mochten. Als man entdeckt hatte, daß sie in Geschmeide vernarrt waren, hatte Afra bei den aurigaeischen Bergleuten einen Diamantenschleifer aufgetan. Die 'dinis hatten zwar großes Interesse an seiner Arbeit gezeigt, waren aber nicht allzu entzückt über das Schleifen ihrer Steine gewesen. Die 'dinis auf der Erde hatten offenbar alle Perlen und glitzernden Seemuscheln aufgekauft, und diese Dinge gab es auf Aurigae nicht.

Saki zu verlassen war der schwierigste Teil, obwohl Laria wußte, daß Zara, die das umgängliche Pferd erbte, sie verehrte. Saki blieb in den bestmöglichen Händen zurück. Ihr Pony würde auf Morag übergehen, die nun alt genug war, um mit ihm umzugehen. Doch nachdem Laria diese Notwendigkeit akzeptiert hatte, machte sich allmählich Aufregung über das ihr bevorstehende Abenteuer in ihr breit. Denn ein Abenteuer würde es werden. Sie spürte es an ihrer Mutter und ihrem Vater und ein, zwei neidischen Fühlungnahmen, daß sie nun eine Erfahrung machen konnte, die anderen versagt blieb. Thians Neid-Aura war besonders stark, aber er brauchte nur noch ein knappes Jahr zu warten, bevor auch er gehen konnte, deswegen nahm Laria es ihm nicht übel. Rojer war der Unglücklichste, weil er nicht zum 'dini-Austauschprogramm gehörte und wirklich sehr gern dabeigewesen wäre. Sie bemühte sich, tröstende Gedanken auf ihn zu projizieren, aber er erwischte sie dabei und verschwand auf einem seiner einsamen Jagdzüge. Bestürzt richtete sie eine leichte Fühlung auf ihm, aber Rojer war trotz seiner zwölf Jahre schlau und entwischte ihr.

Manchmal fühlte Laria sich wie die aufgeregt umherspringenden 'dinis; zu anderen Zeiten fragte sie sich nur, auf was sie sich da einließ. Ob die 'dinis ähnliche Beklommenheit verspürten, wußte sie nicht, aber sie empfing von Tip und Huf dermaßen unterstützende Träume, daß ihre Erwartung im großen und ganzen positiv wurde. Sie konnte die Stunde, in der sie abreisen würde, kaum noch erwarten.

Da noch mehrere andere 'dini-Pärchen den Heimweg antraten, mußte man einen großen Frachter einsetzen. Laria, fast zu aufgedreht, um sich zusammenzureißen, umarmte ihre Geschwister, ihre Mutter, ihren Vater und sprang praktisch in die Kapsel hinein.

Als sie die Luke schloß, zwinkerte ihr Vater ihr dermaßen verschwörerisch zu, daß sie Überraschung empfand.

Freut mich, daß du doch noch gewartet hast, bis das Modul soweit ist, Schätzchen, sagte er. *Du sahst so aus, als wolltest du den Sprung aus eigener Kraft machen.* Sie bewegte sich in ihrer Ungeduld hin und her und lächelte ihn strahlend an.

Sie hatte sich *wirklich* so gefühlt. *Dazu bin ich zu vernünftig, Papa!*

Wenn du es nicht wärst, hätten wir nicht in Betracht gezogen, dich gehen zu lassen, Laria, erwiderte er auf seine ulkige Art. *In Zweifelsfällen, Kuni, verlaß dich auf deinen gesunden Menschenverstand, dann kommt wieder alles ins Lot.*

›Kuni‹ war sein spezieller Kosename. Eine Flut stolzer Liebe überspülte sie. Ihr Lächeln wurde noch breiter, und er beendete die Schließung und schlug mit der Hand auf das Modul, wie die Schauerleute es immer taten.

Laria bewegte sich erneut hin und her und setzte sich bequemer auf die Polsterung. Dann drehte sie den Kopf, um nachzuschauen, ob die ’dinis sicher in den sondergefertigten Hängematten waren.

Fertig? fragte ihre Mutter.

Fertig, erwiderte Laria und betete darum, daß das Sendeprotokoll bald durch war, damit sie endlich GEHEN konnte!

Aufgrund ihrer Aufregung und Erwartung kam sie nicht umhin, sich an die Geistesberührung ihrer Eltern zu hängen, als diese die Anhebung vornahmen. Und so kannte sie den genauen Moment, in der der Personenfrachter aus dem T-Lager genommen wurde und schwebte, und hatte nur den Bruchteil einer Sekunde, um sich vorzubereiten. Die Teleportation warf sie durch die Leere, die auf der Welt der Mrdini endete.

Clarf – dies kam dem Laut am nächsten, den man den Mrdini nachmachen konnte, um ihre Heimatwelt zu benennen –, umlief in der üblichen dritten Position von Sauerstoff-Kohlenwasserstoff-Planeten sein Zentralgestirn. Das System lag jedoch inmitten einer dicht bevölkerten Gegend der Galaxis. Kein Wunder, daß die Mrdini bei so vielen nahen, hellen und funkelnden Sonnen den Sternenflug entwickelt hatten und ermutigt worden waren, fremde Welten zu erforschen. Clarfs Position in dem wimmelnden Sternhaufen gab den Mrdini auch manchen Schutz vor den sich ausbreitenden Käfern: Es gab viele andere Welten, die auch das Interesse dieser Spezies auf sich zogen.

Als die Übergabe des Transports stattfand, wurde Laria in den Wortwechsel einbezogen.

He, du da, Kleine, sagte eine fröhliche Baritonstimme. *Gestatte mir, uns vorzustellen: Ich bin Yoshuk. Und Nesrun ist mein heites Zweit-Ich.* Das leise Lachen einer Altstimme ertönte.

Yoshuk macht wieder Witze, sagte die Altstimme. *Sei willkommen, junge Laria. Und schon bist du gelandet! Man erwartet dich, sei also bereit.*

Da die Kontrollen der Kapsel für menschliche Hände gemacht waren, entsiegelte Laria die Luke und öffnete sie. Bei dem grellen Licht, das hereinfiel, mußte sie die Augen zusammenkneifen. Die 'dinis niesten, tröteten und knisterten in einem hohen Grad der Freude und Aufregung. Laria schirmte die Augen ab, schob die Luke beiseite und machte ihnen Platz. Tip und Huf verdeutlichten ihr mit Gesten und Lauten, daß sie zuerst aussteigen wollten. Neben dem Licht drang auch Lärm zu ihnen herein, der war fast ebenso gewalttätig war wie der Lichtangriff auf Larias Augen. Aber sie konnte nicht genug sehen, um zu erkennen, woher er kam. Dann defilierten die restlichen Mrdini

an ihr vorbei und klickten leise in freundlicher Anerkennung ihrer Höflichkeit. In dem Augenblick, in dem
sie ausstiegen, fügten sie dem von außen kommenden
Lärm ein scharfes Bellen und Rufen hinzu. Laria blinzelte aufgeregt, um ihre Augen anzupassen. Sie fragte
sich, wie die 'dini auf Aurigae überhaupt etwas sahen,
wenn die gleißende Helligkeit auf ihrer Welt immer so
war.

Hoppla, sagte Yoshuk. *Setz das mal auf.* Durch die offene Luke schwebte eine Panoramabrille auf sie zu.
Man hätte dich warnen sollen.

Laria setzte die Brille auf, und das Licht flaute zu
einem weitaus angenehmeren Niveau ab. Doch der
draußen herrschende Lärm erreichte nun seinen Höhe-
punkt, und als sie einen Blick ins Freie warf, griffen
vier Paar 'dinipfoten nach ihr. Das sie Willkommen
heißende Klicken und Quäken wurde von Zeichen begleitet, die ›Komm raus‹, ›Komm her‹ und ›Komm zu
uns‹ bedeuteten. Sie war also gemeint.

Laria, die über die sich widersprechenden Be-
grüßungen lachen mußte, trat ins Freie und warf den
ersten Blick auf den Planeten Clarf. Beziehungsweise
auf dem Towerkomplex, der ihr trotz des fremdartigen
Himmels beruhigend vertraut erschien. Die unglaubliche Sonne machte aus dem flachen Vorfeld ein Back-
blech. Sie stand gleich neben dem Tower, einem der ersten auf den von den Mrdini beherrschten Welten.
Seine und die Umrisse seiner Nebengebäude und
sogar die T-Lager waren ihr vertraut, aber das Material, aus denen er gebaut waren, kam ihr äußerst ungewöhnlich vor. Für die Wände hatte man knallrotes
und schwarzes Gestein genommen; irgendein tief-
blaues Zeug deckte die Dächer. Die Lager waren pech-
schwarz, nicht stahlblau, und der Plaston grünlich-
schwarz.

Laria konnte nur einen kurzen Blick auf das dahinter
befindliche Panorama werfen – niedrige, verschach-

telte Gebäude von komplexer geometrischer Konstruktion; große dreieckige Hügel, von denen sie annahm, daß es sich um Eingänge zu gewaltigen Hibernatorien handelte; und über sich, summend wie ein wütender Insektenschwarm, die unmißverständlichen Gestalten fliegender 'dinis, die ihre Ein-Mann-Fluggürtel einsetzen. Hin und wieder zuckte ein lebhafter roter Strich über den Himmel, und eine fliegende Gestalt wich ihr abrupt aus. Über dem Towerkomplex schien der Luftraum frei zu sein.

Wir sind bei dir, sobald der Eingangsverkehr abnimmt, sagte Yoshuk. *Kann sein, daß sie dich zu Tode tätscheln, aber es gibt schlimmere Abgänge.*

Nun, da Laria von einer Horde 'dini in allen Größen und Farben umringt wurde, verstand sie, was er meinte, denn alle wollten sie anfassen, als wollte man sichergehen, daß das ihnen versprochene Menschenkind wirklich gelandet war.

Ein sehr lautes Knacken ertönte, und sämtliche sie umringenden 'dini standen still. Nur einer oder zwei äußerten Töne, die Laria als Bestürzung interpretierte. Ein weiteres Knacken, und sie bildeten einen respektvollen Korridor. Der größte 'dini, den Laria je gesehen hatte, kam auf sie zu. Er trug gewaltige Perlenketten um den Hals und eine unglaubliche tiaraartige Konstruktion verzierte sein Kopfauge, das sich auf sie richtete.

Als sie sich gerade fragte, welche Art Bewegung sie machen sollte, um dem hochgestellten 'dini Respekt zu erweisen, spürte sie, daß Pfoten ihre Hände anhoben und nach vorn führten. Tip und Huf waren ihre Eskorte geworden? Bürgen?

Der große 'dini beugte sich vor, bis sein feuchtes purpurnes Auge mit ihrem Gesicht auf einer Höhe war. Das Auge fing langsam an sich zu drehen. Der 'dini schob die Arme vor, um ihre ausgestreckten Hände zu berühren, drückte sie an seinen Brustkorb und sagte mit fester Stimme PLSGT! Er stellte sich mit seinem Namen vor.

Laria ahmte die Geste nach und sagte LR! Sie war ziemlich erfreut, daß sie sowohl das fließende L als auch das rollende R hinbekommen hatte.

Plus (sie beschloß, ihn fortan so zu nennen) wich mit einer Bewegung zurück, die der eines überraschten Menschen nahekam und stieß den blubbernden Laut aus. Dies sagte ihr, daß er sich freute.

Gut gemacht, Laria, sagte Yoshuk. *Sie werden dich wegen deiner Ls und Rs gern haben!* Nesrun stieß erneut ein leises Lachen aus.

Vor Laria glitt leise ein zweiter großer Personenfrachter heran und landete im T-Lager. Hinter ihr erschütterte ein gewaltiges Donnern die Luft und den Boden, und als sie herumfuhr, sah sie das erste mit Energie betriebene Raumschiff abheben. Es war trotz seines lauten Krachs zehn Kilometer entfernt, vielleicht sogar mehr. Die Flammen seiner bulligen Raketen wurden immer länger, während es sich in den Himmel hob. Laria kam nicht umhin, es sich anzuschauen und fragte sich, warum man sich noch einer dermaßen antiquierten und verschwenderischen Methode bediente, wo Clarf doch über einen eigenen Tower verfügte. Aber, fiel ihr dann ein, es war kein Primentower. Yoshuk und Nesrun waren keine T-Einser, sondern T-Zweier. Sie konnten keinen solchen Behemoth losschicken. Hinter dem Schiff rumpelten ein zweites, ein drittes und ein viertes dem Himmel entgegen.

Ein leichtes Schütteln einer ihrer 'dini-gehaltenen Hände, und Laria fiel ihre Umgebung wieder ein. Um Tip und Huf hatten sich allerlei Leute versammelt. Sie wiesen eine ähnliche Färbung auf, so daß Laria annahm, daß es sich um Verwandte handelte. Niemand wußte, aus wie vielen Lebewesen eine 'dini-Sippe bestand.

Plus klemmte ihren Arm unter den seinen, drückte

sie an seine warme seidige Seite und wandte sich um.
Sie folgte ihm. Tip machte ihr mit einem unaufdringli-
chen schnellen Zeichen klar, daß es eine Ehre war –
was sie bereits vermutet hatte. Sie machte größere
Schritte, als Plus gerade anfing, kleinere zu machen,
und sie wußte nicht, ob sie über ihre gegenseitigen Bemühungen lachen durfte. Dann sah sie, daß Huf hei-
tere Zeichen gab, und sie fühlte sich in der Lage, den
großen 'dini anzulächeln.

Meine Güte, sagte Yoshuk. *Du hast Eindruck gemacht.
Wenn Plsgt dich persönlich ausführt ...*

Was geschieht jetzt, Yoshuk?

*Plsgt geleitet dich zu deinem Quartier. Er war stets der
stärkste Verfechter des Experiments auf diesem Planeten.
Dann nimmst du an einem Begrüßungsbankett für dein
Pärchen teil. Tip und Huf? Ja, und dort treffen wir uns. Wir
lassen dich schon nicht im Regen stehen, Laria.*

*Wir haben nämlich keine Lust, daß Rowan oder Raven
uns die Ohren versengen*, fügte Nesrun hinzu und verlieh ihrem Tonfall mit einem gespielt spöttischen Grinsen die rechte Würze.

Plus führte Laria in ein offenes Fahrzeug. Tip, Huf
und mehrere Angehörige ihrer Farbgruppe gesellten
sich dazu. Das Fahrzeug bewegte sich auf Luftdüsen
glatt voran, der Fahrer manövrierte es durch den Ge-
genverkehr, der hauptsächlich aus Schwebefahrzeugen
bestand, die in Kisten, Kästen und Ballen verpackte
Dinge transportierten. Wie ineffizient es doch ist, wenn
man keinen Kinetiker zur Hand hat, dachte Laria. Ihre
Anwesenheit lenkte ein paar Fahrer ab, so daß es fast
zu Unfällen gekommen wäre. Da ihre Völker einander
seit sechzehn Jahren kannten, konnte es doch nicht *so*
ungewöhnlich für einen 'dini sein, einen Menschen zu
sehen. Tip und Huf rutschten erheitert hin und her und
machten ihr rasche Zeichen, die besagten, welchen
Spaß sie hatten, daß alles noch einmal gutgegangen
war, dann knisterten sie mit ihrer Verwandtschaft, die

sich offenbar mehr Sorgen um die allgemeine Lage machte.

Dann verließ das Fahrzeug die Raumhafenanlage und bog auf eine sehr breite Straße ein, auf der es von Verkehr aller Art wimmelte. Fußgänger, Fahrzeuge und Einräder, die die Fahrer mit ausgezeichnetem Geschick und Wagemut steuerten, wieselten um langsamere, sie behindernde Verkehrsteilnehmer herum. Laria war so fasziniert von ihren Possen, daß Tip ihr eine Warnung zupfeifen mußte. Plsgt signalisierte etwas; sie hatte seine ersten Bemerkungen übersehen. Sie warf Tip einen fragenden Blick zu, und er wiederholte sie hinter seinem Rücken. Zum Glück erklärte Plus ihr nur die Gebäude, an denen sie vorbeikamen.

Der Raumhafen war von Depots der Hilfs- und Zulieferfirmen umgeben. Dann wechselte ihr Fahrzeug auf die Straßenmitte und ließ einen Marschblock passieren, den Laria als Mrdini-Soldaten identifizierte, obwohl sie nie zuvor welche gesehen hatte. Im Gegensatz zu den anderen 'dinis trugen sie schwere Schultergürtel mit Rohren und anderen unheimlich aussehenden Gerätschaften auf dem Rücken festgeschnallt. Sie wirkten hart, und manche wiesen merkwürdige Narben am Körper und den Gliedmaßen auf, die auf verheilte Wunden hinwiesen.

Dann deutete Plus auf Plätze zu beiden Seiten der breiten Straße und schmalere Gassen, die von der Hauptdurchgangsstraße abzweigten. Dort waren die heimischen Quartiere der Raumhafentechniker. Ihre Wohnanlagen bildeten das übliche 'dini-Karree rings um den Arbeitsplatz. Von den verschiedenen Behausungen waren die großen schrägen Hügel der Hibernatorien abgeteilt. Niemand brauchte weit zu gehen. Laria erkundigte sich, woher Nahrung und sonstige Gebrauchsartikel kamen, aber Plus hatte offenbar keine Lust, in die Einzelheiten zu gehen.

Hinter ihnen ertönte das Brüllen eines startenden

Raumschiffs, und die Luft war erneut vom Geruch heißen Metalls und Treibstoffabgasen erfüllt. Es ist wirklich schade, dachte Laria, daß es nicht genug *Talente* gibt, um die 'dini-Schiffe zu hieven und Lärm und Luftverschmutzung zu reduzieren. Vielleicht sollte sie sich darauf konzentrieren, in dieser Hinsicht selbst tätig zu werden. Ohne unbescheiden zu sein, wußte sie, daß sie nach dem Ende ihrer Ausbildung Towerprima werden würde.

Die Fahrt zu ihrem neuen Zuhause dauerte über eine Stunde. Plus' Fahrzeug drang ständig tiefer in die Hauptstadt des Planeten Clarf vor, die eine ausgedehnte Metropole war. Es ging an ebenen, freien Plätzen vorbei, deren Zweck nicht erwähnt wurde. Einmal fing sie auch den unmißverständlichen Geruch von verfaulendem Gemüse und überreifem Obst auf. Sie konnte nicht bestimmen, aus welchen Gebäuden, die sie passierten, die Gerüche kamen, aber es erheiterte sie, daß Plus entweder sie nicht wahrnahm oder sich über diese Seite der einheimischen Ökologie nicht auslassen wollte. Es war taktvoll von ihm, ihr nicht die jämmerliche Seite des Lebens von Clarf zu zeigen. Er deutete mit sehr viel Stolz auf Sockel und Säulen und erklärte irgend etwas, das sie nicht ganz verstand, aber auch Tip und Huf konnten ihr nicht beistehen.

Die Luftverschmutzung und das harte Sonnenlicht führten dazu, daß Laria allmählich Kopfschmerzen bekam und ihr Bestes tat, um sie zu dämpfen. Sie hätte gern die Augen geschlossen, um sie auszuruhen. Plus würde es dank der dunklen Brille, die ihr Gesicht von den Brauen bis zu den Wangen bedeckte, zwar kaum merken, aber sie mußte auf seine Gesten achten, um nicht unhöflich zu wirken. Sie empfand Dankbarkeit, als das Fahrzeug vor einem großen, neu aussehenden Gebäude mit einem eigenartigen Dachaufbau anhielt. Es sah neu aus, weil das starke Sonnenlicht es noch nicht gebleicht hatte.

Laria erkannte, daß der Aufbau deswegen eigenartig wirkte, weil er Fenster hatte, über die kein anderes 'dini-Gebäude verfügte. Es gab auch eine Tür und eine Art Wintergarten mit Topfpflanzen. Jedenfalls hielt sie sie dafür. Erst jetzt fiel ihr auf, daß sie nichts – absolut nichts – Grünes, Wachsendes oder eßbar Aussehendes auf der langen Fahrt vom Tower hierher gesehen hatte. Dafür gab es möglicherweise eine Erklärung. Da Laria praktisch veranlagt und seit Jahren daran gewöhnt war, ihre eigene Nahrung zu jagen, fragte sie sich irgendwie, wie es hier mit den Nahrungsvorräten und deren Verteilung aussah. Vielleicht war *Hunger* ein Teil ihrer Kopfschmerzen.

Plus öffnete die Fahrzeugtür und trat ins Freie, wobei er sich umwandte, um ihr wie ein vollendeter Kavalier zu helfen. Dann sah Laria eine 'dini-Doppelreihe aus dem Haus treten. Bei ihrem und Plus' Anblick senkten sie respektvoll den Blick ihrer Einzelaugen. Tip und Huf wurden zu einer dichtauf gehenden Eskorte, ihre Flossenfüße bewegten sich im Gleichschritt mit den ihren, als wollten sie – Laria mußte ein Grinsen unterdrücken – dafür sorgen, daß sie keinen Fehltritt machte!

Die Reihe erreichte sie, respektvolle Grüße wurden an Plus gerichtet, und dann begrüßten die beiden Anführer Laria mit sorgfältig artikulierten Tönen, die sie deutlich verstand, auf die sie freundlich mit ihren Willkommensgrüßen und Glückwünschen antwortete. Laria und Plus wurden gebeten, ihre Gastfreundschaft zu genießen, und sie nahmen an. Laria wartete einen Moment, um zu sehen, was aus Tip und Huf wurde. Sie waren genau hinter ihr: Sie sollte voran gehen und wenn sie zum Gebäude kamen, dicht hinter Plus bleiben.

Laria klickte und klackte nach rechts und links, nickte freundlich jedem Einzelauge zu und sagte ES IST MIR EINE EHRE ODER FREUT MICH, EUCH KENNENZULERNEN, aber hin und wieder auch einfach nur DANKE.

Während sie die Parade abschritt wurde ihr schlagartig etwas Wichtiges bewußt. Obwohl die Felle der Mrdini sehr vielfältig gemustert waren, zeigten alle den gleichen Grundfarbton. Plus hatte jedoch ein Fell, dessen Farbe sich fast mit dem der anderen stritt ... Es hatte einen organgenen Ton; die der anderen waren hingegen bläulich. Laria warf Tip und Huf einen verstohlenen Blick zu und erfuhr, daß es sich um ›Blaue‹ handelte. Dann war die Farbe also kritischer, als jemand gewußt hatte.

Braves Mädchen! Hat es schon am ersten Tag gerafft! Yoshuks Tenor klang triumphierend. *Viele suchen noch immer nach dem Zusammenhang.*

Ist es wichtig?

Wirst du bald erkennen, da du nun hier bist. Mach dir aber keine Sorgen. Menschen stehen über den Farben. Und Nesruns Altstimme sagte zynisch: *Du solltest bei gemischten Farben vorsichtiger sein, aber ich gehe eigentlich nicht davon aus, daß dich diese kleine Schrulle unangemessen in Mitleidenschaft zieht.*

Rassenschranken? Laria fand die Vorstellung beunruhigend.

Dann trat Tips Fuß hart gegen ihre Ferse, und sie stellte das nicht zur Sache gehörende Gespräch ein. Sie hatten das Portal passiert und befanden sich nun in dem üblichen großen Foyer, in dem die Einräder und Fluggürtel sich in inspektionsbereitem Zustand befanden.

Die Mrdini lebten nun seit Jahrhunderten im Krieg, deswegen hätte sie von dem militärischen Erscheinungsbild nicht überrascht sein dürfen, auch wenn sie nicht allzu vertraut damit war. Dies war zweifellos etwas, dem sie sich noch anpassen mußte.

Das Haus war makellos sauber – wenn man auch in dem Halblicht, in dem sämtliche 'dini-Unterkünfte gehalten waren, nicht allzu viele Einzelheiten erkannte. Laria war froh, daß sie gelegentlich ins aurigaeische

Dorf gegangen war. Und natürlich war dies der Grund gewesen, aus dem man sie dazu ermutigt hatte.

Als die offizielle Tour weiterging, folgte sie Plus auf dem Fuße. Es ging zu den Bädern auf beiden Seiten des Haupteingangs, zu den Wohnungen, und schließlich zu dem wartenden Lift, dem Zugang zu ihrer eigenen. Plus wollte nicht in die Zwei-Personen-Kabine passen, der kaum mehr war als ein Stück Boden und ein Hauptschacht, der sie auf die Ebene ihrer Unterkunft beförderte. Es war eine erfindungsreiche Annehmlichkeit. Tip gab ihr mit Gesten zu verstehen, sie solle ihren Platz einnehmen, er baute sich neben ihr auf und machte eine große Schau daraus, den Steuerknopf zu drücken. Es gab zwei, und beide waren farblich gekennzeichnet. Auf dem einen stand O, auf dem anderen ein U. Laria signalisierte Zustimmung und Wertschätzung für diese Aufmerksamkeit.

Sonnenlicht fiel durch die breiten Fenster der eigens für sie eingerichteten Wohnung. Sie schaute sich um und klatschte so in die Hände, wie die 'dini ihrer Freude Ausdruck verliehen. Es war eine tolle Überraschung. Sie hatte wirklich damit gerechnet, in einer typischen 'dini-Unterkunft leben zu müssen. Sie hatte ihren Geist auf diese Notwendigkeit vorbereitet, falls der Austausch entsprechend geehrt werden mußte. Daß sie nun eigene Räumlichkeiten bekam, hatte sie nicht vorhergesehen.

Es gab ein Menschenbett mit hübschen dicken Decken (die 'dinis selbst verwendeten keine), Kissen, eine Truhe, eine kleine Kleiderpresse, einen Schreibtisch, einen Terminal (dessen pulsierender roter Anzeiger auf dem Stadtplan ihre momentane Position anzeigte), eine Audioanlage, Regale, zwei für Menschen gemachte Stühle und zwei 'dini-Stühle mit Schwanzlöchern. Es gab zwei Türen; eine führte auf das Dach hinaus, die andere in den Sanitärbereich.

ACH, TIP, SCHÖNER WOHNRAUM! VIEL SCHÖN FÜR EINZEL-

NEN MENSCH. VIEL ANSTRENGUNG, ZU BAUEN. HÜBSCH. GUT AUSGEDACHT. ENTGEGENKOMMEND. FREUNDLICH! In ihrer Erregung hatte sie Schwierigkeiten, die 'dini-Phrasen herauszukriegen.

Du machst es richtig, Kind! sagte Yoshuk. Seine Stimme klang herzlich und zustimmend.

Sprecht ihr 'dini?

Ich verstehe deine Überraschung und Freude, Laria. Und deine Syntax muß einfach 'dini sein. Ich tue mein Bestes, um die Sprache von dir zu lernen. Man möchte, daß du hier glücklich bist, und wie du siehst, hat man deswegen allerlei Mühsal auf sich genommen. Es war die Sache offenbar wert.

O ja, Yoshuk, gewiß. Und ob. Aber ... ich werde Vorhänge für die Fenster brauchen. Das Licht ist mir einfach zu hell.

Wußte nicht, welche Farben dir am meisten gefallen, wandte Nesrun ein. *Sobald du bei uns bist, kannst du dir aus unserem Zeug etwas aussuchen.*

Auch Tip machte Zeichen. Er gab Laria zu verstehen, daß ihr als Erwachsener natürlich ein eigenes Quartier zustünde. Die Zeit, in der sie das Bett mit anderen teilen müsse, sei nun vorbei.

Laria fing Yoshuks leises Lachen über diesen Kommentar auf – und Nesruns zensierendes Zischen.

Vom 'dini-Standpunkt aus besehen, sicher.

Dann verdeutlichte Huf ihr, daß man zwar wisse, daß sie keinen Platz im Hibernatorium brauche, sie solle aber deutlich machen, was sie ihr sonst noch zu ihrer Bequemlichkeit fehlte.

DIESE HAT GROSSE FREUDE AN IHREM QUARTIER. DRÜCKE GROSSE FREUDE UND DANK AUS. SEHR FREUNDLICH. SEHR ENTGEGENKOMMEND. SEHR EHRENWERT.

Jemand hatte den Lift wieder nach unten geholt; nun kam er mit ihrem Gepäck wieder nach oben. Mit Tips Hilfe packte sie es aus.

»Jetzt auftakeln«, sagte Huf mit vorzuckendem Kopf, was bedeutete, daß es sehr wichtig war. Er entnahm seinem Beutel Halsketten aus Muscheln und

Steinen, Armbänder mit rohen Edelsteinsplittern und etwas, das wie Laria von ihrer Mutter wußte, ein alter, aus Elfenbein geschnitzter Mantillakamm war. Tip befestigte ihn vorsichtig über seinem Kopfauge.

Langsam verstand Laria. Sie kramte in ihren Koffern, um die Perlen zu suchen, die ihr Vater ihr zum Geburtstag geschenkt hatte: ein doppelreihiges Collier, Ohrringe, Armband und zwei Ringe, einer mit einer Perle, der andere mit einem Feueropal. Sie war erstaunt über das üppige Geschenk gewesen – immerhin: Juwelen! –, aber nun verstand sie, daß Edelsteine auf Clarf eine ebenso große Rolle spielten, wie die flüssige Beherrschung der Sprache.

Eins der Gebiete, auf dem Menschen und Mrdini einander ähnlich waren, war das der Geselligkeit. 'dinis veranstalteten mit ihresgleichen und Randgruppen sehr gern Freßgelage. Das war auch der Grund für die Existenz der großen, leeren Plätze, die sie auf dem Weg hierher gesehen hatte. Denn zu dem, der ihnen am nächsten lag, wurde sie nun von den 'dinis geführt. Huf hatte seine speziellen Schätze angelegt: die Mutter aller Perlenkronen, diverse Ketten mit ungeschliffenen Steinen und anderen Pretiosen, außerdem jede Menge Muschelarmbandwicklungen. Er nickte zustimmend, als er die aufgeputzte Laria sah, dann geleiteten er und Tip sie zum Platz.

'dini-Trommler waren am Ort; sie machten sogar dem Donnern der abfliegenden Raumfahrzeuge Konkurrenz, nur endete dieses nie. Man hatte während der Inspektion Essen herbeigeschafft und auf großen Tischen ausgebreitet. Hunderte von kleinen Würfeln und Hockern – 'dini-Sitze – standen herum.

Laria saß als Ehrengast auf einem unübersehbar für Menschen gemachten Stuhl neben Plus, der zu seinem Abzeichen zusätzliche Zierden trug. Rings um ihn her saßen mehrere kleinere Versionen von sich selbst, ebenso juwelenbehangen. Es galt als sehr höflich, die

65

Edelsteine anderer 'dini aus der Nähe in Augenschein zu nehmen, deswegen hielt sich Laria an diese gesellschaftliche Verpflichtung. Sie stieß begeisterte Rufe aus, und es gelang ihr sogar, über jede Verzierung, die man ihr zum Begutachten hinhielt, etwas Neues zu sagen.

Als sie diese Höflichkeiten für Plus' Gefolge hinter sich gebracht hatte, schmerzten ihre Kiefer, ihre Zunge war trocken und ihre Kehle ausgedörrt.

»Trinken?« fragte sie Tip, der möglicherweise nur aus diesem Grund in ihrer Nähe geblieben war. Sie wandte sich von der Hauptgruppe ab, rieb ihre Kinnmuskeln und gähnte, um die Spannung im Mund und in den Lippen zu lösen. Dies waren Handlungen, die die 'dinis, falls sie sie sahen, fehlinterpretieren konnten.

Die Sonne knallte wieder auf sie herunter, und sie beschloß, sich so schnell wie möglich einen Hut zu besorgen. Sie hatte zwar nie einen gebraucht, aber irgendwie mußte sie ihren Kopf schützen.

Du holst dir noch einen Sonnenstich, sagte Yoshuk. *Aber wir haben Vorsichtsmaßnahmen ergriffen.*

Entfernungen waren zwar für Prima-Telepathinnen ohne Bedeutung, aber Laria war sich sofort bewußt, daß Yoshuk ›näher‹ klang. Sie schaute sich um und erblickte zwei gerade auf den Platz kommende Menschen. Sie verloren sich auf der Stelle im Gewühl der zur rhythmischen Trommelmusik tanzenden 'dinis. Der Musik konnte man sich tatsächlich nur schwer entziehen; Laria hatte ihren Fuß am Mitwippen hindern müssen, als sie die diplomatische Juweleninspektion vorgenommen hatte. 'dinis waren für Rhythmen sehr empfänglich, und ein geübter Tänzer konnte mit Trommeln oder anderen Schlagflächen und Gegenständen unglaubliche Kunststücke vollbringen. Laria hatte zwar zu Hause getanzt, aber sie wußte auch, daß es gewisse Protokolle beim Tanzen gab, die man respektieren mußte, wenn man auf Clarf war. Tip und Huf hatten ihr die Auswirkungen zwar nicht erklären können, aber eine volle Einweisung versprochen, sobald sie auf Clarf angekommen war.

Plötzlich tauchten die beiden Menschen aus der sich drehenden 'dini-Masse auf. Der Mann hatte sowohl einen Hut auf dem Kopf als auch einen in der Hand. Die Frau – sie war größer als er – trug eine Art verzierten Turban. Der gelbweiße Stoff bildete den perfekten Rahmen für ihre schwarze Haut und ihre dunklen Augen.

»Ich bin Nesrun von Beteigeuze«, sagte die Frau. Das Lächeln ihrer weißen Zähne war angesichts der Schokoladenfarbe ihrer Haut noch beeindruckender. Sie streckte die Arme mit den Handflächen nach oben aus, und Laria nahm kurz und etwas nervös formellen Kontakt auf. Nesrun hatte eine überraschende Fühlungnahme, schwingend, sattgelb und einen eigenartigen Säuregeschmack. Aber sie nickte, als sei sie einverstanden, wie Larias tastende Berührung sie wahrnahm.

»Ich bin Yoshuk von Atair«, sagte der Mann mit einem breiten Grinsen, als amüsiere er sich insgeheim über irgend etwas. Er streckte die Hand aus.

Da er so ziemlich der schönste Mann war, den Laria je gesehen hatte, zögerte sie, die Höflichkeit zu vollenden. Sein Lächeln verstärkte sich, als hätte er ihre Zaghaftigkeit empfangen, obwohl sie sie sofort abschirmte. Er war weicher als Nesrun, tiefblau und zitronenartig; eine Mischung, die sie fast ebenso überraschte wie sein gutes Aussehen. Seine Hautberührung wurde rasch durch die des Hutes ersetzt, den er in der ausgestreckten Hand hielt. Er war dem ähnlich, den er selbst auf dem Kopf trug.

»Er ist speziell für das starke Licht superheißer Sonnen entwickelt worden, Laria. Unser Begrüßungsgeschenk an dich.«

Laria war dankbar, besonders da der Hut ihr ausgezeichnet paßte und seine breite Krempe die Augen ebenso beschattete wie den Nacken. Es gab auch Luftraum über dem Haupt; Hitze und Druck der Sonne waren jetzt weniger stark spürbar.

»Trotz allem, was wir über Clarf wissen, hat niemand daran gedacht, die Sonne zu erwähnen«, sagte Nesrun.

»Obwohl ich sie, wie Gott weiß, unzählige Male erwähnt habe, und ebenso jeder menschliche Besucher«, fügte Yoshuk mit einem ulkigen und resignierenden Grinsen hinzu.

Laria war sich bewußt, daß sie Yoshuk anstarrte, aber er lächelte weiterhin gutmütig, als sei er derlei Dinge längst gewöhnt. Er schien, angesichts der Art und Weise, wie er den Kopf drehte, damit sie sein ganzes klassische Profil sehen konnte, fast dazu aufzufordern. Dann trat Nesrun ihm – dem Anschein nach zufällig – auf den Fuß, und er hüpfte, fast wie ein nervöser Hengst zur Seite. Diese Analogie unterbrach Larias Benommenheit, und sie verfiel wieder in ihre normale Haltung.

»Wart ihr für mein wunderbares Quartier verantwortlich?« fragte sie.

Yoshuk schüttelte den Kopf, und Nesrun antwortete: »Nein, sie haben alles allein gestaltet. Sie wissen, was Menschen brauchen. Ich habe angedeutet, es würde dir vielleicht besser gefallen, die letzten Feinheiten selbst zu bestimmen.« Sie hob den Blick zum Himmel. »Aber sie lernen schnell.«

»Du hättest sehen sollen, was sie für uns zusammengeschustert haben!« Yoshuk grinste.

Das Schlimme ist, dachte Laria, daß sein Grinsen sein gutes Aussehen nicht angreift und daß ich ihn nicht verärgern möchte. Sie grinste zurück.

»Was hast du gemeint, Yoshuk«, sagte sie und suchte nach einem sicheren Thema, um die Pause zu beenden, »als du gesagt hast, du würdest dich freuen, Syntax von mir zu erlernen? Sprichst du kein 'dini?«

Nesruns Lachen war reine Boshaftigkeit, die Yoshuk völlig ignorierte. »Keiner von uns spricht 'dini, Laria«, sagte sie. »Wir kriegen das Klicken, Klacken und Pfeifen einfach nicht hin. Wir schlagen uns mit Zeichensprache durch – mit unserer –, aber es langt. Oder wir bitten um einen Träumer.« Sie warf Yoshuk einen Blick zu. »Das ist dann meist unsere letzte Zuflucht.« Sie schüttelte sich, wenn auch mit Maßen.

Laria schaute sie überrascht an. »*Mögt* ihr die 'dinis nicht?«

»Ich habe mich an sie gewöhnt«, sagte Nesrun sarkastisch, »aber sie sind *bestimmt* nicht die Bettgefährten, die ich mir aussuchen würde.« Und sie schüttelte sich erneut.

Yoshuk beugte sich verschwörerisch vor und schirmte sich mit der Hand von den Umstehenden ab. »Sie ist im Grunde *nicht* fremdenfeindlich ...«

»Du hattest Glück, daß du mit ihnen aufgewachsen bist, Laria«, warf Nesrun ein. »Spart 'ne Menge Anpassung.«

»*Willst* du die Sprache denn nicht lernen?« fragte Laria Nesrun. Es kam ihr schrecklich unhöflich vor, inmitten einer neuen Kultur zu leben und *nichts* über sie zu wissen; unfähig zu sein, sich mit den Einheimischen zu verständigen, und besonders in einem Fall, in dem so viel auf dem Spiel stand!

»Ich würde die Zeichensprache gern lernen«, sagte Nesrun zurückhaltend und preßte kurz die Lippen aufeinander. »Aber auch die wirst du mir beibringen müssen!«

»Mach ich«, sagte Laria lachend.

Yoshuk schenkte ihr das freundlichste Lächeln, das sie sich vorstellen konnte. »Mach dir keine Sorgen, Laria. Du kommst damit schon zurande.«

Er sagte es mit solcher Zuversicht und solchem Verständnis, daß ihr der Atem stockte!

»Ich soll im Tower mit euch arbeiten ...«

Yoshuks Lächeln wurde schelmisch. »Natürlich bist du in *Bereitschaft*. Aber die richtige Arbeit wartet schon auf dich. Es ist für dich fast wichtiger, zu lehren. Offen gesagt, es ist dringend erforderlich.«

Laria holte tief Luft. »Das sehe ich ein.«

Dann beugte sich Plus zur Seite, um ihre Aufmerksamkeit auf sich zu ziehen, und sie konzentrierte sich höflich auf das, was er sagte. Mit der dunklen Brille und dem Hut waren ihre Kopfschmerzen nur noch ein bloßes Pulsieren. Oder war es vielleicht ihr Blut, das im Rhythmus der Trommeln pulsierte?

Sie brachte die Feier hinter sich und war am nächsten Morgen für die Schüler beider Rassen bereit.

Kapitel Vier

Als seine Schwester zur Feier seines sechzehnten Geburtstags nach Hause kam, war Thian stolzer auf sie als seine Eltern – falls dies überhaupt möglich war. Ihre Haut war bis zu den Brauen, wo die Krempe ihres Hutes gesessen hatte, sonnenbraun. Sie war körperlich äußerst fit, was sie allen zeigte, indem sie eine fröhliche Jagd auf Saki anführte. Sie hatte auch ihr Geschick mit Pfeil und Bogen nicht verlernt, denn als der Tag zu Ende ging, hatte sie mehr in ihrem Jagdbeutel als alle anderen. Thian meinte, sie sei die gleiche geblieben, stelle aber *mehr* dar. Sie war besser und nicht im geringsten eingebildet – wie einige seiner denebischen Basen, die seine Eltern im Aurigae-Tower ausbildeten.

Es war geplant, daß er Larias Lehrauftrag auf Clarf übernehmen sollte, um es nicht mit seinem Vetter Roddie und seiner Base Megan aufnehmen zu müssen, die nur den T-3-Status hatten und sich ihre Hochnäsigkeit eigentlich gar nicht leisten konnten. Beim einzigen Mal, als er ihnen den Wind aus den Segeln hatte nehmen wollen, hatten sich seine Eltern mit allen vier Füßen auf ihn gestürzt und gedroht, ihn nach Coventry zu bringen, falls er je wieder ein so halsbrecherisches Kunststück veranstalten würde.

»Aber sie …«, hatte er zu seiner Verteidigung gesagt.

Das was du tust, macht uns Sorgen. Man darf sich nicht auf eine solche Weise revanchieren, egal wie man auch provoziert wurde!

Thian war völlig klar, daß seine Mutter es ernst meinte. Und schlimmer noch, er spürte, daß sein Vater ihren Tadel bestätigte.

Sie sagten nichts, als er anfing, mehr Wild mit nach Hause zu bringen, als seine Verwandten nur aufstöbern konnten. Er studierte die taktischen Spiele, in denen Roddie angeblich so ausgezeichnet war, und schlug ihn fortwährend in jedem einzelnen. Seine akademischen Leistungen waren auch immer besser als die seines widerlichen Vetters, und Roddie sollte doch angeblich das Ingenieursgehirn der Familie sein, das nach seinem berühmten Onkel benannt worden war. Mit stiller Befriedigung sah er, daß Roddie sich zwar alle Mühe gab, aber sein Niveau nie erreichen konnte, und dagegen hatte Thian nun gar nichts. Es gab viele Methoden, einen Gegner auszutricksen, und er perfektionierte die seine.

Er wußte nicht genau, ob er Laria wirklich beneidete, denn nun stand ihr eine letzte dreimonatige Ausbildung im Kallisto-Tower bevor. Großmutter Rowan war bekannt dafür, daß sie als Kollegin recht wählerisch war. Sie war eine Perfektionistin, die pausenlos verlangte, daß ihr gesamter Stab auf höchstmöglichem Niveau arbeitete. Besonders jetzt, da der Verkehr so stark war. Deswegen hatte man Laria von ihren Lehrauftrag abberufen und ihr den Intensivkurs aufgenötigt. Wenn sie dem hohen Standard Rowans gerecht wurde – was niemand bezweifelte –, würde sie als Towerprima nach Clarf zurückkehren, um dabei zu helfen, die großen Angriffseinheiten hereinzubringen, die man aus aurigaeischem Erz in den Satellitenwerften der Erde, auf Beteigeuze, Prokyon und den Mrdini-Welten Clarf, Sef, Ptu, Kif und Tplu gebaut hatte.

Bei einigen wenigen Gelegenheiten, als Thian im Tower als Horchposten Dienst getan hatte, waren wichtige und geheime Botschaften über ihn gelaufen. Tatsächlich hatte man ihn bei den ersten drei Sendungen aufgefordert, seinen Vater oder seine Mutter zu holen, damit sie die Nachrichten entgegennahmen. Offenbar hatten sich seine Eltern für ihn verbürgt, denn danach hatte man ihm die Nachrichten direkt übermittelt. Er hatte sie nie mit den Eltern besprochen und auch nie in Erfahrung gebracht, ob sie sich dieser Entwicklung bewußt waren. Aber er schätzte das Vertrauen, das sie in ihn legten und bemühte sich, die Wichtigkeit dieser Nachrichten in seinen Überblick in Sachen Käferverfolgung einzupassen.

Er ging vorsichtig mit diesen Gedächtnisdaten um und löschte gründlich und gewissenhaft sämtliche Notizen, bevor er die Raumabschirmung verließ. Thian war sich bewußt, daß der größte Teil der Föderation *nicht* wußte, daß man den Auswandererschiffen der Käfer begegnet war und die Verfolgerschiffe der 'dini und Menschen den Versuch machten, ihr Heimatsystem zu finden.

Vor seiner Geburt, noch vor Larias Geburt, hatten die Mrdini mit seinen Eltern auf Deneb Kontakt aufgenommen, als diese eine wohlverdiente Ruhepause eingelegt hatten, um sich zu entspannen. Doch dieser Zeitpunkt enthielt noch etwas, von dem man Thian nichts erzählt hatte: Er spürte nur, daß man ihm bald weitere Erklärungen geben würde. Wahrscheinlich wenn er älter und selbst Towerprimus war. Die Raven-Lyon-Kinder wußten, wann sie nach Informationen bohren sollten und wann nicht.

Jedenfalls hatten Damia und Afra Mrdini-›Träume‹ empfangen und mit dem fremden Volk Kontakt aufgenommen. Dabei hatten sie entdeckt, daß der Feind, der ihre Welten verwüstete, der gleiche war, der die Deneb angegriffen hatte, die Heimat seines Großvaters. Die massierten verschmolzenen Geister sämtlicher Ts auf allen Planeten der Föderation hatten den Angriff abgeschmettert. Das Vielfach-Bewußtsein der sechzehn Königinnen des Käferschiffes war überwältigt worden und das Schiff selbst hilflos in Denebs Sonne gestürzt. Aber es gab nicht nur ein Käferschiff. Die Mrdini brauchten die Hilfe der Menschen, um weitere Welten davor zu bewahren, unter der Herrschaft der Käfer zu enden. Denn das Käfervolk entkleidete alle ihnen passenden Planeten sämtlicher anderen Lebensformen, vermehrten sich mit unglaublicher Schnelligkeit und schickten ihren Bevölkerungsüberschuß wieder ins All hinaus, damit er weitere Welten fand und den Prozeß wiederholte.

Obwohl man schätzte, daß Millionen auf Kohlenstoff basierende Planeten in der Galaxis existierten, mußte eine dermaßen unkontrollierte Ausdehnung zum Schutz der anderen Spezies begrenzt werden.

Die Mrdini hatten Unmengen an Lebewesen und Material eingesetzt, um ihre Welten freizuhalten. Sie waren überglücklich gewesen, auf die Menschen zu stoßen, die ebenfalls im Begriff und dazu fähig waren, ihre Spezies zu schützen. Die speziellen von der Föderation eingesetzten psionischen Talente, die die Opfer reduzierten, ohne die Wirksamkeit der Abschreckung abzuschwächen, mit der sie den ersten Versuch der Käferschiffe abgewehrt hatten, in ihre Einflußsphäre vorzudringen, faszinierte sie.

Dermaßen unterschiedlichen Spezies mußten für einen gemeinsamen Zweck eine unzweideutige Verständigungsmethode entwickeln. Dies war durch die Kinder beider Rassen geschehen, die man früh zusammentat, um ihnen Achtung voreinander zu einzuimpfen und eine Basis für das Verständnis zu bilden, die für das Unternehmen erforderlich war.

Während dieses Programm heranreifte, suchten die militärischen Einheiten beider Spezies den Raum in einem gemeinsamen Unternehmen ab. Obwohl sie in Stil und Taten verschieden waren, stand das Mittel, die Ionenspur der Käferschiffe aufzuspüren und zu ihrem Ausgangsort zurückzuverfolgen, beiden Raummarinen zur Verfügung. Und es hatte sich schlußendlich als produktiv erwiesen.

VT&T-Primen hatten ein Geschwader zu einem Treffen mit jenen Mrdini-Schiffen ausgesandt, die die Spur der Käfer aufgenommen hatten. Alle 'dini-Schiff hatten mehrere starke ›Träumer‹ an Bord, die auf einer grundlegenden Ebene mit den *Talenten* an Bord der Menschenschiffe kommunizieren konnten. Obwohl die Rückverfolgung der Ionenspuren eventuell in der Entdeckung der Heimatwelt der Käfer resultieren konnte, nahmen die pessimistischeren Stimmen beider Spezies an, daß sie sich – angesichts der vergangenen Zeit – auch ebenso irgendwo im Nichts verlieren konnte und man sich umsonst bemühte. Doch andere hatten zu bedenken gegeben, daß dies die beste Gelegenheit sei, es wenigstens zu *versuchen*. Wenn sie Pech hatten, waren sie auch nicht schlechter dran; dann wußte man zumindest, woher die Schiffe der Käfer *nicht* kamen.

Ein zweites Kontingent, sechs schnelle Schiffe beider Flotten, hatten die Verfolgung der marodierenden Käfer aufgenommen. Es war unmöglich, ihre Ziele zu kennen und ihre Herkunft zu bestimmen. Und möglicherweise jedem Planeten zu Hilfe zu kommen, der ihr Ziel war.

Bisher hatte noch kein Angehöriger der beiden Spezies vorgeschlagen, wie man die Käferzivilisation vernichten konnte. Oder sie zumindest eindämmen. Ein weiterer ethischer Punkt, in dem Mrdini und Menschen übereinstimmten: Niemand fand es moralisch annehmbar, die totale Ausrottung einer anderen intelligenten Rasse zu betreiben, selbst, wenn es sich um eine so bedrohliche handelte wie die der Käfer.

»Es liegt daran, daß diese Leute nicht körperlich bedroht wurden«, sagte Jeff Raven grimmig in der Privatsphäre des Hauses seiner Mutter auf Deneb. »Man kann sich wohl nur deshalb einen solchen moralischen Standpunkt leisten.«

»Es muß doch irgendeine humane Möglichkeit geben, die Drohung einer Invasion durch die Käfer zu beseitigen«, hatte sein ältester Sohn Jeran erwidert.

»Wir arbeiten zwar daran, aber ich bestreite, daß man die Käfer mit dem Wort *human* beschreiben kann. Sie haben anscheinend nur eine Kolonisationsmethode, und die ist für alle anderen Lebensformen verheerend, die den Planeten bewohnen, den sie sich aussuchen.«

»Es dürfte nicht einfach sein, die Ziele einer Spezies zu verändern, mit der man sich nicht einmal unterhalten kann«, sagte Isthia.

»Ich will gar nicht mit ihnen reden«, sagte Rowan und schüttelte sich, da sie sich lebhaft an den Augenblick erinnerte, in dem sie als Brennpunkt der miteinander verschmolzenen weiblichen *Talente* das Vielfach-Bewußtsein der Käferköniginnen berührt hatte. »Da war nichts, mit dem man sich hätte *verständigen* können!« fügte sie nach kurzem Nachdenken hinzu.

»Wir könnten jedes Schiff aufspüren, bei dem man sieht, daß es die gleichen Methoden anwendet, nicht wahr?« fragte Cera Raven-Hilk.

»Könnten wir«, erwiderte Jeff. »Aber schon das wäre eine Lebensaufgabe …«

»Abgesehen davon würden wir Primen und ganze Gruppen von *Talenten* zu den ungünstigsten Zeiten binden«, fügte Rowan mit einem leisen Schnauben hinzu. »Ich bin gewiß nicht wild darauf, es immer wieder und wieder zu tun. Die Schätzung der 'dini, wie viele Käferschiffe es gibt, kann einem schon an den Nerven nagen.«

»Wie viele sind es denn?« fragte Jeran zaghaft.

Vertraulich, erwiderten seine Eltern einstimmig.

Na ja, ich wollt's halt mal versuchen, sagte Jeran.

»Wenigstens haben wir jetzt viel mehr verläßliche Talente als damals, als ihr das erste Schiff bewältigen mußtet«, sagte Cera gelassen. Ihre Eltern schauten sie so lange an, bis sie blinzelte und sich fragte, was ihre Mißbilligung ausgelöst hatte. »Die Massengeistesverschmelzungen auf Ebenen zwei haben doch schließlich nicht sehr lange *gedauert*.«

»Es hat länger gedauert als du glaubst«, sagte Rowan, und ihr fiel ein, daß sich der kurze, doch ausgesprochen intensive Angriff sich auf Cera *in utero* ausgewirkt hatte. Vielleicht war dies der Grund, warum sie mit derlei eigenartigen Empfindungen herauskam.

Die der Ionenspur folgenden Schiffe der Menschen befanden sich nun schon weit jenseits aller erkundeten Systeme. Die Spur blieb weiterhin stark und deutete ein hohes Tempo an, was es ihnen leicht machte, ihr zu folgen. Die *Vadim*, das Flaggschiff der Menschen, und ihre Begleiter *Solidarität*, *Reliant* und *Beijing* litten an Proviantknappheit, die behoben werden mußte, wenn man erwartete, daß sie die Verfolgung fortsetzten. Kapitän Ashiant von der *Vadim* verdeutlichte mit einfachen Worten, daß er und die anderen menschlichen Kapitäne darauf bestanden, weiter zur Heimatwelt der Käfer zu fliegen, so lange es auch dauerte. Um über derart weite Entfernungen zu transportieren, brauchten auch die einbezogenen Tower – Kallisto und Deneb – Verstärkung. Es gab sogar den Hinweis, daß ein Primus-*Talent* auf dem Verfolger-Flaggschiff benötigt wurde, um zukünftige Transporte und Kommunikationen über die anstehenden gewaltigen Entfernungen zu bewerkstelligen.

»Sämtliche alten militärischen Kommandeure haben gesagt, es ist falsch, wenn man zu lange Nachschubwege hat«, sagte Thian, als das Thema einer höheren Towerkapazität zur Sprache kam.

»Wir leben in vierundzwanzigsten Jahrhundert, Thian«, sage Roddie, seine Bedenken verwerfend. »Wir haben Fähigkeiten, von denen die Uralten nie zu träumen wagten. Und«, fügte er großtuerisch hinzu, »wir hatten seit Generationen keinen Landkrieg mehr.«

»Thian ist trotzdem nicht im Unrecht«, sagte Afra auf seine milde Art. Roddie errötete; er verstand den leichten Tadel sehr wohl. »Weder wir noch die Mrdini haben die Gebiete je erforscht, durch die sie sich bewegt haben. Es waren keine gelben Sterne da, nach denen die Käfer Ausschau halten, oder Planeten, auf denen man landen könnte, um sich aus natürlichen Quellen mit allem nötigen zu versorgen. Die Marine-Hydroponik kann nur gefrorene, getrocknete und konservierte Nahrungsmittel aufstocken. Das Wasser wurde schon viel zu oft wiederverwertet, um noch trinkbar zu sein. Das ist eigentlich das Hauptproblem. Aber auch die Brennstoffvorräte nehmen ab und müssen aufgefrischt werden.«

»Eisplaneten? Eis-Asteroiden?« schlug Roddie vor.

»Erfordern Abweichungen vom Kurs in Systeme, mit Brennstoffkosten, die die Mühen vielleicht nicht lohnen«, sagte Afra. Roddie schaute nun betrübt drein. »Aber sie sind eine Alternative, über die man nachdenken sollte.«

»Aber es ist nicht realisierbar, oder?« sagte Thian nachdenklich. »Wenn gelbe Sterne Planeten jener Art hervorbringen, die die Käfer haben wollen, und wir Trinkwasser finden müssen, bestünde doch die Möglichkeit einer Konfrontation.«

Afra nickte ernst. Thian seufzte angesichts der sich auftürmenden Probleme.

»Wir denken uns etwas aus«, sagte Roddie stolz.

»Die 'dinis sind uns vielleicht darin etwas voraus«, sagte Laria mit einem schiefen Grinsen. »Sie sind nämlich sehr gerissen.«

Roddie nahm sich vor, lieber andere Dinge zu tun, statt sich mit seiner Verwandtschaft zu streiten.

»Liegt es daran, daß er Deneber oder nur ein T-3 ist?« fragte Laria ihren Bruder mit leiser Stimme.

»Deneb impft eben bestimmte Charakteristika in seine Kinder ein«, sagte Afra und stand auf, »wie Aurigae den ihren, aber nicht unbedingt beispielhafte!«

»Hoppla!« sagte Laria und grinste angesichts des unterschwelligen Tadels. »Ein paar Jahre in einem

Tower, und er wird möglicherweise ein ganz erträglicher junger Mann.«

Darüber mußten ihr Vater und ihr Bruder lachen. Dann machten sie sich auf, um sich unter die restlichen Gäste zu mischen.

Mehrere Tage später sandten Damia und Afra Thian einen telepathischen Ruf, er solle sie in der Kommandozentrale des Towers treffen. Da familiäre Belange im allgemeinen zu Hause besprochen wurden, war er sich sofort bewußt, daß der Ruf ungewöhnlich war. Mit leichter Beklommenheit und einer schnellen Bestandsaufnahme kürzlich erfolgter Missetaten, portierte er die kurze Strecke in die Zentrale, wo seine Eltern sämtliche VT&T-Angelegenheiten regelten.

Er wagte es zwar nicht, sie zu sondieren, aber er konnte ihren mentalen Tonfall ermitteln, und dies tat er auch: Damia war traurig und besorgt. Sein Vater schien zwar von Bedauern und Zurückhaltung geprägt, zeigte aber auch Stolz und war weniger besorgt.

»Thian«, begann seine Mutter und hielt kurz inne, um den silbernen Haarstrang über ihre Schultern zu werfen, so daß selbst Thian wußte, daß sie verstimmt war, »wir hatten da eine Anfrage...« Sie warf Afra einen hilfesuchenden Blick zu.

»Jeff Raven macht nur wenige Anfragen«, sagte Afra, »aber es ist wirklich *nur* eine Anfrage, die wir drei ganz nach unserem Geschmack prüfen, verwerfen oder akzeptieren können.«

Thian unterdrückte seine Ungeduld über das Rundgespräch und wartete ab. Er hatte nicht die geringste Ahnung, um was es bei der Anfrage ging.

»Was möchte mein Großvater?« sagte Thian, ziemlich erfreut über seine geschickte Ausdrucksweise. Vielleicht erbrachte sie die Art Antwort, die er sich wünschte. Und so war es auch.

»Der Erdprimus«, korrigierte seine Mutter ihn mit

fester Stimme, »braucht einen T-1, um die Vorräte zum Rendezvous zu begleiten.«

»Mann! Dann hatte ich mit den Nachschubwegen also doch recht, Papa, oder?«

Worüber redest du, Thian? fragte Damia schrill vor Sorge, die sie zu verbergen versuchte.

Er hat neulich etwas gesagt, das sich nun bewahrheitet, sagte sein Vater lächelnd. *Wirst du es achten?*

»Soll das heißen, Großvater hat dabei wirklich an mich gedacht?« Thian konnte sein Riesenglück kaum fassen. Wenn Roddie das erfuhr! Sein blöder Vetter würde vor Neid platzen.

Diese Bemerkung steht dir nicht zu, sagte Afra mit strenger Stimme. Thian schüttelte sich und richtete seine Aufmerksamkeit auf die aktuelle Angelegenheit. *Das ist schon besser.*

»Du weißt, wie wenige T-Einser es gibt ...«, begann Damia und spielte mit der Locke am Ende der Silberhaarsträhne, die den Weg wieder über ihre Schulter gefunden hatte. Die automatische Geste erinnerte Thian daran, daß auch er oft mit seiner Silbersträhne spielte, einem genetischen Erbe seiner Mutter. Selbst die kleine Petra hatte ein Silberhaarbüschel an der Schläfe, der Grund für manche Erheiterung im denebischen Zweig der Familie.

»Wir sind doch jetzt fast hundert«, sagte Thian mit leichtem Protest.

»Aber nicht im arbeitsfähigen Alter«, sagte Damia. »Du bist gerade erst sechzehn, und obwohl deine Ausbildung einen sehr hohen Stand erreicht hat, hast du bisher nur auf Aurigae gearbeitet ...«

»Und im Sommer immer auf Deneb«, fügte Thian hinzu, da er befürchtete, sie könnte es vergessen.

»Aber nicht in den aktivsten Towern«, erwiderte sie. Dann bedachte sie ihn mit einem kurzen Lächeln. »Aber du hast dort gute Arbeit geleistet, und das gleiche gilt auch für hier. Es ist eben nur so, daß ...«

»Mama, du weißt doch, daß ich alles gelesen habe, was über die Marine geschrieben wurde – selbst über die Schiffe der vergangenen Jahrhunderte«, sagte Thian ernst. »Und du weißt, daß ich bei strategischen Planspielen der Beste bin ...«

»Um Strategie geht's hier aber nicht«, erwiderte sie ziemlich spitz. *Hier geht es um ziemlich große Entfernungen für meinen ältesten Sohn, der gerade erst erwachsen geworden ist.*

Dann ließ sie Thian *spüren*, was sie empfand, und er brach trotz seiner sechzehn Jahre beinahe in Tränen aus. Sie hatte entsetzliche Angst – Angst, daß sie ihn nie wiedersehen würde –, daß er in jungen Jahren sterben könnte, wie ihr Bruder Larak. Larak tauchte oft in Damias Gedanken auf, wenn sie traurig war: ein Schmerz, der nie ganz verging und ständig in einer versteckten Ecke ihres Bewußtseins hockte.

Sie gestattete ihm einen kurzen Einblick, dann schirmte sie den Gedanken wieder ab und erteilte sich selbst eine Rüge. Afra legte eine Hand auf ihre Schulter, wie meistens, wenn sie sich über irgend etwas erregte.

»Mutter«, sagte Thian und legte seine Hand auf ihren Arm, »wir sind doch nur einen Gedanken weit voneinander entfernt.«

Sie stieß einen leisen Schrei aus und umarmte ihn. Nun ließ sie ihn ihren Stolz auf seine Reaktion *spüren*, die anhaltende Liebe und Fürsorge, die sie für ihn empfand, und wie ungeheuer froh sie war, fähig zu sein, ein Kind ihres Leibes für diesen Dienst abzustellen.

»Du sprichst wie ein echter Lyon«, sagte sie, in einem fort lachend und weinend, als sie noch einmal die Arme um ihn legte und ihn dann losließ.

»Warum müssen die Lyons immer an allem schuld sein, Gwyn-Raven?« spöttelte Afra mit leiser Stimme.

»Es ist *wirklich* eine ungeheuer wichtige Position,

Thian«, sagte Damia, nun wieder ganz Haltung und Würde.

»Glaub nicht, daß ich es nicht weiß«, sagte Thian. »Großvater hat mich also wirklich vorgeschlagen?«

Afra nickte. »Ach, wir haben wirklich sämtliche Auszubildenden überprüft.« Seine gerunzelte Stirn nahm seinen Worten jede Schärfe. »Du kannst dich bei Gren dafür bedanken. Er hat die letzte Bewertung vorgenommen. *Er* hat in dir den besten Kandidaten gesehen – falls wir dich gehen lassen.«

»Soll das heißen, ihr habt in Erwägung gezogen, mich *nicht* gehen zu lassen?« Thian war erschreckt über das, was ihm eventuell vorenthalten worden wäre.

Damia maß Afra mit einem sauren Blick und spitzte kurz die Lippen. »Nein, du solltest uns besser kennen, Thian Lyon! Aber wir glauben fest daran, daß du einen klugen Kopf auf den Schultern trägst, Pflichtgefühl hast und gut genug ausgebildet bist, um ein echtes Mitglied der VT&T zu sein.«

Thian kam plötzlich ein Gedanke. »Aber was wird aus Mur und Dip?« Es erschreckte ihn, daß er seine beiden 'dini-Gefährten im Augenblick des persönlichen Erfolges völlig vergessen hatte.

»Hab ich's nicht gesagt?« sagte Afra, um seine Gattin aufzuziehen.

Damia seufzte, dann lächelte sie, um Thians zunehmende Sorge zu erleichtern. »Sie werden dich begleiten. Du hast im Grunde einen doppelten Auftrag: dem Suchkommando ein Primus und ein funktionierendes 'dini-Team mit etwas Sprachunterricht zu sein. Es müßte helfen, die Beziehungen zwischen den Menschen und den 'dini zu entspannen.«

»Wieso? Sind sie denn schlecht?«

Afra räusperte sich. »Schlecht kann man eigentlich nicht sagen, aber durch die inadäquate Kommunikation sind unnötige Probleme erwachsen, die mit einer akkuraten Übersetzung hätten vermieden werden können.«

»Ach!«

»Du bist zwar jung für eine solche Verantwortung, aber deine Mutter und ich haben den Eindruck, daß deine Einstellung reif genug ist und du dich bestimmt gut mit den 'dini verständigen kannst. Du bist ziemlich gewachsen und *siehst* zumindest nicht so aus, als wärst du noch feucht hinter den Ohren – was von der berüchtigten Gwyn-Strähne noch unterstützt wird ...« Afra schnippte kurz gegen Thians Silbersträhne, dann räusperte er sich und fügte hinzu: »Ich glaube, daß das und dein Interesse an der Geschichte der Marine den Ausschlag zu deinen Gunsten gegeben haben.«

Thian reckte sich und grinste, als er an all die Sprüche über die schlechten Augen dachte, die er sich angeblich zuzog, wenn er die Nase zu oft in die alten Historienschinken und Handbücher steckte. Man wußte tatsächlich nie, ob etwas, das man aus Vergnügen lernte, einem nicht irgend eines Tages sehr nützlich werden konnte.

»Ich schlage vor«, sagte sein Vater, »daß du dir nun eine – sagen wir mal – halbe Stunde gibst, um diese unerwartete Ehre schätzen zu lernen. Dann läßt du deinen Kamm wieder auf sein Normalmaß schrumpfen. Weil es dir nämlich nicht gestattet ist, irgend jemandem – auch nicht deinen 'dinis – davon zu erzählen, bis allen Formalitäten Genüge getan ist und deine offiziellen Befehle eintreffen.«

»Nicht mal Laria?«

»Deiner Schwester schon gar nicht, Thian, denn sie geht in zwei Tagen nach Kallisto«, sagte seine Mutter. Sie strich ihm wegen seiner Enttäuschung kurz übers Haar. »Sie wird es aus den geeigneten Quellen erfahren, Schatz.«

»Tu so, als sei es deine erste Übung im Geheimdienst

der Marine. Du wirst bald viele Dinge hören, von denen du nicht mal andeuten darfst, daß du sie kennst.«

»Und ich hab mich schon gefragt, warum ich euch immer bei den Dicken Brummern helfen mußte.« Thians aktiver Geist hatte schon sämtliche Materialien katalogisiert, die er zu seinem Geschwader portieren mußte.

»Alles zu seiner Zeit«, sagte Afra.

Genau in diesem Moment schwebte ein Tablett mit Gläsern und einem Korb mit Häppchen in die Zentrale.

»Offenbar ist eine Feier angesagt: eine leise und notwendigerweise auf die engsten Familienangehörigen begrenzt, aber dennoch eine Feier, mein Sohn«, sagte Damia und nahm ein Glas in die Hand.

Drei Gläser klingelten melodiös, als sie zusammenstießen: Ihr Inhalt wurde feierlich geleert.

Thian erkannte, daß es schwieriger war, den Mund über die Sache zu halten, als er sich vorgestellt hatte. Und noch schwieriger war es, die Erregung zu unterdrücken, die immer dann in ihm aufzukochen drohte, wenn er über seinen veränderten Status nachsann. Glücklicherweise war Laria damit beschäftigt, den Kontakt mit ihren Geschwistern und deren 'dinis aufzufrischen. Außerdem portierte sie regelmäßig ins 'dini-Dorf, um Zeit bei den Verwandten jener zu verbringen, die sie auf Clarf kannte.

Als Thian sie zum ersten Mal begleitet hatte, hatten ihn ihre neu erworbenen Sprachkenntnisse vor Ehrfurcht erstarren lassen. Sicher, sie waren mit kleinen 'dinis aufgewachsen, die ihre Sprache auch von Erwachsenen lernten, aber Larias Wortschatz war schon auf einem hohen Niveau gewesen, als sie nach Clarf gegangen war. Doch nun ... Thian begleitete sie, so oft er konnte und lauschte ihren neuen Lautkombinationen und Gesten. Er wollte sich doch nicht mit erwachsenen 'dini in einer Kindersprache unterhalten.

Hör mal, Thian, sagte Laria und wandte sich zu ihm um, als sie zum vierten Mal ins Dorf gehen wollte, *es freut mich wirklich, daß du gern bei mir bist, aber kannst du nichts Besseres mit deiner Zeit anfangen?*

Ähm ... Lar ... Du hast mir halt so gefehlt, fing er an und hatte schon eine gewandte Ausrede zur Hand. *Es ist echt toll, dich mit den 'dini sprechen zu hören. Du hast eine Menge gelernt. Und ich habe gedacht, ich könnte ihre Sprache fließend sprechen ...* Er hielt in der Hoffnung inne, daß seine Schmeichelei seine wahren Gründe vertuschte. *Aber du wendest so verzwickte Konstruktionen an ... Die habe ich noch nie gehört.*

Laria schenkte ihm einen langen, abschätzenden Blick. *Thian, du bist mein Bruder. Ich kenne dich gut genug, um zu wissen, daß du mir etwas verheimlichst. Was ist es?*

Könnten wir uns eventuell darauf einigen, daß ich etwas mehr technisches 'dini lernen MUSS?

Wenn du erst auf Clarf bist, lernst du es sehr schnell, Thian, erwiderte sie. *Und du bist doch jetzt schon ziemlich flüssig.*

Bei alltäglichen Sachen, ja, aber nicht im technischen Jargon. Und den werde ich doch brauchen, oder nicht?

Sie runzelte leicht die Stirn, musterte ihn mit schiefgelegtem Kopf, und er spürte, daß ihr Bewußtsein gegen das seine stieß. Er drohte ihr mit erhobenem Zeigefinger.

»Das ist kein gutes Benehmen«, sagte er.

»Früher hattest du nie etwas dagegen. Du *verbirgst* etwas vor mir.«

»Ich verberge nichts«, sagte er grinsend. »Und du weißt doch, daß wir nie über Tower-Angelegenheiten reden.«

»Ach, na schön, Thian, du kannst heute mitkommen – aber zum letzten Mal.«

86

Es würde sowieso das letzte Mal sein, aber auch darauf durfte er nicht hinweisen. Es fiel ihm immer schwerer, seine innere Erregung zu verbergen, aber wenn es ihm nicht mal gelang, mit dieser Kleinigkeit fertig zu werden, brauchte er den großen Auftrag gar nicht erst anzunehmen.

Du bist der beste Kandidat für diesen Auftrag, mein Sohn, hatte sein Vater leise gesagt. *Zweifle nie daran!*

Laria beherrscht viel mehr Technikerjargon als ich. Wäre sie nicht besser geeignet?

Selbstzweifel sind ganz normal. Sie zu überwinden ist Teil des Reifens. Wenn du dich nicht selbst in Frage stellen würdest, würde ich mir Sorgen um deinen Erfolg machen. Deine Ausbildung und Erfahrung sind für diesen Auftrag besser geeignet. Laria würde es nicht so gut hinkriegen wie du!

Thian ließ sich bestätigen, besonders deswegen, weil er sich den Auftrag mehr wünschte als alles andere. Und sehr leise, selbst im eigenen Kopf, fügte er hinzu: Roddie würde vor Neid platzen.

Das Essen fiel am letzten Abend zwar nicht übermäßig üppig aus, aber die Mahlzeit war zufällig das Lieblingsgericht Thians, Murs und Dips. Niemand machte deswegen groß Aufhebens, da ihre Lieblingsspeise auch bei allen anderen beliebt war. Thians Blick wurden freilich leicht wässerig, als seine Mutter einen Schokoladenkuchen auftischte.

Ich habe noch einen gebacken, den du morgen mitnehmen kannst, fügte sie sehr privat hinzu und wäre fast in Tränen ausgebrochen.

Sie verschwand mit einer Plötzlichkeit, die ›Hilfe‹ schrie und ließ ihn glücklich und entspannt, aber gefühlsmäßig nicht mehr überladen zurück.

Du warst immer eine dankbare Seele, sagte sein Vater.

Schokoladenkuchen weiß doch jeder zu schätzen, erwiderte Thian, der sich inzwischen wieder unter Kontrolle hatte.

Der Transfer sollte am späten Abend stattfinden, wenn der Rest der Familie schlief. Sie sollten zuerst auf Kallisto landen.

»Nur damit du bescheiden bleibst, Thian«, sagte seine Mutter, als sie durch die stille dunkle Nacht zum Tower gingen. »Ihr geht zusammen mit dringend benötigten medizinischen und Nahrungslieferungen ab, seid also nicht die Hauptfracht.«

»Danke, Mama, genau das richtet mich auf«, sagte Thian gewollt witzig.

Ich weiß. Und sie lächelte ihn an. »Deine Großeltern werden sich mit David von Beteigeuze zusammentun, um die Ladung zum Raumschiff *Vadim* zu verschieben.«

»Wenigstens werden wir von den Besten transportiert«, sagte Thian. Sie hatten das Modul erreicht, und er legte sein Gepäck vorsichtig – wegen des Schokoladenkuchens – hinein. Afra Vater ging in den Tower hinauf, um seine Position einzunehmen. Damia Mutter schlich um ihn herum, als er half, die Beutel zu verstauen, die Mur und Dip ihm reichten. Die 'dinis sprangen hinein und klickten leise, als sie es sich in den Spezialhängematten bequem machten. Dann war Thian mit dem Einsteigen an der Reihe.

Er fing nur ein Glitzern von Feuchtigkeit in den Augen seiner Mutter auf, bevor sie ihn in die Arme nahm. Seit wann, fragte er sich, als ihre Arme ihn umschlangen, ist sie eigentlich schlanker und kleiner als ich?

Seit du so groß und dick geworden bist, sagte sie und schob ihn auf das Frachtmodul zu. *Du feister Kerl!* Und auf einer anderen Ebene, die Thian zu vernehmen staunen ließ, fügte sie hinzu: *Es ist noch viel schlimmer, als ich dachte!*

Fast peinlich berührt von ihrer Reue, stolperte Thian beim Einsteigen und fiel schwerfällig über die Andruckliege. Mur und Dip klackten besorgt. Er gackerte, daß alles in Ordnung sei und legte sein Geschirr an. Die Decke schloß sich.

Es ist doch nicht so, als wenn er nicht zurückkäme, fuhren die Gedanken seiner Mutter fort.

Hab dich nicht so, Liebling, erwiderten die Gedanken seines Vaters auf der privaten Ebene.

Thian lenkte seine Gedanken bewußt von dem versehentlichen Kontakt ab und drückte seine Schultern in die Liege.

KEINE BANGE NICHT, sagte Mur.

WIR ZUSAMMEN, fügte Dip hinzu.

UND BÖSE MENSCHEN HABEN KEINE LIEDER, erwiderte Thian, bedankte sich für ihre Ermutigung und fragte sich, ob sie ihn wirklich verstanden hatten.

Beim Einsetzen der Portation spürte er den ›Schub‹ zweier starker Geister. Er hielt die Luft an, spürte den ›Halt‹ und die fast undefinierbare Änderung, als seine Großmutter das Modul aus dem aurigaeischen Schub ›auffing‹ und sicher zu Boden brachte. Er spürte nicht die geringste Vibration, als der Frachter im Kallisto-Lager abgelegt wurde.

Ich bin immer vorsichtig mit lebendiger Fracht, kam die unverwechselbare telepathische Fühlungnahme seiner Großmutter.

Sie sind es in der Tat, Madam, erwiderte Thian höflich.

Diese Portation wird länger dauern, das weißt du doch? sagte Rowan. *Aber wenn du willst, kann ich bei dir bleiben.*

Thian ließ durch seine Antwort ein leises Lachen erklingen. *Mutter würde mir eine Glatze schneiden, wenn ich es zuließe, Kallisto-Prima.*

Er zuckte zusammen, als er spürte, daß ein Rattern durch die Kapsel lief.

Es ist das andockende Drohnenmodul, sagte seine Großmutter, *nicht etwa mein Unvermögen, den Schub aufrechtzuerhalten. Zerbrich jetzt keine Eier,* fügte sie hinzu.

Als sie »jetzt« sagte, wußte er, daß sie Schub gegeben

hatte, denn nun *hörte* er beinahe das Winseln der Generatoren. Außerdem nahm er David wahr, den Beteigeuze-Primus, denn seine Fühlungnahme wurde nun spürbar.

Ah, pünktlich wie immer, David, sagte Rowan. *Sollen wir?*

Warum nicht? kam Davids zaghafte Antwort.

Thians Geist spürte deutlich den letzten Schub der Reise. Er hatte damit gerechnet, daß Rowan und David es mit Absicht taten. Manche *Talente,* speziell Primen, spürten stets ein Stechen der Besorgnis, wenn andere sie portierten. Die meisten portierten sich selbst, und auch Thian hätte es möglicherweise bewerkstelligen können, wenn er die nötige Praxis und die Zielkoordinaten gehabt hätte. Doch die Koordinaten änderten sich ständig. Er war wirklich erleichtert, daß man nicht von ihm erwartet hatte, sich selbst zu transportieren.

Dann war er da! Im Innern des Schlachtkreuzers.

»Sir«, rief eine laute, von der Kapsel leicht gedämpfte Stimme, »die Drohne ist an Bord.«

»Na, dann öffnen Sie den Frachter!«

Die Luke ging auf. Thian sah als erstes, daß die Luft verdorben war. Er mußte sofort niesen, was ihn beschämte.

»Konservierte Luft hat nun mal diese Wirkung, Sir«, sagte der uniformierte Vollmatrose, der ihn musterte. »Man gewöhnt sich daran, Mr. Lyon.« Das Grinsen, das seinen Worten folgte, sagte freilich etwas anderes.

Mur zuckte unter dem 'dini-Äquivalent des Niesens; Dip wirkte, als müsse er sich übergeben.

RUHIG, klackte Thian ermutigend, öffnete das Geschirr und streckte den Arm aus, um Mur vom Gürtel zu befreien und in eine aufrechte Position zu hieven. Er stieß ein dankendes Schnaufen aus und half nun seinerseits Dip.

»Würden Sie jetzt aussteigen, Mr. Lyon?« Eine zweite Gestalt beugte sich vor und warf einen Blick durch die geöffnete Luke. Das Gesicht, das zu ihm hereinschaute, war jung und trug den undefinierbaren Stempel ewiger Jugend, die manchen Menschen zueigen ist: regelmäßige, nichtssagende Züge, blaßblaue Augen, frische Gesichtsfarbe und den Anflug von Ungeduld auf der Oberlippe.

»Ich helfe den 'dinis«, sagte Thian, irgendwie erleichtert, als er erkannte, daß er älter wirkte als sein Gegenüber. Dunkles Haar und dichte Augenbrauen erzeugten unerwartete Resultate. »Ah, wir kommen.«

»Dann haben Sie die 'dinis also mitbringen können«, sagte der zweite Mann und trat beiseite, als Thian sich ins Freie schwang. »Bei Jupiter, das sind gute Nachrichten.« Dann sagte er: »Willkommen an Bord, Mr. Lyon.« Thian war überrascht über den zackigen Salut, der ihm erwiesen wurde. Er bedankte sich mit einem Lächeln und streckte die Hand aus.

»Leutnant Ridvan Auster-Kiely, Sir.«

Thian ging das ständige ›Sir‹ allmählich auf den Geist, aber so war es eben laut Marineprotokoll.

Mur hickste nun am laufenden Band, und Thian wurde es leicht mulmig. Als er Murs abgeschrägten Unterarm berührte, fühlte sich das Fell ziemlich trocken an. Er trocknete aus! Dies war nicht gut für einen 'dini, der täglich große Mengen Flüssigkeit zu sich nahm. Thian entschuldigte sich bei dem Leutnant, portierte die beiden 'dinis aus der Kapsel und klemmte sich Mur ans Bein, bis dieser seine Luftröhre freigeräuspert hatte.

»Es müßte ihm gleich besser gehen«, sagte Thian mit mehr Autorität, als er empfand. »Das ist Dip«, fügte er hinzu und reichte ihm ein sauberes Tuch, damit er sein tränendes Auge abwischen konnte: eine weitere 'dini-Reaktion auf schlechte Luft und übermäßige Trockenheit. Er mußte selbst ziemlich angestrengt blinzeln, um etwas zu sehen.

»Ja«, sagte der Leutnant schleppend, »es macht

einem zu schaffen, wenn man nicht dran gewöhnt ist. Würde ein Hauch Pures irgendwie helfen?«

»Pures?« Thian wußte nicht genau, ob er richtig gehört hatte, da die um die Frachtdrohne versammelten Matrosen eine Menge Lärm machten, deswegen ›tastete‹ er nach einer Erklärung. »Ach, Sauerstoff.« Er fragte sich, ob man seinen Fehler bemerkt hatte, aber der Leutnant reagierte nicht. Er grinste die keuchenden und hicksenden 'dinis nur mitfühlend an.

»Das sind aber kleine Burschen«, sagte er, aufgrund seines Interesses an ihnen bemüht, nicht unhöflich zu wirken.

»Menschen wachsen anders heran. 'dinis sind langsamer.«

»Ach ja? Kann ich Ihnen beim Gepäck helfen, Sir?« sagte Auster-Kiely, als Murs Schluckauf zu einem Notsignal wurde, das Dip deutlich besorgt machte. »Ich kann Sie in Ihr Quartier bringen, da ist es ruhiger.«

Thian wußte, daß er die 'dinis aus dem Lärm, der schlechten Luft und dem Durcheinander so schnell wie möglich herausbringen mußte.

»Entschuldigen Sie, Leutnant«, sagte er und griff nur so lange nach Auster-Kielys Schulter, um ihn schnell geistig abzutasten. Wie er erwartet hatte, hatte der Mann ein Bild jenes Ortes in seinem Geist, an den er die Neuankömmlinge bringen wollte. »Wir treffen uns dort.«

Thian nahm Mur und Dip bei den Armen und portierte sie in die Kabine, an die Auster-Kiely gedacht hatte. Sie war klein, enthielt aber alles, was er brauchte. Da war eine Koje, auf der er Mur aufrecht absetzte und mit Kissen und Schlafsack abstützte. Dann fuhr er zu dem winzigen Becken herum, drehte den Wasserhahn auf, näßte ein Handtuch ein, das er zuvor von einem Haken nahm und füllte ein Glas. Als er sich wieder der Koje zuwandte, sah er, daß das Wasser eine eigenartig dumpfe Färbung aufwies. Er konnte die Chemikalien, mit denen es behandelt worden war, sogar aus dreißig Zentimeter Entfernung riechen. Aber es war Feuchtigkeit. Er hielt es vor die zuständige Öffnung an Murs Oberkörper und schaute zu, als der Wasserspiegel sank. Mur kämpfte tapfer gegen eine weitere Reihe von Hicksern an. Als ein Teilerfolg offensichtlich war, füllte Thian das Glas erneut und hielt es ihm hin.

Mur klickte in schwachem Protest.

SONST NICHTS DA, sagte Thian fest und schwenkte das Glas. Diesmal hörte Murs Schluckauf völlig auf. Dip hatte das Handtuch ausgewrungen und drückte es an Murs Oberkörper. Mur sackte in die Kissen, aber die Farbe seines Fells nahm ihren normalen Ton nicht an. Seine Lider bedeckten noch immer das Auge. BRAUCHT BESSERE LUFT? fragte Thian.

KLUG, lautete Dips Antwort, aber er fügte ihr eine fragende Nachsilbe hinzu.

DOPPELT KLUG, sagte Thian. Er spürte, daß sich in seiner Kehle eine Wundheit entwickelte, die, wie er vermutete, von der Luft stammte, obwohl die Kabine nicht so vergiftet war wie der Fährenhangar. Wie die Marine bei dieser Atmosphäre funktionieren konnte, war ihm ein Rätsel. Er wandte sich zum Kabinenterminal um, entspannte die Finger und hob sie unentschlossen über die Tastatur.

Lazarett! Das brauchte er.

Jemand klopfte zurückhaltend an die Tür.

»Ja.« Thian streckte den Arm aus, um sie zu öffnen. Da stand der junge Leutnant. Hinter ihm ein Vollmatrose, der sein Gepäck und die Beutel der 'dini schleppte.

»Danke«, sagte Dip kehlig. Die beiden Männer gafften ihn völlig überrascht an.

»Ich wußte nicht, daß sie auch Basic sprechen«, hauchte Auster-Kiely voller Ehrfurcht.

»Die beiden können es, aber ihre Antworten sind auf

die Worte begrenzt, die ihr Sprachapparat bilden kann«, sagte Thian. »Mur sieht freilich nicht so aus, wie ich es gewohnt bin.«

»Er ... sieht sogar krank aus«, erwiderte Auster-Kiely. Er machte große Augen.

»Sie haben wohl nicht zufällig einen 'dini-Arzt an Bord, was?«

»Auf der *Vadim?*« Die Frage schien den Leutnant zu verblüffen.

»Zu diesem Geschwader gehört doch auch ein 'dini-Schiff, oder nicht?«

»Zwei!«

»Wie kann ich mit ihnen Kontakt aufnehmen? Mur braucht mehr Hilfe, als ich ihm geben kann.« Der 'dini keuchte inzwischen so erbärmlich, daß Dip, wenn man nach der Farbe seines Fells urteilte, hochgradige Bestürzung empfand. Er hielt Mur ein neues Glas Wasser hin.

»Kein Wunder, daß er krank ist, wenn Sie ihm *Waschwasser* geben!« schrie Auster-Kiely. Er deutete aufgeregt auf das Becken und dann auf einen über ihm hängenden Zylinder, auf dem deutlich ›Trinkwasser‹ stand.

Thian stöhnte auf, raufte sich die Haare und fragte sich, wie er nur so dumm hatte sein können. Auster-Kiely schob sich nun an ihm vorbei und drückte Knöpfe.

»Medizinischer Notfall in Mr. Lyons Quartier, Sir. Ein Mrdini ist erkrankt. Dringende Anfrage an 'dini-Schiff und dortige Mediziner erbeten.«

»Danke, Kiely«, sagte Thian und lehnte sich schwach gegen die Wand. Und er hatte sich für so pflichtbewußt gehalten! Der erste Schritt seines Auftrags bestand darin, einen 'dini mit untrinkbarem Wasser zu vergiften!

»Was ist das für ein 'dini-Notfall?«

Auster-Kiely nahm Haltung an; seine Augen wurden nun noch größer. »Jawohl, Sir. Dort, Sir.«

94

Thian schob den Leutnant mit einem entschuldigenden Blick zur Seite, so daß er für den Fragesteller mit der heiseren Stimme sichtbar wurde.

»Primus Lyon«, stellte er sich vor. »Mein 'dini-Gefährte hat Schwierigkeiten mit der Atmung. Ich habe den Fehler gemacht, ihm Waschwasser zu geben ...«

»Dämlicher Tölpel ... Hat man Sie denn nicht eingewiesen? Warum hat der junge Spund nicht getan, was man ihm gesagt hat ...«

Thian wünschte sich sehnlichst, dem Kapitän etwas später und unter anderen Umständen aufgefallen zu sein, aber Murs ächzende Hintergrundgeräusche erforderten sein sofortiges Eingreifen.

»Schaffen Sie Sauerstoff her, Kiely«, sagte er zu dem Leutnant. »Verzeihen Sie, Sir, aber dies ist ein extremer Notfall. Ich muß *jetzt sofort* mit einem 'dini-Mediziner sprechen!«

»Man hat mir erzählt, Lyon, Sie seien bestens in der Lage, sich um ihre Gefährten zu küm ...«

»Bin ich, Kapitän Ashiant, und genau das werde ich jetzt tun, wenn sie so freundlich sind, mich mit dem Funkoffizier zu verbinden. Erklärungen müssen warten.« Es ängstigte Thians zunehmend, daß Kapitän Ashiant zögerte. Er spürte eine Abneigung dagegen, mit den 'dini-Schiffen zu kommunizieren. »Jetzt, Kapitän, bevor Mur stirbt!«

Seine ernste Drohung kam an.

»Leutnant Brikowski, Sir«, sagte eine andere Stimme. Der Bildschirm leerte sich und zeigte nun ein hageres, scharfgeschnittenes Gesicht und einen mit kurzgeschorenem Haar bewachsenen Schädel. »Ich öffne eine Frequenz, aber ich verstehe nur wenig 'dini, Mr. Lyon ...«

»Öffnen Sie nur die Frequenz.«

Auster-Kiely kam mit einem für Menschen bestimmten Atemgerät zurückgerannt und wußte nicht, was er damit anfangen sollte. Thian riß es ihm aus der Hand,

95

drückte den Hahn an der Flasche und reichte Dip die Maske.

ÜBER ATEMORGAN HALTEN, erklärte er und wandte sich wieder dem Bildschirm zu, der nun die Brücke des 'dini-Schiffes zeigte.

MEDIZINISCHER NOTFALL, KAPITÄN PLR. MRG HAT ATEM-PROBLEME. UNREINES WASSER UND LUFT. FARBE SCHWACH. SAUERSTOFF ZUGEFÜHRT. FEUCHTIGKEIT AN KÖRPERTEIL. WEI-TERE HEILMITTEL?

Thian hatte keine Zeit, sich darüber zu freuen, daß er sämtliche Worte in der richtigen Reihenfolge und mit guter Aussprache hinbekam. Er sah Dips zustimmen-des Nicken, dann hechtete der 'dini selbst über den Schirm. Als er sah, wer den Ruf entgegennahm, ver-beugte er sich, richtete sein Auge voller Respekt auf den Senior und fügte Thians Aussage einige medizini-sche Einzelheiten hinzu.

GROSSE DRINGLICHKEIT ERFORDERT DRINGENDE MASSNAH-MEN, sagte Dip nach einem kurzen Wortwechsel zu Thian. MRG MUSS IN WASSER GLEICH WELCHER ART GE-TAUCHT WERDEN, BIS ARZT KOMMEN KANN. KANN THN TRANSPORTIEREN? Dips Tonfall verlangsamte sich zu einem bittenden und inständigen Flehen.

JEDERZEIT. ÜBERALL HIN, DPL. BITTE ARZT, PERSONENMO-DUL ZU BETRETEN. INFORMIERE MICH, WENN BEREIT. DANN WERDE ICH SOFORT TRANSPORTIEREN.

Dip gab die Nachricht weiter und machte erneut eine respektvolle Verbeugung, dann veränderte sich das Bild und zeigte wieder die Brücke der *Vadim.*

»Nun, Mr. Lyon, haben Sie alles hingekriegt?« Auf der vorspringenden Stirn Kapitän Ashiants zeigte sich eine steile Falte. Er war ein Mann mit breitem Kreuz, dickem Hals und groben Gesichtszügen, und wahr-scheinlich war er noch imposanter, wenn man ihm per-sönlich gegenüberstand. Die Sorge um Mur machte Thian zu unbesonnen, um diplomatisch zu sein, aber im Moment stand zuviel auf dem Spiel.

»Wir müssen Mur sofort in Wasser tauchen, egal in welches. Er ist kein Erwachsener und braucht fortwährend Sauerstoff. Ein Arzt kommt ...«

»Es wird ein, zwei Tage dauern ...«, begann der Kapitän.

»Es wird eine Minute dauern, Kapitän, wenn ich ein Bild vom Laderaum des 'dini-Schiffes und die Erlaubnis habe, die Generatoren der *Vadim* für eine Portation in den Hangar zu nutzen, in dem wir angekommen sind ...«

»Ist es so schlimm?«

Thian war darauf vorbereitet gewesen, jeden erforderlichen Hebel anzusetzen, um das Protokoll zum Teufel gehen zu lassen, wenn er die Hilfe bekam, die Mur brauchte, deswegen war er nun sprachlos.

»Jawohl, Sir. Ich befürchte, so ist es.«

»Das Lazarett wird ein Wasserbad für Sie herrichten. Kommen Sie auf die Brücke, sobald Sie für unseren Freund gesorgt haben. – Kiely?« blaffte der Kapitän. »Sie unterstützen ihn mit aller Kraft ... Und wir sehen uns später, Mister.«

Kiely schluckte. Der Bildschirm erlosch.

»Es war nicht Ihre Schuld, Kiely«, sagte Thian. »Ich werde es ihm erklären.« Die Erleichterung in Kielys Gesicht war aufrichtig. Thian bückte sich, um Mur aufzuheben und auf die Schulter zu legen. Dann packte er Dip am Arm. »Und nun denken Sie für mich ans Lazarett und kommen später dorthin!«

Der verdutzte Kiely blitzte Thian das Bild zu, das er brauchte, und er portierte sie auf dramatischste Weise geradewegs in das Untersuchungszimmer.

»Sie verschwenden wirklich keine Zeit, was?« sagte der Chefarzt und trat sofort vor. »Hierher.« Er winkte das Trio zu einer Kabine. Ein kleines Bad füllte sich mit Wasser, das ebenso trüb gefärbt war. Zwar nicht trinkbar, dachte Thian verbittert, aber immerhin Wasser.

ALLE ÖFFNUNGEN SCHLIESSEN, MRG, gab Thian seinem

Freund bekannt. Er setzte den blassen, zitternden 'dini in die Wanne, und Dip tat sein Bestes, um die Sauerstoffmaske an Ort und Stelle zu halten. »Wenn Sie eine Maske haben, kann Dip ihm zeigen, wo er sie hinhalten muß, um größte Wirkung zu erzielen«, sagte Thian zu dem Arzt.

»Gewiß.« Ein Fingerschnippen, und eine sehr aufmerksame Angehörige des Korps eilte mit einer Sauerstoffmaske heran. »Ich habe noch nie zuvor einen 'dini-Patienten behandelt, Mister ...«

»Lyon ...«, sagte Thian. »Sie sprechen wohl nicht zufällig 'dini?«

»Fürchte nicht.« Der Arzt schien es wirklich zu bedauern.

Thian sah, daß das Eintauchen einige Wirkung hatte, denn die Farbe von Murs Fell änderte sich leicht zum Besseren hin.

»Nun, Dip spricht Basic. Ich lasse ihn hier. Ich muß einen 'dini-Arzt rüberholen.«

»Aber das wird dauern ...«

»Nicht sehr lange, wenn Sie mir zeigen, wo die Brücke ist ...«

Der offen zugängliche Geist des Arztes dachte unwillkürlich an die Brücke, und Thian wartete nur so lange, um ihm zu danken, dann versetzte er sich. Er hatte keine Zeit für das übliche Protokoll oder den Dienstweg. 'dinis erkrankten – besonders auf den Planeten der Menschen – nur selten, deswegen war Murs unerwartete Funktionsstörung eine ernstzunehmende Sache. Es konnte nicht nur an der schlechten Luft und dem versehentlichen Konsum noch schlimmeren Wassers liegen. Mur mußte körperlich unvollkommen sein. Wenn er ihn verlor, würde es so sein, als verlöre er eine Hand. Für Dip mußte es noch schlimmer sein. Vielleicht war der Anfall nur vorübergehend, der Schreck des Transports, die Austrocknung einer langen Passage durch den Weltraum!

Er tauchte auf der Brücke auf, was alle verblüffte, und die Bordwachen griffen sofort zu den Waffen.

»Ich bin Thian Lyon«, sagte er stimmlich und telepathisch und verstärkte den Gedanken mit der Hemmung, die Waffen nicht zu ziehen. »Ich entschuldige mich, Kapitän«, sagte er und ging rasch auf Ashiants Kommandosessel zu, »daß ich alle Vorschriften der Marine in meiner ersten Stunde auf der *Vadim* ...«

»Manchmal ist direktes Handeln der einzige Kurs«, sagte Ashiant. Ein eigenartiges Lächeln umspielte seine Lippen. Er deutete auf einen freien Sitz links von den Hauptstationen. »Als man uns mitgeteilt hat, daß Sie auf die *Vadim* kommen, haben wir im Maschinenraum eine Liege für Sie installiert. Sie sollen alles haben, was Sie brauchen. Fregattenkapitän Tikele erwartet Sie.«

Thian dankte ihm mit einem Nicken, nahm Haltung an und lächelte dankbar den drahtigen kleinen Mann an, der neben dem Sitz stand. Der Ingenieuroffizier hatte einen leicht hochnäsigen Ausdruck um Mund und Augen. Afra hatte ihn gewarnt, daß er mit einigem Widerstand des mechanisch gesinnten Marinepersonals rechnen mußte, da es seinen Maschinen mehr vertraute als alternativen Transportformen. Thian verbeugte sich respektvoll vor dem Fregattenkapitän und setzte sich hin.

»Sind die Generatoren schon eingeschaltet?« fragte er, obwohl er an den Meßzeigern vor sich erkennen konnte, daß dem so war.

»Wenn Sie bereit sind, sind wir es auch«, sagte Tikele im einem verbindlichen Tonfall.

»Kann ich eine Ansicht des Fährenhangars des 'dini-Schiffes haben?«

»Reinschieben«, sagte Kapitän Ashiant, und der Schirm an Thians linker Seite zeigte ihm sofort, was er sehen mußte.

Thian griff nur mit dem Geist hinaus und spürte

die Anwesenheit zahlreicher 'dinis und des glatten Zylinders, der die Ärzte transportieren sollte. Wenn er nicht wie ein Steinläusen verfolgender Rutscher herumgelaufen wäre, hätte er auch ohne Unterstützung durch die minimale Raumdistanz greifen können. Doch trotz des in seinem Blut kreisenden Adrenalins stützte er sich auf die Generatoren, wie daheim auf Aurigae. Er belastete sie kaum länger als eine Sekunde.

»Da«, sagte Thian und stand auf. »Vielen Dank für Ihre Mitarbeit, meine Herren. – Darf ich, Kapitän?« fügte er hinzu, als ihm der Anstandsunterricht der Marine einfiel.

»Sie haben meine Erlaubnis doch auch bisher nicht gebraucht, Lyon, oder?« Der Tonfall des Kapitäns war vor Erheiterung ironisch.

Thian nickte in reuigem Eingeständnis und portierte sich in der gleichen Sekunde in den Hangar, in dem gerade drei 'dinis aus einer Kapsel stiegen. Sie hatten eine Menge Instrumente mitgebracht. Die Hangarmannschaft strömte auf sie zu, wußte aber eigentlich nichts mit ihnen anzufangen.

»Man erwartet sie«, sagte Thian schnell, bevor es zu einem Sicherheitszwischenfall kam. »Ich nehme sie mit.« Er machte die notwendigen Schritte auf die drei 'dinis zu. Es waren die größten, die er je gesehen hatte; sie waren noch größer als die Ältesten im aurigaeischen Dorf. Einer war fast so groß wie er, was schon für einen Menschen ausreichend war.

WER IST DER SENIOR, O GROSSE UND EHRWÜRDIGE? fragte er das Trio so respektvoll wie möglich. Er wußte, daß manche 'dinis ihre Größe so ernst nahmen wie manche Menschen ihren Titel.

BEGLEITE DIESEN SOFORT ZUM KRANKEN, sagte der Größte und trat elegant vor, um sich zu Thian zu gesellen.

»Kann jemand von Ihnen die anderen zum Lazarett

bringen?« fragte Thian und schaute sich unter den Menschen um, weil er sehen wollte, wer hier das Kommando hatte.

»Haut ab«, sagte jemand und winkte ihn drängend fort.

ERGEBENSTE ENTSCHULDIGUNG FÜR VERTRAULICHKEIT, sagte Thian, holte tief Luft, schlang fest einen Arm um die Taille des 'dinis und portierte sich und ihn in den Lazarettgang vor der Kabine.

Beide kämpften um ihr Gleichgewicht, als sie inmitten einer Gruppe landeten. Thian verwünschte sich, weil er keinen leeren Gang genommen hatte, aber niemand war verletzt. Der 'dini, der Mur in der Wanne sah, eilte auf den Patienten zu. Dip, der sich fast bis zum Erdboden verbeugte, trat zwar beiseite, ließ das Atemgerät aber an Ort und Stelle.

Während der medizinische Offizier und sein Stab fasziniert zuschauten, nahm der 'dini die Untersuchung vor. Seine Pfoten huschten so schnell umher, daß man sie kaum noch sah, und er stupste und stieß den schweigend verfärbten Mur umher, der nur noch schwache und unregelmäßige Hickser ausstieß.

»Kann ich irgend etwas tun?« fragte der medizinische Offizier, ohne den Blick von dem großen 'dini abzuwenden. »So'n Großen hab ich noch nie gesehen«, sagte er dann etwas leiser zu Thian.

»Ich auch nicht«, gestand Thian, der sich in dieser kritischen Situation nur allzugern ablenken ließ.

Ein erneutes Verwischen der Bewegungen, und der 'dini-Arzt entnahm seiner mitgebrachten Tasche einige Instrumente und schob zwei kleine Gegenstände in die beiden Öffnungen, die Mur gehorsam aufmachte.

Der 'dini-Arzt nahm auf seinen Schwanz Platz und verschränkte die Arme vor der Brust. Dip klickte leise und erhielt zur Antwort ein bestätigendes und – wie Thian erfreut vernahm – beruhigendes Klacken.

Er holte Luft, stützte sich auf die Türklinke und

spürte abrupt die Auswirkungen seiner kürzlich erfolgten Anstrengung.

DIESER REAGIERT GUT, sagte der 'dini-Arzt und stand wieder auf.

WAS IST PASSIERT? WAS HAT MRG UNWOHL GEMACHT? fragte Thian als Echo auf Dips viel schneller erfolgte Frage.

NICHT OFT, ABER MANCHMAL SCHOCK AUF ANPASSUNG AN NEUE UMGEBUNG. ZU TROCKEN, UND LUFT UNSAUBER. UNVORHERSEHBAR. DIESE FARBE TYPISCH FÜR SOLCHE REAKTIONEN. DPL ERFORDERLICH ANGEPASST, HÄTTE SONST EBENSO REAGIERT. MEDIZIN VERHINDERT RÜCKFALL. SCHNELLE MENSCHENREAKTION HAT TRAGÖDIE VERHINDERT. DANKBARKEIT VON ALLEN. GUT, DASS MENSCH THN IST BEI FLOTTE.

»Wird der 'dini wieder gesund?« fragte der Arzt.

Thian nickte schwach, aber erleichtert. »Sieht so aus, als hätte Mur einen Umweltanpassungsschock.«

»Ach …?«

Thian fragte sich, wie er es vermeiden sollte, die Luft und das Wasser an Bord zu kritisieren. »Austrocknung«, sagte er eilig. »Wegen der weiten Strecke in der Kapsel. Es wird ihm wieder gutgehen, wenn die Medizin Wirkung zeigt. Man kann jetzt schon sehen, daß sich seine Farbe bessert …«

»Ach ja, wirklich. Ähm … und danken Sie dem Arzt in unserem Namen … Hat sich wirklich alle Mühe gegeben …«

WIE WIRD GROSSER GENANNT, sagte Thian und nahm eine höfliche Pose ein. MENSCHLICHE MEDIZINER-PERSON MÖCHTE IHM DANKEN.

DANK ERFOLGTE DURCH SCHNELLE FÜRSORGE. DIESER HEISST SBLPK. Der 'dini-Arzt verbeugte sich freundlich vor dem Schiffsarzt, der flink einen Schritt zurücktrat.

Thian holte tief Luft und konzentrierte sich so fest er konnte auf die Aussprache des Arztnamens. Da er so lang war, mußte er wirklich eine wichtige Persönlichkeit sein.

»Er dankt Ihnen, Doktor ...«

»Exeter«, sagte der Mediziner.

»... für die schnelle Fürsorge«, sagte Thian mit einem schwachen Lächeln. »Sein Name ist Sblpk.« Es gelang ihm, den Namen einigermaßen auszusprechen und sah, daß Dip zustimmend eine Pfote schwenkte.

»Exeter«, sagte der Bordarzt und hielt dem 'dini die Hand hin.

Als Sblpk sie ohne zu zögern schüttelte, empfand Thian Erleichterung. Der 'dini hatte sich so lange unter Menschen aufgehalten, daß er den Brauch kannte. Die Flotte wußte wahrscheinlich gar nicht, welches Glück sie hatte, solche Persönlichkeiten wie diesen medizinischen Offizier zu haben.

EXTR, erwiderte der 'dini, nachdem er die Hand des Bordarztes dreimal geschüttelt hatte.

Exeter lachte, doch als sein Gesichtsausdruck plötzlich signalisierte, daß er nicht genau wußte, ob seine Reaktion verständlich war, beruhigte Thian ihn.

»Extr ... Mrdini-Name«, sagte Sblpk in ziemlich verständlichem Basic.

Alle, die ihn hörten – und in diesem Moment war das Lazarett relativ dicht bevölkert – murmelten überrascht. Thian, der sich ziemlich geschlossen gehalten hatte, öffnete sich kurz und nahm die Reaktionen auf. Er spürte erfreute Überraschung und Erleichterung. Er spürte auch leichten Unglauben, daß man ein 'dini-*Viech* – der Begriff hatte für sein Empfinden einen abfälligen Unterton – in einer für Menschen bestimmten Einrichtung behandelte. Thian schaute sich um, versuchte zu bestimmen, wer von den vielen Menschen auf den Gängen etwas gegen 'dinis hatten, aber ohne breitere Empathiereichweite oder ein bestimmtes Ziel konnte er die Antagonisten in der Gruppe nicht ausmachen.

Seine Eltern hatten ihn indirekt gewarnt, weil nicht alle Menschen mit Mrdini zusammenarbeiten wollten:

daß er eventuell mit unerwarteten Vorurteilen wegen seiner engen Verbindung zu den 'dinis rechnen mußte. Er hatte einfach nicht erwartet, der Sache so schnell persönlich gegenüberzustehen. Dann berührte Sblpk leicht seinen Arm.

FALLS MEHR MRDINI KOMMEN ... IST GUT, WENN EXTR NOTWENDIGES GEGENMITTEL KENNT, sagte er. Er nahm ein Schreibgerät von seinem Gürtel, schrieb rasch einige Buchstaben auf einen Block und reichte ihn dann Exeter.

»Es sind die nötigen Behandlungsmethoden, falls ein anderer 'dini ähnliche Symptome aufweist, Dr. Exeter.«

Der Mensch musterte den Block. »Mann, das sind ja chemische Formeln!« Seine Kinnlade sackte herab.

»Es gab viel Austausch auf naturwissenschaftlicher Ebene, Doktor. Dort findet man einfacher Mittel, um Konstanten auszudrücken. Sblpk hat wahrscheinlich einige Intensivkursen über medizinische Praktiken mitgemacht«, sagte Thian mit leichtem Stolz in der Stimme.

»Nun, ich freue mich, diese Informationen zu haben. Sagen Sie es ihm?«

Thian übersetzte, dann folgte eine erneute Reihe herzlicher Verbeugungen.

Nun tauchten die beiden letzten Angehörigen des medizinischen Teams der 'dini mit ihren Instrumenten auf.

MRG BRAUCHT DREIZEHN MENSCHENSTUNDEN BESONDERE BEOBACHTUNG, sagte Sblpk. SEIN KREISLAUF MUSS GRÜNDLICH DURCHGESPÜLT UND VON SCHADSTOFFEN GEREINIGT WERDEN. BRAUCHT REGELMÄSSIG GEGENMITTEL, UM RÜCKFALL ZU VERHINDERN. DPL DARF BLEIBEN UND TRÖSTEN. WEITERE INSTRUMENTE NICHT NÖTIG. EXTR DARF WACHEN, ABER ANDERE MENSCHEN UNNÖTIG. DIESER MUSS ZURÜCKKEHREN ZUR KLTL (in diesem Wort erkannte Thian den Namen seines Schiffes), FALLS ES BEWERKSTELLIGT WERDEN KANN.

SOFORT, erwiderte Thian.

OHNE GROSSE EILE, fügte Sblpk hinzu und ließ den Kopf auf eine Weise zucken, daß Thian verstand, daß er Vergnügen empfand.

DIESMAL MIT ANMUT UND SCHICKLICHKEIT, gab Thian zurück und ließ den eigenen Kopf auf eine Weise zucken, die, wie er annahm, bei einer hochstehenden Persönlichkeit wie Sblpk keinen Bruch der Etikette darstellte.

»Was ist?« fragte Exeter, dessen Blick von einem zum anderen huschte.

Thian erklärte ihm, welche Behandlung Mur brauchte und daß es Sblpk lieber wäre, wenn sich nur er um den Patienten kümmerte. Dann fügte er, da er glaubte, es könne einigen Zuhörern ganz gut tun, Sblpks Bitte um eine weniger dramatische Rückkehr in den Hangar hinzu.

Exeter lachte leise, dann nickte er. »Kann nicht sagen, daß ich es ihm verüble. Sie tauchen doch nicht immer aus dem Nichts auf und verschwinden wieder, oder, Primus?«

»Nur in extremen Notfällen, das versichere ich Ihnen«, sagte Thian. »Und ich hoffe, der Kapitän ist ein so guter Kumpel, wie Sie es waren.«

Exeter hob die Brauen, seine dunklen Augen funkelten. »Ach, unser Kapitän wird zweifellos noch irgendwas zu nörgeln haben, aber ich würde sagen, es fiele beträchtlich grantiger aus, wenn sich diese Sache als verheerend erwiesen hätte.« Sein Gesichtsausdruck war etwas finsterer als in der schlimmsten Phase des Notfalls. »Machen Sie sich keine Sorgen, Junge. Sie haben mit der Geschwindigkeit reagiert, die erforderlich ist, um ein Leben zu retten. Das kann kein Fehler sein. Darf ich mir jetzt die Behandlung anschauen?«

»So ist es gedacht. Ich werde mich wieder bei Ihnen melden, und zwar um …« – Thian schaute auf die Uhr – »um 3.00 Uhr; wenn sie abgeschlossen ist. Oder vorher, falls Sie mich für irgend etwas brauchen.«

Dann wandte er sich zu den 'dinis um, die Mur behandelten. DIESER KLEINE NAMENS THN SAGT EXTR NAME UND IST KONTAKT FÜR FRAGEN, PROBLEME, BEDÜRFNISSE.

DANKBAR, EINVERSTANDEN, sagte der Größere der beiden Pfleger, ohne von dem Instrument aufzuschauen, das er in Murs Badewanne einrichtete.

GEH, ALLES GEHT JETZT GUT, fügte Dip hinzu und signalisierte mit der Linken Erleichterung, Billigung, Zuneigung. ABER LANGSAMER. ZUSTIMMUNG?

Thian lachte, legte die Finger kurz auf die Wölbung von Dips Kopf, verbeugte sich noch einmal vor Sblpk und deutete auf den Korridor.

Die beiden Ärzte verbeugten sich noch einmal voreinander.

»Ach, Dr. Exeter, kann ich die Richtung zum Hangar haben?« fragte Thian, da ihm einfiel, daß er den Fußweg gar nicht kannte.

»Sally, bringen Sie sie bitte hin?«

Eine Frau mit kurzem rotem Haar trat vor und salutierte. »Hierher, meine Herren.« Sie geleitete sie mit wissender Miene durch den Gang. Während Thian unterwegs war, hatte er weit mehr Zeit als er brauchte, um sich darüber zu sorgen, wie man die Öffentlichkeitsarbeit verbesserte.

Kapitel Fünf

Als die Korpsfrau sie im Fährenhangar ablieferte, brachte Thian Sblpk höflich in die Kapsel.

GUTE TRÄUME, GROSSER SBLPK, sagte Thian freundlich zum Abschied.

TRÄUME WERDEN SANFTMÜTIG SEIN, lautete die überraschend herzliche Antwort.

Selbst bei diesem kurzen Wortwechsel spürte Thian ohne große Empathieausdehnung, daß die Mannschaft darauf wartete, was er, der *Zivilist* – der Ton, in dem dieses Wort geäußert wurde, war ätzend – nun tun würde. Er fragte sich, wie sein Vater mit einer solchen Situation fertig geworden wäre. Bloß wäre Afra gar nicht erst in eine solche Lage geraten. Thian gestand sich zurückhaltend ein, daß man eine Menge über die Methoden sagen konnte, die man auf Deneb anwandte. Aber wenn er seine Eltern kontaktierte und um Führung bat, hätte er eingestehen müssen, daß er innerhalb von Minuten nach der Ankunft auf der *Vadim* auf die Schnauze gefallen war. Glücklicherweise erinnerte er sich aber auch an einige Erzählungen seines Vaters, die mit diversen Episoden von Damias spontanerem Verhalten zu tun hatten. Nun ja, man konnte die Dinge nur so nehmen, wie sie kamen. Der wichtige Aspekt war der, daß Mur wieder gesund werden würde.

Thian schloß die Luke von Sblpks Kapsel und wandte sich mit einem reumütigen Gesichtsausdruck zur erwartungsvollen Mannschaft um.

»Hat eigentlich schon mal jemand in einer Stunde gegen so viele Dienstvorschriften verstoßen wie ich?«

Er sprach in einem komischen, selbstzerknirschten Tonfall. Dann fuhr er fort: »Aber ich möchte Ihnen allen für Ihre Hilfe danken, denn ohne sie würde mein Freund jetzt nicht mehr leben.« Er spürte, daß seine innere Anspannung nachließ. »Es ist wohl nicht zufällig ein Ingenieur anwesend, was?«

»Warum?« Ein Mann in Ingenieursgrün beugte sich über das Geländer der oberen Ebene. Sein Gebaren war eher neugierig als kritisch, und Thian merkte, daß er den richtigen Ton angeschlagen hatte.

Er verzog das Gesicht. »Wenn ich von hier aus auf die Generatorenenergie zugreifen könnte … Ich würde den Kapitän auf der Brücke lieber nicht die Stirn bieten, wenn es nicht unbedingt nötig ist. Der 'dini ist eine wichtige Persönlichkeit und muß sofort zu seinem Schiff zurückgeschickt werden.«

»Kommen Sie rauf! Sie können von der Ersatzstation aus zugreifen«, sagte der Leutnant und fügte »Sir« hinzu.

Thian, erleichtert, das ›Sir‹ zu hören, nahm die Treppe des Niedergangs zwei Stufen auf einmal, und als er oben ankam, registrierte einen merkwürdigen Ausdruck im Gesicht des Leutnants. Das schwache Lächeln des Mannes enthielt irgendeine Eigenschaft, die ihn nachdenklich machte: Er gehörte wahrscheinlich zu denen, die *Talente* schon deswegen nicht ausstehen konnten, weil sie selbst keins hatten. Hier war ein Hilfszugang zum Maschinenraum, und daneben befand sich ein deutlich markiertes Komgerät. Auch wenn er bei der Ankunft das Protokoll verletzt hatte, er hatte nicht die Absicht, nun, da der dringende Notfall beseitigt war, damit fortzufahren. Thian drückte den Frequenzöffnungsschalter. »Fregattenkapitän Tikele«, sagte er in einem möglichst festen und respektvollen Tonfall und spürte einen Strahl der Irritation.

»Sie schon wieder, Primus Thian?«

»Sir, ich erbitte die Erlaubnis, auf die Generatoren

zugreifen zu dürfen, um Dr. Sblpk auf sein Schiff zu bringen.«

»Sssbil … was?«

Thian wiederholte die Konsonanten so zungenfertig, als hätte er nicht die geringsten Schwierigkeiten mit ihrer Aussprache. »Der Arzt hat seine Diagnose gestellt und den erkrankten Angehörigen meiner Gruppe behandelt. Er möchte nun zurückkehren.«

»Das ging aber schnell. Die Generatoren gehören Ihnen, Primus. Machen Sie nur.«

Thian fing den Puls der Maschinen auf, drückte dagegen und ›hievte‹ Sblpks Kapsel mit Leichtigkeit in sein eigenes Schiff zurück, wo er sie sanft ablegte und hoffte, Sblpk würde gar nicht erkennen, daß er schon versetzt worden war. Er hatte für die Rückkehr mehr Energie aufwenden müssen, was ihn verärgerte, aber wer würde es schon merken?

»Vielen Dank, Fregattenkapitän«, sagte er.

»Ach … Primus Lyon?« sagte Tikele. »Der … äh … Kapitän möchte Sie in seinem Konferenzraum sehen. Und … äh … Mr. Sedallia, teilen Sie den Primus bitte einen Führer zu?«

»Aye, Sir.« Der Blick, den der Leutnant Thian zuwarf, war so neutral, daß er schon an unterdrückte Feindseligkeit grenzte.

»Ich portiere wirklich nicht überall hin, Leutnant.«

»Könnte das Gegenteil nicht beweisen … Sir.« Thian fing einen Anflug von Groll auf, doch dann grinste Sedallia. »Greene, begleiten Sie Primus Lyon zum Konferenzraum des Kapitäns.«

Auf halbem Wege fand Thian die ungehemmten Gedanken des Matrosen unerträglich niederschmetternd. Greene glaubte nicht nur daran, daß der Kapitän dem *Zivilist*en (vom Tonfall her ein Schimpfwort) eins reinwürgen würde, was ihm nach seiner Ansicht absolut recht geschah, er ging auch davon aus, daß sich so ein ›Wieselfreund‹ nicht lange an Bord der *Vadim* halten würde. Es war schon schlimm genug, die Viecher im Geschwader zu haben und den möglicherweise anfallenden Ruhm mit ihnen teilen zu müssen, aber daß sie mit ihrem Geruch und dem komischen Auge, das mitten auf ihrer Stirn saß und einen ewig angaffte, auch noch an Bord kamen, reichte nun wirklich, um einem Menschen den Magen umzudrehen! Greene wünschte sich nichts sehnlicher, als das sprichwörtliche Mäuschen im Konferenzraum des Kapitäns zu sein. Zehn zu eins, daß man den Typen unehrenhaft in die Wüste schickte und das Schiff dann doch mit dem auskommen mußte, was sich an Bord befand. Manche Unannehmlichkeiten waren einfach nicht den Brennstoff wert, den es kostete, sie zu korrigieren. Dieser Spinner war echt reif. Greene wünschte sich jetzt, eine Wette über die Frage abgeschlossen zu haben, wie lange der Primus noch an Bord der *Vadim* blieb.

An der Tür zum Konferenzraum des Kapitäns wirbelte Greene zackig herum und klopfte zweimal.

Ohne auf die *Talent*-Etikette zu achten, langte Thian auf den Kapitän zu, der schon hinter einem Schreibtisch saß. Seine Hände lagen flach auf der Oberfläche, er erwartete das Gespräch. Vielleicht wußte auch er, wie man seine Reaktionen im Zaum hielt. Thian fing das kurze Echo eines Geistes auf, dann stieß ihn der natürliche Schirm des Kapitäns zurück, der nun an Ort und Stelle verankert war und das Gespräch mit einem Primus-*Talent* erwartete. Thian zog sich sofort zurück, aus Furcht, der Mann könne sich seines Versuchs bewußt werden, und schüttelte sich. Glücklicherweise war Greene damit beschäftigt, die Tür zu öffnen und sah es nicht.

Irgend etwas an der Pose des Kapitäns sagte Thian, daß Ashiant völlig entspannt war. Wartete auch er auf den Rüffel, den er diesem … diesem *Zivilisten* verpassen würde?

»Das ist alles, Greene, danke«, sagte der Kapitän und

gab dem Matrosen mit einem Nicken zu verstehen, daß er gehen könne. »Machen Sie weiter Dienst.«

Der Mann stieß einen stummen Fluch aus, als er die Tür hinter sich schloß.

»Fregattenkapitän Exeter sagt, daß Ihr ... äh ... Gefährte diese ... äh ... allergische Reaktion überleben wird«, sagte der Kapitän in einem nach Thians Meinung listig verbindlichen Tonfall.

Wenn er mich erst mal weichgeklopft hat, wird er sich wie ein Dicker Brummer auf mich stürzen, dachte Thian. Er bemühte sich, entspannt zu wirken, um der weltmännischen Aura des Kapitäns zu entsprechen. Er konnte auch nicht schlimmer sein als seine Großmutter, wenn sie im Towermodus war. Oder?

»Man war so freundlich, uns einen sehr hochstehenden medizinischen Offizier zu schicken, Kapitän Ashiant«, sagte Thian und trat vor, um auf dem Stuhl Platz zu nehmen, auf den der Kapitän deutete. Tja, wenn er mich zum Hinsetzen auffordert, beißt er mir wahrscheinlich jetzt noch nicht den Kopf ab.

»Hat Exeter auch gesagt. Und daß er eine chemische Formel für zukünftige Fälle hiergelassen hat. Das war eine gute Idee. Das Flottenkommando schickt uns zwar dann und wann Informationen, aber nicht immer das, was wir brauchen oder gewinnbringend einsetzen können. Ich schätze, Sie können es vielleicht erklären.«

»Mit Freuden, wirklich«, sagte Thian und wappnete sich gegen das unausweichliche Donnerwetter.

»Sie haben nichts dagegen, Erklärungen abzugeben?«

»Ich? Nein, Sir, warum sollte ich? Die 'dinis sind aufrichtig in der Verehrung menschlicher Errungenschaften, und ich glaube, auch sie haben ein paar, von denen wir profitieren könnten.«

»Das wissen Sie?«

Thian tadelte sich wegen seiner übertriebenen Sicherheit, aber nur die Nervosität und das Wissen, daß er seine ersten Momente an Bord schon vermasselt hatte, ließen ihn so dümmlich daherlabern. Hätte er doch nur gewußt, ob der Kapitän für oder gegen *Talente* war. Oder 'dinis.

»Zum Beispiel?«

Setz jetzt alles auf eine Karte, sagte er sich. »Zum Beispiel ihr Luftreinigungssystem.«

»Wirklich?« Der Kapitän zog seine dichten Augenbrauen hoch.

Genau in diesem Moment spürte Thian, daß etwas Weiches an seiner Hand entlangstrich. So unerwartet es auch kam, die Berührung war ihm so vertraut, daß er automatisch die Hand ausstreckte, um das Tier zu streicheln, das irgendwie in den Konferenzraum des Kapitäns gelangt war.

»Hallo ...«, sagte er in einer fast automatischen Reaktion auf die Anwesenheit einer ihm bekannten und angenehmen Entität. Dann blinzelte er höchst überrascht. »Sie haben eine Barkkatze!« rief er verblüfft und voller Ehrfurcht. Seine Hand schwebte in der Luft, um die Streichelbewegung zu vollenden.

Die Katze hob die Vorderpfoten vom Boden und stieß mit dem Kopf herrisch gegen seine Hand, damit er die Liebkosung fortsetzte, was er auch eilig tat. Es war eine prächtig gefleckte Dreifarbige mit weißer Schnauze, weißen ›Socken‹ und einem winzigen weißen Hauch an der Schwanzspitze. Sie war außerdem hochträchtig und nicht mehr genau im Gleichgewicht. Thian legte eine sichere, geschickte Hand unter ihren Leib, um sie zu stützen, und spürte das tiefe Schnurren in ihrem trächtigen Leib.

»Von wem stammt sie ab, Kapitän? Sie ist prachtvoll. Ich kenne nur eine andere Dreifarbige, aber die kleine Zsa Zsa kommt mit der hier nicht mit.«

»Prinzessin Zsa Zsa von der *Trebizond?*« fragte Ashiant und schaute zu, als die Katze sich weiter an Thians Bein und Hand rieb.

»Ja, genau die. Sie hat meines Wissens nie Dreifarbige geworfen.«

»Nein, hat sie nicht, auch wenn die Mannschaft der *Treb* alles versucht«, sagte der Kapitän und schnaubte. »Sie hat sogar darum gebeten, daß wir ihr unseren Kater ausleihen. Sie haben Orangefarbene, sogar einen kleinen Tiger, aber keine dreifarbigen Weibchen.«

»Wer ist diese Schönheit? – Hoppla, Madam, vorsichtig«, sagte Thian, als die Katze trotz ihrer Schwerfälligkeit auf seinen Schoß sprang und sich drehte, um sich hinzulegen.

»Das hat Tab noch nie gemacht«, sagte der Kapitän. Er klang leicht gekränkt.

Mehr habe ich nicht gebraucht, dachte Thian und schloß kurz die Augen – nicht nur wegen des plötzlichen Ratschens der Krallen in seinem Bein, sondern auch, weil keine Mannschaft es gern sah, wenn ihre Barkkatze Zuneigung oder gar Interesse an Neuankömmlinge verteilte.

»Tut mir auch leid, Sir«, sagte Thian und ließ die Hände auf und niederfahren, weil er sie streicheln wollte, denn zu Barkkatzen war man immer freundlich, aber er wollte den Kapitän ihres Schiffes nicht noch mehr kränken.

»Sie kennen offenbar eine Methode, die Langeweile einer weiten Reise zu lindern, Primus!« Als Thian den Kapitän überrascht musterte, fügte er hinzu: »Nun streicheln Sie sie schon, bevor sie Fetzen aus Ihren Beinkleidern macht! Wenn sie trächtig ist, kann sie nie genug Beachtung kriegen. Und nun … Wo waren wir?«

»Ich nehme an, Sie wollten etwas über meine heutigen Possen sagen …«

»Wollte ich das?« Der Kapitän runzelte erneut die Stirn, doch seine Überraschung war gespielt. »Wissen Sie das genau – Primus?« Vor dem letzten Wort legte er eine feinsinnige Pause ein.

»Sir, Sie wissen doch bestimmt, daß ich bei einem

Schirm, der so fest sitzt wie der Ihre, keine Spur der Gefühle auffangen kann, die Sie gegen mein ... äh ... unorthodoxes Benehmen hegen.« Thian hob entschuldigend eine Hand. »Womit ich, ich weiß, zugebe, daß ich es versucht habe, auch wenn die Ethik es mir untersagt, über den zugänglichen Verstand hinauszugehen, es sei denn, man erlaubt es mir ausdrücklich. Aber wenn so viel auf dem Spiel steht ...«

»Das kann man wohl sagen, Lyon junior«, sagte Ashiant, lehnte sich in den Sessel zurück und schaute zu, als die Katze auf Thians Schoß den Kopf auf ihre Pfoten legte. »Deswegen bitte ich Sie auch, sich von nun an, wenn möglich, an die normalen Verfahrensweisen zu halten. Sie haben, wenn auch auf höchst ungewöhnliche Weise, in einer Situation, die tragische Resultate hätte zeitigen können, schnell reagiert. Ich sehe jedoch, daß Ihr ... äh ... Geschick weitreichender ist, als ich bisher geglaubt habe. So wie Sie sich heute mit den 'dini verständigt haben, fühle ich mich, was die Kommunikation angeht, schon besser.

Besprechen wir zuerst die Pflichten, die Sie, wie der Erdprimus meint, erledigen könnten, um die Unbequemlichkeiten dieser langen Reise zu entspannen.« Ashiant hob seine kräftigen Finger hoch und zählte Thians Pflichten nacheinander auf. »Die gesamte interrassische Kommunikation, die bisher, offen gestanden, verdammt selten und mißverständlich war; alle notwendigen Transporte zwischen den Schiffen unseres Geschwaders; Annahme und Versand aller Module, Drohnen und Personal; Unterrichtung aller Offiziere in einfachem 'dini. Wir wissen gerade genug, um ›Stop‹, ›Los‹, ›Backbord‹, ›Steuerbord‹ sowie ›Bevorstehender Angriff: Alarmstufe eins und zwei‹ auszudrücken.« Seine Augenbrauen machten aufgrund seiner Bestürzung über diese Mängel eine Achterbahnfahrt. Dann wartete er fragend ab, bis Thian eilig und zustimmend nickte. »Ich habe eine Liste ...« – Ashiant reichte ihm

115

einen Komleser-Textordner – »aller an Bord befindlichen Personen, deren *Talent* getestet wurde. Es sind nicht viele, aber wie ich erfahren habe, können ihre Fähigkeiten die Ihren in einem Notfall aufstocken ...« Er hielt erneut inne und schaute Thian stirnrunzelnd an.

»Ich werde mich bemühen, Notfälle – wenn möglich – immer anzukündigen, Kapitän«, sagte Thian demütig.

»Notfälle kündigen sich nie vorher an, Primus«, sagte Ashiant und stieß einen ellenlangen Seufzer aus. »Sie müssen den Leuten jedoch sagen, was unter Umständen von ihnen verlangt wird. Nach Möglichkeit reden Sie mit jedem einzeln, da das, was Sie in der Hand haben, streng geheim ist.« Thian schob den Ordner rasch in seine Brusttasche und drückte fest auf den Klettverschluß. »Wir haben leider in Erfahrung gebracht, daß Menschen mit geringen Talenten aufgrund ihres Talents im Nachteil sind, deswegen kennen die Leute einander nicht, es sei denn, sie haben sich durch Zufall entdeckt. Aber es ist schön, ein Reservesystem zu haben ...« Thian nahm zwar an, daß seine Eltern und Großeltern vor Schreck erstarrt wären, hätte man sie ›Reserve‹-System bezeichnet, aber Ashiant befleißigte sich nur des üblichen Sprachgebrauchs Nicht-Talentierter. »Stellen Sie sich ihnen vor, damit Sie sie einstimmen, codieren oder sonst was können, was bei Primen üblich ist.« Seine Hand beschrieb Kreise, die entweder Gleichgültigkeit oder Unwissenheit andeuteten. Dann beugte er sich vor, und seine Stimme wurde leiser. »Thian Lyon, ich bin der einzige an Bord, der Ihr wahres Alter kennt. Die weiße Locke da läßt sich doch nicht herauswaschen, oder? Nein?« Als Thian murmelte, sie sei ein genetisches Erbe, nickte der Kapitän. »Jeff Raven hat mir versichert, daß Sie eine ausgezeichnete Ausbildung erhalten und genügend Einzelaktionen durchgeführt haben, um Ihren verschiedenen Pflichten nachkommen zu können. Und nach Ihrer heutigen Vorführung glaube ich es auch.«

Thian schaute den Kapitän verblüfft an.

»Was ist nun mit der Luftreinigung? Wir atmen diesen Smog jetzt schon so lange ein, daß wir ihn gar nicht mehr riechen, selbst wenn man ihn die halbe Zeit *kauen* kann. Kein Wunder, daß der 'dini keine Luft bekam.«

Thian, der Tab weiterhin streichelte, richtete sich auf dem Stuhl auf und begann mit der Erklärung, wie die Vegetation die Luft auf den 'dini-Fernraumern reinigte. Obwohl die Sauerstoffversorgung der Menschen für übliche Reisen und selbst für eine solche, die nicht von *Talent*-Schüben unterstützt wurden, mehr als ausreichend war, hatte die lange Fahrt das System offenbar ausgereizt.

»Nun verstehe ich«, sagte Ashiant, lehnte sich zurück und drehte sich untätig in seinem Sessel. »Die 'dinis von der *KLTL* haben mir nach der letzten Konferenz einige Pflanzen angeboten. Hab gar nicht gemerkt, von welcher Bedeutung das Angebot war.«

»Woher hätten Sie es wissen sollen? Haben Sie in den darauf folgenden Nächten zufällig von Pflanzen *geträumt?*«

Ashiant stierte ihn an. Seine Brauen trafen sich fast über dem Rücken seiner fleischigen Nase. »Und ob! Es kam mir reichlich komisch vor. Ich habe geträumt, überall an Bord stünden riesige Töpfe mit Pflanzen herum. Und alle haben wie Bekloppte gegrinst.«

Thian lächelte. »Wußten Sie nicht, daß die 'dinis Träume als Verständigungsmittel einsetzen?«

»Doch, ich habe davon gehört, aber von Pflanzen träumen? Hören Sie mal, Primus, das ist zu exotisch für meiner Mutter Sohn.«

»Ich kann die 'dini-Träume auch interpretieren – falls Sie noch mal welche haben sollten, Sir. Ist natür-

117

lich streng geheim.« Thian hoffte, den Humor des Kapitäns nicht überschätzt zu haben.

Es war unnötig, denn Ashiant brüllte vor Lachen. »Hätte nie gedacht, ich würde mal einen 'dini-Traum haben. Entspricht nicht meinem Temperament.«

»Temperament hat mit dem Empfangen von 'dini-Träumen wenig zu tun, Sir. Man lernt Wiederholungen zu respektieren, sie wollen, daß sie Pflanzen bei ihnen anfordern.«

»Ach, wirklich? Hmmm.«

Das Ergebnis ihres Gesprächs bestand darin, daß Thian zum zweiten Mal Kontakt mit der *KLTL* aufnahm, wobei er nun mit dem für die Sauerstoffversorgung zuständigen Offizier sprach und erfuhr, daß man tatsächlich über entbehrliche *Sgit*-Pflanzen verfügte, und auf dem Schwesterschiff, der *KLTS*, wahrscheinlich ebenso. Zwar würde man die Veränderung nicht sofort bemerken, weil die Luft schon zu oft recycelt worden war, aber alles würde sich schrittweise bessern. *Sgit*-Pflanzen wuchsen schnell und mußten permanent getrennt werden, was sich für ein Luftverbesserungssystem auszahlen würde. Hatte man genügend Ableger, konnte man sie auch in Töpfen in Kabinen oder größere Räumlichkeiten stellen und zu örtlichen Verbesserungen beitragen. Die Blätter und Stengel der Pflanze waren eßbar.

»Einiges von ihrem Gemüse ist ziemlich schmackhaft, Kapitän«, sagte Thian und mußte über Ashiants Gesichtsausdruck grinsen.

»Ich esse an sich nur soviel Gemüse, um mein Gewicht zu halten«, sagte der Kapitän. Dann, nach einer Pause, fügte er hinzu: »Aber ich glaube, ich könnte es ja mal probieren. Kann sich nur auszahlen. Ha! Freut mich, daß Sie an Bord sind, Primus. Sie können uns helfen, eine Menge solcher Mißverständnisse zu beseitigen. Ich glaube, ich werde mal eine diskrete Anfrage starten, ob irgendwelche Offiziere oder Mannschaften eigenartige Träume hatten. Ich werd's auch Exeter erzählen – Sie kennen ihn ja schon –, für den Fall, daß ihm solche Meldungen zu Ohren gekommen sind.«

Dann nahm er Thian mit auf die Brücke, um ihn den diensthabenden Offizieren vorzustellen. Wenn die Brückenmannschaft irgendwelche heimlichen Gedanken über die nette Haltung ihres Kapitäns für den Neuankömmling hegte, behielt sie einen so festen Deckel darauf, daß Thian nicht das geringste spürte. Er wurde für 2.00 Uhr in die Kapitänsmesse geladen und mit einer Begleitung versehen, die ihn – bis er sich auf dem Schiff auskannte – in seine Kabine brachte.

Müder als je zuvor – selbst nachdem er seinen Eltern beim Verschieben der Dicken Brummer geholfen hatte –, war Thian dankbar, endlich die Tür seiner kleinen Kabine schließen zu können. Papa hatte ihn gewarnt: Es würde anders sein, als wenn man für sich selbst arbeitete. Thian hatte abfällig darauf reagiert, aber jetzt, ohne ein anderes *Talent* als Entsatz, war es *wirklich* anders. Als er sich auf die Koje fallen ließ, brauchte er nur die Hand zum Terminal auszustrecken, um das Lazarett anzurufen.

»Es geht ihm gut«, sagte Exeter. »*Wirklich* gut. Ich habe übrigens gelesen, daß diese Geschöpfe geschlechtslos sind.«

»Stimmt nicht, aber sie reden nicht über diesen Aspekt ihrer Biologie, Doktor.«

»Warum nicht?«

»Das ist eine lange Geschichte, Doktor.« Thian wurde von einem Gähnen befallen.

»Wir sehen uns später«, sagte der Arzt mit einem leisen Lachen.

Eine Sekunde später war Thian eingeschlafen.

Das Abendessen in der Messe des Kapitäns war keine Qual als solche. Thian wurden Getränke und Häppchen angeboten, von denen er, als er sah, wie freudig sie entgegengenommen wurden, annahm, daß sie nicht zur Standardernährung gehören.

Der Kapitän räusperte sich, und die Offiziersmesse hatte sofort seine ganze Aufmerksamkeit.

»Falls Sie es nicht schon vermutet haben, die heute abend servierten Extras stehen uns nur dank der Versorgungsdrohne zur Verfügung, die Primus Lyon mitgebracht hat.« Thian versuchte abzuwiegeln; immerhin war er ebenso Passagier gewesen wie die Lebensmittel. »Wie dem auch sei, Primus«, fuhr der Kapitän fort, »wir haben das Zeug und freuen uns, daß es mit Ihnen gekommen ist. Wie die meisten von Ihnen bereits wissen ...« – Ashiant schaute sich lächelnd um –, »hat der Primus schon ein wenig von seinem potentiellen Nutzen für die Flotte demonstriert.« Er räusperte sich. »Wie ich höre, hat man seine Fähigkeiten auch als Possen bezeichnet. Ob es nun Possen waren oder nicht – jedenfalls haben sie das Leben eines unserer Verbündeten gerettet und uns die Gelegenheit eingeräumt, stärkere Bande mit ihnen zu schmieden. Deswegen heiße ich Sie an Bord willkommen, Primus Thian.« Er hob sein Glas, schaute sich prüfend um, ob alle anderen erkannten, was er tat und prostete Thian zu.

Thian mußte sich mehrmals räuspern, denn rings um ihn her bombardierte man ihn mit zu vielen Reaktionen. Er spürte einen deutlichen schwarzen Schub von Argwohn und Abneigung und mehrere skeptische Gefühle, doch die meisten waren nur neugierig, leicht erheitert, und irgend jemand boshaft erwartungsvoll. Um den negativen Gefühlen etwas entgegenzusetzen, strahlte er Gelassenheit und Mitgefühl aus.

»In Anbetracht des Chaos, das ich heute mit den Dienstvorschriften der Marine veranstaltet habe, Sir«, sagte er mit einem verlegenen Grinsen, »kann ich nur sagen, daß ich unendlich erleichtert bin, hier statt im Bau zu sein, und daß man mich nicht dorthin zurückgeschickt hat, wo ich hergekommen bin.«

Diese Antwort erzeugte mehrere aufrichtige Lacher, aber auch einen zweiten Strahl boshafter Heiterkeit über seine gespielte Selbstzerknirschung.

Unser Spinner schleimt sich beim Publikum ein, was? lautete der verbalisierte Gedanke.

Thian, gerade im Begriff, sein Glas zu heben, um den anderen zuzuprosten, schaute sich um und versuchte, die Quelle ausfindig zu machen.

Oho! Ob dieser Kerl mich etwa gehört hat?

Der Gedanke war zu kurz, und es waren zu viele Leute anwesend, die ihn gedacht haben konnten. Thian war nicht schnell genug gewesen, den unerwartete zweiten Verstoß aufzufangen. Er ließ den Blick schnell von Fregattenkapitän Tikele zu der stämmigen blaß gelbhäutigen Frau flitzen, die neben ihm saß. Laut Schulterklappen war sie Sicherheitsoffizier und hieß Vander-Sowieso. Dann nahm er sich den unmittelbaren Umkreis vor: Eki Wasiq, der Funkoffizier, war ein äußerst hagerer Mann mit warmen braunen Augen, die ihm am unverdächtigsten erschien. Jaskell-Germys, der OvD, war ein paar Zentimeter kleiner als Thian und zeigte eine sorgfältig kontrollierte Mimik, die seine Gedanken nie verriet. Leutnant Sedallia, der einzige, den er schon mit Namen kannte, strahlte freundliche Aufmerksamkeit aus, während der Geschützoffizier Fardo Ah Min, ein älterer Mann mit zusammengekniffenen Augen – eine typische Programmierereigenschaft – so geistesabwesend war, daß er sein Glas zu spät hob. Er war von seinem Fehler zu irritiert, um einen Neuankömmling mit hämischen Gedanken bedacht zu haben. Die beiden anwesenden dienstfreien Oberfähnriche waren lächerlich einfach zu sondieren: Sie hatten nicht mit der Chance gerechnet, heute abend so feudal zu tafeln.

Thian setzte das Glas an die Lippen und trank. Die Abwesenheit des Bösartigen war ebenso überraschend wie sein kurzes Aufflackern.

Da er Fregattenkapitän Ailsah Vandermeer von der Sicherheit gegenüber saß, hatte er eine Chance, sie der gewandtesten geistigen Sondierung zu unterziehen, die er aufbringen konnte: Sie war von der Art, mit der er immer durchkam, wenn er seinen Vetter Roddie filzte. Thian konnte zwar, ohne die strengste Verfügung seiner Ausbildung zu brechen, nur ihren öffentlich zugänglichen Geist lesen, aber wenn sie etwas verschleierte, ging sie ungeheuer geschickt vor. Ihre Gedanken richteten sich ganz deutlich auf den Genuß der herrlichen Mahlzeit. Die ihm geltenden Kommentare hatten damit zu tun, die Mrdinisprache erlernen zu wollen.

Thian war erstaunt, wie viele bereit waren, Mrdini zu lernen, Leutnant Sedallia eingeschlossen. Als Antwort auf eine direkte Frage Fregattenkapitän Tikeles erklärte er sich – auch diesmal spürte er nur aufrichtiges Interesse – bereit, Begriffe der 'dini-Technik phonetisch zu umschreiben, damit der Ingenieuroffizier sie lernen konnte. Tikele verfügte schon über Pläne der 'dini-Maschinen, konnte aber einige spezielle Ausdrücke nicht entziffern, um die Feinheiten des Antriebs ganz zu verstehen: ein System, das einige Vorteile gegenüber dem Typ hatte, den die Menschen verwendeten. Tikele wollte einige Verbesserungen entwerfen, die unter Einsatz der 'dini-Methode den Antrieb der *Vadim* weiterentwickeln konnten. Sedallia war sein Konstruktionsassistent.

Bei Jagdaufträgen wie diesem wurden die Mannschaften und Offiziere, wie auf Forschungsschiffen, dazu angehalten, Freizeitstudien zu betreiben, wenn sie nicht gerade Notfallübungen für beliebige Eventualfälle machten, die der hinterhältige Geist des Kapitäns austüftelte. Später hörte Thian einen Obermaat stolz bemerken: »Der Kapitän denkt sich immer die ungeheuerlichsten Sachen aus! Aber bisher hat er uns noch nicht auf dem linken Bein erwischt!«

Der Wein, der an diesem Abend getrunken wurde, gehörte nicht zu den Vorräten, die mit Thian und den 'dinis an Bord gekommen waren. Aber es war der letzte trockene Weiße, den der Messesteward hatte, und er riet allen, das Beste daraus zu machen. Thian trank gern Wein, vielleicht zu gern, denn er weigerte sich nie, wenn sein Glas nachgefüllt wurde, aber er war seiner Meinung nach auch noch nie das gewesen, was andere ›betrunken‹ nannten. An diesem Abend kam er sich jedoch – was möglicherweise auf die kumulative Wirkung der Geschäftigkeit des Tages zurückzuführen war – leicht benebelt vor. Und dann fing er an, den stichelnden Spott zu ›hören‹. Da er ihn in Form mentaler Kommentare erreichte, konnte er nicht einmal das Geschlecht ihres Ursprungs identifizieren. Wer es auch war, er konnte *Talente* – egal welchen Grades – nicht ausstehen. Thian vermutete jedoch, daß der Betreffende selbst irgendwie talentiert war: Er ›sendete‹ auf einem telepathischen Niveau, das andeutete, daß es sich irgendwie um ein latentes *Talent* handelte. Der Inhalt der Sticheleien war in etwa von jener Art, wie sie sein Vetter Roddie verbal geäußert hätte. Doch bei Roddie wußte man wenigstens, gegen wen man kämpfte.

Die Entlassung Murs aus der Behandlung rettete Thian vor zu viel Wein und zu viel Stress angesichts des fortwährendes Sperrfeuers bösartiger Sticheleien. Er entschuldigte sich beim Kapitän, dankte ihm für die Mahlzeit und wiederholte noch einmal den Wunsch, der *Vadim* auf jede erdenkliche Weise dienen zu dürfen.

»Kennen Sie den Weg zum Lazarett?« fragte Fregattenkapitän Tikele, als Thian die Hand auf die Türklinke legte, um zu gehen.

»Ich glaube schon, Sir«, sagte er mit einem Lächeln in Richtung der intensiv diskutierenden Mediziner und ging. Es hatte auf diese Bemerkung hin weder einen Ober- noch einen Unterton gegeben, und doch ...

Er hatte gelogen. Er hatte so viel Wein getrunken, daß er nicht mehr wußte, ob er nach rechts oder links gehen mußte – backbord oder steuerbord. Er mußte sich schnellstens daran gewöhnen, in nautischen Begriffen zu denken. Er schaute in beide Richtungen des Gangs, schloß die Augen und portierte sich in den Hauptgang vor dem Lazarett. Zu dieser späten Stunde, nahm er an, würde niemand mehr dort sein. Er trat ein.

Mur hatte die Wanne verlassen, seine Farbe war hell, sein Fell glänzte, sein Kopfauge funkelte. Dip hingegen sah recht erschöpft aus.

THN IST DA, sagte Mur auf abgehackte Weise. Eine Krankenschwester schaute hinter einem Vorhang hervor, der die Behandlungskabinen voneinander trennte.

»O Primus, Sie sind sehr pünktlich«, sagte sie und schenkte ihm ein breites Lächeln. »Mur hat sich ziemlich gut erholt, aber ich glaube, Dip hat die Wartezeit nicht so gut überstanden. Ich habe ihm alles mögliche angeboten, aber er wollte nur etwas scharfe Brühe. Dr. Exeter hat nachgeschaut, welche Additive 'dinis stützen können. Und er hat sich wirklich sehr gefreut, einen so hochrangigen 'dini-Kollegen kennenzulernen.«

Trotz seiner Erschöpfung und dem vom Wein erzeugten verschwimmenden Blick kam Thian nicht umhin zu bemerken, daß sie ihn mit durchdringendem Interesse musterte, den Kopf auf die Seite neigte und ihn anlächelte. Sie ist hübsch, dachte er. Und sie hatte eine eindeutig beruhigende Aura. Für einen Kranken mußte sie das reine Paradies sein.

»Danke, Leutnant ...« Alle Krankenschwestern der Marine waren doch mindestens Leutnant, oder?

»Greevy, Alison Anne Greevy«, sagte sie. »Aber die meisten nennen mich einfach Gravy«, fügte sie mit einem verlegenen Lächeln hinzu.

»Ach.« Mehr fiel Thian dazu nicht ein. Doch dann sagte er: »Mich nennen die meisten Thian.«

»Aber Sie sind doch ein Primus«, sagte sie überrascht.

»Primen sind auch Menschen, Gr ... Gravy«, sagte er und ärgerte sich über sein Stottern. Irgend etwas stimmte nicht, er wußte bloß nicht, was. Sein Hirn war irgendwie verklebt.

WIR KÖNNEN JETZT GEHEN, sagte Mur fest und legte seine Pfoten auf Thians Hände. KOMM, DPL.

Gravy schaute die beiden mit ihrem liebsten Lächeln an. »Die sind aber vielleicht putzig ... Ich bin so froh, daß Mur wieder gesund ist.«

Thian schluckte. »Wo sind die beiden von dem anderen Schiff?«

Gravy lächelte erneut. Sie hatte wohl ein großes Lächelvokabular. Das Momentane war leicht herablassend, als hätte er es wissen müssen. »Sie schlafen. Sie haben sich pausenlos um Mur gekümmert. Und sie sprechen sehr gut Basic. Sie werden sich bei Ihnen melden, wenn sie sich erfrischt haben, haben sie gesagt, und bereit zur Rückkehr sind.«

»Ah, gut. Ja, das ist gut.« Thian war äußerst erleichtert, daß er an diesem Tag nicht noch jemanden portieren mußte.

Dip schwankte.

»Ähm ... ähm ... Gravy, wie komme ich zu meiner Kabine zurück? Deck acht, Kabine C80N?«

»Ganz einfach«, sagte sie. Und das war es auch, denn als er ihrem Geist die Richtung entnahm, ohne auf ihre Worte zu achten – denn sie hatte die Angewohnheit, bei ›backbord‹ die linke und bei ›steuerbord‹ die rechte Hand zu heben.

Daß sie überhaupt in seine Kabine zurückfanden, lag allein an Murs Aufmerksamkeit.

WEIN, THN? fragte Mur einmal, als sie unterwegs waren.

WEIN, MRG, gab Thian zu. NICHT VIEL EINGENOMMEN. ERSCHÖPFUNG ZEIGT WIRKUNG.

THN HEUTE SCHWER GEARBEITET. JETZT RUHEN.

UND TRÄUMEN. GUTE TRÄUME, WEIL MRG GESUND. Thian war darüber so unermeßlich dankbar. Er drückte den seidigen Körper an sich. Er half den 'dinis in ihre Hängematten und streckte sich dann auf seiner Koje aus.

Er hatte Träume, aber sie waren nicht von den 'dini inspiriert. Gravy schien über ihn hinwegzufließen, während plötzlich etwas Schwarzes aus den Wänden seiner Kabine quoll, das sich zusammenzog und ausdehnte.

In den nächsten Wochen war Thian dienstlich so ein gespannt, daß ihn die mentale Erschöpfung tief und traumlos schlafen ließ. Er gewöhnte sich nach und nach an die neuen Routinen, vergnügte sich in der Traumzeit mit seinen 'dinis und den anderen, die er – entweder physisch, wenn er sie auf die *Vadim* portierte oder Kapitän Ashiant und andere Offiziere auf die *KLTL* und die *KLTS* brachte – oder durch Kommunikation kennenlernte. Diese Träumer unterschieden sich sehr von den anderen, denen er bisher begegnet war: Sie waren älter und beträchtlich aktiver, so daß ihre Träume auf vielen Ebenen projiziert wurden. Manche konnte er nicht verstehen. Mur und Dip, die in ihrem Erleben ebenso Jugendliche waren wie er, konnten ihm auch nicht helfen. Sie begegneten diesen Kontakten mit ebensoviel Ehrfurcht wie allem anderen.

Sein Sprachunterricht war überraschend gut besucht. Beim ersten Morgenappell, an dem die meisten Offiziere teilnahmen, war auch Boshaft zugegen. Thian fing an, die Möglichkeiten einzuengen: Tikele war auch da, was ihn überraschte. Ailsah Vandermeer war die zweite. Der Geschützoffizier Fardo Ah Min, ein terranischer Ektomorph mit schwarzem Haar, blaßgelber Haut und hohen Wangenknochen, war der dritte. Der vierte war ein Chirurg, Lacee Mban, ein rundgesichtiger Mann mit hellem Haar, ebensolchen Augen und den kleinsten Händen, die Thian je bei einem Erwachsenen gesehen hatte. Leutnant Sedallia war ursprünglich für ihn ein höchst Verdächtiger gewesen, aber er arbeitete so intensiv daran, 'dini zu lernen, daß Thian ihn von der Liste strich. Er hoffte, irgendwie naiv, sein Gegenspieler würde die Schärfe seiner *Talente*-Ablehnung verlieren, wenn er sich auf seinem Niveau bewies, aber Boshaft pirschte erwartungsvoll umher. Worauf er wartete, konnte Thian nicht einmal ahnen. Trotzdem hielt er ihn fortwährend in Alarmbereitschaft. Er hoffte, die Identität zu durchdringen oder den Groll zurückzudrängen.

Morgens hatte er drei Unterrichtsstunden. Mur und Dip agierten als Assistenten, was den Unterricht beträchtlich beschleunigte, da sie die Aussprache üben konnten, indem sie mit jenen arbeiteten, die mit kritischen Worten und Sätzen kämpften und er Grammatik und Syntax erklärte und ihr geschriebenes und gesprochenes Vokabular erweiterte. Dies war das Verfahren, das seine Schwester beim Unterrichten der 'dinis als nützlich empfunden hatte, und er konnte es für die menschlichen Schüler ummodeln. Die Erwachsenen beider Spezies hatten Schwierigkeiten, ihre Zunge an derartige Verrenkungen zu gewöhnen. Erst jetzt wußte Thian sein eigenes Lernen in der Kindheit zu schätzen: Kein Mensch würde je erfahren, wie oft sich Mur und Dip bei seinen Bemühungen auf dem Boden gekugelt hatten, und wie schwer es ihm gefallen war, nicht mitzumachen, denn das Gelächter der 'dinis war ansteckend – jedenfalls für ihn.

Um 12 Uhr nahm er mit Mur und Dip schnell eine Mahlzeit ein und ging an seine Portationspflichten. Manchmal wurde er mit der dringenden Bitte geweckt, eine Nachschubdrohne für die *Vadim* ›aufzufangen‹; in der Regel handelte es sich dabei um mittelgroße Behälter. Er hatte nichts dagegen, deswegen aufgeweckt zu werden, weil er dann die Chance hatte, mit dem Absender Grüße auszutauschen, oftmals seinem Großvater oder seiner Großmutter, und manchmal – wenn er für die 'dini-Schiffe etwas ›fing‹ – Laria.

Und nur ihr gegenüber konnte er den Boshaften erwähnen.

Armer Thian, und dann auch noch beim ersten Auftrag, hatte Laria voller Verständnis gesagt. *Und du kannst ihn – oder sie – nicht identifizieren? Vielleicht ist bloßer Neid der Grund. Immerhin projiziert er ja. Manchmal sind Talente nicht in den Griff zu kriegen, um angeleitet oder verfeinert zu werden, und dann sind sie natürlich voller Groll. Triffst du dich nicht mit den registrierten Talenten an Bord?*

Doch, aber es geht nur langsam voran, weil man mir so viele andere Pflichten aufgehalst hat. Thian kam sich zwar nicht gerade mißbraucht vor, aber irgendwie hatte er außerhalb des Dienstes nur Zeit zum Essen und Schlafen.

Mach dir keine Sorgen, Brüderchen, sagte Laria ermutigend, *es kommt einem am Anfang immer so vor. Wenn du dich erst mal richtig eingewöhnt hast, hast du auch mehr Zeit für andere Dinge – bis hin zur Langeweile.*

Es gibt hier eine Barkkatze; sie hat Junge bekommen, berichtete er ihr an dem Morgen, nachdem Königin Tabitha Buntfell sechse geworfen hatte: darunter drei dreifarbige Weibchen. Die ganze Mannschaft hatte gejubelt! *Sie mag mich,* fügte er ziemlich hochnäsig hinzu und zeigte ihr in ein paar kurzen Bildern, wie oft Tab seine Gesellschaft gesucht hatte.

Bring die Mannschaft wegen der Katze nicht gegen dich auf, Thian, warnte Laria drängend auf eine Weise, die ihn irritiert hätte, hätte er ihre echte Besorgnis nicht ebenso ›gesehen‹. *Die Leute sind nämlich keine Kunis, von denen jeder weiß, daß sie launisch sind! Paß bloß auf, daß keins der Jungen auf die Idee kommt, es gehöre dir – oder du ihm!*

Thian sandte ihr ein altväterliches Lächeln. *Ja, Schwesterchen, ich weiß!*

Nun zu dem anderen Problem, Thian. Du mußt Boshaft in eine Falle locken, damit er sich zu erkennen gibt. Weißt du noch, wie du Roddie zur Schnecke gemacht hast?

Thian lachte laut. *Danke, Lar. Überrascht mich, daß ich nicht selbst drauf gekommen bin.*

Du hattest ja auch in letzter Zeit eine Menge zu überdenken. Mach's gut! Sie sandte ihm ein mentales Achselzucken, das fast so fühlbar war wie ein echtes.

Ich soll ihm also eine Falle stellen, dachte Thian, als er auf der Liege ruhte und sich allmählich wieder der ihn umgebenden normalen Brückenaktivitäten bewußt wurde. So, wie ich es mit Roddie gemacht habe! Er mußte es gerissen anstellen: Sein Gegenspieler war kein bockiger Junge, sondern ein Erwachsener.

Laria hatte vielleicht recht, was den Neid anging. Keiner der Verdächtigen stand auf der Liste, die Kapitän Ashiant ihm ausgehändigt hatte. Alle, die er bisher mit viel Zeit und Mühe unter vier Augen gesprochen hatte, waren nur minimal talentiert. Es gab drei Zwölfer – das leichteste Gewicht – zwei Zehner und einen Neuner an Bord. Alison Anne Greevy – ihr Name auf der Liste war keine große Überraschung für ihn gewesen, sie war T-5-Empathin – wollte er sich bis zum Ende aufsparen, denn er hatte bereits genug Kontakt mit ihr gehabt, um in einem Notfall auf ihren Geist zurückgreifen zu können. Die Zehner und der Neuner waren technisch versiert, was in speziellen Notfällen von Nutzen sein konnte, und einer war ein Obermaat. Die drei Zwölfer, allesamt Matrosen, würden als Lückenbüßer dienen, von ihnen hatte keiner irgendwelche besonderen Begabungen. Der Name des Kapitäns stand ebenfalls nicht auf der Liste, obwohl Ashiants Fähigkeit, seine Gedanken abzuschirmen, ihn zumindest latent begabt machten: Vielleicht konnte er nur abschirmen. Manche Menschen hatten nur diese und keine andere Begabung.

Zudem stellte er eine Sammlung technischer Spezialbegriffe zusammen, wobei er das Rondomanski-Verfahren anwandte. Seit er auf der Welt war, seit die 'dinis nach Deneb zu seinen Eltern gekommen waren, verglichen Techniker und Wissenschaftler Daten, Pläne, Gleichungen und Theorien zur Übersetzung. Die Wissenschaft der 'dinis und der Terraner hatte sich auf allen Ebenen und in jeglicher Hinsicht der Raumfahrt und Forschung ausgetauscht: 'dinis und Terraner wandten sehr unterschiedliche Begriffe an, um Apparate zu beschreiben, die sie auf gleiche Weise oder zum gleichen Zweck benutzten. Man mußte vorsichtig sein, um die Terminologie nicht durcheinanderzubringen. Da Thian auf einem Grubenplaneten aufgewachsen war, war er mit den technischen Ausdrücken und der technischen Mentalität vertraut, aber auch er mußte spezielle marinetechnische Anwendungen kennenlernen, deswegen bat er Fregattenkapitän Tikele, ihm Leute vorzuschlagen, die ihm dabei helfen konnten.

»Es kann uns nur nützen«, sagte Tikele bärbeißig und empfahl ihm einen der Offiziere aus den anderen Disziplinen. »Sedallia kann auch helfen.«

Thian war überrascht und erfreut über die Kooperation: Dies konnte sich als Chance erweisen, zwei Verdächtige zu sondieren. Beide Ingenieure waren so enthusiastisch und mit ihren Aufgaben beschäftigt, daß es ihm schwerfiel, in einen von ihnen Boshaft zu sehen. Boshaft war bezüglich vieler im Sprachunterricht behandelter Aspekte viel zu negativ. Er war bisher in allen Kommentaren negativ gewesen.

Dann, gerade als er anfing, den Routineablauf leichtzunehmen, kam es zu einigen Zwischenfällen. Der erste passierte im Lazarett, beziehungsweise in den Nachwehen des Zwischenfalls, deren Zeuge er im Lazarett wurde. Obwohl die Luft auf der *Vadim* langsam besser wurde, hatte Mur hin und wieder aufgrund der Trockenheit Schluckauf-Anfälle, die durch Eintauchen gemildert werden konnten. Laut Sblpks Instruktionen hatte Fregattenkapitän Exeter das Behandlungswasser des ersten Bades aufbewahrt, und wenn es nötig wurde, brachte Thian Mur zu einer weiteren Sitzung ins Lazarett hinunter. Als sie einmal dort ankamen, erblickten sie zahlreiche sehr ernst dreinblickende Angehörige der Bordwache. Im Lazarett wimmelte es von Personal. Die Abschürfungen, blauen Veilchen, gebrochenen Nasenbeine, aufgesprungenen Lippen und blutige Schädel – mehrere Männer wurden wegen Verletzungen an Händen, Armen und Fingern behandelt – ließen Thian nicht daran zweifeln, daß es eine größere Rauferei gegeben hatte. So überrascht, wie er war, ließ er seinen Schirm herunter und wurde dermaßen von brennendem Haß und negativen Emotionen bombardiert, daß ihm beinahe schlecht geworden wäre. Aber er konnte Murs Zustand nicht ignorieren.

Er schob alles natürliche Mitgefühl beiseite und bahnte sich einen Weg zu Gravy, die gerade Blut vom Gesicht eines stämmigen Kanoniers abwusch. Ihr zugänglicher Verstand spiegelte starke Abscheu über die Dummheit, die erwachsene Männer dazu gebracht hatte, einander mit brutaler Gewalt zusammenzuschlagen. Er spürte auch den ernsten Wunsch, daß Kopfverletzungen nicht so stark bluten sollten. Thian legte einen geistigen Finger auf die Arterie, die für die Flut verantwortlich war, um von ihr zu erfahren, wo der Behälter für Murs Wasserbad gelagert wurde.

»Thian, verstehen Sie überhaupt etwas von Erster Hilfe?« fragte sie und schenkte ihm mit ängstlichem Gesicht ein verstörtes Lächeln.

»Genug, um aushelfen zu können«, sagte er, »aber erst nachdem ich Mur wieder ins Bad gesetzt habe.«

Sie ließ ihre sehr ausdrucksvollen grünen Augen rollen. »Wir haben keinen Platz, an den wir es aufstellen können – nicht jetzt und hier, ehrlich, Thian«, sagte sie aufgeregt. »Sie wollen Ihren Freund doch nicht in der Nähe dieser Klotzköpfe lassen.«

»Nein, will ich nicht.« Nur um sicherzugehen, daß seine Freunde nicht eventuell in das einbezogen wurden, um das man gestritten hatte, warf er einen schnellen Blick hinter ihren zugänglichen Verstand. Ihre Fürsorgerpersönlichkeit war so echt, daß es kein Eindringen war. Zu seiner Erleichterung hatte sich die Rauferei an einer absolut banalen Aussage entzündet, die irgend jemand, der zu lange keinen Urlaub bekommen hatte und zu lange in männlicher Gesellschaft gewesen war, in den falschen Hals bekommen hatten. »Wir können das Bad bestimmt auch in meiner Kabine aufstellen. – Zeigen Sie mir, wo es ist«, fügte er, die Lippen dicht an ihrem Ohr, hinzu.

Sie zwinkerte ihm zu, schloß fest die Augen, um sich auf die Position der Wanne im Lagerraum zu konzentrieren und lachte leise.

»Gefunden – und danke«, sagte Thian und machte sich auf den Weg.

Momentan herrschte in Gravys Geist der Wunsch nach einem zweiten Händepaar vor, mit dem sie nach der kurzen, erbitterten Schlägerei den Blutfluß anhalten und den Schädel ihres Patienten nach Verletzungen untersuchen konnte.

Thian wußte, daß er ihr in mancherlei Dingen helfen konnte, auch wenn niemand etwas davon bemerkte. Dies war möglicherweise die beste Methode, sich einzumischen.

Zuerst mußte Mur versorgt werden, also ›packte‹ er den Wasserbehälter und die Wanne und verlagerte beides in seine Kabine. Dann sammelte er Mur und Dip ein, die bei den breitschultrigen Bordwachen im Korridor warteten und drängte sie auf den nächsten leeren Gang.

ICH MUSS DEN ÄRZTEN HELFEN. WANNE UND TANK SIND IN

DER KABINE, DPL. KANN DPL NOTWENDIGE VORKEHRUNGEN FÜR MRG TREFFEN?

HABE ZUGESCHAUT. IST LEICHT.

ICH SCHICKE EUCH HIN.

MRG BRAUCHT BAD. DPL KANN MACHEN. THN WIRD HIER MEHR GEBRAUCHT. MUSS MENSCHENGESICHTER SAUBERMA-CHEN, MENSCHENWUNDEN NÄHEN, MENSCHENARME RICH-TEN. Dip machte mit seinen oberen Extremitäten Schießgesten. Der 'dini-Humor kam normalerweise unerwartet, und Thian grinste. Dann portierte er seine Freunde sehr sorgfältig in die Beengtheit seiner Kabine, wo Mur in aller Ruhe baden konnte.

Anschließend begab er sich in eine leere Kabine neben dem Lazarett und tastete die wartenden Patienten ab. Dabei hielt er leichten Kontakt mit Gravy aufrecht. Seine Urgroßmutter, nach der er benannt war, hatte dafür gesorgt, daß all ihre Nachfahren medizinisches Behandlungsgrundwissen erwarben und mentale Symptome verstanden. Thian hätte nie geglaubt, daß er seine diesbezügliche Ausbildung irgendwann einmal in diesem Ausmaß würde anwenden können. Als er bei einem jungen Matrosen innere Blutungen feststellte, führte er Gravy vom nächsten Mann in der Reihe zu ihm und machte ihr klar, daß mit seiner Farbe etwas nicht stimmte. Er ›drückte‹ auf eine Anzahl Arterien, um die Blutung zu stillen und linderte so viele Schmerzen, wie er konnte. Er ›hörte‹ auch viele Beschwerden von Männern und Frauen, die sauer waren, weil sie übermäßig viel Zeit in der Gesellschaft der anderen verbringen mußten. Sie hatten seit Monaten keinen Urlaub gehabt, und es war auch keiner in Sicht ... Es sei denn, man fand endlich den verdammten Käferplaneten. Sie zogen sogar eine Schlacht dem Herumsitzen in diesem Eimer vor, der wer weiß wie viele Lichtjahre von jedem bekannten Hafen entfernt durchs All pflügte.

Als Thian den rechtmäßige Bewohner des Raums

zurückkehren hörte, portierte er in seine Kabine. Mur hatte das Bad gerade beendet. Dip trocknete sein Fell. Die Kabine roch nach Lazarett, aber es war nicht unangenehm. So müde Thian war, er entleerte die Wanne in den Behälter und brachte beides in den Lagerraum zurück.

Am nächsten Tag kam es zum zweiten Zwischenfall. Sblpk bat darum, ein Personenmodul mit Jung-'dinis von der *KLTL* zu ihrem Heimatplaneten zurückzuschicken. Die Jung-'dinis waren das Ergebnis der letzten Hibernation an Bord.

Dies überraschte Thian. Er wußte aus einer Bemerkung Gravys, daß die gemischte Mannschaft der Menschenschiffe strenge Empfängnisverhütung praktizierte, aber die 'dinis waren nun mal keine Menschen, und ihr Fortpflanzungstrieb reagierte auf keine Verhütungsmethode, von der er je gehört hatte. Er fragte sich, warum niemand darauf gekommen war, daß es an Bord von 'dini-Fernraumern unausweichlich Junge geben würde. Wie man das Problem früher gelöst hatte, fragte er nicht. Es ging ihn nichts an. Die Portation der sechzehn Jung-'dinis gab ihm nicht nur die Chance, ein paar Worte mit Laria zu wechseln; sie brachte ihn auch auf eine sehr gute Idee.

Kommen bei dir eigentlich viele Kindertransporte an, Laria? fragte er, bevor er das Frachtmodul abschickte.

Mehr als man glauben würde, wenn man bedenkt, wie lange die unterschiedlichen Phasen der Suche nun schon dauern. Er konnte ihr Grinsen fast sehen. *Man könnte fast annehmen, sie hätten unterwegs nichts anderes zu tun.*

Laria! Ihr Unterton überraschte ihn.

Sie haben ein weitaus dringenderes Problem als die Menschen, auch wenn es bisher schwer zu glauben war.

Die Menschen haben auch ein Problem, das die 'dinis nicht haben – sie explodieren schnell.

Was? Ach! Eine Prügelei? An Bord? Ist das nicht gefährlich?

Im Lazarett waren fünfundzwanzig Mann – und nicht alle hatten nur Veilchen und Kratzer.

Ich bin bereit, wenn du es bist, Thian, sagte Laria in professionellem Tonfall. Thian griff auf die Maschinen der *KLTL* zu, um die kostbaren Jung-'dinis zu portieren.

Abgesehen davon, daß sie gegen die Reise protestieren, sind sie gesund hier angekommen. Laria klang heiter. *Sag Sblpk, daß sie sicher eingetroffen sind und an passende Zieheltern gleicher Farbe gehen.*

SEHR GUTE ARBEIT! MENSCHENHILFE WAR NOCH NIE SO NÖTIG. DIESE WERDEN NICHT ABLEBEN, sagte Slbpk und verbeugte sich mit außerordentlicher Höflichkeit vor Thian.

Als Thian auf die *Vadim* zurückkehrte, wurde ihm plötzlich klar, was mit 'dinis passierte, die während langer Fahrten geboren wurden, und er wurde von einer Woge schmerzlichen Bedauerns überspült. Kein Wunder, daß man die menschliche Hilfe beim Transport der Jungen zur Heimatwelt so zu schätzen wußte.

Und das brachte ihn auf die Idee. Egal wie gut Männer und Frauen vielleicht auch an diese Enge angepaßt waren – nicht nur junge Leute konnten auf langen Fahrten ihr Leben verlieren. Er bat um eine sofortige Unterredung mit Kapitän Ashiant, die ihm auch gewährt wurde.

»Sir, ich war gestern unten im Lazarett ...«

Der Kapitän bedachte ihn mit einem nichtssagenden Blick.

»Sir, warum muß ich eigentlich *leere* Drohnen zu den Versorgungsplaneten zurückschicken?«

Ashiant legte den Kopf leicht schief, so daß Thian, ohne sich anzustrengen hörte, daß er seine Frage geistig wiederholte. Dann erblühte allmählich ein Lächeln auf dem Gesicht des Kapitäns, und er musterte ihn mit unverhohlener Zustimmung.

»Ich weiß zwar nicht, warum die Drohnen leer zu

den Versorgungsplaneten zurückgeschickt werden, Primus Thian, aber wenn Sie nichts gegen die Extramasse haben, können wir sie, glaube ich, mit Sauerstoff füllen und uns zeitweise von einem Problem erleichtern, das immer dringender wird! Unsere Kreuzfahrt hat in den Annalen der modernen Marine schon jetzt alle Rekorde gebrochen.« Er stand hinter seinem Schreibtisch auf und streckte Thian die Hand entgegen, dem es gelang, seine eigenen Gedanken soweit zu dämpfen, um das Händeschütteln zu Ende zu bringen. Der Kapitän war ein sattes Tiefbraun, klug und streng. »Entschuldigen Sie, Primus«, fügte er hinzu, als ihm plötzlich klar wurde, daß er einem *Talent* gegenüber äußerst persönlich geworden war.

»Es ist mir eine Freude, Sir«, erwiderte Thian und deutete eine Verbeugung an. Der Kapitän war eindeutig sein Freund.

»Ich werde sofort eine Urlaubsliste aufstellen. Schon die Tatsache, daß Urlaub möglich ist, wird eine ausgezeichnete Wirkung auf die Moral haben. Wie viele Personen kann eine Drohne aufnehmen?«

»Wenn sie bequem und sicher sitzen wollen – zehn Mann.«

»Und unbequem?« Ashiant grinste.

»Zwölf bis vierzehn, kommt drauf an, wie groß sie sind.«

»Geben Sie mir das Gewicht …«

»Masse und Volumen, Sir«, sagte Thian. Er rechnete blitzschnell alles im Kopf aus und gab es in den Rechner auf dem Schreibtisch des Kapitäns ein. Ashiant schaute ihm zu und rieb sich befriedigt die Hände.

»Ja, jetzt sieht schon alles viel besser aus.« Er stieß einen abgrundtiefen Seufzer aus. »Natürlich müssen wir unseren Schwesterschiffen diese Möglichkeit ebenfalls nutzen lassen. Dann braucht die *Vadim* weniger ziehen zu lassen. Trotzdem …« – er grinste Thian an – »ich weiß es zu schätzen, Mr. Lyon. Wenn alle sieben

Tage zwei oder drei Drohnen ankommen...« Sein Grinsen wurde noch breiter. »Ich frage mich, wieso ich nicht selbst darauf gekommen bin.«

»Ich wäre es, wenn Sie mir nicht zuvorgekommen wären, Sir«, sagte Thian leicht beschämt, weil er es nicht getan hatte.

»Tja, nun, ich kann es Ihnen nicht verübeln, Thian.«

Warum Thian sich stolz fühlen sollte, weil der Kapitän ihm die große Ehre antat, ihn beim Vornamen zu nennen, war ihm zwar nicht ganz klar, aber irgendwie hatte er beim Hinausgehen genau dieses Empfinden.

THN HAT ETWAS BESONDERS GUTES GETAN? fragte Mur.

THN IST ENDLICH ETWAS EINGEFALLEN, WAS IHM SCHON VOR DREI MONATEN HÄTTE EINFALLEN SOLLEN, erwiderte Thian. Er erklärte die Umstände und seine Idee. Seine 'dini-Freunde waren merkwürdig still, als er fertig war, und das verwunderte ihn.

THN GEHT BALD NACH HAUSE? fragte Dip in einem so wißbegierigen Tonfall, daß Thian wußte, daß irgend etwas nicht in Ordnung war.

PROBLEME, FREUNDE? Er schlang die Arme um die beiden, zog sie an sich, strahlte Trost aus.

Mur und Dip tauschten sich so schnell aus, daß selbst er, der ihr Tempo gewöhnt war, die Hälfte der Worte nicht verstand. Und das, nahm er an, hatten sie beabsichtigt.

WAS IST DAS PROBLEM? THN WILL ES WISSEN.

Dip und Mur seufzten und lehnten sich an ihn.

BALD MUSS GEHEN.

WARUM MUSS THN BALD GEHEN?

MRG UND DPL MÜSSEN BALD GEHEN. DANN MUSS THN AUCH BALD GEHEN.

Der Groschen fiel, und Thian druckte seine Freunde an sich. IST ES NÖTIG, DAS MRG UND DPL HIBERNIEREN? IST ES DAS? Als ihre formbaren Leiber zustimmten, umarmte er sie noch einmal. MRG UND DPL MÜSSEN GEHEN, WENN ES NÖTIG IST.

ABER THN WIRD ALLEIN SEIN UNTER FREMDEN. UND DAS
WAR NOCH NIE GUT.

IM GEGENTEIL, DPL, ES WAR SEHR GUT FÜR THN. MRG UND
DPL MÜSSEN GEHEN, UM GESTÄRKT ZURÜCKZUKEHREN. ZEIT
WIRD FÜR EUCH SCHNELL VERGEHEN – UND SCHNELL GENUG
FÜR THN. THN KEINE PROBLEME, ALS ES AUF AURIGAE NÖTIG.
KEIN UNTERSCHIED NUN AUF SCHIFF.

WENN DINGE RICHTIG GEREGELT WÄREN, HÄTTE *KLTL* BE-
NUTZT WERDEN KÖNNEN, ABER ES GEHT NICHT MEHR, UND
DIE *KTLS* IST ZU SPÄT.

WANN MÜSSEN MRG UND DPL GEHEN?

NOCH DIESEN MONAT.

FRÜHER, WENN NÖTIG? Thian spürte das Zögern der
beiden, ihn zu verlassen, was erfreulich war, aber er
war sich auch deutlich bewußt, wie sehr sie leiden
mußten, wenn sie die wichtige Hibernation aufscho-
ben. MRG UND DPL GEHEN IN EINER WOCHE NACH AURIGAE
ZURÜCK.

HEIMAT REICHT AUS. An Dips Verhalten war irgend
etwas, das Thian zum Lachen brachte.

»Ihr seid nicht unterzukriegen!« sagte er frohlockend
über Dips Schläue. Das Pärchen hätte in der aurigaeischen Einrichtung untergebracht werden können, aber
man errang ein gewissen Ansehen, wenn man den Prozeß auf der Heimatwelt hinter sich brachte. Und den
hatten die beiden noch nicht genossen. Selbst die
Mrdini verstanden die Feinheiten des Status. DPL UND
MRG KÖNNTEN DIE GESELLSCHAFT VON FREUNDEN UND VER-
WANDTEN EINBÜSSEN, WENN SIE DIESMAL ALLEIN AUF DEM
HEIMATPLANETEN SIND?

THN IST ALLEIN HIER. IST NUR GERECHT, WENN MRG UND
DPL AUCH IRGENDWIE VERZICHTEN MÜSSEN.

Thian schüttelte sich vor Lachen, fiel nach hinten auf
seine Koje und stieß sich den Kopf an der Wand an.
Als hätten sie den Bums verursacht, warfen sich die
'dinis mit zärtlichen Pfoten und wohltuender Fürsorge
auf ihn.

IHN WERDEN SEINE FREUNDE FEHLEN, WIE IMMER, sagte er, als sie wieder still wurden und er sie an sich ziehen konnte.

Als er am nächsten Tag zum morgendlichen Unterricht erschien, war ein aufgeregtes Summen in der Luft, und viele schenkten ihm ein Lächeln. Ausgenommen natürlich Boshaft. Thian spürte finsteren, brütenden Groll, als nähme er ihm übel, daß er seinen Bordkameraden einen Gefallen getan hatte. Vielleicht rechnete er auch nicht damit, zu denen zu gehören, die Urlaub machen durften. Es erheiterte ihn, daß es keine offizielle Bekanntmachung der Urlaubsmöglichkeit via *Talent*-gesteuerter Personenkapsel gab. Kapitän Ashiants Bulletin war enttäuschend: Auf allen vier Menschenschiffen wußte jeder davon.

Drei Tage später schickte Thian die ersten drei Drohnen zurück: zwei, wie vom Personal erbeten, zur Erde, eins nach Beteigeuze.

Du hast dir damit nur noch mehr Arbeit aufgehalst, sagte Rowan zu ihrem Enkel, als sie die erste der drei ›auffing‹. Aber er spürte, daß sie nichts dagegen hatte.

Es hat die Moral an Bord sehr gehoben, erwiderte Thian zaghaft.

So was ist bei Suchunternehmen dieser Art sehr wichtig. Großvater sagt, du hättest die Flotte warnen müssen, damit sie die Erde warnen kann.

Gehört nicht zu meinen Pflichten, sagte Thian. Erst dann wurde ihm klar, daß sie ihn auf den Arm nahm. *Denk doch mal an das Geld, das sie ausgeben werden!*

Kapitel Sechs

Zehn Tage nach der Portation der ersten Urlauber entdeckten die Langstreckensensoren einen Gegenstand, der sich mit sehr langsamer Geschwindigkeit allgemein in die Richtung des Geschwaders bewegte. Wenn er aus dieser Entfernung meßbar war, mußte es ein sehr großer Gegenstand sein. Er war zwar noch zu weit entfernt, um identifiziert werden zu können, doch seine Existenz belebte die Diskussion auf der *Vadim* und den anderen Schiffen des Geschwaders. Thian portierte alle Kapitäne an Bord des Flaggschiffs und nahm als protokollierender Übersetzer an der Konferenz teil. Er empfand Stolz auf seine Schüler. Schon nach vier intensiven Unterrichtsmonaten konnten sie viel auf 'dini besprechen, und dies erfreute die 'dini-Kapitäne eindeutig sehr. Da man natürlich nichts unternehmen konnte, bevor eine eindeutige Identifikation vorlag, besprach man verschiedene Vorgehensweisen.

Die 'dinis gestanden zögernd die Möglichkeit ein, es könne sich bei dem Gegenstand um einen wandernden Planeten handeln, der von einer Nova aus seinem System geschleudert worden war – man hatte in diesem Quadranten mehrere bemerkt. Phänomenen dieser Art waren 'dinis und Menschen bei der Erforschung des Weltraums begegnet: Die Planeten oder ihre Bruchstücke waren steril und ohne Leben, aber gelegentlich des Schürfens wert. Thian erkannte an der Ausdrucksweise der 'dini-Kapitäne, daß sie davon überzeugt waren, ein Käferschiff vor sich zu haben. Es kam aus der allgemeinen Raumrichtung der Ionenspur, der sie

140

folgten, und sie hofften, daß es sie endlich zum Heimatsystem der Käfer führte. Die Ionenspur war während der monatelangen Suche zwar schwächer geworden, da sie sich zerstreute, war aber auf den hochempfindlichen Geräten, die die 'dini entwickelt hatten, noch immer zu erkennen. Da der Weltraum nun mal so immens war, war selbst eine allgemeine Suchrichtung ein Plus.

Die 'dinis wollten auf Alarmstufe zwei gehen und die Strategie der Durchdringung und des Vernichtens von Käferschiffen intensiv üben. Da ihre Taktik selbstmörderischer Natur war, wollten die Menschen sich verständlicherweise nicht festlegen. Sie schlugen eine vorsichtige Überwachung und Erkundung vor, denn sie wollten den wirkungsvollsten Einsatz der neuen Waffen, über die das Geschwader verfügte. Zwar waren sie gegen Käferschiffe noch nicht getestet worden, doch galten sie theoretisch als ausgereifter als die bekannten Käfergeschütze, denn sie teilten Lähmschocks mit angeblich tödlicher Wirkung aus. Sogar Streifschüsse konnten eine Bewegung für Stunden hemmen.

In dieser Hinsicht wichen 'dinis und Menschen in ihrem gemeinsamen Krieg gegen die Käferwelt voneinander ab. Technisch gesehen bestand der Auftrag des Geschwaders darin, die Welt der Käfer zu suchen und zu identifizieren, um dann umzukehren, um weitere Befehle einzuholen. Vielleicht hätte auch ein einzelner schneller Späher diese Mission ausführen können, aber einzelne schnelle Späher verfügten weder über die Bewaffnung, die man im Fall einer Begegnung mit den Käfern brauchte – was angesichts ihrer ungewöhnlichen Aktivitäten, die erst zu diesen Notfall geführt hatten, eine eindeutige Möglichkeit war –, noch genug Vorräte, um eine unbestimmte Suchperiode durchzustehen. So hatte man diese Aufgabe einem Geschwader zugewiesen mit dem Befehl, daß ein Schiff die eventuelle Begegnung überstehen mußte, um die Meldung abzugeben.

Aus Sicht der 'dini bedeutete die Begegnung mit einem Käferschiff, daß es vernichtet werden *mußte*. Man konnte ihm die Existenz nicht gestatten, so teuer der Preis seiner Vernichtung auch wurde. Es bestand auch die Möglichkeit, daß es zu *ihrer* Heimatwelt unterwegs war, und wenn es einmal aufgespürt worden war, durfte ihm der Weiterflug nicht gestattet werden. Während die 'dini-Soldaten durchaus bereit waren zu sterben, um dieses Ziel zu erreichen, waren die Menschen, die seit Jahrhunderten keinen Krieg geführt hatten, nicht geneigt, ihr Leben mit solch inbrünstiger Hingabe zu lassen. Natürlich kam es auch auf den Schiffen der Marine zu Katastrophen aller Art, die zum Tod vieler oder aller an Bord lebenden Menschen führten, aber keine Marineeinheit war so zielbewußt auf einen Angriff aus, und ebenso wenig hielt man es für logisch, es bei der Sichtung eines fremden Schiffes zu tun. Feigheit hatte damit nichts zu tun; es war mehr eine Sache des gesunden Menschenverstandes.

»Wer dem Kampf entflieht, muß am nächsten Tag weiterkämpfen«, war vielleicht eine menschliche Gesinnung, aber für die 'dinis leider keine tolerierbare Vorstellung.

Thian tat als Übersetzer, der mit den Nuancen der 'dini-Ausdrucksweise vertrauter als alle anderen Konferenzteilnehmer war, sein Bestes, um das herunterzuspielen, was in herausfordernder Sprache aus Richtung der 'dinis kam. Andererseits verlieh er den fast zaghaften Antworten der Menschen mehr Kraft. Für das Kriegerethos der 'dinis war es nun Zeit zum Handeln. Wer nicht handeln wollte, sollte den Mund halten. Die Menschen hingegen waren interessierter daran, Alternativen zu diskutieren, die in 'dini-Begriffen nicht existierten. Das sich nähernde Objekt *mußte* ein Käferschiff sein. Es *mußte* vernichtet werden.

Als Ashiant endlich begriff, daß die Vernichtung des Schiffes die bevorzugte Taktik der 'dinis war, warf er Thian einen bedeutungsvollen Blick zu. Thian schüttelte rasch den Kopf und wünschte sich, der Kapitän hätte keinen so starken natürlichen Abwehrschirm, sonst hätte er ihm auf der Stelle erklären können, daß er mit zwölf Klein-*Talenten* – auch nicht mittels der Generatoren der sechs Kriegsschiffe – keine Chance hatte, etwas zu tun, das auf Deneb zweieinhalb Jahrzehnte zuvor mehrere hundert *Talente* erfordert hatte.

Die Kapitäne der Menschen beharrten heftig auf der Diskussion alternativer Identitäten des fremden Schiffes, und die beliebteste, die die 'dinis schon bei ihrer Erwähnung zurückwiesen, war die Möglichkeit, einer neuen intelligenten Rasse im Weltraum zu begegnen. Thian stimmte der Einschätzung der 'dinis insgeheim zu. Sie hatten im Lauf jahrhundertelanger Weltraumfahrt genug erforscht, um hinsichtlich dieser Möglichkeit zynisch zu sein; speziell angesichts der Tatsache, daß sie bereits die Menschen entdeckt hatten.

Kapitän Spktm und Kapitän Plr hörten den Menschen zwar höflich zu, aber Thian erkannte: Sie waren überzeugt, daß es sich um ein Käferschiff und nichts anderes handelte.

Angesichts dieser unabänderlichen Meinung initiierten Kapitän Ashiant und seine Kollegen klugerweise intensive Übungen, aber eine Entladung des neuen Waffensystems stand für sie natürlich außer Frage. Schon das Überraschungsmoment der neuen Waffen konnte Auswirkung auf die unerbittlichen Käfer haben. Außerdem wußte man seit der Entdeckung einiger 'dini-Späher, daß sie über genaue und empfindliche Scanner verfügten. Die Biologen meinten, das Gehör der Angehörigen des Käfervolkes sei möglicherweise besser als ihre Augen. Die wenigen Käferschifftrümmer, die nach einem 'dini-Kamikazeflug übriggeblieben waren, lieferten nur wenige Hinweise auf ihr internes Beleuchtungssystem.

Glücklicherweise brachte kein Mensch irgendwelche Ausweichmanöver zur Sprache, obwohl es Thian kein Geheimnis war, daß die Kapitäne darüber nachdachten, wie sie ihre Schiffe und Mannschaften bewahren konnten, selbst wenn die 'dinis durchaus bereit waren, ihr Leben und ihre Schiffe zu opfern, wenn es galt, ein Käferschiff zu vernichten.

Thian fragte sich insgeheim, wie viele Rettungskapseln er mit oder ohne die Kraft der Generatoren in Sicherheit bringen konnte, wenn die *Vadim* schwer getroffen wurde. Außerdem stand das ethische und moralische Problem an, ob auch er, der Primus, es fertigbrachte, sich zu retten, wenn dies auf Kosten seiner Schiffskameraden ging. Er kam zu dem Schluß, daß dieser Gedankengang niederschmetternd und unsinnig war.

Das Geschwader bestand aus sechs neuen, bestausgerüsteten und bestbewaffneten Schiffen beider Spezies und verfügte über starke neue Waffen. Die Erwägung einer Niederlage oder eines Selbstmordes kam nicht in Frage. Schon Gedanken an ein Ausweichen konnten defätistisch sein. Er strahlte harte Entschlossenheit und Optimismus aus.

Zu seinem Erstaunen zeigten seine Bemühungen in der Diskussion Ergebnisse, denn Menschen und 'dinis fingen plötzlich an, sich zu positiverem Denken anzuregen.

KÄFERSCHIFFE, EGAL WELCHE GRÖSSE, FOLGEN TRADITIONELLEM MUSTER UND WEICHEN NIE AUS, sagte Kapitän Spktm, schob einen Textordner in das Lesegerät des Konferenzzimmers und holte ein vergrößertes Bild auf den Hauptschirm. SCHWÄCHE BLEIBT SCHWÄCHE, STÄRKE BLEIBT STÄRKE. DIE KÖNIGIN IST STETS AM BESTGESCHÜTZTEN ORT, NEBEN DEN EIERN. ENTBEHRLICHE ARBEITERDROHNEN SIND AM AUSSENRUMPF. Die Kugelform des

Käferschiffes wurde aufgeschnitten, um seine Ebenen anzuzeigen. Vieles war Extrapolation, da man Käferschiffe sprengen mußte, um sie zu stoppen, was sowohl von ihnen als auch von den Angreifern nur Trümmer zurückließ. Die 'dinis hatten diese Informationen unter großen Verlusten im Lauf der Jahrhunderte zusammengetragen. SPÄHER SIND IMMER IN AUSSENERKERN. WAFFENSYSTEME WERDEN AUF DER EBENE DER KÖNIGIN VON SONDERDROHNEN GESTEUERT. MAN GLAUBT, ES GIBT SPEZIELLE VERSTÄRKUNGEN, DIE DEN KÖNIGINNEN UND KOSTBARSTEN EIERN DAS ÜBERLEBEN AUCH IM FALL DER TOTALEN VERNICHTUNG DES SCHIFFES ERLAUBEN. 'DINI-ANGRIFFSEINEITEN HABEN GELERNT, MINDESTENS EIN SCHIFF ZURÜCKZUHALTEN, UM DIESE SPEZIELLEN INNENBEHÄLTER, DIE MANCHMAL KLEINERE BEHÄLTER – WIE RETTUNGSKAPSELN DER MENSCHEN – ENTHALTEN, ZU JAGEN UND ZU VERNICHTEN. (Die Mrdini-Schiffe verfügten über keine vergleichbaren Einrichtungen). DAS ÜBERLEBEN AUCH NUR EINER KÖNIGIN UND EINER HILFSDROHNE BEDEUTET, DASS DER SCHWARM ÜBERLEBT. DIE ÜBERLEBENSEINHEITEN HABEN FLUCHTGESCHWINDIGKEITEN ERREICHT, DIE BIS VOR KURZEM DIE HÖCHSTGESCHWINDIGKEIT VON JÄGERN ÜBERTROFFEN HABEN. KÖNIGINNEN UND EIER ÜBERLEBEN UNTER UMSTÄNDEN, DIE FÜR MENSCHEN UND MRDINI TÖDLICH SIND.

Dann aktivierte und animierte der 'dini-Kapitän Rekonstruktionen der Angriffsphasen und Auflösung eines Käferschiffes. So oft Thian den Film auch schon gesehen hatte, er ging nie fehl darin, daß er ihm Alpträume bescherte. Ein durchschnittliches Käferschiff verfügte über zwölf bis dreißig Königinnen. Tropfenförmige Boote fegten aus dem explodierenden Wrack des Beispielschiffes. Sie bewegten sich mit unglaublicher Geschwindigkeit und verschwanden rasch in allen Richtungen aus der Reichweite der Sensoren, so daß man sich nicht auf sie einklinken konnte. Dies erschwerte eine Verfolgung – speziell dann, wenn nach dem Ende einer Schlacht nur noch ein 'dini-Schiff übrig war.

Für eben dieses Käfermanöver waren alle Schiffe des Geschwaders mit acht Hochgeschwindigkeits-Verfolgungsmaschinen ausgerüstet worden, die im Fährenhangar standen.

Optimismus breitete sich aus. Der Defätismus löste sich auf, als die Menschen sich allmählich auf die Begegnung mit diesem unerbittlichen Feind und Zerstörer einstimmten. Als Spktm die Primärziele des ersten Angriffs bekanntgab, drang der Fatalismus, der die 'dini-Soldaten motivierte, langsam auch in ihre menschlichen Verbündeten ein. Dann machten sich die Kapitäne der Menschen allmählich mit den tatsächlichen – nicht theoretischen – Aspekten der Möglichkeit ihrer ersten Raumschlacht seit Generationen vertraut.

Schließlich wurde Thian gebeten, beide Heimatwelten über die Entdeckung des noch immer unidentifizierten Objekts zu informieren. Er nahm sich vor, Jeff Raven, den Primus der Erde, als ersten in Kenntnis zu setzen.

Sollten wir nicht lieber warten, bis wir wissen, ob das Ding wirklich gefährlich ist? fragte Jeff.

Ich komme nur meinen Befehlen nach, Sir.

Genau das solltest du auch, auch wenn eine Meldung solche Tragweite hat, erwiderte Jeff sachlich. *Sie gibt dem ansonsten drögen Tag die richtige Würze. Ich gebe die Nachricht an den Hohen Rat weiter. Stell dich also darauf ein, daß bald jede Menge Botschaften bei euch eintreffen. Hast du einen festen Schlaf?*

Nein, Sir.

Tja, hau dich aufs Ohr, solange du noch Gelegenheit dazu hast. Das ist der miese Teil unseres Standes. Ach ja, der Hohe Rat beruft eine Notsitzung ein. Hast du den Mrdinis schon Bescheid gegeben? Tu es sofort. Es war nur richtig, daß du deine eigene Spezies als erste informierst.

Als Thian Laria 'pathierte, explodierte sie seiner Meinung nach in unprofessionelle Erregung; es war fast Jubel der blutdurstigen Art.

Ich bin nicht blutdurstig, erwiderte Laria leicht verschnupft. *Ich übe nur das Hurra der Mrdinis. Sie haben so lange auf einen solchen Durchbruch gewartet.*

Wir wissen noch nicht, ob es wirklich einer ist, Schwesterchen.

Dann krieg es raus! Wie Mutter es gemacht hat! Mich würde diese Spannung umbringen.

Mutter hat damals nicht GEWUSST, *was dort draußen war. Sonst hätte sie es bestimmt auch nicht getan.*

Aber wann werden wir es erfahren? fragte Laria, deren Geist vor Erregung Funken sprühte. Sie ist ganz eindeutig blutdurstig, dachte Thian.

Selbst bei unserer Reisegeschwindigkeit wird es noch Tage dauern, bis wir ihnen nahe sind.

Was ist mit Sonden?

Für Sonden sind wir nicht nahe genug. Das bringen nicht mal die neuen Hyperempfindlichen.

Aber Laria hatte die Idee der Portationsaufklärung in seinen Kopf eingepflanzt, und er wurde sie nicht mehr los. Vielleicht konnten sie den Eindruck der unnötigen Vorsicht wiedergutmachen, den die Mrdinis von den Menschen hatten. Selbst unter seinesgleichen würde ihm beträchtliches Prestige aus einer so wagemutigen Aktion zufließen. Und da sie gerade von Spannung gesprochen hatten: Die Feststellung der genauen Identität des Gegenstandes konnte die Moral beträchtlich heben. Die Warterei war immer der schlimmste Teil der Folter. Außerdem konnte er sich, wen er sich bewies, vielleicht sogar Boshaft vom Hals schaffen. Der größte Teil der Abneigung des Unbekannten richtete sich dagegen, daß er *Zivilist* bei einem Marineunternehmen war, ein ›Wieselfreund‹ auf einem von Menschen bevölkerten Schiff und ein rotznasiger Bengel, dem man sein Leben lang Zucker in den Arsch geblasen hatte, weil er sich freuen konnte, ein genetischer Durchbruch zu sein.

Wenn sie dem Objekt etwas näher waren – denn nicht mal seine Mutter hatte es riskiert, sich zu weit von der Basis ihrer Kraft zu entfernen –, konnte er es Kapitän Ashiant gegenüber auch erwähnen. Thian kannte seine Stärken, aber auch seine Grenzen. Glücklicherweise kannte er sich auch selbst, und eine Rotznase war er bestimmt nicht.

Trotz seiner ständigen Beschäftigung, die darin bestand, neue Vorräte an Bord und Urlauber von ihren Heimatplaneten zurückzuholen, denn sämtlicher Urlaub war gestrichen worden, fand er auch eine Möglichkeit, das drückende Bedürfnis seiner 'dinis zu regeln. Hibernation galt nicht als Pflichtverletzung, denn in der Regel gingen nur unreife oder überreife 'dinis auf dienstliche Fernreisen. Zufälligerweise jedoch mußten mehrere 'dini-Beobachter des Hohen Rates auf Clarf zur *KLTL* und *KLTS,* und so konnte Thian dafür sorgen, daß auf der Rückreise für Mur und Dip Platz zur Verfügung stand. Die beiden hatten das zweifelhafte Vergnügen, vier der größten 'dinis zu begleiten, die Thian je gesehen hatte.

Sobald er den Kontakt zu seinen lebenslangen Freunden verlor – Laria übernahm sie und die Kapsel am Tauschpunkt –, fehlten sie ihm auch schon. Es war anders als ihr jährlicher Rückzug auf Iota Aurigae; sie waren nicht nur ein paar Kilometer entfernt auf einem Hang, den er von seinem Schlafzimmerfenster aus sah. Ihre Gesellschaft hatte ihm Entspannung von seiner anomalen Position auf der *Vadim* gebracht. Sie fehlten ihm noch mehr, als seine Arbeitslast zunahm und die Spannung stieg: in ihm, im ganzen Schiff und im gesamten Geschwader.

Zwei Tage nach der Sichtung hatte er ein ungewöhnliches Gespräch mit Kapitän Ashiant.

»Sie haben sich äußerst gut bewährt, Lyon junior«,

begann Ashiant, legte die Fingerspitzen aneinander und maß Thian mit einem so festen Blick, daß dieser sich Gedanken machte, worauf der Mann hinauswollte. »Ich schätze, unsere Einstellung im Fall einer möglichen Schlacht steht im Widerspruch mit der unserer 'dini-Freunde.«

»Sie bekämpfen die Käfer schon seit Jahrhunderten und haben beträchtlich mehr Erfahrung darin als wir.«

»Sie sind wohl auch der Meinung, daß es nur eine Methode gibt, diesen Krieg zu führen.«

»Sie haben nur eine Methode gefunden, die den Feind vernichten kann. Jedes andere Ergebnis ist nicht akzeptabel, wenn man bedenkt, was dieser Feind ungehindert tut.«

»Nun, auch auf das Risiko hin, als Feigling zu erscheinen«, sagte Ashiant gedehnt, »die Menschen haben die Erfahrung gemacht, daß ein Rückzug zur rechten Zeit letztlich zu einem bedeutsamen Sieg führen kann.«

»Wir haben erst einmal einem Käferschiff gegenübergestanden«, sah Thian sich gezwungen ihn zu erinnern. »Die Späherschiffe zählen doch wohl nicht.«

»Darüber will ich gar nicht mit Ihnen diskutieren. Wenn wir diesmal vor einem keimfähigen Käferschiff stehen, Lyon junior, werden Sie nach diesen Sonderbefehlen handeln, falls sich besondere Umstände ergeben.« Ashiant reichte ihm einen transparenten Textordner. »Sie haben ein eidetisches Gedächtnis. Dies hier vernichtet sich, nachdem es gelesen wurde. Es hinterläßt auf einem Terminal keine Rückstände.«

Thian schob den Ordner sorgfältig in seine Brusttasche.

»Sie werden den Inhalt auswendig lernen und ihn vergessen, bis es erforderlich wird, die Befehle auszuführen.« Ashiant stand auf und ging im Konferenzzimmer auf und ab. »Ich beabsichtige, die *Vadim* ebenso einzusetzen, wie unsere Mrdini-Verbündeten ihre Schiffe. Für den Fall, daß die *Vadim* an einer Stelle aufgegeben wird, an der kein Zurück mehr möglich ist und Befehl gegeben wird, das Schiff zu verlassen ...« – Thian hielt die Luft an, die Angst lief ihm bei solchen Eventualitäten an Armen und Beinen hinunter –, »sorgen Sie dafür, daß die neun Personen, die auf dem Textordner stehen, in Sicherheit portiert werden. Und daß *Sie* ...« – Ashiant fuhr herum und deutete mit dem Zeigefinger auf ihn – »mit ihnen gehen. Haben Sie mich verstanden?«

»Jawohl, Sir.«

»Wie viele der an Bord anwesenden *Talente* haben Sie bisher kontaktiert?«

»Bis jetzt nur sechs.«

»Nun, tun Sie, was nötig ist, damit Sie für den Fall, daß die Generatoren Ihnen nicht mehr dienlich sind, das Entfernen der Personen ihres Befehls durchführen können. Sie haben *nicht* die Option, bleiben zu dürfen. Haben Sie auch das verstanden?«

»Jawohl, Sir.«

»Sind neun zu viele für Sie?«

»Nein, Sir.«

»Wir werden in den nächsten Tagen regelmäßig den Ausstieg üben, damit Sie sich mit der Ausrüstung und Ihrer Kapsel vertraut machen können. Alle Rettungsboote sind mit einem Antrieb und einer Startbooster ausgerüstet. Ich weiß nicht genau, wieviel Energie Ihnen dies gibt, deswegen müssen Sie die anderen *Talente* als Verstärker einsetzen. Wird der Befehl zum Verlassen des Schiffes gegeben, sind Sie der *erste* ...« – und erneut deutete Ashiants Zeigefinger auf Thians Bauch –, »der in seine Rettungskapsel geht und dann dafür sorgt, daß auch die anderen gehen. Wenn die schlimmstmöglichen Umstände eintreten und Sie der einzige Überlebende sind, gehen Sie! Sie dürfen sich keinem Risiko aussetzen.«

»Weil ich *Zivilist* bin?« fragte Thian, entrüstet vor

verletztem Stolz, obwohl er erkannte, daß seine Reaktion unreif war.

»Nein, mein Kleiner, weil Sie ein Primus sind ... Und weil Sie Zugang zu den meisten Informationen hatten, die die anderen Kapitäne und Experten brauchen, um das nächste Käferschiff zu bekämpfen, dem wir begegnen.« Ashiant wartete eine Sekunde, dann fügte er mit einem verlegenen Lächeln hinzu: »Sie sind lebendig viel zu wertvoll, Lyon junior. Bevor das Echo auf unseren Bildschirmen auftauchte, war es kein gefährlicher Auftrag für Sie. Doch jetzt ist er einer, und Sie dürfen nicht in Gefahr gebracht werden. Habe ich mich klar ausgedrückt?«

»Kristallklar, Sir.«

»Braver Junge.« Der Kapitän klopfte Thian zustimmend auf die Schulter. Diese kameradschaftliche Geste reduzierte den Groll, den er empfunden hatte. »Und jetzt prägen Sie sich Ihre Befehle ein, Mr. Lyon.«

Die Befehle waren vom Koordinator des Hohen Rates unterzeichnet, und obwohl mehrere Namen Thian überraschten, hatte er sie sich schon eingeprägt, als der Textordner sich auflöste. Als er den notwendigen, doch diskreten, Kontakt mit den anderen *Talenten* aufnahm, begegnete er allmählich auch merkwürdigem Widerstand und Reaktionen von Mannschaftsangehörigen, Männern und Frauen, die freundlich zu ihm gewesen waren. Er bekam die Antwort auf diese Feindseligkeit von Gravy. Sie waren sich zwar von Zeit zu Zeit in der Offiziersmesse begegnet, aber er hatte keine Zeit finden können, in der sie beide schichtfrei waren und er abschätzen konnte, was von ihrem *Talent* zu erwarten war. Aber nun war es notwendig geworden, sie aufzusuchen. Er fand sie allein in der Sporthalle, wo sie mit einem Rudergerät zugange war.

»Freut mich auch, Sie zu sehen, Thian«, sagte sie, wischte sich die Stirn ab und ließ die Arme auf den Riemen ruhen. »Ich habe ein paar Gerüchte gehört, die ich dem Kapitän nicht unbedingt auf die Nase binden möchte ...« Sie legte den Kopf schief, und er spürte ihr Zögern. »Wissen Sie, daß ich ein bißchen *Talent* habe?«

»Ja«, sagte er und nahm auf dem Apparat neben ihr Platz. »Offen gesagt, ich freue mich, eine Chance zu haben, mit Ihnen zu reden, weil ich mit allen *Talenten* an Bord Kontakt aufnehmen muß.«

»Hmmm, ja, wegen Notfallsituationen«, sagte sie sachlich. »Ich dachte mir schon, daß Sie mich deswegen ansprechen würden. Ich bin aber nur Empathin ...«

Thian lächelte sie an. »Untertreiben Sie mal nicht, Gravy. *Nur* Empathin zu sein ist hilfreicher, als nur empfangender oder sendender Telepath zu sein.«

»Aber wozu kann es einem nützen?«

»Es ist so, Gravy«, erwiderte er, was ihm leichter fiel als bei jedem anderen auf der *Vadim*, was auch der Grund war, warum ihr Talent, speziell als Schwester so wertvoll war, »sollte ein Notfall eintreten, in dem ich alle an Bord befindlichen *Talente* anzapfen muß, wird ihre emphatische Kraft der Gesamtheit hinzugefügt. Sie sind als T-5 – von mir abgesehen – auf der *Vadim* die größte Nummer. Sie sind hilfreicher, als Sie sich vorstellen können. – Aber jetzt erzählen Sie mir von den Gerüchten.«

Sie runzelte die Stirn. »Es ist zwar nur Geschwätz, aber ... kein gutes.«

Thian fragte sich, ob Boshaft seine Hand im Spiel hatte. »Machen Sie sich keine Sorgen um meine Gefühle, Gravy.«

Sie musterte ihn sehr direkt. »Sie glauben vielleicht, Sie könnten die anderen foppen. Sie tun es auch, weil Sie in Ihrem Können sehr gut sind. Aber ich weiß zufällig, daß Sie trotz der erotischen Silbersträhne viel jünger sind, als Sie die anderen glauben machen wollen. Speziell dann, wenn sie Unterricht geben ...« Sie grinste ihn an, um ihrer Botschaft den Biß zu nehmen.

»Sie klingen exakt wie unser Professor für professionelle Ethik, so spießig und präzise... Obwohl man natürlich, wenn man 'dini spricht, präzise sein muß, wenn man Mißverständnisse vermeiden will...«

»Sie weichen aus, Gravy«, sagte er, nicht neugierig, aber eine Verzögerungstaktik erkennend.

»Teilweise deswegen, weil ich das Gerücht für albern halte«, sagte sie leicht erhitzt, und fügte dann eilig hinzu: »Aber manche halten Sie für einen Ruhmabschöpfer.«

»Was?« Thian lachte überrascht. Er konnte sich nicht vorstellen, daß jemand sein Gespräch mit dem Kapitän gehört oder von der Sonderrettungsliste erfahren haben konnte, aber wenn es das war, was Gravy gehört hatte: der Befehl stand längst.

»Man scheint zu glauben, daß Sie irgendwann mit Ihrem *Talent* hinausgreifen und das tun, was eigentlich die Flotte tun müßte.«

Thian lachte noch herzlicher. »Das ist nicht sehr wahrscheinlich, Gravy. Und auch kaum möglich.«

»Aber *Talente* wie Sie haben es schon mal gemacht, auf Deneb! Zweimal!«

»Ja, *Talente*. Mehrzahl, Gravy. Ehrlich gesagt, es waren alle Talente, die es damals gab, bis hinunter zu zehnjährigen Kindern. Keine Einzahl. Nicht ich mit einem Dutzend Klein-*Talente*, die mir dabei helfen. Es gibt keine Möglichkeit, mit der ich irgendwelchen Ruhm abstauben könnte oder wollte. Außerdem kenne ich meine Grenzen. Heldentum ist nicht angesagt.«

Sie schnaubte. »Helden kommen vor.« Sie grinste ihn keck an. »Im allgemeinen dann, wenn es *nicht* angesagt ist.« Dann setzte sie eine ernste Miene auf. »So falsch dieses Denken auch ist, es ist da, und es ist nicht gut. Die Leute sind komisch. Da haben Sie nun einem ganzen Haufen Heimaturlaub verschafft – auch wenn er inzwischen gestrichen wurde –, da sollte man doch annehmen, daß sie dankbar dafür sind. Aber nein, man sucht geradezu nach etwas … etwas …«

»Negativem?« half Thian ihr aus, weil er genau wußte, was Menschen sich ausdenken konnten, um *Talente* herabzusetzen.

»Ja, so ungefähr«, sagte sie. Dann legte sie in einer Geste von Verständnis ihre Hand auf seinen Arm. »Sie sind ein netter Kerl, Thian, und ich tue, was ich kann, um dem Geschwätz entgegenzuwirken. Wollen Sie, daß ich es Ashiant melde?«

»Nur dann, wenn Sie etwas Genaueres wissen, das nachteilige Auswirkungen auf die Gesamtmoral hätte«, sagte er, da ihn die Wärme ihrer Hand auf dem Arm, ihre feminine Präsenz und ihr Blumengeruch mehr ablenkten, als er für möglich gehalten hatte.

Sie fing seine Reaktion auf, da er beim Zügeln seiner Gedanken nachlässig war, nicht das Bedürfnis empfunden hatte, sich in ihrer Gegenwart abschirmen zu müssen und weil ihm die Gesellschaft Murs und Dips fehlte.

»Manchmal ist es besser, wenn man ein Gerücht so schnell wie möglich plattmacht – besonders jetzt, da uns womöglich ein Einsatz bevorsteht«, sagte sie. Da sie die Hand auf seinem Arm ließ, kam er nicht umhin, ihren Geist zu ›lesen‹, doch dies war, wie er feststellte, ihre Absicht. Ihr höchst ausdrucksvoller Blick bestätigte es.

»Ich dachte«, sagte er wie benommen, »daß Gerüchte in Zeiten, in denen eventuell Kämpfe bevorstehen, erst recht zahlreicher werden.«

»Hmmm«, machte sie und beugte sich zu ihm herüber. Sie war eindeutig nicht mehr am Thema des Gesprächs interessiert. »Wissen Sie eigentlich, wo mein Spitzname herkommt?« fragte sie.

Thian glaubte es zwar zu wissen, aber er flüchtete sich in einen plötzlichen Anfall von Schüchternheit. Er hatte von ihr geträumt, und er hatte lange genug mit den 'dinis geträumt, um zu wissen, daß manche Träume Wirklichkeit wurden.

»Können wir in Ihre Kabine gehen, ohne daß man uns sieht?« fragte sie mit erwartungsvoll glitzernden Augen. Er wurde plötzlich von starker Sinnlichkeit überspült, die er nicht unterdrücken konnte und wollte. Ihr Lächeln forderte ihn dazu heraus, die Chance beim Schopf zu ergreifen.

»Gewiß, Madam.« Er packte ihren Arm und portierte sie beide sauber auf den Boden neben seiner Koje. Aber er hatte ihre Masse leicht fehlberechnet, und so fielen sie, aus dem Gleichgewicht geraten, auf die Liege. Dies kostete ihn seine restlichen Reserven.

Thian hatte die Gesellschaft von Empathen wie Alison Anne Greevy eigentlich nie richtig einschätzen können. Es war ihm auch egal, woher sie ihren Spitznamen hatte. Er hatte noch nicht so viele Erfahrungen hinter sich, daß er hinsichtlich seiner Funktionstüchtigkeit zuversichtlich war, aber Gravy machte ihm alles leicht, natürlich und ziemlich anders.

»Wie lange sind deine Freunde noch fort?« fragte sie irgendwann, als sie erschöpft nebeneinander lagen.

»Zwei Monate.« Thian unterdrückte den spekulativen Herausplatzer, wo er in zwei Monaten sein würde.

»Aus welchem Grund sind sie fortgegangen?« fragte sie. Er begriff, daß sie es wirklich nicht wußte. »Die ganze Mannschaft wurde doch zurückgerufen, oder nicht?«

»Zur Hibernation anstehende 'dinis sind bei einem Angriff keine große Hilfe. Man verübelt es ihnen nicht, wenn sie nicht da sind ... Zumindest die anderen 'dinis nicht.«

»Ich habe von dieser Hibernationsgeschichte schon mal gehört. Was passiert da eigentlich genau?«

Thian lachte leise und streichelte ihr feines blondes Haar. Es war weicher und seidiger als ein 'dinifell. »So was ungefähr.«

»Du weißt es nicht?« Sie war überrascht.

»Es gibt einige Dinge, die Lebewesen miteinander tun, bei denen sie keine Zuschauer haben wollen.«

»Bin auch der Meinung«, seufzte sie mit einem Glitzern in den Augen, als sie seinen Kopf erneut zu sich herunterzog und sich ihm öffnete. Von neuem erregt, wälzte er sich auf sie. Sie nahm sein Glied und ließ es in sich hineingleiten.

Das Summen des Interkoms weckte sie. Thian war einen kurzen Augenblick desorientiert, als er ihren Körper neben sich spürte.

»Mr. Lyon?« fragte jemand.

»Hier«, sagte Thian schnell.

»Empfehlung des Kapitäns«, lautete die Botschaft. »Können Sie ins Konferenzzimmer kommen?«

»Hoppla!« murmelte Gravy in die hohle Hand. Sie war auf der Stelle wach und vom Schlaf ziemlich entzückend zerzaust. Ihr helles Haar stand wirr vom Kopf ab, und eine verirrte Locke preßte sich an ihre Wange. Thian schob sie zurück und wünschte sich, den körperlichen Kontakt noch nicht aufgeben zu müssen. »Schau bloß mal, wie spät es ist!« Sie atmete zischend ein und strich gleichzeitig ihr Haar zurück.

»Du hast keine Zweierkabine, oder?«

»Gott sei Dank nicht«, sagte sie.

»Dann kann ich dich ungesehen zurückbringen«, sagte er.

»He, das wäre das Größte!« Sie zog ihren Trainingsanzug an, schwang die Beine über den Kojenrand und stand auf. »Geht's so?«

»Danke, Alison«, sagte er.

»Kannst jederzeit vorbeikommen, Thian. Es macht Spaß mit dir«, sagte sie mit einem schiefen Grinsen. Ihr Blick tanzte und ihr Geist strahlte die echte Freude aus, etwas gegeben und bekommen zu haben. Dann dachte sie an die Position ihrer Kabine, zwei Decks tiefer.

157

Thian portierte sie dorthin, dann nahm er sich die Zeit, die Trockendusche zu benutzen und sich passend für den Tag anzukleiden.

»Wir haben weitere Informationen über das Objekt, Mr. Lyon«, sagte Kapitän Ashiant. Tikele, die Sicherheitschefin und der diensthabende Funkoffizier – es war diesmal Steena Blaz – waren ebenfalls anwesend.

Thian setzte sich bequem hin. Er war bereit, Botschaften zu 'pathieren, aber der Kapitän schritt noch immer am Konferenztisch auf und ab.

»Wir haben erst mal festgestellt, daß keine Emissionen irgendwelcher existierender Triebwerke zu messen sind, seien sie nun von unserer, 'dinischer oder Käferart«, sagte er.

Es war eine Überraschung. Thian zügelte seine Erheiterung. Hier war keinerlei Ruhm abzuschöpfen. Und kein Leben bei tödlichen Attacken zu vergeuden. Aber er behielt ein wachsames Interesse bei, als der Kapitän fortfuhr:

»Es scheint irgendeine Art Wrack zu sein.«

»Ein ungewöhnlich großes Wrack«, sagte die Cheffunkerin leise, dem Anschein nach nicht erfreut über das, was sie auf den Sensoren erblickt hatte.

»Schade«, sagte Thian, da sie so empfand. Komisch, wie tapfere Leute sich fühlen konnten, *nachdem* ein Notfall hinter ihnen lag.

Der Kapitän hob ablehnend eine Braue. »*Falls* unsere Messungen stimmen. Ich möchte, daß Sie sie mit denen der Mrdinis vergleichen. Sie hatten inzwischen genug Zeit, die ihren zu analysieren.«

Kapitän Plr war mit Ashiant einer Meinung, aber Kapitän Spktm, der Senioroffizier, war nicht ganz davon überzeugt.

»Er sagt, das Nichtvorhandensein von Emissionen führt nicht automatisch zu dem Schluß, daß es sich um ein Wrack handelt. Er rät zu großer Vorsicht.«

»Hmmm.« Ashiant drehte eine weitere Runde. »Die *KLTS* hatte mehr Begegnungen mit Käferschiffen als jedes andere aus diesem Geschwader. Hmmm.«

»Er möchte eine Sonde ausschicken.«

»Natürlich.« Ashiant hielt inne, seine Finger ruhten auf dem Funkgerät. »Eigene oder unsere?«

Thian fragte nach und erwiderte, daß die 'dinis der Ansicht waren, die Sonden der Menschen seien wirkungsvoller. Die 'dini-Einschätzung, daß die Sonden der Menschen wirkungsvoller waren, weil ihr technischer Schnickschnack Dinge tat, die persönliche Beobachtungen besser erledigen konnten, ließ er lieber aus. Die 'dinis bezeichneten die Menschen zwar nicht unbedingt als feige, aber bestimmt als übervorsichtig.

»Unsere Eisenwarenabteilung gefällt ihnen also, was? Tja, da haben sie so recht, wie sie aufrichtig sind«, erwiderte Ashiant und gab die notwendigen Befehle für die Sonde. »Es wird mindestens dreiundzwanzig Stunden dauern, bis sie dort ist und melden kann. Macht weiter, Leute. Kommt morgen früh um 8 Uhr zurück. – Einen Moment noch, bitte, Thian.«

»Kapitän?«

Ashiant nickte ihm zu, er solle sitzenbleiben. Die anderen gingen hinaus.

»Ich habe irgendwo gelesen, Ihre Familie kann Käferzeugs am ... äh ... Klang erkennen?«

Da Thian nicht im geringsten mit dieser Frage gerechnet hatte, lachte er so erleichtert wie überrascht.

»Es ist wirklich wahr, Sir. Auf Deneb gräbt man noch immer Trümmer der ersten Späherschiffe aus. Es gibt eine Marine-Forschungsabteilung, die die Bestandteile des Materials untersucht. Ich war mit meinen Vettern nur bei einer erfolgreichen Suchexpedition dabei. Wir haben ein Innenschott gefunden, das ungefähr ...« – er breitete die Hände aus – »so groß war. Es hatte eine deutlich erkennbare ... nun, man könnte wohl sagen ... Emission. Meine Familie nennt es *Pieks-Pssst*. Andere

159

Psi-Empfängliche sagen das auch.« Er zuckte die Achseln, suchte nach einer anderen Möglichkeit, das Gefühl zu beschreiben. »Es ist in etwa so wie ein ätzender Geschmack hinten in der Kehle; ein scharfes Zwicken in den Nasenlöchern und ein unangenehmer Geschmack.«

Ashiant grunzte. »Aber Sie würden es erkennen?«

»Überall, Sir.« Thian wartete in respektvollem Schweigen ab, während der Kapitän weitergrübelte. Er machte keinen Versuch, seine Gedanken auszuloten.

»Eine Sonde kann nur mechanische Information liefern, Thian«, sagte Ashiant gedehnt, und plötzlich wußte Thian, worum er ihn eventuell bitten würde.

Es blieb ihm nichts anderes übrig, als zu reagieren, und der Kapitän fing sein Lächeln auf.

»Ja, Thian?« Er runzelte die Stirn, erwartete eine Antwort.

»Ich habe gehört, Kapitän ... Tja, da gibt es so ein Gerücht über *Talente*, die nur den Ruhm abstauben wollen ...«

»Ach, das.« Eine Geste wischte das Gerücht beiseite. »Wie Sie längst wissen, stehe ich unter dem Befehl, Sie keinem Risiko auszusetzen – also genau dort, wo man den meisten Ruhm abstauben kann –, aber ich möchte Sie fragen, wie weit sie eine Kapsel versetzen können.«

»Zu dem Wrack/Planetoiden etcetera?«

Der Kapitän hob die Hand. »Aber weit genug außerhalb der Reichweite der Käferwaffen ... mit denen unsere Verbündeten ja bestens vertraut sind.«

»Wenn es helfen würde, Sir, bin ich dazu bereit.«

»Ich habe nur laut gedacht, Thian. Wollte nur mal wissen, wie diese ... äh ... Tricks ablaufen. Sie sind uns in vielerlei anderer Hinsicht eine große Hilfe.«

»Ich weiß es zu würdigen, Kapitän. Doch für den Fall, daß ein solcher Dienst nötig ist, liegt es genau innerhalb des Bereichs meiner Fähigkeiten und der Position, die ich auszufüllen gebeten wurde ... Falls es das ist, was Ihnen Sorgen macht.«

»Danke, Thian. Ich glaube, das ist im Moment alles, bis wir die Meldung der Sonde kriegen. Könnte aber auch sein, daß das blöde Ding nur Datensalat liefert.«

»Daran glaubt Kapitän Spktm nicht.«

»Ach?«

»Aber er besteht darauf, daß wir uns mit großer Vorsicht nähern. Selbst die Wracks der Käfer halten für Gruppen, die an Bord gehen, böse Überraschungen bereit.«

»Ja, ich habe es in den umfassenden Berichten gelesen, die uns die Mrdinis zur Verfügung gestellt haben. Man wird Sie informieren, wenn die Sonde anfängt zu senden.«

»Aye, Sir …«

»Und, Thian … Ich würde mich an Ihrer Stelle von dem Geschwätz nicht stören lassen. Wir haben zwar noch immer Alarmstufe zwei, aber jetzt, da wir wissen, daß das Ding inaktiv ist, ist es mit der Dringlichkeit nicht mehr so weit her.«

»Danke, Sir.«

Als Thian das Konferenzzimmer verließ, fragte er sich, ob er eine Gelegenheit versäumt hatte, Boshaft zu erwähnen. Obwohl er seit dem Empfang des Echos keine Spötteleien aus seiner Richtung gehört hatte. Wahrscheinlich war er zu sehr mit dringenderen Pflichten beschäftigt. Die Mannschaft der *Vadim* bereitete sich auf Taten vor. Er war fast bei seinem Quartier angelangt, als das Heulen der Sirene die nächste Aussteigeübung ankündigte.

Thian portierte sich mit einem Grunzen in die ihm zugewiesene Rettungskapsel und holte die neun anderen rein, die ihr zugewiesen waren. Inzwischen kannte er sie alle gut genug, um sie, wenn der Befehl zum Verlassen des Schiffes gegeben wurde, retten zu können, egal wo sie sich an Bord der *Vadim* gerade aufhielten. Er fragte sich, ob einer der anderen von seinen Befehlen wußte, aber er spürte stets nur Verärgerung, weil ihre momentane Tätigkeit schon wieder von einer Übung unterbrochen worden war.

Die Kreuzfahrt der Sonde erbrachte sehr interessante Ergebnisse. Das Wrack war fraglos ein Käferschiff, was die Mrdini, in ihrer Rechtschaffenheit großzügig, sehr erregte.

»Kapitän Spktm sagt, es ist größer als alles, dem sie bisher begegnet sind, daß es diverse neue Konstruktionszüge aufweist und man sich sehr freut, daß das Schiff nicht mehr funktioniert«, meldete Thian den im Konferenzraum versammelten Spezialisten.

»Laut den Messungen ist es um ein Drittel größer als alle bisher gesehene Schiffe«, sagte Fregattenkapitän Vandermeer. »Fast ein Kleinplanet!«

»Laut den Messungen wurde das Schiff von großer Hitze bombardiert. Strahlung ist ebenso noch gegenwärtig wie eigenartige Spuren anderer Elemente, die noch spektroanalysiert werden. Es gibt keine bekannte Waffe, die so verheerende Spuren hinterläßt.«

»Aber irgend etwas hat das Schiff doch in den Orkus geblasen.« Vandermeer zuckte die Achseln. »Auch die 'dinis haben so etwas noch nicht gesehen.«

»Ich möchte keinem begegnen, der eine solche Feuerkraft hat«, sagte Ashiant.

»Genau das ist auch Kapitän Spktms Empfinden«, meldete Thian. Dann grinste er. »Er meint, wer das getan hat, sollte lieber auf unserer Seite sein.«

Ashiant lachte laut auf, und die anderen am Tisch lächelten vor sich hin. »Ich wußte gar nicht, daß die Klei … ähm … unsere Verbündeten Sinn für Humor haben.«

»Haben sie, Sir, glauben Sie mir!«

Ashiant legte die Fingerspitzen aneinander, rieb seine Nasenspitze, dann verschränkte er die Hände und beugte sich auf den Ellbogen vor. »Meine Herren, dieses Artefakt erfordert unsere ernsthaftesten Ermittlungen. Soweit ich weiß, ist dies das größte Stück, mit dem wir je arbeiten konnten.« Er warf Thian einen listigen Seitenblick zu und runzelte die Stirn. »Sind unsere Verbündeten einverstanden?« Er wandte sich zu Thian um.

»Sind sie, Sir. Sie stellen gerade eine Gruppe von Freiwilligen zusammen, um es zu untersuchen. Schicken wir Vertreter?«

Mehrere Hände hoben sich sofort.

»Danke, Herrschaften. Ich brauche Freiwillige aus den Bereichen Kommunikation, Ingenieurswesen, Mechanik und Sicherheit. Mr. Lyon muß als Übersetzer mit ...«

Vandermeer räusperte sich. »Ich glaube, das ist jetzt nicht mehr nötig, Sir.«

»Ja, Ailsah, ich weiß, daß Sie inzwischen ziemlich fließend 'dini sprechen, aber Mr. Lyon geht in mehreren Funktionen mit. Wann versammeln sich die 'dinis, Mister?«

Thian fragte Spktm. »Jetzt sofort. Sie möchten, bevor sie an Bord gehen, eine Konferenz mit unseren Leuten abhalten. Sie wählen fünfzehn Spezialisten von jedem ihrer Schiffe aus. Wir sollten von den unseren ebenso viele in Marsch setzen. Es wird ein großes Unternehmen werden.«

»Außerdem ist es ein gewaltiges Schiff, selbst wenn zwei Drittel von ihm abgesprengt wurden«, sagte Ashiant.

»Kapitän Spktm empfiehlt nachdrücklich, daß wir bei vierzig Raumeinheiten anhalten und abwarten, ob keine Reaktion auf unsere Annäherung erfolgt.«

»Das ist aber ein gutes Stück außerhalb der Reichweite der Käferwaffen«, sagte Ashiant überrascht.

»Außerhalb der *bekannten* Reichweite der Käferwaffen. Kapitän Spktm erinnert daran, daß wir es mit einer neuen und unbekannten Konstruktion zu tun haben.«

»Aber sie ist ohne Leben.«

»Vielleicht ist Kapitän Spktm übervorsichtig, Sir, aber ...« Thian wußte nicht genau, wie er die Botschaft der Mrdini exakt übersetzen sollte.

»Ja, ja, ich bin mir im klaren, daß wir es mit einer unbekannten Quantität zu tun haben, aber die Sonde hat keine Lebenszeichen aufgefangen, und die Sauerstoffversorgung arbeitet nicht.«

»Mehr konnte die Sonde auch nicht sagen.« Thian behielt einen neutralen Tonfall bei, da er bloß ein Mittler war, aber er spürte, daß Spktms Warnungen von den Offizieren der *Vadim* nicht gut aufgenommen wurden.

»Da Kapitän Spktm Wert darauf legt, uns zu warnen, werden wir uns nicht überschlagen«, sagte Ashiant, bevor er sich wieder der Sicherheitschefin zuwandte. »Eigenartig, daß sie jetzt so vorsichtig sind, wo sie doch eben noch bereit waren, Kopf und Kragen zu riskieren. Na, wenn schon! Fregattenkapitän Vandermeer, Sie führen unser Kontingent an. Wählen Sie eine Entermannschaft von fünfzehn Personen aus, darunter sämtliche benötigten Spezialisten. Declan, verbinden Sie mich mit den Kapitänen Smelkoff, Sutra und Chesemen. Sie sollen ebenfalls Teams entsenden. Wir werden bei der momentanen Geschwindigkeit sechs Stunden brauchen, bevor wir Fähren abschicken können. Das läßt uns eine Menge Zeit für eine Konferenz beider Spezies.«

»Ganz recht, Sir«, sagte Vandermeer, die sich deutlich über ihren Auftrag freute. Doch als ihr Blick über Thian hinwegglitt, fing er ein kurzes Aufflackern von Groll in der Frau auf. Es hatte jedoch nicht den Ton von Boshaft; sie wollte nur einfach nicht für einen *Zivilisten* verantwortlich sein.

Sie gab in knappem Tonfall Befehle, wählte ihre Leute aus der Mannschaft der *Vadim* aus und rief dann die anderen Schiffe an, um in Erfahrung zu bringen, wen diese abordneten.

164

Thian mußte mit zunehmender Erregung sitzenbleiben, als er Vandermeer mit wachsendem Respekt zuhörte. Sie befahl, die große Fähre habe in sechs Stunden startbereit zu sein. Strahlenschutzanzüge sollten an Bord gebracht werden, außerdem komplette Medizin- und Notpakete. Aus der Kommunikation wollte sie für die Einsatzbesprechung zusätzliche Ausdrucke der Sondendaten. Alle Offiziere sollten mit den neuen Lähmern ausgerüstet werden, die man aus der Handwaffe entwickelt hatte, die die Mrdinis als wirkungsvoll gegen die Käferkrieger bezeichneten. Die Entermannschaft sollte in genau einer Stunde im Fährenhangar einsatzbereit zu ihr stoßen.

»Hat man Ihnen irgendein Rückstoßantrieb ausgehändigt, Mr. Lyon?« fragte sie, als sie sich schließlich zu ihm umdrehte.

»Nein, Ma'am.«

»Dann besorgen Sie sich einen.« Damit stand sie vom Tisch auf und verließ den Konferenzraum.

»Tja, Sie haben es gehört«, sagte Ashiant lächelnd.

»Ich habe auch gehört, daß Sie gesagt haben, ich gehe in mehreren Funktionen mit, Sir. In welchen?«

»Übersetzer, Beobachter und – mal überlegen – als *Talent*, das, wenn nötig, jemanden aus der Scheiße holen kann.«

Thian besorgte sich den Strahlenschutzanzug und den nötigen Lähmer, den Leutnant Sedallia ihm mit einem hochnäsigen Gesichtsausdruck aushändigte.

»Ich nehme an, Sie haben noch nie eine Waffe in die Hand nehmen müssen ...«

»Ganz im Gegenteil. Ich habe für den Eßtisch gejagt, seit ich alt genug bin, um den Abzug eines Gewehrs zu bedienen.« Als Thian Sedallias überraschtes Gesicht sah, fügte er hinzu: »Und wir hatten immer genug zu beißen.« Er lugte über den langen Lauf hinweg. »Aber dies ist ja sowieso eine Sprühwaffe. Damit müßte ich eigentlich ein Scheunentor treffen.« Er hängte die Waffe wieder an die Klammer, nickte den Matrosen der Nachschubabteilung zu und ging hinaus.

Er konnte ihre Kommentare ›hören‹. Die meisten fielen zu seinen Gunsten aus. So beliebt war Sedallia nun auch wieder nicht.

Thian traf pünktlich beim Gruppentreffen ein. Es wurde im Konferenzraum abgehalten, wobei Bildschirme sie mit den anderen Schiffen des Geschwaders verbanden. Ashiant stellte Fregattenkapitän Vandermeer als Führerin der Menschen vor, und sie begrüßte recht fähig ihren Mrdini-Kollegen. Thian setzte einen neutralen Ausdruck auf, war aber mit seiner Schülerin sehr zufrieden. Ihre Sätze waren natürlich kurz, und sie machte Pausen, wenn sie in ihrem Vokabular nach den richtigen Begriffen suchte, aber Plr, der Führer der Mrdini-Entermannschaft, verstand sie ausgezeichnet.

Die Mrdinis zeigten ihr eine Karte des Schiffes und identifizierten bestimmte noch erhaltene Abschnitte als Teil der Hauptantriebseinheit, Brennstofflager, Ruhekabinen, Nest- und Arbeitsquartiere. Die Räumlichkeiten der Königin waren abgesprengt, da sie sich in der Regel im Mittelpunkt befanden. Einige Randwaffen befanden sich noch an Ort und Stelle, ebenso mehrere Arsenale und Lagerräume. Dann zog Plr Längengradlinien, teilte das Wrack in sechs Abschnitte auf und teilte jedem Enterkommando einen zu. Vandermeer erklärte sich mit der Zuteilung einverstanden, obwohl Plr sich den Sektor mit den erhaltenen Waffen vorbehielt.

»Er ist mit dem Zeug vertrauter als wir alle zusammen«, sagte sie zu ihren Leuten.

Die Versammlung endete, und man nahm die letzten Vorbereitungen in Angriff, von denen Vandermeer meinte, sie würden mit einer guten und an proteinreichen Mahlzeit beginnen.

»Leviathan«, murmelte Thian vor sich hin. Leutnant Ridvan Auster-Kiely saß neben ihm.

»Wie bitte?« fragte Ridvan und hielt Thian sein Ohr hin.

»Das Ding ist nicht nur groß, es ist ein Leviathan«, wiederholte er und bemühte sich, die Schultern angesichts der Riesenhaftigkeit des beschädigten Raumschiffes nicht einzuziehen. Thian erinnerte sich, daß seine Großmutter das Käferschiff ›Leviathan‹ genannt hatte, das bei Deneb vor vierzig Jahren vernichtet worden war.

Die Fähre wartete gehorsam in vierzig Raumeinheiten Entfernung, um zu sehen, ob irgendeine Reaktion von dem Schiff kam. Laut den Mrdinis eröffnete jedes Käferschiff automatisch das Feuer auf alles, das sich ihm näherte, selbst wenn es noch außer Reichweite war.

»Was ist ein Leviathan?«

»Etwas, das so groß ist, wie das da.«

»Wir haben jetzt keine Zeit für Witze.«

»Es gibt gar keine bessere Zeit.«

»Nun mal ernsthaft, Thian. Könnte es nicht auch ein Planetoid sein? Man könnte ihn doch ausgehöhlt haben ...«

»Dann hat man ihn mit Metall überzogen und die Decks mit Hammer und Meißel herausgeschlagen?« Thian lachte leise. »Nein, Ridvan, es ist ein Schiff, auch wenn es nicht so groß ist wie ... zum Beispiel Kallisto.«

»Das beruhigt mich nicht.«

Ridvan war nervös, er machte sich nicht die Mühe, es zu verbergen. Thian war weder nervös noch ängstlich und fragte sich, ob dies falsch war. Erregung war im Innern der Fähre das eindeutig vorherrschende Gefühl. Er wußte, daß seine Sinne alle geschärft waren, und wunderte sich, daß er – trotz des Vakuums des Raums – nicht das Gefühl empfand, das *Pieks-Pssst* der Nähe eines Artefakts der Käfer. Kein anderer der

167

Entermannschaft war einem ihrer Artefakte je so nahe gewesen. Zugegeben, er hatte auf Deneb nur geholfen, ein Schott auszugraben, was für sich allein schon aufregend genug war, wenn man zehn Jahre alt ist. Er hatte dabei geholfen, es auf die Copterschaufel zu werfen. Das macht einen wohl noch nicht zum Experten, sagte er sich ernst.

Sie warteten, und der Anblick dessen, was Thian allmählich als Semi-demi-hemi-sphäre beschrieb, wurde immer langweiliger. Der Nordpol war ringsherum, bis etwa zum zehnten Längengrad im Osten, wo der Schaden anfing, intakt. Die westliche Hemisphäre dehnte sich an manchen Stellen fast bis zum Wendekreis des Krebses aus, aber die Südpolkappen waren vollständig abgesprengt. Als hätte irgend etwas Gigantisches einfach ein Riesenstück aus der Käferkugel herausgebissen und Kerne, Mark und Eingeweide zurückgelassen.

Schließlich gaben die 'dinis bekannt, es sei sicher, näher heranzugehen. Langsam, aber sicher.

Ihre Fähre, die von der *Beijing*, und eine Mrdini-Fähre schlängelten sich nach Steuerbord und näherte sich dem Wrack. Die dritte Fähre der Menschen folgte in dezentem Abstand. Sie passierten die Außenhaut des Wracks, und Thians Sinne wurden sich schlagartig – selbst im Inneren der Fähre –, des *Pieks-Pssst*-Effekts des Käfermetalls bewußt. Er fuhr sich mit der Zunge durch den Mund, aber der ätzende Geschmack war in seiner Kehle, viel stärker, als damals beim Direktkontakt mit dem ausgegrabenen Schott. Lag es daran, daß es eine neuere Konstruktion war? Waren ihre potentiellen Emanationen stärker oder lauter? Er wünschte sich, er könnte auf der Stelle seine Großmutter oder seinen Großvater kontaktieren.

Die Kapitäne hatten beschlossen zu warten, bis man konkrete Einzelheiten melden konnte, dann erst sollte die Expedition öffentlich bekanntgemacht werden. Thian hatte ihnen melden müssen, daß schon die Entdeckung des Schiffes auf allen bewohnten Welten große Panik ausgelöst hatte. Deswegen war er froh, nichts weiteres hinzufügen zu müssen oder etwas über seine Teilnahme an den Ermittlungen zu sagen.

Sollte er Fregattenkapitän Vandermeer die Intensität der Käfer-Aura melden? Kapitän Ashiant hatte von ihr gewußt. Aber derlei Informationen, dachte er, dienen eigentlich zu nichts, es sei denn, sie bestätigten die Herkunft des Schiffes. Als gäbe es daran noch irgendwelche Zweifel.

Die Fähre bahnte sich einen Weg durch die riesige zerrissene Außenhülle, man sah den Rumpf und die Deckebenen von innen und kam an Eisenträgern vorbei, die so dick waren wie die *Vadim*. So groß wie diese Raumschiffklasse war, hätte die *Vadim* mit hundert ihrer Schwesterschiffe in diesem Ding andocken können.

Als die Außenscheinwerfer der Fähre langsam die Einzelheiten der Eingeweide beleuchteten, das sie überquerten, reagierten alle darauf.

»Laderaum?« fragte ein Ingenieur und deutete auf seltsam geformte Behälter, die teilweise mit den Schotts verschmolzen waren. Sie kamen an kleineren Abteilungen von der Größe des Fährenhangars der *Vadim* vorbei. Geknickte Rohre ragten mehrere Meter weit in die Leere hinaus.

Auf dem Frontbildschirm sahen sie die Mrdini-Fähre seitlich abbiegen und sich ihrem angepeilten Landeort nähern. Thian, der dem Bullauge am nächsten saß, schaute so lange zurück, wie er konnte. Er sah die 'dinis aussteigen, in ihren Raumanzügen sah einer wie der andere aus.

Und dann, allzu schnell, landete ihre Fähre am ihnen zugewiesenen Landeplatz. Das Klicken sich schließender Helme war das einzige Geräusch. Dann atmeten sie Anzugluft ein.

»Uhren einstellen, Herrschaften«, sagte Fregattenkapitän Vandermeer. Ihre Stimme klang durch das Interkom gedämpft. »Sie haben genau für drei Stunden und zwanzig Minuten Sauerstoff.«

»Ich dachte, es wären vier Stunden, Madam?« sagte Auster-Kiely.

»Ja, stimmt, aber aus praktischen Gründen werden wir uns alle in drei Stunden und zwanzig Minuten wieder hier treffen. Klar?«

»Jawohl, Madam.«

Irgend jemand aus der Gruppe ließ ein leises höhnisches Lachen erklingen, das Vandermeer sofort verstummen ließ.

»Genug damit! Laßt uns aussteigen. Mertz, Jimenez, Kaldi – Sie gehen so weit wie möglich dieses Segment hinauf und arbeiten sich dann nach unten vor. Sedallia, schauen Sie mal nach, ob die demolierten Wicklungen da eventuell Antriebskomponenten sind. Kes, Sie begleiten ihn. Achtung, an alle: Rufen Sie, wenn Sie etwas sehen, das die Spezialisten untersuchen sollten. Machen Sie so viele Aufnahmen wie möglich, aber vergessen Sie den Blitz nicht. Hier drin ist es dunkler als im Bauch des Teufels.« Sie teilte weitere Suchgebiete zu. »Denken Sie daran, sich ständig mit einer Hand festzuhalten; treiben Sie nicht ab. Wir können keine Zeit damit vergeuden, jemanden aus dem freien Raum zurückzuholen. Lyon, Sie bleiben mit Kiely auf dieser Ebene hier. Es gibt auf diesem Korridor offenbar unbeschädigte Abteile. Dann also los!«

Sobald die anderen in die ihnen zugewiesene Richtung verschwunden waren, zog Kiely Thian so nahe an sich heran, daß ihre Helme sich berührten und er den wütenden Ausdruck im Gesicht des Leutnants sehen konnte. Es gefiel ihm nicht, wie eine Belastung behandelt zu werden.

Thian grinste ihn an, deutete auf das finstere Innere und bemühte sich, mental beruhigend auf den jungen Mann einzuwirken. Dann bemerkte er, daß das *Pieks-*

Pssst sein *Talent* dämpfte und gab sein Vorhaben auf. Er ging voraus, seine Stiefel hingen so fest an den Decksplatten, daß jeder Schritt eine Anstrengung war. Dann sah er Kiely vor sich herschweben. Er hielt sich überall dort fest, wo man sich abstoßen konnte, und sein Helmlicht beschien seinen Weg. Thian hob ein Bein vom Boden, hielt sich an einer festen Spiere fest, riß das andere Bein los und folgte fliegend Kielys Beispiel.

Eine unglaublich große Hitze hatte allem Anschein nach sämtliche organischen Substanzen aufgekocht und wegschmelzen lassen, so daß nur noch zerplatzte, explodierte Behälter da waren. Andere waren augenscheinlich implodiert. Je nachdem wie lange die Katastrophe zurücklag, enthielten manche Substanzen vielleicht noch Spuren, die man analysieren konnte. Sie konnten es bei der Rückkehr zur Fähre erledigen. Als sie weiter in das Schiffsinnere vordrangen, sah Thian nichts sehr Vielversprechendes. Doch das Schiff hatte eine unvorstellbare Menge Fracht oder Behälter transportiert. Eine Stunde lang stocherten und lugten sie vorsichtig in die Abteile zu beiden Seiten des breiten aber niedrigen Weges hinein.

Laut dem, was er über die Konstruktion der Käferschiffe wußte, lag dieser Korridor möglicherweise genau über den doppelt abgeschirmten Quartieren, in denen traditionell die Königinnen lebten. Sie legten dort fortwährend Eier, die man einlagerte, um sie in der nächsten Kolonie zur Verfügung zu haben. Doch so sehr er sich auch umschaute, er fand keinen Zugang zu der tiefer liegenderen Ebene. Als er auf die erste Röhre stieß, fragte er sich, welchem Zweck sie wohl gedient hatte. Dann fand er einen ganzen Haufen von ihnen, und das *Pieks-Pssst*, das er die ganze Zeit gespürt hatte, nahm an Intensität zu. Dies war schon ungewöhnlich genug und brachte ihn dazu, Kiely zurückzurufen.

»Hast du was gefunden, Thian?«

»Weiß nicht, aber da ist eine Nottür oder so was, und … Was sagst du dazu? Sie geht auf.« Thian war so überrascht wie Kiely, als sein Rucken das Schott löste und es langsam auf ihn zu trieb. Thian drückte einen Fuß gegen die obere Hälfte, und es sank an Deck.

Kiely, der über ihm schwebte, schob den Kopf durch die Öffnung, sein Licht wurde schmaler, als es in die Schwärze des Tunnels vorstieß.

»Geht rauf und runter …« Kiely experimentierte mit der Lampe. »Ein langer Weg nach oben, ein weniger langer nach unten. Also nach unten.« Und bevor Thian den jungen Leutnant warnen konnte, hatte er sich in den Tunnel hineingeschoben.

»Fregattenkapitän Vandermeer«, sagte Thian und führte seinem Helm-Komgerät mehr Energie zu, »Kiely und ich untersuchen einige Schächte beziehungsweise Röhren, die intakt wirken und zu einer tieferen Ebene führen. Wir haben nichts Bemerkenswertes gefunden.«

»Vorsichtig weitermachen. Der größte Teil des Wracks wartet nur darauf, auseinanderzufallen. Kaldi konnte gerade noch entwischen, als sich plötzlich ein Schott löste.«

Thian ging nicht mit dem Kopf zuerst hinein. Er löste sich vom Deck und ließ sich von seinem eigenen Gewicht langsam nach unten tragen. Demzufolge sah er auch, was Kiely entgangen war: regelmäßige Öffnungen gingen von dem Tunnel ab. Abteile, die wirkten, als seien sie mit irgendeinem halbtransparentem Material versiegelt. Es war nicht aufgekocht, nicht gerissen, nicht ex-, nicht implodiert, und es gab das stärkste *Pieks-Pssst* ab, das er je gespürt hatte. Thian krümmte sich vor Unbehagen, verlangsamte seinen Abstieg an einer Öffnung und ließ die Helmlampe in die Finsternis vorstoßen. Als er sah, was sich im verschlossenen Innern befand, entrang sich ihm ein Keuchen.

»Ich habe etwas gefunden, Fregattenkapitän«, sagte er, obwohl sein Mund und seine Kehle von dem ätzenden Geschmack trocken waren.

»Was denn, Lyon?« Fregattenkapitän Vandermeer klang, als sei sie über seine Ungenauigkeit verärgert.

»Ich glaube … Es könnten Käferlarven sein, Sir.«

Kielys Helm krachte gegen seine Füße und schubste ihn teilweise von der Öffnung fort.

»Du glaubst *was?!*«

»Halt dich fest, Kiely!« brüllte Thian zurück und griff nach den glatten Seiten, um seine Aufwärtsbewegung zu stoppen.

»Ich glaube, du hast recht«, murmelte Kiely unterdrückt und schoß an Thian vorbei – in die Richtung, aus der sie gekommen waren.

Kapitel Sieben

Über den Helmfunk ertönte ein solches Geplapper, daß Vandermeer Minuten brauchte, um den Lärmpegel so zu senken, daß man wieder einzelne Befehle verstehen konnte.

»Aber wie kann das sein, Mr. Lyon?« fragte sie. »Die Sonde hat doch keine Anzeichen von Leben gemessen.«

»Jawohl, Madam, aber Larven leben nicht – noch nicht. Außerdem glaube ich nicht, daß die Sonde programmiert war, diese Art von … ungeborenen Dingen zu registrieren.«

»Stimmt!« Ihr Eingeständnis war nicht gerade widerwillig. »Wie ist Ihre Position?«

Thian gab sie durch, während Kiely ihn hin und her schubste, weil er in diverse andere Larventunnel schauen wollte.

»Bist du sicher, Thian?« fragte er. Ihre Helme berührten sich, und er drehte sein Komgerät herunter. Seine Miene wirkte besorgt.

»So sicher, wie man sein kann, wenn man noch nie eine Käferlarve gesehen hat. Aber was auch hier drin ist, es hat keinen Schaden genommen. Außerdem ist dies die Zone, in der Käferschiffe Eier lagern.«

Kiely war noch immer nicht ganz sicher. »Zum Henker, es müssen Tausende sein. Wie viele, glaubst du, sind in jedem Rohr? Tunnel? Wabe? Und wie wollen wir sie in dieser Enge in die Luft jagen?«

»In die Luft jagen?« Thian war fassungslos. »Man darf sie nicht umbringen, Ridvan. Man muß sie studieren.«

174

»Was?!« Nun war der Leutnant an der Reihe, fassungslos zu sein. »Du weißt nicht, was du redest, Thian. Hier sind Hunderte unserer Feinde ...«

»Hilflos und verletzlich! Ein großartiges Ziel für einen echten Soldaten!«

»*Das* kannst du dir sparen! Du erwartest doch nicht etwa von uns, daß wir diese ... diese Dinger am Leben lassen?«

»Wenn man bedenkt, wie wenig wir wirklich über die Käfer wissen, ist dieser Fund von noch nie dagewesener Bedeutung. Er ist sogar noch wichtiger als das Schiff.«

»Ich kann's nicht glauben! Wir sollen sie am Leben lassen?«

»Ich glaube, du wirst bald hören, daß die 'dinis darauf bestehen werden.«

Um sich dessen zu versichern, drehte Thian sein Helm-Komgerät auf volle Leistung und informierte Plr knapp über den Fund.

»Lyon!« brüllte Vandermeer. »Das hab ich gehört!«

»Natürlich, Madam. Die 'dinis erwarten, daß sie über jede ungewöhnliche Entdeckung in Kenntnis gesetzt werden.«

Was kann man von so einem gottverdammten Wieselfreund auch anderes erwarten!

Trotz der Entfernung und Komverzerrung konnte man Boshafts Tonfall und das implizite Vergeltungsversprechen nicht mißverstehen. Dies ließ Thian stärker frösteln als die Aussicht, daß jemand versuchen würde, das wichtigste Artefakt – falls man die Larven so nennen konnte – der Fremdlinge zu vernichten, das bisher gefunden worden war.

Bisher hatte die Xenobiologie mit Hilfe von Modellen der Königinnen, Drohnen, Arbeiter und sonstigen spezialisierten Formen anhand von Kadaverfragmenten extrapolieren müssen, die im All umhergetrieben waren oder sich in den verkohlten Überresten vernichteter Schiffe befunden hatten. Obwohl man selbst aus diesen mageren Funden viel gelernt hatte, mutmaßte man noch immer, was die wahre Gestalt und Natur jener Käfertypen anging, aus denen die Mannschaft eines Schiffes bestand.

»Positionen halten!« blaffte Vandermeer, um die lauten Proteste einzudämmen. »Sie haben ihre Kompetenzen überschritten, Lyon!« fuhr sie in einem eisigen Tonfall fort.

»Nein, Madam, habe ich nicht.«

»Jetzt bist du dran, Thian, aber wirklich«, sagte Kiely. In seiner Stimme schwang ein echter Vorwurf mit.

»Ich arbeite unter der Direktive einer höheren Autorität als der deinen, der ihren oder der Kapitän Ashiants«, sagte Thian so beherzt wie möglich, obwohl die Einwände ihn doch mitnahmen. »Geh rauf und führ sie hier runter.«

»Ich soll gehen? Warum nicht du?«

»Weil *ich* ihnen nichts antun werde. Und dir kann ich in dieser Hinsicht nicht vertrauen.« Er packte Kiely am Arm und schob ihn in das Rohr hoch. Der Leutnant stotterte aufgeregt.

Thian schaute zu, als Kiely nach oben schwebte und sich aus dem Schacht hievte. Er wartete, bis sein wütender mentaler Krach abebbte. Dann verließ auch er das Rohr und stieß sich auf eine der wenigen Kammern zu, die sich in den Raum hinaus öffneten. Das Loch war zwar nicht groß, war aber auch nicht vom Rumpfmaterial des Schiffes abgeschirmt.

Er hatte noch nie zuvor eine solche nicht energiegestützte Ausdehnung seines Geistes ausprobiert. Es wäre besser gewesen, die Fährenmotoren einsetzen zu können, aber er hatte nicht die Zeit, so weit zu gehen. Er mußte dafür sorgen, daß die Larven nicht sofort von denen vernichtet wurden, die gleich kommen würden, um seinen Fund zu begutachten. Sie mußten gerettet werden! Die Informationen, die sie enthüllen konnten, überwog jede vorübergehende destruktive Befriedigung.

Großvater! Jeff Raven! Erdprimus! Hör mir zu! Er steckte die Energie sämtlicher Zellen seines Körpers in den Ruf.

Ein nicht energiegestützte Sendung? Ich gerb dir das Fell, Junge!

Später! Ich habe unbeschädigte Larven entdeckt. Sie müssen vor der Vernichtung bewahrt werden.

Natürlich müssen sie das! Was für ein unglaubliches Glück!

Ich bin der einzige, der so denkt.

Aber nicht im geringsten, mein Junge. Das hast du gut gemacht. Ich bin schon dabei, die Nachricht dorthin weiterzugeben, wo man sie kennen muß. Jetzt halt die Klappe und spar deine Kraft! Schon die Vorstellung eines nicht energiegestützten Rufes aus dieser Entfernung ... Er ist noch schlimmer als seine Mutter.

Thian mußte über das Auffangen dieses nicht an ihn gerichteten Satzes grinsen. Vielleicht hatte Jeff Raven ihm auch deswegen das Zuhören gestattet. Er fühlte sich zwar erschöpft, aber nicht so schlimm, wie es hätte sein können. Der Stolz über seine Entdeckung hatte ihn wohl gedämpft. Doch er ließ nach, als er sich ausmalte, sich der Wut und dem Groll seiner Schiffskameraden aussetzen zu müssen. Und Boshaft gehörte ebenfalls zur Entermannschaft. Es war ein unglücklicher Umstand, doch der Ansporn, der seine Handlungsweise nun bestimmte. Wenn Boshaft ihn als erster erreichte, vor der Vandermeer ... Thian stieß sich vom Deck ab, schwebte hinter den Zieltunnel, hielt sich, um nicht abzutreiben, an einem dünnen Rohr fest und zog sich langsam in die nächste Rohröffnung. Das war es, das ihn rettete.

ERWISCHT! Mehr Warnung bekam er nicht.

Aus dem Nichts, denn keine Helmlampe kündigte Boshafts Auftauchen an, warf ihn die Druckwelle eines

Lähmstrahls mit zerschmetternder Kraft gegen die hintere Krümmung der Röhre.

Der mentale Aufschrei und sein wilder, triumphierender Tonfall schenkten Thian die erforderliche Nanosekunde, um Reserven anzuzapfen, von denen er gar nicht wußte, daß er sie besaß. Reflexe, die er nie hatte einzusetzen brauchen, wurden ausgelöst und bildeten einen Schirm, der freilich nicht so stark war, wie er gewesen wäre, hätte er nicht so viel Energie bei dem Gespräch mit seinem Großvater verloren. Trotzdem blockte er die schlimmsten Auswirkungen der Druckwelle ab. Thian kämpfte dagegen an, das Bewußtsein zu verlieren, denn er mußte bei Sinnen bleiben, um den Schirm aufrechtzuerhalten – für den Fall, daß Boshaft kam, um sein Opfer zu untersuchen. Er gab sich die größte Mühe, Mayday zu projizieren und empfand leichte Erheiterung, daß sein Versuch in der 'dinisprache herauskam. Er spürte, daß er geistig wegrutschte. Feierabend für Ashiants brillanten Plan, die Auserwählten zu retten, dachte er, amüsiert darüber, daß er noch Heiterkeit empfinden konnte. Und dann erschlaffte er völlig.

Das Summen im Ohr war irritierend, aber nicht zu ignorieren. Es war eine Warnung. Warum schmerzte eigentlich jeder Nerv seines Körpers? Thian versuchte die mentale Kontrolle über seine Schmerzsynapsen zu erringen, aber sein Kopf litt unter monumentalen Schmerzen. Die Hirnrinde erschien ihm viel zu geschwollen, um Platz in seinem Schädel zu finden. Er keuchte mühsam. Er öffnete die schmerzenden Augen zu einem Schlitz, hustete in der übelriechenden Luft, die er einatmete und erkannte vage, daß er einen Helm trug. Das Summen hörte nicht auf. Er bemühte sich, den Blick auf etwa zu konzentrieren. Sein Blickfeld war verwischt, aber er schien sich im Innern einer Rettungskapsel zu befinden.

Hatte es etwa einen Notfall gegeben? Das Summen bedeutete, daß er vorbei war. Gut! Dann konnte er den Raumanzug ausziehen. Er fummelte mit kraftlosen behandschuhten Fingern am Helmverschluß. Daß er erfolgreich gewesen war, spürte er nur daran, daß kühlere Luft an seinem verschwitzten Hals vorbeifegte. Er konnte nicht mehr tun als den Helm einmal zu drehen, aber mehr frische Luft entband ihn von der Notwendigkeit zu keuchen. Er blieb liegen wo er lag und wünschte sich vom Schmerz seines Körpers fort.

»ER IST *WIRKLICH* HIER! ICH HABE IHN GEFUNDEN!«

Der freudige Ausruf durchdrang Thians Bewußtsein körperlich und mental. Er war die mentale Identifikation, die ihn beruhigte, und er öffnete die Augen und lächelte schwach in Gravys ängstliches, tränenüberströmtes Gesicht.

»Ach, wie bist du nur hierher gekommen, Thian? Oh, ich danke allen Göttern, daß du in Sicherheit bist! Wenn du nur wüßtest …«

Ich habe einen Feind, Gravy, sagte er. *Beschütze mich!*

Gravys Augen sprangen fast aus ihren Höhlen. »Das habe ich gehört«, sagte sie leise. *Einen Feind?* fügte sie mit angemessener telepathischer Kraft hinzu. *Der dich vernichten will? Aber du bist doch ein Primus.*

Sag's nur dem Kapitän, aber paß auf mich auf.

Selbst dieser kurze Wortwechsel nahm ihm sämtliche Energien.

»Lähmstrahler. Bolzen. Hat mich erwischt. Tut weh«, hauchte er, zu schwach, um mit der pulsierenden Agonie zu zucken, die noch immer durch seine Nerven und sein Blut pulsierte.

»Lähmstrahler? Auf dich?«

Die Empörung, das Entsetzen und den Zorn, die sie ausstrahlte, wären ihm nicht mal entgangen, wenn er ein Zwölfer gewesen wäre. Die Wiedererlangung des Bewußtseins erinnerte ihn daran, daß es noch etwas

Wichtigeres gab, das er wissen mußte, und er rang mit den Worten, um die richtige Frage zu stellen.

»Es ist nur Standard, aber es könnte helfen«, sagte Gravy, und ihre Hände zogen am Halsverschluß seines Anzugs. Es tat sogar weh, wenn er nur bewegt wurde. Er war erleichtert, daß er besinnungslos gewesen war, als sie ihm den Helm abgenommen hatte. Dann spürte er die gesegnete Kühle einer Hochdruckspitze und bemühte sich, die Dosis schnell in seinem Kreislauf zu verteilen. Aber auch an dieser Front war er nicht gut in Schuß. »Wer war es?« fragte sie.

Thian brachte statt einer Antwort nur ein hilfloses Grunzen hervor. Und auch das ließ ein schmerzhaftes Zucken durch seinen Körper rasen. »Die Larven ...? In Sicherheit?«

»Ach, Thian, Liebster«, rief sie und beugte sich vor, um seine Stirn zu küssen, eine liebevolle Geste, die eigentlich nicht *so* weh tun durfte, »du bist erstaunlich! Du sorgst dich um die verdammten Biester, wo du selbst in Fetzen gegangen bist ...«

»S-s-s-sicher ... heit?« wiederholte er drängend und wollte die Hand heben, um sein Bedürfnis zu unterstreichen, es zu wissen.

»Ja, natürlich, sind sie. Der wichtigste Fund aller Zeiten! Die 'dinis sind außer sich vor Freude.« Dann warf sie einen Blick über die Schulter. »Du glaubst es nicht, aber ... Einige hatten vor, sie in die Luft zu jagen. Aber der Kapitän hat sie aufgehalten. – Tja, ihr habt lange gebraucht, Burschen«, fügte sie in einem knappen kritischen Tonfall hinzu.

Hinter ihm bewegte sich etwas. Bewegung und Lärm. Sein Kopf fing wieder schmerzhaft an zu pulsieren.

»Muß ihn zuerst aus dem Anzug holen«, sagte eine Männerstimme. »Wie ist er mit dem Ding durch die Luke gekommen?«

»Keine Ahnung. Ist Fregattenkapitän Exeter da?«

fragte Gravy geschäftsmäßig. »Der Mann ist schwer verletzt und braucht starke Schmerzmittel, bevor man ihn bewegen kann. Hierher, Fregattenkapitän ...« Thian spürte den Widerhall in jedem Nerv seines geschundenen Körpers, als die schweren Stiefel des Arztes in die Kapsel traten. Gravys Stimme wurde leiser. »Er ist beschossen worden, Ted, mit einer Käferwaffe.«

Exeter holte jäh Luft. »Das ist ja kriminell!«

Eine weitere Spritze, diesmal an Thians Kehle, und er löste sich dankbar in eine schmerzfreie Welt auf.

Er kam mehrmals wieder zu sich, aber immer nur kurz, und fand sich in eine dicke Flüssigkeit eingetaucht wieder. Sein Kopf ruhte auf einer Stütze. Meist weckte ihn der Schmerz, aber er bekam jedesmal ein Betäubungsmittel und schlief wieder ein. Beim dritten, vielleicht auch vierten Erwachen war der Schmerz nicht mehr so intensiv. Seine Mutter saß neben ihm.

»Ah, Thian, wieder mal bei uns?« fragte sie. Ihr Ausdruck war liebevoll, doch eigenartig ernst. Sie glättete sein Haar, strich die Silbersträhne, die zu der ihren paßte, mit der zärtlichen Geste aus seiner Stirn, und der Schmerz schwand aus seinem Leib.

»Mutter?«

»Wußtest du nicht, daß ich kommen würde, wenn dir was passiert?« Sie packte das lange Haar, das über ihre Schulter nach vorn gefallen war und schob es geistesabwesend zurück. »Du machst dich. Kein Hirnschaden, kein bleibender körperlicher Schaden. Könnte aber sein, daß du gelegentlich zuckst. Das schlimmste Unbehagen ist bald vorbei. Du hattest Glück; der Strahl hat dich nur gestreift ... und den Tunnel. Auch den Anzug, der dich vor einem Volltreffer bewahrt hat. Den hättest du nicht überlebt.«

»Weißt du schon, wer es war?«

»Leutnant Greevy sagt, du hättest einen Feind erwähnt.« Sie preßte kurz und mißfallend die Lippen zusammen. »Kennst du ihn?«

»Ich habe nur gemutmaßt. Ich habe mißgünstige Sendungen aufgefangen, Boshaftigkeiten; aber ich konnte ihn nie identifizieren. Es kamen mehrere in Frage.«

»Dann muß ich mal sehen, was ich herausfinden kann.«

Thians Reaktion fiel zwiespältig aus.

»Soll die Strafe der Tat entsprechen?« fragte seine Mutter, ironisch amüsiert über den in seinem Geist vorherrschenden Gedanken.

»Nun, ich weiß zwar«, sagte Thian in reuigem Tonfall, »daß ein Primus nicht nachtragend sein soll, aber … Aber ich würde es ihm verdammt gern auf gleiche Weise heimzahlen.«

»Das ist verständlich«, sagte Damia neutral.

»Na ja.« Thian sah sich gezwungen, es zu begründen. »Er – oder sie – hat sich nur auf übliche Weise über die privilegierte Stellung der *Talente* ausgelassen, wie wir es hin und wieder alle mal zu hören bekommen«, sagte er, nachdem er Abstand davon genommen hatte, einem anderen Menschen, so fehlgeleitet er auch war, die gleichen Schmerzen zuzufügen. »Der Auslöser war wohl, daß ich die Larven beschützen wollte!«

»So etwas in der Art«, stimmte Damia ihm zu.

Die 'dinis haben recht, dachte Thian. Die Menschen sind weich. »Wie lange bist du schon hier?«

»Seit drei Tagen. – Bevor ich kommen konnte, mußte ich zuerst deinen Vater ausschalten«, fügte sie lächelnd hinzu. »Aber ich bin deine Mutter und das stärkere *Talent*. Er mußte zugeben, daß ich ein besonderes Händchen zur Linderung von Schmerzen habe.« Ihr Lächeln war zwar äußerst zärtlich, aber Thian wußte, daß sie in diesem Augenblick nicht nur an ihn dachte. Sie streichelte erneut sein Gesicht, und ihre Finger waren wunderbar sanft und beruhigend, als sie seine Halsmuskeln und Schultern massierte. »Es war sehr klug von dir, mit meinem Vater Kontakt aufzunehmen. Er hat mich in ein Modul gesetzt, und ich war mit Fok und Tri schon unterwegs, bevor die Enterkommandos sich bei den Larvenwaben versammelt hatten. Ich habe sofort dafür gesorgt, daß keine Larve vernichtet wurde. Es war meine erste Priorität. Es war natürlich bevor ich erkannte, daß ich dich in dem Wrack nicht ›ertasten‹ konnte. Ich habe zwar *gespürt,* daß du in der Nähe warst, was alle anderen verwirrte, aber du wolltest oder konntest nicht reagieren.«

»Und niemand hat die Larven angerührt?«

»Natürlich nicht! Diese Entdeckung wird uns mit unschätzbaren Daten über die Käfer versorgen. Sie sind unberechenbar wertvoll. Allerdings sind sie uns nicht so wertvoll wie du. Dein Leben wäre kein gerechter Tausch für die Daten gewesen. Ich war entsetzt, als ich dich nicht lokalisieren konnte: Du warst da, und doch wieder nicht. Von der *Vadim* aus konnte man dich nicht aufspüren, aber ich wußte ungefähr, wo du warst. Alison hat dann an die Kapseln gedacht. Warum bist du dort hingegangen?«

»Ein Übungsreflex«, sagte Thian und brachte ein kurzes Grinsen zustande, das zu seiner Überraschung nicht wehtat, obwohl seine Gesichtsmuskeln noch schmerzten. »Beurgroßmutterst du mich etwa?« fragte er, als er erkannte, daß ihre unterschwelligen Streicheleinheiten zielgerichtet waren und er sich schon wieder schläfrig fühlte.

»Ein bißchen«, sagte sie lächelnd. »Freut mich, wenn du spürst, daß es klappt. Isthia schwört, daß es meinen Vater wieder lebendig gemacht hat. Du brauchst sogar noch mehr Heilung.«

Als er das nächste Mal an die Oberfläche kam, stellte Gravy seine Wache. Er prüfte seine geistige Gesundheit und stellte fest, daß sie gesund genug war. Ein leichter mentaler Blick machte seine Mutter aus, die in der Nähe schlief.

»Gravy?«

»Dann bist du also doch wach?« Sie trat neben den Tank, in dem er lag. »Hast du zufällig auch Hunger?«

»Du liest offenbar meine Gedanken.«

Ihr Lächeln war strahlend. »Nee – aber wenn die Behandlung angeschlagen hat, müßtest du jetzt hungrig sein.«

Seine erste Mahlzeit bestand nur aus Brühe, die aber schmackhafter war als alles, woran er sich erinnerte.

»Das liegt daran, daß du Hunger hast«, sagte sie.

»Ich hab doch gar nichts gesagt«, erwiderte er und maß sie mit einem anhaltenden Blick.

Sie grinste und kräuselte die Nase. »Toll, was? Ich fange mehr auf als je zuvor. Zwar nur auf kurze Entfernung, aber es reicht mir. Damia sagt, manchmal *zündet* Angst ein *Talent* oder dehnt es aus. Ich müßte lügen, würde ich sagen, daß ich nicht entsetzt war, als die Meldung kam, man könnte dich nicht in dem Wrack finden. Leutnant Kiely hat die Sau rausgelassen. Dann kam deine Mutter in einer unangekündigten Kapsel an und warf eine Drohne aus dem Lager. Die Wache im Fährenhangar dachte, eine Invasion der Käfer stünde an. Wenn sie kein *Talent* gewesen wäre, hätte man sie verkohlt. Aber sie hat den Leuten die Hände paralysiert, damit sie nicht auf sie schießen konnten. Dann hat sie den Kapitän zu seiner wachsamen Truppe beglückwünscht und darauf bestanden, daß die Larven erhalten bleiben müssen ... Es ist das erste Mal, daß Kapitän Ashiant überhaupt von ihnen hörte! Aber er hat die Vandermeer ans Funkgerät geholt, was schlau war, denn sie war schwer damit beschäftigt, sich die 'dinis vom Hals zu halten. Sie waren nämlich dabei, die Ladungen anzubringen, und die 'dinis glaubten, die Vernichtung der Dinger wäre nun angesagt ...« Gravy schüttelte sich. Dann lächelte sie. »Ich glaube, deine Mutter hat sich Vandermeer nur vorgestellt, und damit hatte es sich! Ende des Problems! Ich hab Vandermeer sagen hören, sie hätte die Ladungen wie unter Hypnose wieder abgemacht. Können *Talente* so etwas bewirken? Können Sie jemanden dazu bringen, etwas zu *tun?*«

»Es gilt aber nicht als gutes Benehmen«, sagte Thian, der sich an der Vorstellung erfreute, daß seine Mutter den robusten und sturen weiblichen Fregattenkapitän so leicht manipuliert hatte wie ein störrisches Kind. »Es ist ein Eindringen in die Intimsphäre; nichts, was ein *Talent* tun würde, es sei denn unter äußerst ungewöhnlichen Umständen.«

»Und die hatten wir ja! Verflixt, Thian.« Gravys Augen glitzerten vor Erregung und befreiten ihr lebhaftes Gesicht von Sorgenfalten. »Selbst die Jungs, die dafür waren, die Larven zu verbrennen, klopfen sich nun wegen ihres tollen Fundes auf die Schulter. Aber der Ruhm gehört natürlich allein dir!«

»Mir?« Thian zögerte nur einen kurzen Augenblick, dann sagte er so ernst wie möglich: »Aber Kiely war als erster in der Röhre, nicht ich.« Und es stimmte sogar.

»Kiely?« Gravy war verblüfft.

Thian nickte nachdrücklich. »Kiely war als erster in der Röhre.«

Sie musterte ihn verwirrt. »Aber ich dachte …«

»Kiely gebührt der Ruhm. Er war als erster drin. Ich wußte nicht mal genau, was das für Dinger waren. Ich habe Fregattenkapitän Vandermeer angerufen, weil ich der Meinung war, sie sollte sich Kielys Fund ansehen.«

»Aber an Bord hat Kiely seine Rolle heruntergespielt …« Gravy hielt inne, dann setzte sie ein selbstgefälliges Grinsen auf. »Na ja, das kriegen wir schon hin!«

Thian war äußerst zufrieden.

Ich auch, mein Sohn, sagte Damia. *Es wird dazu beitragen, die Gerüchte anzuzweifeln.*

Du hast auch welche gehört?

Er hörte den Seufzer seiner Mutter in seinem Geist. *Nicht mehr als üblich.*

Hast du den Angreifer gefunden?

Jetzt habe ich vielleicht mehr Glück. Deine Fühlungnahme ist heute viel sicherer. Alle werden sich freuen, wenn sie erfahren, daß du auf dem Weg der Besserung bist – mit einer bedeutenden Ausnahme. Und die werde ich ›belauschen‹!

»Angesichts der Nerven-, Knochen- und Gewebetraumata haben Sie sich erstaunlich erholt, junger Mann«, sagte Exeter zu Thian, als dieser die Erlaubnis erhielt, die Wanne mit der Aufbauflüssigkeit zu verlassen. »Ich dachte, Lähmer funktionieren im Vakuum ebenso effektiv wie in einer Atmosphäre, aber das war wohl nichts. Kann mir nicht vorstellen, wie Sie sonst überlebt haben sollten.«

»Ach, ich wurde auf Aurigae ziemlich robust erzogen«, sagte Thian gleichmütig.

Exeter kratzte sein kurzgestutztes Haar und grinste ironisch. »Tja, glaub ich auch. Ihre Mutter ist eine erstaunliche Frau. Ah, da ist der Pfleger, der Sie zu Ihrem Quartier begleiten soll. Meine Anweisungen: Gehen Sie es leicht an. Melden Sie sich zur Physiotherapie bei Leutnant Clark, damit Ihre Muskeln wieder in Schwung kommen. Sie müssen eine Weile Spezialnahrung zu sich nehmen, aber das wird, so wie Ihre Mutter das Futter für uns eingefahren hat, niemandes Gefühle verletzen.«

Thian dankte Exeter für seine Fürsorge und folgte dem Pfleger in den Gang hinaus. Zu seiner Überraschung wurde er von Fok erwartet, der während seiner liebevolle Begrüßung mit seinen seidig-pelzigen Armen an ihm herumfuhrwerkte.

WILLKOMMEN, FLK, ALTER FREUND. WIE SCHÖN, SO BEGRÜSST ZU WERDEN.

DM BITTET. FLK STIMMT ZU. THN GEHT SICHER.

Thian warf dem Pfleger einen raschen Blick und ein Lächeln zu, aber der Mann schien ihren raschen Wortwechsel nicht wahrzunehmen.

DM SAGT, FEIND HIER? fragte Thian und schwang seine Stimme fragend in die Höhe.

FEIND EXISTIERT BIS ZUR ENTHÜLLUNG. SEHR SCHLAU. VERSTECKT SICH IN MENGE. GEIST GESCHLOSSEN. ERSTER SOHN DARF IN MOMENTANER SCHWÄCHE NICHT VERLETZBAR SEIN.

QUATSCH! sagte Thian mit solch wütender Autorität, daß Fok einen Schritt ausließ und sein Kopfauge zu ihm in die Höhe kippte. VERZEIHUNG! DM HAT UNNÖTIG ANGST. THN KANN SELBST AUF THN AUFPASSEN.

WIRD SICH ZEIGEN. Der abwärts gerichtete Tonfall des letzten Worts war das Ende der Diskussion.

Thian wurde zu seiner Überraschung ins Offiziersquartier geleitet.

»Ihr ganzes Zeug ist hier verstaut, Mr. Lyon«, sagte der Pfleger, als er die Tür einer Besucherkabine öffnete. Sie war viel geräumiger als sein vorheriges Quartier.

»Ich danke Ihnen sehr, Tedwars«, sagte er, spähte hinein und gab Fok mit einer Geste zu verstehen, ihm vorauszugehen.

»Ich habe die Kabine selbst überprüft, Botschafter Fok«, sagte Tedwars mit einem milden Tadel.

Thian lachte. »Ich muß mich erst noch daran gewöhnen, wie ein rohes Ei behandelt zu werden.«

»Nein, Sir, die Eier werden viel besser behandelt als Sie«, sagte Tedwars in einem verärgerten Tonfall. Er schloß die Tür, bevor Thian sich von seiner Überraschung erholen konnte.

Er sondierte rasch den Geist des Pflegers, von dem er wußte, daß er ehrlich und offen war. Tedwars dachte privat, das ganze Getue um die Käfereier sei maßlos übertrieben. Eier, die eine verfluchte Nova überlebt hatten, konnte auch nichts anderes etwas anhaben.

»Ah!« Thian wandte sich aufgeregt zu Fok um. DER

MATROSE SAGT, DAS WRACK WURDE VON EINER NOVA BE-
SCHÄDIGT?

Fok bedeutete Thian mit einer Geste, Platz zu nehmen, wogegen er nicht das geringste hatte, denn der
Marsch vom Lazarett hierher hatte ihn tatsächlich angestrengt. Man hatte 'dini-Sitze in den Raum gebracht,
und Fok machte es sich auf einem gepolsterten Hocker
bequem.

ANALYSE UNTERSTÜTZT NOVA-THEORIE. EINE NEUE NOVA
IST IN GESCHÄTZTER FLUGBAHN DES WRACKS. SCHIFFSGRÖSSE
DEUTET AUF FINALEN MASSENEXODUS HIN: UNGEWÖHNLICHE
MENGE VON LAGERRAUM AUF SCHIFF PLUS EXTRA ABSCHIR-
MUNG UM EIERLAGER UND KÖNIGIN-QUARTIER. ZWEI KÖNI-
GINNEN-QUARTIERE NICHT VÖLLIG ZERSTÖRT, ABER LEIBER
NUR NOCH FETZEN. TROTZDEM VON WERT. GRÖSSTE KÖNI-
GINNEN JE GESEHEN. THEORIE IST, DASS SCHIFF AUF DER
FLUCHT WAR, ALS STERN SICH ABRUPT AUSDEHNTE. THEORIE
IST, DASS AUCH VORHERIGE DREI SCHIFFE RECHTZEITIG VOR
DER NOVA FLOHEN.

RETTUNGSKAPSELN? fragte Thian, der sofort an derartige Einrichtungen dachte.

Fok erzeugte das kratzende Geräusch, das die Hei-
terkeit eines 'dini anzeigte. EINIGE KAPSELN FREIGELAS-
SEN. ZWEI KÖNIGINNEN-SKELETTE IN KAPSELN NEBEN QUAR-
TIER GEFUNDEN. VIER WEITERE KAPSELN NICHT BESETZT UND
NICHT AKTIVIERT WORDEN. DREI SIND VERSCHWUNDEN.

DAS SCHLIMMSTE SPARST DU DIR IMMER BIS ZUM SCHLUSS
AUF, WAS, FLK?

Fok zuckte die Achseln und wandte ihm sein Kopfauge zu. NICHT SCHLIMMSTE NACHRICHT, ABER ERFORDERT
ÄNDERUNG DER GEGENWÄRTIGEN PLÄNE.

INWIEFERN?

Foks Füße tappten auf den Boden. Dazu gehörte
auch ein Zehenwackeln, das Thian seit seiner Kindheit
faszinierte, weil seine eigenen die Bewegung nicht
nachahmen konnten.

SPKTM SCHLÄGT VOR, FAHRT FORTZUSETZEN, UM NOVA ZU

ERFORSCHEN. ENTDECKEN, WELCHE TRÜMMER EVENTUELL IN IHREM SYSTEM EXISTIEREN ...

Thian grinste. UM ABSOLUT SICHER ZU SEIN, DASS DIE WELT DER KÄFER EINER NOVA ZUM OPFER GEFALLEN IST?

GENAU.

THN KANN ES KAUM BEMÄNGELN.

WÜRDE THN NICHT.

UND DIE MENSCHEN STIMMEN WIE?

SIE MÖCHTEN DIE SPUR DER RETTUNGSKAPSELN AUFNEH-MEN UND IHR FOLGEN.

ES KÖNNTE SEHR LANGE DAUERN. UND MAN MÜSSTE EIN GROSSES GEBIET ABSUCHEN.

NICHT SO GROSS. SPUREN SCHON GEFUNDEN. DREI KAP-SELN, DREI MENSCHENSCHIFFE, GUTE JAGD. KEINE ECHTE GE-FAHR, ABER VIEL LERNEN UND VIEL RUHM.

SOLANGE ES DIE MENSCHEN SIND, DIE RUHM ERWERBEN. Thian hörte eine Spur von Bitterkeit in seinem Ton und korrigierte sein Denken.

FALLS RUHM ZIEL IST. Fok zuckte die Achseln.

DANN BLEIBEN EIN MENSCHEN- UND EIN 'DINI-SCHIFF?

WRACK MUSS FÜR INTENSIVE ERMITTLUNGEN ZURÜCKGE-BRACHT WERDEN.

MAN KÖNNTE ES AUCH AN ORT UND STELLE TUN, sagte Thian und dachte an das gewaltige Bergungsunternehmen, daß es bedeuten würde.

KANN AUCH JETZT ANGEFANGEN UND BIS ZUM ENDE FORT-GEFÜHRT WERDEN. ES WIRD ZEIT KOSTEN. DIESES SCHIFF BIRGT WRACK. THN JETZT AUSRUHEN. BEFEHL.

WESSEN? fragte Thian und schwang seine Beine auf das Bett. Und es war wirklich ein Bett, keine Koje, und dann auch noch eins für zwei Personen.

VON DIESEM, TRP, DM, ARZT, KAPITÄN, SICHERHEITSCHEF, INGENIEUR ...

EINVERSTANDEN. ERGEBE MICH, DANKBARKEIT, TRÄUM GUT.

TRP BLEIBT. THN KANN SICHER TRÄUMEN.

LEIBWÄCHTER? Thian hob sich halb von dem bequemen Bett, angewidert, aber eigenartigerweise beruhigt. Das triumphierend gehässige ›ERWISCHT‹ schwebte wie ein leuchtender Krebs in seinem Bewußtsein.

RUHEWACHE, DAMIT SCHLAF KRÄFTE REGENERIERT, THN. Fok sprach so sanft wie zu einem kleinen 'dini.

Schlaf, Thian, sagte seine Mutter. *Oder soll ich nachhelfen?*

Ach ja, na schön, sagte er und zog die Decke über sich.

In den nächsten Tagen erfuhr Thian mehr über das, was man während seiner Genesung getan und herausgefunden hatte. Nach der Zurücknahme der Alarmstufe zwei hatte man wieder Urlaub genehmigt. Nachdem Damia die Männer und Frauen an ihre verschiedenen Bestimmungsorte portiert hatte, hatte sie militärische und zivile Spezialisten an Bord geholt, die sehr aufgeregt waren, da sie nun ein mehr oder weniger intaktes Käfer-Artefakt untersuchen konnten. In der Offiziersmesse wimmelte es von zahlreichen neuen Gesichtern, und Thian erkannte, daß er mit seiner Besucherkabine großes Glück gehabt hatte. Zwei Fähnriche lebten schichtweise in seiner alte Kabine, da in der ihren Wissenschaftler schliefen.

Die sechs Schiffe waren in eine Position gegangen, die ihnen leichten Zugang zum Wrack ermöglichte. Das Wrack war von Scheinwerfern hell erleuchtet. Licht war in allen Gängen, Tunnels und Kammern, nach Gebieten farbcodiert, so daß das Wrack wie eine Kleingalaxis erstrahlte. Große Drohnen waren heranportiert worden, um Sektionen und die kostbaren Larven zu transportieren. Ruß und Staub und alles andere konnte man von der Hülle entfernen.

Es waren drei deutlich unterschiedliche Typen von Käferlarven gezählt und identifiziert worden, so daß man, wie seine Mutter trocken anmerkte, verschiedene Theorien ausprobieren konnte, um die Stimulation und das Heranreifen der Lebensformen zu testen. Naturwissenschaftliche Debatten tobten heftiger als jede bewaffnete Auseinandersetzung.

»Ein ausgewachsener Krieg wäre wahrscheinlich leiser«, merkte Damia an. »Und bestünde aus weniger Schlachten.«

»Aber es wird doch kein Blut vergossen«, sagte Kapitän Ashiant.

»Ob Blut fließt oder nicht«, erwiderte Damia, »Verluste gibt es trotzdem.«

»Und im Krieg wird niemand entlassen«, warf Thian ein, ohne genau zu wissen, wen er zitierte.

DEN MRDINI-POETEN KPLNG, sagte Fok. THN IST SEHR VERSIERT IN DEN KLASSISCHEN STUDIEN.

Kapitän Ashiant blinzelte überrascht, denn er war nun auch in der Lage, den meisten 'dini-Gesprächen zu folgen. »Kplng? Meint er Kipling?«

»Wen auch immer«, sagte Damia lächelnd. Dann wandte sie sich an Thian. »Du fängst morgen wieder an zu arbeiten, Thn!« Sie sagte seinen Namen liebevoll auf 'dini.

»Ich kann's kaum erwarten, verdammt noch mal.«

Damia schnalzte wegen seiner Ausdrucksweise zwar mit der Zunge, billigte aber seine Haltung.

»Wir müssen eine Menge zurückportieren. Wenn wir zu zweit sind, habe ich weniger Arbeit, und dich bringt es wieder in Schwung. Sobald ich genau weiß, daß du wieder voll einsatzfähig bist, muß ich zurück. Dein Vater kann die Dicken Brummer mit Rojer allein nicht schaffen.«

»Zara ist doch alt genug, oder nicht?«

Damia zog die Nase kraus. *Sie ist zu unaufmerksam, um wirklich eine Hilfe zu sein. Wenn man Dicke Brummer hebt, braucht man seine gesamte Konzentration.*

»Aber die Bergwerke arbeiten doch sicher langsamer, wenn die Sonne der Käfer zur Nova geworden ist«, sagte Thian.

Der Kapitän schnaubte, seine Mutter maß ihn mit einem eigenartigen Blick.

»Mag sein, daß die Sonne der Heimatwelt der Käfer zur Nova geworden ist«, sagte seine Mutter, »aber es gibt da draußen Hunderte ihrer Schiffe und von ihnen beherrschte Planeten. O nein, Thian, dies ist nur ein kurzes Kapitel, selbst wenn es sehr erhellend ist.«

»Die anderen Geschwader, mein Junge«, fuhr Ashiant an ihrer Stelle fort, da man dieses Thema offenbar ausführlich besprochen hatte, »die die drei Flüchtlinge verfolgen, brauchen Unterstützung. Und dann steht das Großreinemachen aller sonstigen Welten auf dem Programm, die die Käfer schon ... ähm ... einkassiert haben. Wir müssen sie aufspüren und ... säubern.«

»Tun wir dann nicht genau das, was die Käfer mit den 'dinis und uns machen wollten?«

»Was wäre Ihnen denn lieber? Daß sie auf uns losgehen – oder daß wir sie festsetzen?« fragte der Kapitän.

Damia beugte sich vor. »Auch das ist wieder so ein Krieg im Hohen Rat, bei dem kein Blut vergossen wird: Die totale Vernichtung oder die planetare Eindämmung.«

»Das ist Speziesunterdrückung, die gegen die edelsten Prinzipien der 'dini-Moral und der unseren spricht«, sagte Thian, den die Unnachgiebigkeit der beiden allmählich gegen sie aufbrachte. Was war mit seiner Mutter los? Wo waren die Werte, die sie ihm und seinen Geschwistern eingetrichtert hatte?

THN SIEHT SCHWARZ UND WEISS, sagte Fok und überraschte die drei Menschen, indem er sich in das Gespräch einmischte. GRAU IST EINE GUTE FARBE.

Bei seiner Bemerkung brachen Thian und Damia in ein lautes Lachen aus. Was Kapitän Ashiant gegenüber eine ziemlich lange Erklärung erforderlich machte, denn Fok war ungewöhnlich witzig gewesen: Grau gehörte bei den 'dini zu den angesehensten Pelzfarben.

»Fok ist grau!« rief Ashiant, eher verwirrter als erhellt. »Und zwar Schlachtschiffgrau, falls es überhaupt eine Rolle spielt.«

GRAU SEHR GUT, WIE TRP GESAGT HAT, lautete Foks Antwort. In einem Übermaß von Kameradschaft ließ er den Kopf auf und ab wippen und zwinkerte mit mehreren Lidern.

»Wir hören lieber auf«, sagte Damia, die sich vor Lachen bog, »sonst macht Fok sich noch unmöglich.«

»Wo ist übrigens Tri?« fragte Thian seine Mutter. »Ich dachte, er wäre zum Abendessen bei uns.«

TRP WIRD AUF DER KLTL GEBRAUCHT, erwiderte Fok. TRP WIRD SICH FREUEN, VERMISST ZU WERDEN.

Als Thian an diesem Abend in seine Luxuskabine zurückkehrte, erkannte er, daß er irgendwie unterschwellig von dem abgelenkt worden war, was eine heiße Debatte über die Ethik der Methoden hätte werden können, die Menschen und 'dinis offenstand, um die Bedrohung durch die Käfer zu beenden. Oder wandte man Ethik nur auf die eigene Spezies an?

Das Interkom summte. Er zögerte, dann reagierte er. Nur wenige wußten, wo er jetzt untergebracht war. Er hatte vielleicht nur geringe hellseherische Gaben, doch sein Rückzug in die Röhre war vielleicht eine Reaktion auf eine unterschwellige Vorahnung gewesen. Er ›ertastete‹ diesmal keine Vorahnung und drückte den Meldeknopf.

»Hier ist Leutnant Greevy ...«

»Gravy!« sagte er und schaltete die Bildübertragung ein.

»Freut mich, dich gefunden zu haben! Hör mal, eins solltest du wissen: Einer der Fähnriche, die in deinem alten Quartier hausen, ist hier – mit einer Messerwunde. Er wurde beim Öffnen der Tür angegriffen. Das Messer hat seine Lunge nur knapp verfehlt. Du bist doch vorsichtig? Wer weiß, wo du jetzt bist?«

»Nur wenige. Wie bist du hierher durchgekommen?«

»Ted Exeter hat mir aufgetragen, dich zu warnen. Er operiert noch.« Angst flackerte über ihr ausdrucksvolles Gesicht.

»Mir geht's gut. Ich hab eine 'dini-Wache vor der Tür, und bei den vielen prominenten Experten an Bord wird das Deck streng bewacht.« Sie zu sehen erinnerte ihn daran, daß derartige Wachsamkeit einem auch zum Nachteil gereichen konnte. »Bist du im Dienst, Gravy?«

»Nein.« Sie runzelte die Stirn, dann erhellte sich ihre Miene, und sie setzte ein glückliches und eifriges Lächeln auf. »Nein, Thian, ich habe dienstfrei. Ich habe meine Schicht gerade beendet.«

Auch er empfand außerordentliche Zufriedenheit bei der Portation Gravys. Obwohl er das unbehagliche Aufwallen der Unbeholfenheit spürte, als sie erstaunt auf das luxuriöse Innere seiner Kabine reagierte, fiel es ihm schwer, in ihrer Gesellschaft angespannt zu bleiben. Sie brachte ihn mit Fragen über einige ungewöhnliche Gegenstände im einem der Spinde zum Lachen. Im nächsten fand sie Flaschen mit exotischen Getränken, und da sie sich nicht entscheiden konnte, welche sie zuerst ausprobieren sollte, füllte sie bedächtig kleine Mengen aus allen in ein großes Glas, – vorsichtig, um die unteren Schichten nicht durcheinanderzubringen – und brachte so einen bemerkenswert bunten ›Todescocktail‹ zustande, den sie ihn kosten ließ. Als er, die Arme um sie geschlungen, in den Schlaf fiel, kam er zu dem Schluß, daß sich der exotischste Geist in diesem Raum nicht in einer Flasche befand!

Es war toll, wieder arbeiten zu können, und dann auch noch mit seiner Mutter zusammen. Sie erreichten eine Menge, bevor ihr ›Tag‹ endete: Hilfsmotoren, Antriebseinheiten, Korrekturtriebwerke und Kommunikationsanlagen wurden von der Erde, Beteigeuze, Atair und Prokyon zur Installation auf dem Wrack für dessen Auslauf-Reise portiert. Es würde selbst im Schlepp irgendeinen unabhängigen Antrieb brauchen. Man hatte eine der größeren Fähren umgebaut und an der stabilsten Ebene verankert. Sie sollte als Brücke und Quartier für die Wache dienen.

Wenn das Wrack nahe genug war, um es portieren zu können, wollte man es an seinen letzten Bestimmungsort ›hieven‹. Momentan diskutierte man über eine Stelle, die gleich weit von der Heimatwelt der 'dini und der Erde entfernt war, doch wie sämtliche Primen bekannten, war der genaue Standort relativ unwichtig. Wissenschaftler konnten von überall her zum Wrack transportiert werden. Es gab auch die Kontroverse, daß schon die Anwesenheit des Kolosses andere Käferschiffe irgendwie zu seinem Standort ziehen könne – deswegen solle es so weit wie möglich von beiden Heimatplaneten entfernt bleiben. Dies war eine Theorie, die mehr auf den Menschenwelten als auf denen der 'dini artikuliert wurde.

»Vielleicht«, merkte Thian an, als das Thema beim Abendessen in der Offiziersmesse besprochen wurde, »weil die 'dinis schon Käferschiffe an ihrem Himmel gesehen und sie überlebt haben. Aber das haben wir schließlich auch!«

Es gab einen Augenblick sprachloser Stille, der nur von einem so leise geflüsterten Kommentar Boshafts unterbrochen wurde, daß Thian sich fragte, ob er ihn sich nur einbildete. Er ging ernsthaft mit sich ins Gericht, weil er so nachlässig und langsam war. Er hätte das Flüstern so schnell verfolgen müssen wie einen Gedanken. Aber er hatte es nicht getan. Er hätte bereit sein müssen, besonders seit dem Angriff auf den Fähnrich. Thian hoffte, daß diese Fehlberechnung Boshaft erschreckt hatte. Er war in der Hoffnung, daß sich irgendein Auslöser zeigen würde, zusammen mit seiner

196

Mutter die Namen der Angehörigen der Entermannschaft durchgegangen. Doch abgesehen davon, daß zwölf der vierzehn anderen am Sprachunterricht teilgenommen hatten, gab es nichts, um seine Identität zu klären.

Obwohl noch immer Ausrüstungslieferungen eintrafen, bestand das meiste, das Damia und Thian nun portierten, aus Lebensmittel- und Trinkwasservorräten, die die drei Schiffe der Menschen versorgten, die die drei Königinnen-Kapseln verfolgten – und die *KLTL*, die weiterhin in Sachen Nova ermittelte. Die spektroskopischen Analysen besagten, daß der flammende Stern sämtliche Elemente enthielt, die das Wrack durchdrungen hatten. Die 'dinis wollten diese Indizien nicht als positiven Beweis anerkennen, daß die Käferwelt in die massenvernichtende Katastrophe einbezogen gewesen war und sie nicht überlebt hatte.

Thian fragte sich, ob seine Pflichttour bald endete, und war fast erleichtert, als er in den Konferenzraum des Kapitäns gerufen wurde.

»Kommen Sie rein, Lyon junior. Nehmen Sie Platz.« Der Kapitän legte die Fingerspitzen aneinander und rieb seine fleischige Nase, bevor er erneut das Wort ergriff. Heute spürte Thian, daß seine Bewußtseinsabschirmung nicht so fest war. Der Kapitän wußte nicht genau, wie seine nächsten Worte aufgenommen werden würden. »Man hat mir zu verstehen gegeben, daß sich jemand an Bord der *Vadim* aufhält, der Ihnen alles Schlechte wünscht.«

Thian nickte.

»Ihre Mutter war nicht in der Lage, den Angreifer zu lokalisieren. Obwohl der Geschützoffizier entdeckt hat, daß eine Waffe entladen wurde, existieren leider keine Unterlagen, welche an welchen Angehörigen der Entermannschaft ausgegeben wurde. Wissen *Sie*, um wen es sich handelt?«

Thian schüttelte den Kopf.

»Nun, mein Junge, dann werden Sie nicht an Bord der *Vadim* bleiben. Ich kann das Leben eines Primus' nicht riskieren.«

»Sir ... Die *KLTL* ist doch noch unterwegs. Sie kann doch nicht die ganze Reise mit den Vorräten machen, die sie bei sich hat. Es sei denn, sie hätte jede überzählige Kabine bis zur Decke gefüllt. Es sei denn, sie hätten ... mich an Bord. Wenn ich mich freiwillig dazu melden dürfte ...«

»Aber dann wären Sie – für länger als ein Jahr – der einzige Mensch an Bord.«

Thian mußte über Ashiants Gesichtsausdruck lächeln. »Sir, ich bin noch zu jung, um mir über *ein Jahr* Gedanken zu machen.«

»Geschwafel! In Ihrem Alter ist ein Jahr *sehr lang!*«

»Es ist doch so, Kapitän Ashiant: Ich kann meinen Feind nicht ausfindig machen. Ich möchte ihm, wer er auch sein mag, nicht die Befriedigung geben zu glauben, er hätte mich zum Rückzug gezwungen. Dazu bin ich zu sehr 'dini. Ich kann und will an diesem Einsatz weiter teilnehmen. Darum hat man mich gebeten, und das ist meine Absicht. Ich will – mit Ihrer Erlaubnis – weitermachen, bis wir das System der Käfer erreicht haben. Und dies macht mich sehr menschlich, Kapitän – weiterzuleben, um am nächsten Tag weiterzukämpfen.«

»Tja, tja ... Hmmm ... Ja, nun ...« Ashiant legte die Fingerkuppen erneut aneinander, und das listige Grinsen auf seinen Lippen warf in seinem Blick Echos. »Ja, schön, dies käme beiden Fällen bewundernswert zupaß. Um ganz offen zu sein, Thian Lyon, Spktm hat mich gebeten, Sie zu fragen, ob Sie es in Erwägung ziehen könnten, auf die *KLTL* zu wechseln. Er ist sehr beeindruckt von Ihnen – als Übersetzer, Lehrer und Mannschaftskamerad. Er sieht diese Fahrt als wunderbare Gelegenheit, seiner Mannschaft genügend Basic

beizubringen, um überall mit den Menschen zurechtzukommen.«

»Was hat meine Mutter dazu gesagt?« fragte Thian,
weil er ganz sicher war, daß man sie gefragt hatte.

Ashiant kicherte. »Sie hat es Ihnen freigestellt. Sagt,
Sie wären nun erwachsen.« Er kicherte abermals. »Ich
glaube, sie ist stolz auf Sie.«

»Dann wechsle ich, wenn ich darf, auf die *KLTL*.«

»Spktm möchte auch, daß ich Ihnen sage, er würde
sich freuen, Ihre 'dinis an Bord zu nehmen, falls sie zurückkehren. Er sagt, Sie hätten dann mehr Spaß auf
einem 'dini-Schiff.«

»Oh, ich gehe gern auf die *KLTL*!«

Alison Anne war nicht glücklich darüber, daß er wei-
terzog, denn er hätte doch ebenso in allen Ehren auf
der *Vadim* nach Hause zurückkehren können. Mit ihr.
Sie hatte ihn abends regelmäßig besucht, da sie Tages-
dient hatte.

»Wie willst du je herausfinden, wer dich beinahe
umgebracht hätte? Und beinahe Fähnrich Kalickmo
getötet hat? Bei uns wirst du bestens bewacht, und früher oder später erwischen wir diesen Schweinehund.«
Gravy konnte, obwohl sie eine empfindliche Empathin
war, äußerst wütend dreinschauen.

»Es ist wichtiger, dort zu sein, wo ich wirklich etwas
bewirken kann, Gravy«, sagte er und streichelte ihr feines seidiges Blondhaar. Es wies soviel statische Elektri-
zität auf, daß es an seiner Hand kleben blieb und vom
Kissen hochsprang, um seine Haut zu liebkosen. Ihre
Haut war auch seidenweich, aber er mußte irgendwie
wieder zu Atem kommen. »Ich *weiß*, daß die 'dinis auf
mageren Rationen sitzen, bis sie eine Stelle erreichen,
an denen sie ihre Vorräte ergänzen können. Junge
'dinis brauchen richtige Nährstoffe, sonst wachsen sie
nicht richtig. Und die älteren brauchen es auch, um gesund zu bleiben. Wenn ich bei ihnen bleibe, brauchen

sie nicht auf Notrationen umzusteigen. Dann fühlen sie sich freier, jeden Aspekt der mutmaßlichen Position der Nova zu untersuchen, ohne jemanden zu verlieren.«

»Was soll das heißen, jemanden zu verlieren?« Sie stützte sich auf den Ellbogen und musterte ihn vorwurfsvoll. Noch mehr von ihrem Haar blieb an seinem Handgelenk kleben.

»Mrdinis haben etwas andere Ansichten über das Leben. Sie lernen, ihre Alten zu ehren ...«

»Wir etwa nicht?«

»Aber anders. Ein 'dini verhungert lieber und gibt sein Essen einem Älteren ...«

»Hah! Sie sind *reaktionär.*«

»Eigentlich nicht. Ältere 'dinis verfügen über große Weisheit und Erfahrung. Sie müssen aufgrund ihres Wissens erhalten werden. Für einen unerfahrenen jungen 'dini ist es ehrenhaft zu sterben, damit dieses Wissen seinem Volk nicht verlorengeht.«

»Aber ... Könnten sie ihre Vorräte nicht einfach rationieren?«

Thian bemühte sich, taktvoll zu sein. »Ähm, sie ... Nun, sie opfern nicht nur ihr Leben ...«

Sie holte entsetzt Luft. »Soll das heißen ...« Als er nickte, schluckte sie. »Um Gottes willen! Ich wußte gar nicht, daß sie das in sich haben!« Sie empfand eher Ehrfurcht als Entsetzen über das höchste Opfer. Thian war eigenartig erfreut über ihr Verhalten, besonders als sie hinzufügte: »Wenn es so ist, mußt du gehen. Ich mag die 'dinis. Deine beiden werden mir fehlen.

Aber sag mal, Thian: Die Fahrt soll doch ein ganzes Jahr dauern. Standardzeit. Wie kommst du denn da so klar? Ich meine ...« Zu Thians Freude und Erheiterung errötete sie auch noch.

Er zog sie an sich, und ihr Haar hing an seinem Gesicht wie ein Spinnwebenschleier. Sie würde ihm natürlich fehlen, und er sagte es ihr. »Ich halte es schon aus. Du wirst mir fehlen. Ganz bestimmt. So ist es zwar viel besser, aber ... Hast du von den 'dini-Träumen gehört?«

Sie nickte, und er mußte, wobei er leise lachte, sorgfältig die an seinem Mund haftenden Haare entfernen.

»Nun, die 'dini-Träume sind sehr ... sehr ... Na ja, sie *bringen* es auch.«

»*Nein!*« Sie stützte sich wieder auf die Ellbogen. »Das auch?«

»Wenn Mur und Dip hier wären, könnten sie es dir mal zeigen.«

»Moment mal, Thian Raven-Lyon, Primus ...« Er schaltete ihre Drohungen mit einem festen Kuß aus, weil er wußte, daß sie jeden Einspruch zurücknehmen würde, wenn er die 'dinis erst mal dazu bekommen hatte, mit ihr zu träumen. Und genau das wollte er tun; eines Tages, wenn er wieder hier war.

Das ungelöste Problem namens Bosheit nagte weiter an ihm. Es war ebenso unbeendet wie ungelöst, was ihm trotz seines strategischen Rückzugs wenig paßte. Und außerdem war da noch der Fall, daß es nicht mehr der Haß war, den Boshaft für ihn empfand und der adressiert werden mußte, sondern auch der schändliche Angriff auf Kalickmo. Doch wie sollte er Boshaft identifizieren, wenn sein Irrtum in absolutem Schweigen resultierte? Dann fiel Thian der Vorschlag seiner Schwester ein. Er erwähnte ihn in Damias Gegenwart.

»Ich stelle ihm eine Falle, Mutter. Zu zweit müßten wir doch in der Lage sein, ihn festzunageln.«

»*Ihn?* Bist du dir dessen sicher?«

»Nach dem Überfall mit dem Messer ja.«

»Hmmm ... Nun ja«, lautete die kryptische Antwort seiner Mutter. »Na schön. Und wann?«

»Heute abend wird dir zu Ehren ein Essen veranstaltet. Ich weiß, daß Boshaft bei mir im Sprachunterricht war und zur Entermannschaft gehörte. Ich bringe den

Messesteward dazu, uns alle an einen Tisch zu setzen. Es wird nicht sonderlich gewollt aussehen. Wir essen häufig zusammen.«

»Alle?«

»Ja. Deswegen bin ich auch so neugierig, wer er wirklich ist. Wenn er den Nerv hat, mit mir zu essen, wenn er mich so haßt ...«

»Aha. Und wann heute abend? Ich möchte es wissen, damit ich weit offen bin, was nicht gerade behaglich ist, wenn man es in einer solchen Umgebung längere Zeit sein muß.«

Thian brach in ein brüllendes Gelächter aus, denn seine Mutter wurde von sämtlichen männlichen Offizieren an Bord sowie von einem weiblichen Leutnant angebetet. Wenn er sie objektiv betrachtete, wirkte sie gewiß nicht ›alt‹: Sie hatte seinen Vater im Alter von achtzehn Jahren geheiratet und erst kürzlich ihr viertes Jahrzehnt beendet. Sie wirkte ganz bestimmt nicht wie eine Mutter von acht Kindern und war ohne Frage die hübscheste Frau an Bord.

»Hör auf zu lachen, mein Sohn«, sagte sie mit einem amüsierten Glitzern in den Augen.

»Da dies mein letzter Abend an Bord ist, muß ich eine Abschiedsrede halten. Und dann stelle ich die Falle auf.«

»Wenn du aufstehst, lasse ich sie zuschnappen!« Sie ließ ihre Zähne mit einem hörbaren Klicken aufeinanderschlagen und machte sich dann auf, um ihren täglichen Bericht zu beenden.

GUT GEMACHT, THN, sagte Fok, der aus dem Nichts neben ihm auftauchte. TRP WIRD AUCH ZUSCHAUEN.

Während des scheinbar endlosen Essens mußte Thian seine verschwitzten Handflächen mehrmals an den Hosenbeinen abwischen. Er hoffte, daß man ihm seine innere Anspannung nicht ansah. Einmal erkundigte er sich bei seiner Mutter, wie er wirkte, aber sie versi-

cherte ihm, daß er nicht zu laut über Kielys Witze
lachte und nicht zu gelangweilt auf Eki Wasiqs um-
ständliche Geschichten reagierte.

*Offen gesagt, du siehst recht ansehnlich und zuversicht-
lich aus.*

Man sieht mir mein Bibbern nicht an?

*Nur eine Mutter könnte so was überhaupt sehen. Aber
heute abend spiele ich nun mal die Ballmieze.*

Er grinste geistesabwesend seinen linken Neben-
mann an, der gerade einen Witz beendet hatte, aber er
war sicher, sie wußte, daß es ihr galt.

Das Essen endete fast ebenso abrupt, und es war an
der Zeit, daß er die Falle aufstellte. Er stand mit dem
Glas in der Hand auf und trat ein Stück vom Tisch zurück, damit er einen guten Überblick über die Gesich-
ter an beiden Seiten hatte, die sich ihm höflich zu-
wandten. Dann, als alle anderen sich darauf konzen-
trierten, sich auf seine kurze Ansprache einzustimmen,
sagte er auf mentale Weise so laut wie er konnte: *ER-
WISCHT!*

Am anderen Ende des Tisches – erst jetzt wurde Thian
klar, daß der Mann nie neben ihm gesessen hatte –
zuckte Leutnant Sedallia zusammen, knallte mit dem
Kopf gegen den Tischrand und preßte die Hände an die
Schläfen.

»Ach, kümmere dich um den Mann, Fok«, sagte
Damia. »Ihm ist unwohl.« Und mit der überraschen-
den Schnelligkeit, die 'dinis manchmal an den Tag legten, setzten sich Fok und Tri in Bewegung und nahmen
den Leutnant zwischen sich. Sie hoben ihn gewandt
von seinem Stuhl und trugen ihn ebenso schnell aus
der Offiziersmesse. »Ich glaube, er hatte einen Anfall«,
sagte sie zu Fregattenkapitän Exeter, der sich sofort
entschuldigte und den 'dinis folgte.

Kapitän Ashiant runzelte die Stirn, musterte ihren
gefaßten Gesichtsausdruck und schaute dann Thian
an.

Ich habe Sedallia nie verdächtigt, Mutter, sagte Thian, von der Überraschung erschüttert.

Nach allem, was ich sondieren konnte, ist er ein gehemmtes Talent. Uff! Ich hab mir nicht die Mühe gemacht, sehr tief in ihn einzudringen. Sag jetzt deinen Trinkspruch auf. Alle warten. Und es ist der beste Wein, den Afra in der kurzen Zeit auftreiben konnte.

»Ich schätze, es wird Leutnant Sedallia leid tun, daß ich gehe, meine Damen und Herren«, begann Thian und sah in den Gesichtern der Anwesenden, Sedallias Abgang nur eine leise Überraschung, aber keine Neugier hervorgerufen hatte.

Thian, du bist so schräg wie dein Vater! Niemand denkt sich etwas dabei. Sie glauben, ihm sei schlecht geworden, daß man ihn deswegen hinausgebracht hat. Wir können es dem Kapitän später erklären. Der Kommentar seiner Mutter hätte ihn fast durcheinandergebracht, aber er fuhr fort.

»... denn morgen muß ich die *Vadim* verlassen.« Seine Bekanntmachung erzeugte Gemurmel echten Bedauerns, und manch einer empfand sogar Neid. »Ich werde an Bord des Mrdini-Schiffes *KLTL* dienen.« Dies führte zu weiteren Reaktionen und überraschten Ausrufen. »Schließlich habe ich als *Zivilist* angemustert, um bei der Suche nach dem Heimatsystem der Käfer zu helfen. Meine 'dini-Kollegen sagen, daß diese Suche noch nicht beendet ist ...«

»Die haben sie doch nicht alle«, sagte Kiely und funkelte Thian an.

»Reine Zeitverschwendung!«

»Ihre Kräfte werden anderswo gebraucht, Lyon!«

»Bleiben Sie bei uns! Wir brauchen Sie doch.«

»Kapitän Ashiant, ich protestiere ...«

Als Thian die Hand hob, um Ruhe zu erbitten, hielten sich alle höflich zurück.

»Sie wissen sicher alle, daß meine Familie sehr alte Beziehungen zu unseren Mrdini-Verbündeten unterhält. Ich weiß, daß jene an Bord der *KLTL* ohne einen VT&T-Primus beträchtliche Härten und Verluste erleiden würden. Seht es so, Kameraden: Ich habe die Bräuche unserer Marine endlich gelernt. Jetzt muß ich die der Mrdini lernen!« Die Anwesenden lachten. »Sie werden mir alle fehlen. Ich habe in den paar Monaten als Schauermann eine Menge gelernt und bin Ihnen für Ihre Geduld und Ihr Verständnis dankbar. Viel Glück und sichere Rückfahrt.« Dann hob er sein Glas, warf einen Blick durch die Messe und leerte es in einem Zug.

Als der Applaus aufbrandete – manch einer schlug auch mit dem Besteck gegen ein Glas oder wertvolles Porzellan –, nahm Thian wieder Platz.

»Achtung, Achtung!« sagte der Kapitän mit seiner Donnerstimme, die man auch ohne Verstärkung vom Bug bis zum Heck hätte hören können. »Ich glaube, ich spreche für die ganze Besatzung, *Mister* Lyon, wenn ich sage, daß es uns eine Freude war, Sie an Bord gehabt zu haben und daß es uns zusteht, *Ihnen* viel Glück und eine sichere und schnelle Heimfahrt zu wünschen, mein Junge!«

»Und das meinen wir auch!« Kiely sprang mit dem Glas in der Hand auf. Und alle anderen folgten ihm, als sie in das traditionelle »Er lebe hoch« ausbrachen, für Thian, einen echt duften Kumpel.

Vater und ich sind sehr stolz auf dich, Thian! sagte seine Mutter. *Deine Großeltern haben entschieden, daß du sehr würdig bist, ein Angehöriger des Gwyn-Raven-Clans zu sein!*

Kapitel Acht

Ein Jahr später

»Xexo?« rief Afra. *XEXO?* fügte er mit größerer Lautstärke den mentalen Ruf hinzu. Der Toweringenieur hatte genug *Talent*, um ihn zu hören. *Rojer!*

Afra konnte die Geister der beiden nun in der Werkstatt lokalisieren, in der sich Xexo in seiner Funktion als Chefmechaniker und sein schwänzender Sohn in letzter Zeit öfters aufhielten. Als er Rojers Bewußtsein ›ertastete‹, sprühte es so lebhaft von Berechnungen, Theorien und Aufregung, daß er es kaum als Wunder empfand, wenn der Junge seine Rufe und telepathischen Anfragen nicht beantwortet hatte. Rojers Faszination für alles Mechanische, hauptsächlich Geräte und Werkzeuge mit beweglichen Teilen, gehörte seine ganze Aufmerksamkeit und war absolut. Es war zwar kein übles Gebiet, auf das man sich konzentrieren konnte, doch alles zu rechten Zeit und am rechten Ort.

»Ja, was ist, Papa?« kam die gedämpfte, aber nicht eben neugierig klingende Antwort.

Rojers mentaler Tonfall spiegelte weder eine Entschuldigung noch Angst wider. Er wirkte eher ungehalten, weil man ihn störte.

Es erschien Afra unwürdig, seinen Sohn wie früher, als er noch klein war, einfach wegzuportieren. Fünfzehnjährige konnten sich an Würde äußerst interessiert zeigen, auch wenn sie sich nur um das sorgten, was sie gerade taten.

Obwohl Afra und Damia den Eifer des Jungen guthießen – laut Xexo war er ein sehr guter Mechanikerlehrling –, mußte man als Primus in mehr versiert sein

als nur den Generatoren, die mentale Fähigkeiten auf-
stockten. Afra murmelte vor sich hin und begab sich in
die nach Öl und Schmierfett riechende Kammer, die
für seinen eigenwilligen Sohn der Himmel war. Als er
an der Tür stand, blieb er kurz stehen und warf einen
Blick auf die Szenerie.

Xexo und Rojer blickten auf einen Bildschirm. Er
zeigte eine Vergrößerung zahlreicher Teile, von denen
einige offenbar aus ihrer ursprünglichen Form geraten
waren. Andere waren zerbrochen und von Sortimenten
wahrscheinlich fehlender Stücke umgeben, die wie Satelliten rund um sie ausgelegt waren. Auf dem Tisch
lagen maßstabgetreue Plastik-Faksimiles sämtlicher
Teile. Sie waren fast ebenso wie die auf dem Bildschirm arrangiert.

Xexo war ein Meistermechaniker und oft inspirie-
rend, wenn man bedachte, wie es ihm gelang, die älteren Generatoren des Iota Aurigae-Towers am Laufen
zu halten. Er liebte Maschinen, Apparate, technischen
Schnickschnack und Geräte aller Art weit mehr als
Menschen. Darin hatte er in Rojer Raven-Lyon – bis zu
dem Punkt, an dem der Fünfzehnjährige sich vor seinen normalen Pflichten drückte – einen Geistesver-
wandten gefunden. Und Rojer war im Moment eindeutig säumig.

Zudem waren auch seine 'dinis, die für Rojer die
gleichen Satelliten darstellten, der er für Xexo war, mit
dem Versuch beschäftigt, unregelmäßig geformte Teile
zu einem Ganzen zusammenzufügen. Sie lagen bäuch-
lings auf dem ölfleckigen Boden, klickten und klackten, und ihre geschickten Finger schoben die Stück-
chen geduldig am Rande größerer Teile umher, wobei
sie sich bemühten, die dazu Passenden zu finden.

»Rojer ... He, Rojer.« Afra winkte mit einem mentalen Zaunpfahl.

»Häh?« Rojer schaute sich um, riß die Augen in
leichtem Entsetzen auf, als er die Wanduhr sah, legte

eine ölige Hand auf den Mund, was einen schwarzen vierfingrigen Abdruck auf seiner ohnehin verschmierten Haut hinterließ und strahlte an einem Streifen Entschuldigung, Bestürzung, schlechtes Gewissen und Selbstvorwürfe ab. »Mann, Papa! Tut mir leid. Ist mir gar nicht aufgefallen, daß es schon so spät ist ... Ist jemand anderes zur Jagd gegangen?«

Eine Jagd war dringend erforderlich, und da seine Eltern ihn von der Towerarbeit befreit hatten, damit er eben dies erledigte, waren sie in anderen Bereichen tätig gewesen. Afra stampfte leise mit dem Fuß auf und seufzte schwer, um sein Mißvergnügen kundzutun. Seit einiger Zeit – seit die Vereinten Hohen Räte die Daten aller Trümmerstücke sowie sämtliche das geborgene Käferwrack betreffenden Baupläne, Einschätzungen und Deduktionen freigegeben hatten – gab es nirgendwo mehr einen Ingenieur, der nicht versuchte, einen winzig kleinen Teil dieses gewaltigen Puzzles zusammenzufügen.

Der 'dini-Raumer *KLTL*, der die Suche nach der Heimatwelt der Käfer und den von dort stammenden Raumtrümmern fortsetzte, sammelte immer mehr Teilchen des beschädigten Käferschiffes ein, das die Nova ins All hinausgeschleudert hatte. Afra nahm an, daß Thians Neigung, das eigenartige *Pieks-Pssst* der Käfer-Artefakte aufzufangen, inzwischen im Schongang laufen mußte, wenn man bedachte, was er alles in der unermeßlichen Weite des Alls lokalisiert hatte. Niemand konnte sagen, wieviel man noch finden würde, aber jede Entdeckung wurde sorgfältig in der (nach Afras Meinung) absurden Hoffnung dokumentiert, man könne genug von dem geheimnisvollen Käfertriebwerk rekonstruieren, um den Verbündeten zu sagen, wie es funktionierte und welchen Brennstoff es verwendete.

In den Jahrhunderten des einsamen Kampfes gegen die Käfer war es den 'dinis zweimal gelungen, gegnerische Schiffe mit Projektilen zu durchbohren, die hätten ausreichen müssen, die Antriebseinheiten lahmzulegen. Doch nie waren die Torpedos explodiert, und die 'dinis wollten den Grund dafür erfahren. Der Feuermechanismus ihrer Projektile war zum Explodieren *konstruiert.* Der Brennstoff, den die Käfer verwendeten, mußte den Verbündeten zumindest eine Vorstellung von dem geben, wie man sie beim nächsten Mal zur Explosion bringen mußte. Die monetäre Belohnung, die jedem und jeder Gruppierung geboten wurde, die nur einen Teil des gewaltigen Problems löste, war neben dem Prestige, den ein solcher Treffer einem einbrachte, eher zweitrangig.

»Heute abend hast du Glück«, sagte Afra ernst, da Rojers Bewußtsein einzigartige Konzentration ausstrahlte. »Zara und Morag waren allein draußen.« Ihm fiel auf, daß Rojer darüber Verdruß empfand. »Zara und die 'dinis haben genug Salat geerntet, daß es für eine Woche reicht, und Morag ist über eine Kaninchenmeute gestolpert. Aber *du* hättest die Jagd leiten und Proteine für sieben Tage besorgen sollen. Du weißt doch, daß Zara und Morag noch viel zu jung sind, um allein so weit zu gehen.«

»Aber Sie haben's getan, nicht wahr?«

»Darum geht's doch nicht, Rojer. Du müßtest es wissen und den Unterschied inzwischen verstehen.«

Rojer zog die Nase kraus und ließ den Kopf hängen. Im Geist sortierte er die Ausreden, die sein Vater eventuell anerkannte. »Ich hab einfach nicht auf die Uhr geschaut.« Was ja nun schließlich auch stimmte.

»Kannst du auch nicht, wenn deine Nase in irgendeinem Gerät steckt«, sagte Afra und bemühte sich, ernst zu bleiben.

»Es war auch meine Schuld, Afra«, sagte Xexo und wischte sich die Hände ab. »Er hat mir bei den Alternatoren geholfen, und dann glaubten wir beide, wir wüßten, wie diese Teile da ...« – er deutete mit einem

Schraubenzieher auf die auf dem Tisch verstreuten Dinge – »eventuell zusammenpassen. Ich hätte ihn an seine Pflichten erinnern müssen.«

»Xexo, alle meine Kinder haben einen ausgezeichnet entwickelten und völlig ausreichenden Zeitsinn. Du hättest nur den Wecker zu stellen brauchen, Rojer. Von nun an wirst du bestraft, wenn du es nicht tust. Hast du mich verstanden?«

»Ja, Papa.« Rojer neigte den Kopf und bemühte sich, seine Gedanken abzuschirmen, aber Afra war nicht nur T-2, sondern auch ein geübter Vater, der sich nicht so leicht ablenken ließ. »Und *diese* Frechheiten kannst du dir sparen, junger Mann.«

Rojer maß seinen Vater mit einem Blick, der sein schlechtes Gewissen zeigte, aber auch, daß er eigentlich keine besondere Reue empfand. Er zog erneut die Nase hoch. Klare blaue Augen trafen auf gelbe und fingen an zu glitzern: die Absicht nun sorgfältig vor Afras Blick verborgen.

»Wenn Xexo und ich das Stück zusammengekriegt hätten, wärst du wahnsinnig stolz auf uns gewesen, Papa, oder nicht?« Rojer lächelte mit der charismatischen Brillanz, die er in besonderem Maße von seiner Mutter und seinem Großvater geerbt hatte. Es wickelte Afra ein, denn dem Charme der Ravens konnte man sich einfach nicht verschließen.

»Natürlich wären deine Mutter und ich wahnsinnig stolz. Aber wir wären noch stolzer, wenn du dich – wenigstens einmal pro Woche – an deine weltlichen Pflichten erinnern könntest.«

»Ich erledige meine Pflichten im Tower wie alle anderen.«

»Aber nur wenige würden sagen, daß sie wirklich weltlicher Natur sind«, sagte Afra und bedeutete Rojer mit einer Geste, seinen Arbeitsplatz und sich selbst aufzuräumen und dann nach Hause zu eilen.

»Laß nur, Rojer«, sagte Xexo und rieb mit ölverschmierten Fingern sein Kinn. »Laß die Teile. Ich möchte noch etwas dran arbeiten. Ich laß sie für morgen hier liegen – falls du dann frei hast.« Der Ingenieur warf Afra einen raschen Blick zu und erhielt zur Antwort ein Nicken.

»Und vergiß nicht, dir heute irgendwann etwas Eßbares zuzuführen, Xexo«, sagte Afra, obwohl er Damia zu Hause mitgeteilt hatte, sie solle dafür sorgen, daß in seiner Nähe irgendeine warme Mahlzeit auftauchte, damit er sie sah und verzehrte.

»Klar, klar«, stimmte Xexo ihm zu, aber er brütete schon wieder über den Artefakten.

ZEIT ZUM ESSEN, GRL UND KTG, sagte Afra zu den 'dinis, die von ihrem Hin- und Hergeschiebe nicht einmal aufgeschaut hatten.

HUNGER UNWICHTIG. MÜSSEN TRÜMMER EINPASSEN. BRINGT VIEL RESPEKT UND ERHÖHT DIESES PÄRCHEN, sagte Gil, aber er sprang so plötzlich auf, wie es für einen 'dini typisch war. Manchmal glaubte Afra, daß sie irgendein latentes kinetisches Talent hatten, um diese raschen Bewegungen zu vollführen. Und dann gab es auch noch das Rätsel, wie 'dini-Träume das menschliche Unterbewußtsein durchdringen konnten.

Den Wünschen ihrer 'dini-Gefährten entsprechend, denn Afras Freund Tri wartete draußen und genoß die frische Luft, gingen die Primen den Hang hinauf zu ihrem Haus. Die Lampen gingen allmählich an, denn auf Iota Aurigae war es schon recht dunkel geworden. Der stets präsente schwache Lärm der pausenlos aktiven Gruben und Hütten drang an ihre Ohren, unterstrichen von einem gelegentlichen lauten Rasseln, wie von fernen Lawinen.

Dann also morgen wieder Dicke Brummer, dachte Rojer mit einer Ergebenheit, die er rasch unterdrückte, damit sein Vater sie nicht spürte. Doch ein unfreiwilliger Seufzer entrang sich seinen Lippen.

Es ist eine gute Übung für einen in der Entwicklung be-

211

findlichen Primus, sagte sein Vater und gestattete sich, ein wenig Stolz in den Gedanken zu legen. *Die Geistesverschmelzung ebenso wie das Portieren von Massen.*

Immer nur Portieren ist sooo langweilig. Sobald der Gedanke ihm gekommen war, bedauerte Rojer ihn auch schon.

Und das stundenlange Zusammensetzen von Trümmerstücken ist es nicht? Afra stieß ein gutmütiges Schnauben aus.

Rojer antwortete ihm, indem er die Nase hochzog. *Es ist was ganz anderes, Papa. Verschmelzen, zugreifen, heben, schieben! Es ist* wirklich *langweilig. Ihr erlaubt uns nie, einfach nur mal herumzuhängen und zuzuhören, was die anderen Primen euch erzählen, weil wir ... –* und Rojer ließ zu, daß seine Empörung seinen Ton färbte *– ... zu jung sind!*

Die Zeit, in der man jung sein darf, ist zu kurz, mein Sohn.

Der wehmütige Unterton im Geist seines Vaters überraschte Rojer, und er maß Afra mit einem Blick. Er lächelte ihn plötzlich an, und Rojer antwortete, weil beide erkannten, daß er nun nicht mehr zu ihm *auf*schauen mußte. Sie waren fast gleich groß.

Ja, Rojer, die Jugendzeit ist sehr kurz. Es dauert vielleicht nur noch ein paar Monate, bis du dich deinem Enthusiasmus ganz hingeben kannst.

Aber hat es denn nie Primen im Ingenieurswesen gegeben, Papa?

Im Moment braucht die VT&T äußerst dringend Talente, die in der Lage sind, den Pflichten eines Towers nachzukommen.

Oder auf einem Schiff? Wie Thian? Diese Vorstellung erregte Rojer. *Könnte ich nicht wenigstens mit einem Schiff rausfahren, Papa?*

Weil Thian es auch getan hat? Afra lächelte ohne Groll, denn Rojer verehrte seinen älteren Bruder und war meist geneigt, seinem Beispiel zu folgen. *Leider können weder deine Mutter noch ich dies entscheiden.*

Könntest du Großvater nicht wenigstens bitten?

Afra legte den Arm sanft auf die Schultern seines Sohnes. Sie waren schon jetzt breit genug und wiesen eindeutig starke Muskeln auf.

Dein Großvater ist sich jeder Facette deiner Ausbildung bewußt. Er kennt auch deine Fähigkeiten und Wünsche. Ich will zwar nicht sagen, daß wir über persönliche Präferenzen im Moment hinwegsehen müssen ...

Du hast es trotzdem gesagt. Rojer grinste seinen Vater an. *Und ich kenne meine Verantwortung!*

Afra vernahm die Resignation in diesen Worten. Er wünschte sich, Rojer sei so formbar wie seine ältere Schwester und sein Bruder – so enthusiastisch wie sie, was die zukünftigen Entwicklungen anging. Er erinnerte sich auch daran, wie rebellisch er in Rojers Alter gewesen war, er hoffte allerdings inständig, ohne den gleichen Grund. Sofern sie es im Rahmen ihrer Verträge mit den Vereinten Teleportern und Telepathen konnten, wollten sie ihre Kinder davor bewahren, sich von ihrem *Talent* gefesselt zu fühlen. Sie hatten sie auf andere Planeten geschickt – Deneb, Erde, Atair, und einmal sogar nach Capella, obwohl dies kein erfolgreicher Besuch gewesen war –, um ihren Horizont und ihre Perspektiven zu erweitern, die die Pflichten – meist – wieder ausglichen. Er mußte ein paar Worte mit Jeff reden, um sicherzugehen, daß die VT&T sich Rojers Fähigkeiten und Interessen voll bewußt war. Vielleicht war ein Gespräch mit Gollee Green, dem Einsatzleiter, fruchtbarer.

Aromatische Düfte wehten auf der sanften abendlichen Brise heran, so daß die beiden Menschen und die 'dinis größere Schritte machten.

»Ich sage es dir nur einmal, Rojer«, sagte Afra ernst, als sie die Terrassenstufen zum Haus hinauf eilten, »du bist als nächster mit der Jagd dran, und zwar ohne Ermahnung, und wenn du es vergißt, kriegst du nicht nur kein Abendessen, sondern auch Hausarrest!«

»Ja, Papa«, stimmte Rojer ihm sanftmütig zu, denn es war nur gerecht. Zara konnte die Jagd nicht ausstehen – sie war als Empathin so empfindlich, daß sie die Notwendigkeit, fürs Essen zu töten, nicht hinnahm. Ein Glück, daß sie mit Morag gegangen war, die keine solchen Vorbehalte und sich zur besten Schützin im Haus entwickelt hatte. Zara hätte gar nicht an der Jagd teilnehmen sollen: Es war nicht gerecht gewesen. Aber er war nun mal so sicher gewesen, daß er in der nächsten Minute das passende Stück finden würde ...

WIR GEHEN ALLE. WIR FINDEN VIEL ZU ESSEN, sagte Gil ernst und zupfte an Afras Fingern.

Afra erwiderte den Druck, um sein Einverständnis zu erklären, dann schob er die Tür seines Hauses auf, sich seiner großen Zufriedenheit, *hier* zu sein, stets bewußt!

Ihr seid pünktlich! »Wascht euch!« sagte Damia. Sie musterte mit finsterer Miene den Zustand ihres dritten Kindes und seiner 'dinis und deutete in Richtung Badezimmer.

Zara kam gerade die Hintertreppe herunter, als Rojer das Bad betrat und schenkte ihm einen so vorwurfsvollen Blick, daß er wußte, seine Nase hatte ihn nicht getrogen. Morag, überhaupt nicht zimperlich, wenn die Nahrungsmenge auf dem täglichen Teller reduziert zu werden drohte, kam klappernd herunter und grinste bei seinem Anblick.

Du sitzt tief in der Kacke. Ich hab dich gerufen! Ich hab dich sogar laut gerufen!

»Von wo aus denn? Warst du hinter dem Berg?« fragte Rojer, weil er wußte, wie gern Morag auf die Jagd ging. Wenn sie nur einmal als Jagdführerin hätte ausziehen dürfen ... Es gab nichts Schöneres für sie.

Rojer ignorierte seine beiden Schwestern und schrubbte seine ölfleckigen Hände und Unterarme gewissenhaft bis zum Ellbogen hinauf. Hatte keinen Zweck, das Risiko einzugehen, noch mal zum Waschen geschickt zu werden, wie es Ewain ständig passierte.

Nicht, wenn das Essen so herrlich duftete. Dann half er Gil und Kat, ihre Armfelle zu trocknen. Sie hatten es zwar nicht gern, wenn ihr Fell abgetrocknet wurde, aber es war die einzige Möglichkeit, denn sonst hätte die Feuchtigkeit gejuckt.

Es war ein gutes Abendessen: ein Pfannengericht mit kleingehacktem Salat und in Fett gebrutzelten Bratkartoffeln. Es war genug Salat da, um ihn und Gil zufriedenzustellen, denn so was mochten sie besonders gern.

Mutter war gerade im Begriff, den Nachtisch zu servieren, als sie sich erschreckt aufrichtete und wieder ihren ›Blick‹ bekam. Sie fuhr herum und bedeutete allen anderen, sich bei ihr einzuklinken. Das war inzwischen eine eingeübte Reflexaktion, daß sie schon miteinander verbunden waren, bevor das zweite Wort durch Damias Geist huschte.

Rojer erkannte die Stimme seines Großvaters, aber der Tonfall, in dem er die Neuigkeit weitergab, führte dazu, daß Rojer die Augen weit aufriß.

... bestmögliche Nachricht ist von der Beijing *gekommen, die eine Rettungskapsel der Käfer verfolgt: Man hat sie gefunden, und die Insassen leben.*

Rojer stieß ein lautloses ›Mann!‹ aus; ein Gefühl, das seine Eltern bestimmt teilten, wenn er nach ihren frohen Gesichtern urteilte.

Jeff Ravens geistige Fühlungnahme entspannte sich, als er fortfuhr. *Sie sind allem Anschein nach sehr lebendig, und der Kapitän der* Beijing *sagt, daß er ernsthafte Zweifel hat, ob man sie in Schach halten kann, falls sie das an der Hauptluke der Kapsel angebrachte Siegel brechen können. Er empfiehlt einen sofortigen Transfer in eine verstärkte Unterkunft. Es bedeutet, daß wir auf der Stelle alle Hilfe brauchen. Die Masse ist so beachtlich, daß ich das Risiko nicht eingehen kann, sie allein zu heben.*

Würdest du OHNEHIN *nicht allein schaffen, Jeff Raven,* sagte die unverwechselbare Stimme Rowans.

216

Rojer bemerkte, daß Morag grinste und bedeutete ihr mit einem Zeichen, ihren Gesichtsausdruck zu neutralisieren. Großmutter verstand keinen Spaß.

Wo ist die Kapsel jetzt? fragte Damia.

Als Smelkoff klar wurde, daß die Luke eventuell geöffnet werden kann, hat er die Kapsel aus dem Schiff gelassen und in Schlepp genommen. Er konnte das Risiko nicht eingehen, sie an Bord der Beijing *zu lassen, auch dann nicht, wenn er die Luft aus dem Fährenhangar gelassen hätte. Verdammt ungünstig, daß Thian auf der KLTL so weit entfernt ist. Ähm ...*

Rojer sah das Aufblitzen in den Augen seiner Mutter.

Vater!

Eigentlich habe ich mich gefragt, meine Liebe, ob ich mir Afra und Rojer ausleihen könnte ...

Rojer ist doch erst fünfzehn ...

Papa und ich versetzen doch alle naselang Dicke Brummer, Mama, rief Rojer, obwohl er wußte, daß er nicht unterbrechen durfte.

Papa ... setzte Damia erneut an.

Alle hörten Jeffs Seufzer. Rojer glaubte zwar, daß sein Großvater ein wirklich gutes Arsenal an bedeutungsvollen Seufzern hatte, aber er wagte nicht, es laut zu denken.

Afra und ich haben schon oft zusammengearbeitet, als du nicht zu Verfügung standest, Damia. Es ist eine einmalige Sache. Wir bringen sie zur Beijing *hinaus. Sie haben genügend Erfahrung beim Versetzen von Erzdrohnen gesammelt, daß die Kapsel, die die* Beijing *im Schlepp hat, kein Problem ist, wenn sie sie erst mal gesehen haben. Kapitän Smelkoff hat die Masse und das Volumen geschätzt. Es ist nicht mehr, als beide längst mit Leichtigkeit hingekriegt haben. Afra bildet den Brennpunkt – falls es das ist, was dich stört. Aber wir müssen das Ding so schnell wie möglich in eine sichere Einrichtung bringen.*

Rojer sah nun, daß seine Mutter ihren Blick auf eine

Weise verengte, die ihn von dem, was sie auf einem sehr schmalen privaten Strahl zu Großvater sagte, trennte, und da *wußte* er, daß man ihn nun wieder einmal von etwas, das ihm Vergnügen machte, ausschließen würde. Warum hatte er heute vergessen, auf die Jagd zu gehen? Es war ungerecht, denn er war *wirklich* ein T-1, nur eben zu jung für die Pflichten im Tower. Was aber nicht bedeutete, daß er nicht auch etwas *allein* tun konnte ... besonders mit seinem Vater. Ihre geistige Verbindung war stets ausgezeichnet, besser als die mit seiner Mutter, oder gar bei sehr schweren Portationen mit beiden Eltern.

Afra beugte sich über den Tisch und tippte leicht gegen die Hand seiner Gattin. Sie wandte sich um, schaute ihm in die Augen. Rojer hielt die Luft an, er wünschte sich, er wäre frech genug, um dem zu ›lauschen‹, was da gesagt wurde, aber er wußte, daß es das Ende jeder Chance wäre, die er noch haben mochte. Sicher argumentierte sein Vater jetzt, daß man ihm eine Chance geben müsse ...

Dann in einer Stunde. Und danke, Damia. Und wieder einmal verzierst du die Familienkrone mit dem Juwelen deines Schoßes!

PAPA!

Rojer mußte einfach grinsen, denn sein Großvater hatte beabsichtigt, ihn *wissen* zu lassen, daß er die herrliche Chance erhielt, direkte Taten zu sehen! Dann fiel ihm auf, wie schmal die Lippen seiner Mutter geworden waren, und er sah die Verärgerung auf ihrem Gesicht.

Ach, biiiiitte, sagte er und schloß die Augen, damit er keine anderen negativen Zeichen sah.

Ach, mach die Augen auf, Rojer, sagte seine Mutter. *Klügere Köpfe als der meine haben die Oberhand gewonnen.* Ihr Tonfall war sarkastisch, aber als er wagte, in ihre Richtung zu schauen, erblickte er den vagen Anflug eines Lächelns. *Ich glaube noch immer, daß du zu jung bist, aber mein und dein Vater glauben es nicht!* Sie zog irgendwie provozierend eine Braue hoch, und er erwiderte ihr Lächeln.

»In einer Stunde, Mutter?« Rojer war so aufgeregt, daß er die Worte kaum über die Lippen brachte.

»Du läßt Roj also gehen?« fragte Zara. Sie war so ungläubig, daß ihre Augen groß wie Untertassen wirkten.

Damia räusperte sich. »Er bleibt ja nicht *lange* fort, Zara«, sagte sie fest und warf Rojer einen tadelnden Blick zu, weil er auf seinem Stuhl auf- und niederhüpfte.

WIR GEHEN ZUR *BEIJING*, ZUM SCHIFF, UND SCHAUEN UNS DIE KÖNIGIN AN, sagte er zu seinen 'dinis, die sofort losblökten und pfiffen. Dies animierte auch den Rest der jungen 'dinis – mit der Ausnahme Gils und Kats, die von ihrem Glück so verblüfft waren, daß sie ihre Kopfaugen bedeckt hielten.

Es bedurfte beider Erwachsener und eines lauten Knisterns von Fok und Tri, um den Lärmpegel wieder zu senken. Dann rief Damia die Abendgesellschaft zur Ordnung.

»Für solche halsbrecherischen Einsätze muß man etwas im Magen haben«, sagte sie und bediente Rojer als ersten.

Es war zufälligerweise sein Lieblingsobstkuchen. Er hatte die Portion gerade verzehrt, als Zara die Hälfte der ihren auf seinen Teller fallen ließ. Ihr Verhalten so traurig, daß man hätte glauben können, er ginge nun in den Tod oder dergleichen.

Sei nicht traurig, Möpschen, ich gehe doch gern, sagte er und nahm seine Schwester in die Arme, weil er es nicht leiden konnte, wenn sie unglücklich und besorgt war. Sie heulte zwar nie, aber sie konnte einen wirklich jammervollen Blick aufsetzen! Nicht einmal Mutter konnte einer wirklich unglücklichen Zara widerstehen.

Morag war hingegen deutlich neidisch auf seinen Auftrag, aber Rojer hoffte, daß sie sich wieder ab-

kühlte, wenn sie erst mal in eine Towerverbindug einbezogen wurde. Kaltia, Ewain und Petra waren noch
viel zu jung, um vor dem Haus und auf dem Grundstück mehr als Übungen zu machen. Aber Morag war
zwölf und ein gutes, starkes *Talent*, wahrscheinlich
sogar mit Prima-Format – wenn sie sich ein bißchen
mehr Mühe gab.

Wer war er denn, darüber zu urteilen?

Richtig, mein Sohn, sagte sein Vater unerwartet, und
Rojer verzog in der Hoffnung das Gesicht, daß er nicht
zu viel ›gehört‹ hatte. Doch Papa drang nicht nur in
seine Privatsphäre ein. Er wollte seine Beachtung auf
sich ziehen. *Wenn du mit dem Essen fertig bist, müssen
wir ein paar Einzelheiten klären und uns einiges anhören.
Es steht nämlich noch nicht fest, wo die Kapsel hingebracht
werden soll.*

Das kann ich mir vorstellen! Rojer konnte sein Glück
noch immer nicht richtig fassen. Mit seinem Vater eine
solche Reise zu machen! Dann sah er das zustimmende
Lächeln seiner Mutter und erwiderte es. *Du wirst schon
sehen, Mama. Wir werden Iota Aurigae noch Ruhm und
Ehre einbringen!*

Damia lächelte zwar noch immer, aber sie sagte: *Es
wäre mir lieber, wenn das Unternehmen glatt abliefe und
niemand etwas davon mitbekäme!*

Damia, Liebling, er ist fünfzehn und will was erleben!

Genau, Papa! Und Rojer machte das Signal, das ›Volle
Kraft voraus‹ bedeutete.

»Ihr werdet Schiffsanzüge brauchen, aber sie sind
weggepackt«, sagte Damia und stand vom Tisch auf,
um in den Abstellraum zu gehen.

Ist sie wirklich wütend? fragte Rojer seinen Vater so
leise wie er möglich, während er so tat, als kratze er
auf seinem Teller die letzten Reste zusammen.

*Nicht wütend, mein Junge, jedenfalls nicht auf dich. Du
wirst ihr einfach zu schnell erwachsen.* Der stolze Blick,
den Afra ihm schenkte, gab Rojer das Gefühl, er könne

eine Käferkönigin mit bloßer Hand zur Schnecke machen.

Ich glaube nicht, daß dies nötig ist, sagte die Stimme seines Großvaters leise in seinem Kopf. *Hör mir bitte zu, Rojer!*

Zur Stelle, Sir!

Dann fügten seine Eltern ihre Fühlungnahme der seinen hinzu, und er wußte, daß dies eine *Talentsache* war. Er saß aufrecht auf dem Stuhl, legte eine Hand auf die 'dinis und brachte sie dazu, ihr Gehopse einzustellen.

Auf dem Erdmond steht als Sicherheitsquartier für die Königin und alles andere, was in der Kapsel lebt, eine alte Einrichtung zur Verfügung. Ich habe gerade eine Sonde mit allen nötigen Plazierungsbildern auf die Beijing *versetzt. Kapitän Smelkoff wird voll eingewiesen und erwartet euch. Großmutter und ich werden euren Frachter zur* Beijing *portieren …*

Transport Erster Klasse, fügte die unverwechselbare Stimme seiner Großmutter trocken hinzu.

Rojer wagte nicht mal, ›Hallo‹ zu sagen – hier ging es ums Geschäft.

Und hier werdet ihr die Kapsel absetzen. Rojers Geist wurde mit Einzelheiten überflutet, die sich auf der Stelle zu einem kohärenten Bild der Mondlandschaft zusammensetzten Eine Kuppel mit klotzigen Gebäuden unter Sekundärkuppeln. Der Ort ähnelte dem Kallisto-Towergelände, denn auch dieses wurde von Haupt- und Hilfskuppeln vor dem Vakuum geschützt. Es war jedoch ein öder Ort, denn der auf Kallisto war hell und bunt. Der Blickpunkt änderte sich, als sein Großvater das Internierungslager weiter erläuterte.

Für Nahrung ist gesorgt. Käfer sind Vegetarier. Eine reichhaltige Auswahl wird gerade vorbereitet. Rowan arbeitet gerade mit unseren und den Mrdini-Biologen daran. Sobald etwas darauf hindeutet, daß sie das Futter nicht mag, kann leicht anderes geliefert werden. Sie kann aus den Ge-

bäuden machen, was sie will. Sie sind alle leer, und sämtliche Ausgangsschleusen sind versiegelt. Man kann sie nur per Portation betreten und verlassen. Zum Glück sind auch Käfer von Sauerstoff abhängig, und es ist zweifelhaft, daß es an Bord ihrer Kapseln so etwas wie Raumanzüge gibt.

Werden keine Wachen, Wissenschaftler oder so etwas dort sein? sah Rojer sich zu fragen gezwungen.

Nicht dort, wo sie ist, Rojer, sagte sein Großvater genau in dem Moment, in dem Rojer annahm, er hätte sich einen Rüffel von seiner Mutter eingefangen, weil er damit herausgeplatzt war. In die ganze Anlage sind ferngesteuerte Sensoren eingebaut. Das ist mit ein Grund, warum sie ausgewählt wurde. Die Mrdinis verfügen nirgendwo über etwas Vergleichbares, und wir können ihre Experten mit Laboratorien, Scannern und allen diagnostischen und Abschirm-Instrumenten versorgen, die sie brauchen. Unsere Wissenschaft ist noch nicht so lange im Defensivmodus wie die der 'dinis.

Die Bilder verblaßten.

Was ist, wenn die Kapsel mit Komgeräten und anderen Instrumenten ausgerüstet ist?

Jeff Raven lachte leise. Ein fixer Junge. Der Hohe Rat hat etwas länger gebraucht, um das zu fragen. Die Wahrheit ist, Rojer, wohin sollten sie einen Hilferuf schicken, nun, da ihr Heimatplanet ein Trümmerhaufen ist? Die 'dinis versichern uns, daß es in der Nähe keine Käferwelten gibt. Die Käfer sind keine Spezies, die, wie wir und die 'dinis, zum Selbstschutz zusammenhockt. Jede Käferwelt ist offenbar autonom. Die einzigen für sie geeigneten Planeten, die sie nie angreifen würden, sind jene, die ihr eigenes Volk schon kolonisiert hat. Es sei denn – was nach Ansicht unserer Experten aber unwahrscheinlich ist –, sie verfügen über eine Art eingebaute Verständigungsmöglichkeit ...

Könnten Sie etwa Telepathen sein?

Unterbrich deinen Großvater nicht, sagte seine Mutter ernst.

Er ist Mitarbeiter des Unternehmens, Damia, also hat er

*auch das Recht, Fragen zu stellen. Und seine Fragen sind
sehr berechtigt. Nein, Rojer, es gibt kein Indiz für Telepathie,
außer dem, was deine Großmutter und andere denebische
Frauen ›gespürt‹ haben. Viele meinen, es sei ein Massenhell-
sehen oder die Vorahnung einer großen Gefahr. Also keine
richtige Gedankenübertragung. Ich glaube, man kann mit
ziemlicher Sicherheit sagen, daß ein interstellares Verständigungsmittel nie entwickelt wurde. Die Überwachungs-
geräte, die auf das Gelände gerichtet sind, sind jedoch sehr
empfindlich und zeichnen auch die geringsten Veränderun-
gen auf. Die unterlunaren Einheiten haben den Sonnenwind
gemessen und selbst das kleinste Flackern der Corona überwacht. Ich nehme an, die Geschöpfe werden sicher einge-
sperrt sein.*

*Außerdem gibt es für den Notfall eine sehr nahe und heiße
Sonne,* sagte seine Großmutter mit einer Stimme, die es
Rojer eiskalt den Rücken hinunterlaufen ließ.

Sonst noch irgendwelche Fragen? fragte Jeff.

Rojer schüttelte den Kopf, geistig ebenso wie körperlich.

Sobald wir uns umgezogen haben, sind wir bereit, Jeff,
sagte Afra. Er hielt inne. *Xexo hat die Generatoren eingeschaltet.*

Rojer erinnerte sich nun an seine Erziehung und
wünschte seinen Großeltern einen guten Abend.

*Bis dahin wird's zwar noch ein paar Stunden dauern,
Junge, aber ich akzeptiere die Vorstellung.*

Rojer fragte sich, ob er es *im Ernst* meinte.

Vater ist vernarrt in Pointen, sagte seine Mutter. Ihr
Tonfall war so amüsiert, daß Rojer erkannte, er hatte
sie nicht in Verlegenheit gebracht.

Dann gingen er, Gil und Kat ins Bad und reinigten
sich gründlich. Afra kam gerade, als Rojer fertig war.
Er trug einen einzelnen marineblauen Anzug über
dem Arm und hatte ähnliche Klamotten angezogen. In
seinen Augen war ein ungewöhnliches Glitzern. Rojer
hatte den Eindruck, daß sein Vater den Ausbruch aus

der Routine so genoß wie er, und er lächelte über diese Wahrnehmung.

Manchmal ist es sehr nutzbringend, etwas anderes zu tun. Afra warf ihm den Anzug zu. *Zieh deine Hausschuhe an. Die Marine wird sauer, wenn du ihre Decksplanken verkratzt – oder wie sie ihren Boden sonst nennen.*

Als sie ins Wohnzimmer zurückkehrten, freute sich auch Zara, die zusammen mit Morag und den 'dinis den Tisch abräumte. Rojer hatte den Eindruck, daß Morag sich wirklich alle Mühe gab, *nicht* neidisch oder sauer dreinzuschauen.

»Solange du weg bist, werde ich Saki reiten. Sie braucht Bewegung«, sagte Morag und schaute ihn an, um seine Reaktion zu sehen.

»Ich weiß dein Angebot zwar zu schätzen, Morrie«, sagte er mit großer Würde, »aber wir werden kaum länger als einen Tag fort sein.«

»Gestern bist du nämlich nicht geritten.« Tja, Morag führte offenbar Buch.

»Dann reitest du morgen früh als erstes aus«, sagte seine Mutter. Morag warf einen Blick zum Himmel und wandte sich wieder ihrer Hausarbeit zu. »Und *dann* erledigst du deine Towerpflichten. Jetzt, da meine Spitzen*talente* weg sind und in der Galaxis herumdüsen, müssen wir Mädels beweisen, daß wir den Laden auch allein schmeißen können.«

Zara wirkte, als hätte man ihr einen Sommerurlaub auf Deneb bei dem blöden Vetter angeboten, den sie anbetete, aber Morag warf Rojer einen ›Wer braucht dich also?‹-Blick zu. Er brauchte den schnellen Blick seiner Mutter gar nicht, um zu wissen, daß er auf diese unverhohlene Herausforderung lieber nicht reagierte.

Einen Atemzug später war schon Zeit zum Gehen. Gil hatte seinen Lieblingsgürtel verkramt, und als man ihn endlich gefunden hatte, fing Kat an, Wasserschüsseln leerzutrinken, bis Fok ihn aufhielt und Kat ihn beiseite hievte, um ihn trockenzulegen.

Sie gingen zum Tower und waren, noch bevor die Stunde herum war, in der Kapsel. Rojer machte es sich bequem und schnallte Gil und Kat rechts und links von sich an. Beide wanden sich wie Aale, als die Generatoren ansprangen. Sein Vater kam als letzter herein, dann schloß Keylarion höchstpersönlich die Luke.

Fertig? Seine Mutter klang so ruhig und geschäftsmäßig. *Vergiß bloß nicht ...* Plötzlich klang ihre Stimme nicht mehr so sicher. Zu seinem Erstaunen schien sie sich zurückzuhalten. Dann fuhr sie fort: *Vergiß bloß nicht, daß dein Vater zuerst ankoppelt, Rojer.*

Er wußte, was sie meinte und warum ihre Stimme plötzlich so verändert klang.

Du hast mich gut genug in diesem Protokoll ausgebildet, Mutter. Hab keine Angst.

Trotz der stabilen Metallwände des Personenfrachters nahm er den genauen Moment wahr, in dem die Generatoren die volle Kraft erreichten. Er spürte keine Bewegung, aber so war es schließlich immer, wenn seine Eltern portierten. Er spürte nur eine subtile Veränderung im Druck der Portation.

Der hat was drauf, Jeff, sagte seine Großmutter, und Rojer erkannte, daß seine Mutter die Portation an den Kallisto-Primus übergeben hatte.

Der Druck nahm zu, und er spürte, daß die Hand seines Vaters seine Finger drückte. Er drehte sich um, grinste, sah seinen Vater zurückgrinsen, und dann war der Druck fort. Außerhalb der Kapsel waren deutliche Geräusche zu hören, metallisches Scheppern, Rufe, Befehle.

Jemand klopfte freundlich an die Luke. »Alles in Ordnung, meine Herren?«

»Und ob es das ist.«

Die Luke öffnete sich, und ein älterer Mann schaute zu ihnen herein. Dann nahm er Haltung an und salutierte. »Oberbootsmann Godowlning, Mr. Lyon! Ich überbringe Ihnen die besten Empfehlungen von Kapitän Smelkoff. – Er ist auf dem Weg zu uns, aber sie waren wirklich schnell«, fügte er dann in einem weniger amtlichen Tonfall hinzu.

Rojer gab sich Mühe, nicht zu gaffen und wandte sich zu den 'dinis um, die boshaft anfingen zu kichern.

GUTEN TAG. GUTE TRÄUME? sagte Godowlning in verständlichem, aber eigenartig betontem 'dini, das die beiden sofort klicken und klacken ließ.

»Danke!« sagte Rojer, der nicht genau wußte, wie man einen Oberbootsmann richtig ansprach. Er hätte Thians Vorträgen über die Marineformalitäten besser zuhören sollen.

»Danke«, erwiderte Gil in seinem besten Basic.

Godowlnings breites rosafarbenes Gesicht setzte ein leutseliges Lächeln auf, und er zeigte seine gelben, doch ebenmäßigen Zähne.

DAS SCHIFF HEISST SEINE MRDINI-GÄSTE WILLKOMMEN. Der Oberbootsmann brachte diesen Satz mit der Konzentration eines Menschen heraus, der per Fernkurs Sätze erlernt hatte, aber eigentlich nicht richtig in der fremden Sprache dachte. Aber in 'dini zu denken, dies wußte Rojer, war auch ein ziemlich harter Brocken.

»Sie glauben gar nicht, wie sie sich freuen, 'dini zu hören, Herr Oberbootsmann«, sagte Afra und erhob sich aus dem Modul.

»Ihr Sohn hat uns unterrichtet, Primus, und ich habe so viele Stunden genommen, wie ich konnte«, sagte der Oberbootsmann. Dann hörte er neue Stimmen und wandte sich um. Rojer sah, daß seine Schultern sich erleichtert entspannten. »Da kommt der Kapitän.« Er beugte sich wie ein Verschwörer zu Afra hinüber, daß Rojer unwillkürlich grinsen mußte. Sein Vater war lang und hager, und der Oberbootsmann ziemlich klein – Rojer war größer – und so rundlich, wie die Vorschriften es gerade noch erlaubten. Er wandte sich wieder um und nahm erneut Haltung an. »Die Primen sind eingetroffen, Kapitän.«

226

»Nur, damit Sie's wissen, Oberbootsmann«, sagte Afra leise, während der Kapitän zum T-Lager eilte, »ich bin kein Primus. Mein Sohn ist einer. Ich bin ein T-2.«

Der Oberbootsmann schenkte Rojer einen besorgten Blick, und Rojer lächelte ihn an. Es war ein Lächeln, das er seine Mutter oft in Gegenwart von Skeptikern hatte aufsetzen sehen. Dann beugte er sich zu Gil und Kat hinunter, um sie aus dem Frachter zu holen.

»Na, so was, Mr. Lyon ... und Mr. Lyon junior.« Kapitän Smelkoff stieß ein erfreutes Lachen aus, das in dem großen Fährenhangar widerhallte. »Sie sind ja pünktlich auf die Sekunde. Ich war noch auf der Brücke. Aber wir haben auch hier Bildschirme, damit Sie sehen können, was wir da an Land gezogen haben.«

Er war nun nahe genug, um ihnen die Hand zu reichen.

Einmal schütteln ist höflich genug, sagte Afra zu seinem Sohn und folgte seinen eigenen Instruktionen. *Und abschirmen.*

Rojer gehorchte, aber er registrierte den überraschten Blick auf dem Gesicht des Oberbootsmannes. Ihre Zustimmung zu dieser Höflichkeit trug viel dazu bei, sie in seiner Einschätzung zu erhöhen. *Talente* gestatteten nur selten zwanglose Kontakte, doch den vergeßlichen Kapitän abzuweisen, wäre unhöflich gewesen.

Vergiß das nicht, sagte Afra.

»Dann sind Sie also der Primus, mein Junge? Und dies ist Ihre erste offizielle Handlung?«

»Nein, Sir, ich arbeite schon seit dem zwölften Lebensjahr im Tower.« Rojer ›ertastete‹, daß sein Vater ihm zuhörte, ihn aber trotzdem nicht ermahnte, in Sachen seiner Fähigkeiten bescheiden zu bleiben. »Wir arbeiten zeitweise alle im Tower. Aber mein Vater ist der Brennpunkt, nicht ich. Er muß die Sache leiten. Ich bin das Helferlein.«

Rojer hörte jemanden höflich gedämpft lachen, aber er spürte ebenso die Billigung seines Vaters, und der Kapitän war völlig beruhigt.

»So hat der Erdprimus Ihre einzelnen Talente zwar nicht beschrieben, Mr. Lyon junior, aber alles, was die Kapsel an einen sicheren Ort bringt ...« Nur die beiden *Talente* waren sich bewußt, wie nervös und verletzlich er sich fühlte, selbst wenn die Kapsel zwei Kilometer hinter der *Beijing* trieb. Äußerlich war der Kapitän entspannt, ruhig und strahlte eine Aura von Autorität und Kompetenz aus. »Nehmen wir diesen Weg ...« Er führte sie zu einem Niedergang, der zum Kontrollraum hinaufführte. »Fregattenkapitän Strai, mein Chefingenieur, wartet auf Sie für den Fall, daß Sie etwas über unsere Maschinen wissen müssen.«

»Ich weiß aus den Berichten, die Isthian Lyon von der *Vadim* geschickt hat, daß wir kein Problem haben werden, die Maschinen der *Beijing* zu nutzen. Sie haben mehr Kraft als wir brauchen.«

»Dann sind Sie *wirklich* Mr. Lyons Vater«, sagte der Kapitän beiläufig.

»Ja.«

»Und Sie, Mr. Lyon junior, sind sein Bruder.«

»Jawohl, Sir.« Rojer konnte kaum verhelen, wie stolz er auf Thian war. »Wir sind eine große Sippe«, fügte er dann hinzu, weil der Kapitän schon zu sich selbst sagte, er solle weniger labern: Es gab nur eine *Talent*-Familie namens Lyon, und sie war mit den Primen der Erde und denen von Kallisto verwandt. »Ich habe ein halbes Dutzend Vettern und Basen, die in verschiedenen Towers auf Capella tätig sind.«

»Ach, wirklich?« sagte der Kapitän und fühlte sich schon weniger linkisch. Rojer kam nicht umhin, seinen zugänglichen Geist zu lesen: die Besorgnis des Mannes öffnete ihn weit. Rojer ignorierte zwar Smelkoffs Ängste, daß der Junge mit der weißen Haarsträhne zwar *so jung* nun auch wieder nicht aussah, aber auch nicht

sehr alt sein konnte, denn sonst hätte ihn schon irgendein Tower an sich gerissen, da die VT&T hundert
Primen brauchen konnte und dann noch immer freie
Stellen hatte. Hätte Lyon senior die Portation nicht
selbst durchführen können? Er sah doch so kompetent
und erfahren aus, war genau die Art von Mensch,
der man vertrauen konnte, auch wenn er ein *Talent*
war. T-2? Das war doch nicht viel weniger als ein Primus. Na ja, die VT&T würde schon wissen, was sie tat.
Hoffte er.

»Meine Herren«, sagte der Kapitän, als sie den Kontrollraum betraten und er dem Ingenieuroffizier ein
breites, liebenswürdiges Lächeln schenkte, »ich möchte
Ihnen Fregattenkapitän Strai vorstellen. Er hat das
Ding im Nu ins Schlepptau genommen. Die beste Arbeit, die ich je gesehen habe!«

Fregattenkapitän Strai, ein Mann mit messerschar-
fem Blick und rostrotem Haar, verbeugte sich kurz und
respektvoll vor den *Talenten*, dann schwang er zu den
beiden bequemen Liegen herum, die in diesem Raum
völlig deplaziert wirkten. »Dachte, das könnte Ihnen
vielleicht helfen.«

»Sehr freundlich von Ihnen, Fregattenkapitän«, sagte
Afra und bedeutete den 'dinis, sich in eine Ecke zu
stellen.

MÖGEN EURE TRÄUME TIEF SEIN, sagte der Fregattenkapitän zu den beiden, was die Lyons auch diesmal überraschte.

»Sprechen auf der *Beijing* alle 'dini?« fragte Afra mit
einem erfreuten Lächeln.

»Kam uns blöd vor, die Gelegenheit nicht zu nutzen,
Mr. Lyon«, sagte Strai und gab Codes ein. Die Schirme
über der Konsole erhellten sich.

Beim Anblick der Käfer-Kugel, die so wirkte, als
hocke sie einfach im Raum, hielt Rojer die Luft an, aber
das tat sein Vater schließlich auch, so daß er glaubte,
nicht allzuviel Überraschung zu verraten.

»Irgendwelche Vorstellungen, woraus die Hülle besteht?« fragte Afra nach einer kurzen Pause.

»Analysieren noch. Es ist eine hochentwickelte Legierung, aber mit einem Bestandteil, den wir nicht identifizieren können«, sagte Smelkoff.

»Einer meiner Leutnants glaubt, es ist irgendeine Beschichtung; vielleicht sogar ein Sekret der Käfer«, sagte Strai. »Es läßt sich nicht mal verbeulen, also ist es bemerkenswert, daß die andere Kapsel vernichtet wurde.«

»Ich frage mich, warum sie die Kapseln überhaupt ausgespuckt haben«, sagte Afra, »wo sie doch wußten, daß die Nova bevorstand.« Dann fügte er etwas knapper hinzu: »Wir brauchen Masse- und Volumendaten, meine Herren. Ich glaube, alle werden sich viel besser fühlen, wenn dieses Päckchen anderswo abgelegt ist.«

»Kann man wohl sagen«, sagte der Kapitän, der sich bemühte, über diese Aussicht eher jovial als erleichtert zu wirken.

»Wie kann ich Ihnen helfen, Mr. Lyon?« Strai blickte von Afra zu Rojer, die sich beide auf die Liegen legten und sich ihnen anpaßten.

»Sagen Sie bitte dem Steuermann, er soll nicht von der momentanen Geschwindigkeit abweichen. Unser Anzapfen wird sich zwar nicht auf die Geschwindigkeit des Schiffes oder seinen Kurs auswirken, aber man wird in den Generatoren eine Veränderung hören.«

Der Kapitän gab die entsprechenden Befehle. Rojer hatte ihnen nur mit einem Ohr zugehört und den Rest seiner Aufmerksamkeit auf die Kapsel gerichtet. Die obere Hälfte war in das Licht der Außenscheinwerfer der *Beijing* getaucht und leuchtete in einer kränklichen Metallfarbe. Sie sieht eigentlich gar nicht so groß aus, dachte er. Dann warf er einen Blick auf die Überprüfung der Masse und des Volumens.

»Fast so groß wie die Kleeblatt-Frachter, meinst du

nicht auch, Papa?« sagte Rojer und entspannte seine mentalen Muskeln.

Das ist unnötig, mein Sohn. Doch der Tonfall seines Vaters war amüsiert. »Ja, ich glaube, du hast recht. Fast bis aufs Gramm, würde ich sagen.«

»Wir haben doch erst letzte Woche einen Haufen davon nach Clarf geschickt.«

»So ist es.«

Rojer wagte es nicht, seinen Vater anzuschauen, doch die Tatsache, daß Afra das Gespräch aufrechterhielt, deutete an, als sei er einem Tratsch nicht abgeneigt. Die Spannung im Kontrollraum ließ um einige Grade nach. Sie waren zwei Experten, organisierten ihre Gedanken, nahmen technische Vergleiche vor.

Genug gesehen? fragte sein Vater. Seine Eltern versicherten sich vor Portationen stets, daß das Bild ordentlich abgetastet war. Man wußte *wissen*, was man warf, bevor man es ›anhob‹.

Von der Kapsel, ja. Ich schieb dich einfach an, ja?

Rojer beäugte die öde Mondlandschaft und die erhellten Kuppeln der Plazierungsaufnahmen.

So ist's richtig. Und jetzt Energie aufnehmen. Braver Junge. Rojer nahm zudem wahr, daß das Generatormeßgerät hoch- und überschwang, fast bis in die Überlastungsposition. *Verbindung!*

Wie schon oft zuvor öffnete Rojer seinen Geist und ›stellte‹ ihn seinem Vater zur Verfügung. Eines Tages würden andere *ihm* diesen Gefallen tun. Im Augenblick war er der tiefen, rotbraunen geistigen Fühlungnahme seines Vaters zugeordnet, bequem und beruhigt. Er spürte auf das Braun gerichtete Energie: Das mentale Braun dehnte sich aus und – als hätte er die Schulter daran – schob er nach vorn und war plötzlich an der Umhüllung der Kapsel. Bei dem plötzlichen *Pieks-Pssst* zuckte er zwar zusammen, das änderte aber nichts an seiner Zielstrebigkeit.

Zum ersten Mal im Leben hörte er, daß sein Vater

eine Salve von Raumfahrerflüchen ausstieß. *Hab nicht dran gedacht, was uns bei diesem Kotzbrocken blühen könnte!* sagte Afra. Rojer wußte, daß sein Vater den ekligen Geruch, die Fühlungnahme, das Aroma der Käfer spürte und *schmeckte.* In der nächsten Sekunde hatten sie ihr Ziel erreicht und setzten die Kapsel sauber innerhalb der zweiten Kuppel ab.

Die Erleichterung machte Rojer schwindlig. Er fragte sich, ob sie an die Kapseltür hätten klopfen und »Alle Mann von Bord« rufen oder eine andere, förmlichere Einladung aussprechen sollen, das Fahrzeug zu verlassen.

Hab ich mich auch gefragt, sagte Afra, der sich vom Erfolg ebenso schwindlig fühlte. *Dir ist doch nichts passiert?* fügte er, mehr als Aussage denn als Frage hinzu, denn er wußte ja, daß nichts passiert war. Rojer hatte ihn kräftig ›zugreifen‹ gespürt, um sich rückzuversichern.

Ein Einrasten, Papa. Jetzt verstehe ich, warum wir alle ran mußten, um die Dicken Brummer zu schieben.

»Alles sicher in der Heinlein-Basis«, sagte Afra, schwang die Beine über den Rand der Liege und stand auf. *Ich wußte doch, daß du die ganzen langweiligen Übungen im Tower eines Tages schätzen würdest. Du hast beneidenswerten Schub, Rojer. Äußerst lobenswert.* »Ich glaube, wir können sagen, daß das Unternehmen Sprung bestens abgelaufen ist. Wir danken Ihnen für Ihre Hilfe.«

»Dann bleiben Sie also zum Essen, ja? Sie müssen doch nicht sofort wieder zurück?«

Rojer wagte nicht zu atmen, so sehr wünschte er sich, noch eine Weile bleiben zu können. Sicher, ein Essen stand ihnen wohl zu. Auch wenn er vor knapp drei Stunden erst zu Abend gegessen hatte – er verspürte plötzlich einen geradezu wahnsinnigen Hunger.

»Besten Dank, Kapitän, wir würden es gern wahrnehmen«, sagte Afra, doch plötzlich hob er zu Rojers Entsetzen die Hand. »Nur ... Futtern wir Ihnen auch wirklich nichts weg?«

»Aber nein, Mr. Lyon. Selbst wenn es so wäre, würde es bei dem Dienst, den sie der *Beijing* erwiesen haben, keine Rolle spielen. Außerdem haben wir den Befehl, jetzt die Heimfahrt anzutreten, und Ihr Sohn hat uns mit Proviant für eine weitaus längere Reise versorgt. Sobald wir in Portationsreichweite sind, im besten Fall in sechs Wochen, kehren wir zu unserer Basis zurück. Wir bestehen darauf, daß Sie heute abend mit uns feiern!«

Es war, fand Rojer, schon ganz hübsch spät, als er auf dem Schiff, das den Weltraum erforscht und die Käfer entdeckt hatte, in eine Koje glitt. Und er war auf einer tollen Feier gewesen. Niemand hatte ihn wie ein Kind behandelt. Er hatte immer nur »Mr. Lyon hier« und »Mr. Lyon da« gehört – auch wenn er einige Offiziere gebeten hatte, ihn Rojer zu nennen. Hoffentlich nahm sein geschwollener Kamm wieder Normalgröße an, wenn er zu Hause war, sonst würde seine Mutter ihn disziplinieren! Aber der heutige Abend war der *seine* gewesen!

Als er gerade einschlief, glaubte er Stimmen zu hören: *Er ist jetzt erwachsen, Damia. Er hat alles. Er braucht es nur zu erschließen. Er kann mehr Risiken aufhalten, als er sich möglicherweise einhandelt.*

Dann versank er in einem der wunderbarsten 'dini-Träume aller Zeiten: bunte Farben, wirbelnde Massen, verschlungene Formen, hochfliegende Wirbel und Schleifen – ein absolut positiver Traum, auch wenn er nicht im geringsten wußte, was er bedeutete!

Kapitel Neun

PAPA! Das Wort wurde auf so breiter Frequenz gesendet, daß Rojer plötzlich hellwach war. Er brauchte nur eine Nanosekunde, um Thians Stimme zu erkennen. Er warf einen Blick auf das erleuchtete Zifferblatt der Digitaluhr und sah, daß er kaum eine Stunde geschlafen hatte.

He, Thian, laß mich pennen.

Verzeihung, Rojer …

Thians Antwort wurde von Afras Bestätigung überlagert, daß er aufnahmebereit sei.

Hab ich dich etwa geweckt, Papa? Ich hab die Zeit aber geprüft, und …

Du hast mich nicht geweckt, Thian. Ich genieße die Gastfreundschaft des Schiffes. Der Kapitän und die Offiziere sind nach der langen Fahrt sehr auf Neuigkeiten versessen. Kallisto und die Erde werden mit Transportanfragen für Personal und Material überflutet. Alle wollen zur Heinlein-Basis. Rojer vernahm Erheiterung in der ruhigen Stimme seines Vaters. *Deswegen hat man uns informiert, daß auch wir in eine Warteschleife gehen müssen.*

Ich kann's einfach nicht glauben! Huuuuiii! Jeder, der kann, wird sich da draußen versammeln, um zu gaffen. Thians Stimme änderte sich nun. *Hattet ihr irgendwelche Schwierigkeiten mit dem* Pieks-Pssst? *Ich habe vergessen, euch davor zu warnen. Hat Mutter sich erinnert?*

Hätte ich tun sollen. Afras Tonfall klang unerwartet reumütig. *Aber dein Bruder war ausgezeichnet. Er hat nicht mal gezuckt, trotz der unerwarteten Kraft. Du kannst sehr stolz auf Rojer sein.*

Bin ich auch. Er ist schließlich mein Bruder. Das Pieks-

Pssst ... Rojer wußte nicht, ob Thian etwas erklärte oder sich entschuldigte. *Es ist in der Umgebung von Lebenden viel schwerer, nicht wahr? So bin ich auch über die Larven gestolpert. Irgendwelche Neuigkeiten über ihre Entwicklung?*

Keine, und das ist amtlich und ehrlich. Eine lebende Königin beschleunigt die Sache möglicherweise ... falls sie uns nicht abschmiert. Wie geht eure Suche voran?

Wir sind noch einige Monate vom nächsten Kontaktpunkt entfernt ... Wir müssen uns wahrscheinlich auch anstellen, bis wir an der Reihe sind. Aber ich bin zu einem echten Artefakt-Aufspürer geworden. Besser als ein Metalldetektor in einem Minenfeld.

Genau das bist du, sagte Rojer, der nun wach war und sich an dieser mitternächtlichen Konferenz mit Vater und Bruder erfreute. *He, du hast zufällig irgendwelche Teile gefunden, die so aussehen ...?* Er stellte sich eine der Bruchstücksammlungen vor, von denen Xexo und er angenommen hatten, daß sie zueinander paßten: schwere, etwa zehn Zentimeter dicke, präzise verarbeitete Streifen. *Sie sehen so aus, als gehörten sie zusammen, weil sie alle das gleiche Muster haben.*

Ja, haben wir. Ich melde mich deswegen später noch mal. Bist du auch auf die Belohnung aus? Die Erheiterung in Thians Stimme nahm ihr den Biß. *Es gibt hier an Bord keinen 'dini, der nicht versucht, das Puzzle zusammenzusetzen. Leere jetzt deinen Geist, ich schicke dir die Daten.*

Sie hatten es so oft mit den Massen, Gewichten und Modulgrößen bei den Übungen im Tower getan, daß Rojer an nichts dachte. Thian übersandte ihm die Daten. Rojer dankte seinem Bruder, schwang sich aus der Koje, setzte sich an den Terminal und kopierte sie. Dann überkam ihn ein Gähnen, und er krabbelte wieder auf sein Lager und paßte sich zwischen den beiden schlafenden 'dinis ein.

Sag mal, Thian, sind Mur und Dip wieder bei dir?

Schon seit Wochen. Ich wußte gar nicht, wie sehr sie mir

*fehlen würden. Sie sind auch gewachsen. Haben wohl gut
hiberniert ... Papa, schickst du mir bitte eine Visualisierung
der Heinlein-Basis? Sie befindet sich nicht in den Unterlagen der KLTL, und Kapitän Plr möchte sehen, wo die Königin aufbewahrt wird. Hier sind alle ziemlich aufgeregt, weil
sie so nahe an der Erde ist.*

*Beruhige sie. Die Heinlein-Basis steht so fest wie ein Berg.
Da gräbt sich nichts durch. Und außerdem könnte man nirgendwo hingehen. Nicht mal mit Sauerstoff.*

Ich sag's ihnen.

Rojer konnte die Augen nicht mehr aufhalten. Er fiel
beim nächsten Teil des raschen mentalen Austausches
in den Schlaf.

Eine ganze Woche verging, dann mußte Damia sich
wegen der Rückkehr ihres Gatten und ihres Sohnes
aufregen. Dicke Brummer standen zum Transport an,
und es gab keine Möglichkeit, sie *ohne* die mentalen
Muskeln zu verarbeiten, die Afra und Rojer sonst bei-
steuerten.

Rojer war es egal. Man hatte Fähnrich Bhuto abge-
stellt, um ihm das Schiff zu zeigen.

»Führen Sie sich bloß nicht wie ein Kindermädchen
auf«, sagte Rojer, als der Offizier sich vorgestellt hatte
und zurücktrat.

Bhuto, der die schwarzeste Haut, die weißesten
Zähne und die buschigsten Augenbrauen hatte, die
Rojer je gesehen hatte, grinste breit.

»Sie brauchen kein Kindermädchen, Mr. Lyon –
nicht nach dem, was Sie gestern vollbracht haben!«
Und er rollte mit den Augen. »Und jetzt essen Sie brav
den Teller leer, denn das Frühstück ist des beste Essen
des Tages! Sagen Sie mal, Sie können wohl nicht zufällig etwas frisches Grünzeug für uns an Bord hieven,
solange Sie mit Ihrem Vater bei uns sind, wie? Ich habe
schon seit *Generationen* kein frisches Obst mehr gesehen. Als Ihr Bruder damals alles besorgt hat, habe ich

nichts abgekriegt, aber ich schätze, als Ihr Kumpel hier an Bord sind meine Chancen größer, etwas zu kriegen, wenn neue Vorräte ankommen. Was meinen Sie dazu?«

Nur ein kleiner Schubs gegen Bhutos weit offenen Geist, und Rojer wußte, daß er echt war. Er erfuhr bald, daß Bhuto pausenlos redete; er hatte eine Art verbalen Durchfall. Aber er kannte die *Beijing* vom Geschützturm bis zum Fährenhangar und jede einzelne Zugangspassage. Er führte Rojer und die 'dinis im ganzen Schiff herum. Außerdem übte er seine Sprachkenntnisse, indem er alles, was er Rojer erzählte, in ihre Sprache übersetzte.

»Hören Sie mal, sprechen Sie doch einfach 'dini«, sagte Rojer, als sie mittschiffs waren und nach unten gingen. »So schonen Sie Ihre Stimmbänder.«

»*Die* Sprache schont doch keine Stimmbänder! Wie machen sie das nur, wenn sie lange Reden halten müssen? Deswegen spreche ich doch Basic mit Ihnen, damit meine Stimmbänder ab und zu mal Pause machen können. Sicher, ich könnte auch alles in einer Sprache machen, weil sie sicher auch Basic verstehen, wenn ich sehe, wie ihre Augen glänzen. Sind nicht dumm, die 'dinis; nicht, wie manche glauben; bloß weil sie wie feztragende Wiesel aussehen. Ich hab noch nie ein Wiesel gesehen – ein lebendiges, mein ich –, aber 'dinis sehen nur allgemein wie Wiesel aus, was an dem glatten Fell und so weiter liegt. Aber sie sind, wenn man sie kennt, nicht im geringsten wieselhaft.« Dann drehte er sich um und half Mur durch eine schmale Öffnung in einen anderen engen Gang. KOPF EINZIEHEN, DAMIT KOPFAUGE NICHT ANSTÖSST.

»Wo sind Sie so flüssig in ihrer Sprache geworden?« schob Rojer eilig eine Frage ein.

»Ach, mein älterer Bruder hatte ein 'dini-Pärchen. Wir gehörten zu den ersten Familien, doch ich nehm an, daß die Lyons die *aller*ersten waren.« Er lächelte, um zu zeigen, daß er es ihnen nicht verübelte. »Stimmt es, daß die Familie Raven-Lyon und alle ihre Kinder ein Pärchen haben?« Rojer konnte gerade eben nicken, dann hatte Bhuto das Wort schon wieder an sich gerissen. »Ihr alle? Acht? Tja, ich nehme an, es zahlt sich aus, was Ihr Bruder als erster Primus auf der *Vadim* und jetzt auf der *KLTL* macht. Es war wirklich eine nette Geste von ihm, die *KLTL* zu begleiten, um dafür zu sorgen, daß sie genug Vorräte kriegt, damit kein 'dini sich in die Reihe stellen muß.« Bhuto rollte erneut die Augen. Rojer nahm an, daß er zu den äußerst seltenen Menschen gehörte, die verstanden, was dies bedeutete. Er schüttelte sich und freute sich, daß Gil oder Kat keine Chance hatten, dieses Opfer zu bringen. »Man muß es dieser Spezies hoch anrechnen, daß sie bei der Stange bleibt, trotz der unglaublichen Schwierigkeiten und der Kamikaze-Kommandos, die die Käfer daran hindern, die Welten zu erobern, die sie beschützen müssen.«

»Bhuto? Hören Sie eigentlich beim Schlafen mit dem Reden auf?«

»Ach, Verzeihung, Mr. Lyon. Ich weiß, ich neige zur Geschwätzigkeit.«

Er schwieg zwei volle Minuten lang – Rojers Zeitsinn führte genau Buch. Dann waren sie auch schon im Fährenhangar, und Rojer war wieder bereit, den lebhaften Schilderungen des Fähnrichs zu lauschen, wie man die Käferkapsel eingefangen und an Bord gezogen hatte.

»Sie wollten entkommen und haben dabei den letzten Tropfen Treibstoff verbraucht. Was sie verbrennen, weiß ich freilich nicht. Und so trieb die Kapsel nur herum. Der Kapitän glaubt, sie wollten zu der gelben Sonne bei 757-283. Kein anderes bewohnbares System in diesem Quadranten ist näher als zehn Lichtjahre. Glauben Sie, daß die Königin es wußte und ein vorausgeplantes Ziel hatte? Also, meiner Meinung nach ist das da, räumlich gesehen, verflixt nah an ihrem Heimatplaneten. Könnte sein, daß da schon eine Kolonie ist. Ist keine der Welten, die die 'dinis erforschte haben. Haben wir nachgeprüft. Sie ist nicht verzeichnet. Ziemlich weit weg von unserer Nabe. Selbst bei mehreren Millionen Planeten in diesem Arm der Milchstraße, die zur Besiedlung durch unsere drei Spezies geeignet sind, ist es bemerkenswert, daß eine so nahe war, um sie mit der Kapsel zu erreichen. Natürlich nehmen manche an, daß die Königin einfach hibernieren oder in einen künstlich erzeugten Tiefschlaf gehen würde oder so was, bis ihre Geräte einen bewohnbaren Planeten entdecken. Vielleicht war er ja auch immer ihr Ziel. Abseits von der Flugbahn des Schiffes, aber es kann ja auch sein, daß es den Kurs nicht mehr korrigieren konnte, als die Druckwelle der Nova es getroffen hat.

Na ja, unser Hangar war gerade groß genug, um die Kapsel an Bord zu hieven. Sie war riesig! Sechs Meter hoch. Wenn sie ein Fahrzeug für Menschen wäre, würde eine ganze Wachschicht reinpassen. Ich hoffe nur, es ist mehr drin als nur die Königin. Sonst müßte sie 'ne ziemlich fette Mutter sein. Aber es heißt, sie muß Lakaien, Arbeiter und Drohnen und dergleichen mitnehmen, weil sie ohne Pflege nicht überleben kann. Die 'dinis haben uns – als wir Kinder waren – erzählt, daß die Königinnen entscheiden, welche Art Nachwuchs der Schwarm braucht, um zu funktionieren, und dementsprechend brütet sie ihn dann eben aus. Ist 'n Klacks. Nicht genug Matrosen zum Deckschrubben? Legt sie eben zwei Dutzend Eier einer Art mehr. Nicht genug Fähnriche? Legen wir eben noch ein halbes Dutzend.« Bhuto grinste, als Rojer ihm ungewollt in die Augen schaute. »Ich rede zuviel, was?«

»Überhaupt nicht«, sagte Rojer und projizierte Beruhigung, »und das meiste ist sehr interessant. Sagen Sie mal, ist jemand von der Mannschaft an diesem Puzzle interessiert?«

Bhuto holte erfreut Luft, hob überrascht beide Hände und grinste noch breiter als sonst. Dann gab er Rojer mit einer Geste zu verstehen, er solle ihm zum Heck der *Beijing* folgen.

»Wir können in Laderaum 3 arbeiten, weil er leer ist. Chefingenieur Firr hat den Maschinenraum-Computer programmiert, damit er jedes gefundene Einzelstück nachbilden und skalieren kann, und er führt Buch über jedes neue, das an Bord gebracht wird. Ich wette, wir haben ein ebenso gutes System wie der Marinegeheimdienst oder die Hohen Räte beider Völker.«

Aus irgendeinem Grund – Rojer nahm an, es könne an schierem Zeitdruck liegen, redete Bhuto im Laderaum 3 nicht pausenlos. Tatsächlich vernahm er seine Stimme nur zweimal: einmal, als er vorschlug, hier unten mit den restlichen eifrigen Puzzlespielern zu essen, und ein zweites Mal, um zu fragen, ob den 'dinis dreibeinige Hocker möglicherweise lieber seien. Er wisse, daß welche für den Fall zur Verfügung stünden, daß Kapitän Smelkoff 'dini-Gäste an Bord hatte.

Rojer rang eine kurze Weile mit seinem Gewissen und fragte sich, ob er Chefingenieur Firr von Thians neuen Funden berichten sollte. Als er an dem gewaltigen Tisch entlangging, auf dem die Faksimiles der Trümmer auslagen – alles wirkte so wie auf Xexos Tisch –, fand er die gleichen Teile dessen, an dem Xexo und er gearbeitet hatten.

Er bat Bhuto, ihm den Chief zu zeigen, falls er zugegen sei, und nachdem Bhuto es wortlos getan hatte, sprach Rojer den stämmigen Mann mit einer großen, von roten Adern durchzogenen Nase an.

»Sir, ich bin …«

»Guten Tag auch Ihnen, Mr. Lyon«, lautete die freundliche Antwort. »Ich gratuliere Ihnen zu Ihrem gestrigen Werk. Freut mich, daß wir das Ding endlich los sind. Ist es jetzt sicher?«

»Auf der Heinlein-Basis auf dem Erdmond.«

Der Chief setzte eine finstere Miene auf. »Ehrlich gesagt, ich würde das Ding nicht gern am Himmel sehen. Was kann ich für Sie tun, Mr. Lyon? Ich nehme an, Sie sind auch ein zwanghafter Puzzlespieler, sonst hätten Sie nicht so lange hier herumgehangen. Ich kenne diesen Blick. Was halten Sie von unserem System? Beeindruckt?« Er schaute zu Rojer hinauf und schien auf ein großes Lob zu warten.

»Ist ein prächtiges System: leichten Zugang zu allen Haupt- und Randteilen.« Rojer wußte zwar, daß er nun wie Xexo klang, aber den Chief schien es zu freuen. »Fähnrich Bhuto …« – ein merkwürdiger Ausdruck blitzte im Gesicht des Chiefs auf, den Rojer so interpretierte, daß er Bhuto anstrengend fand – »hat gesagt, daß Sie all diese Trümmer maschinell hergestellt haben.«

»Habe ich wirklich, Mr. Lyon.«

»Ich habe die technischen Daten einiger neuer Ergänzungen …«

Bevor er den Satz beenden konnte, packte der Chief seinen Arm und zog ihn rasch in die Nische, in der der Teileprogrammierer installiert war.

»Aha …«, sagte der Chief, schaltete ihn ein und hielt die Finger erwartungsvoll über die Tasten.

»Vollplastik«, sagte Rojer, und die Finger des Chiefs gaben die Grundform ein. »In diesen Abmessungen …« Und er ratterte sie herunter. Wie die meisten Angehörigen seiner Familie hatte er ein eidetisches Gedächtnis.

Als der Chief die Programmierung beendet hatte und die Teile in den Korb gefallen waren, machte er eine große Schau daraus, sie auf dem Tisch auszulegen. Er gab bekannt, daß sie Mr. Lyons Beitrag seien und fragte die anderen, was sie davon hielten.

Rojer spürte, daß er bei dem Jubel errötete, der aus dreißig Kehlen erklang, und tarnte seine Verlegenheit, indem er das erste Stück aufhob, um zu sehen, ob er einen Treffer erzielen konnte.

Viel später an diesem Bordtag holte sein Vater ihn aus dem Laderaum 3, um drei Versorgungsdrohnen an Bord zu holen. Rojer fiel der Kommentar des Fähnrichs ein, und erbeutete für ihn ein Netz mit diversem Obst. Die Dankbarkeit des jungen Mannes war rührend. Rojer erkannte, daß sein Gerede einfach nur Nervosität war und daß Bhuto Verständnis und Bestätigung brauchte. Dies konnte er projizieren, wann immer sie zusammen waren, aber nicht unbedingt im Laderaum 3. Vielleicht fiel nur Rojer das Abnehmen der Geschwätzigkeit Bhutos auf. Oder lag es nur daran, weil Bhuto Gil und Kat zur Seite nahm, um seine 'dini-Sprachmelodie und sein Vokabular zu vervollkommnen? Offensichtlich durfte Bhuto, solange er still blieb, im Laderaum bleiben, so daß auch Rojer in der Lage war, seine Obsessionen zu verfolgen.

In der Heinlein-Basis hatte ein zweites spannendes käferorientiertes Anliegen seinen Anfang genommen. In der gesamten Allianz warteten die Beobachter darauf, daß die Königin ihre Rettungskapsel verließ. Den Experten wurde eine Sonderfrequenz zugeteilt, auf der sie sie beobachten konnten, wobei sie gelehrt darüber diskutierten, was sie wohl im Innern der Kapsel tat (untersuchte sie etwa die neue Umgebung?), wann man mit ihrem Auftauchen rechnen konnte (eine Angelegenheit, die bei der es um Tausende, wenn nicht gar um Millionen von Beobachter-Credits ging), und wie sie aussah. Letztere Annahmen basierten auf den Überbleibseln, die man im Nova-Wrack und anderen Trümmern gefunden hatte (*groß* und insektoid, mit praktischen Kieferzangen). Einige ältere Einschätzungen hatten auf der Grundlage der Kapselgröße beträchtlich revidiert werden müssen. Ein großer Teil des

Innenraums mußte von der Sauerstofferzeugung, der Steuerung und den Antriebseinheiten belegt sein. Zwar hatte man keinerlei Geschützpforten wahrgenommen, aber Waffen hielt man in Rettungskapseln ohnehin für unwahrscheinlich. Von gleichem Interesse wie das Aussehen der Königin war ein Blick in die Kapsel selbst, um ihr Inneres in den kleinsten Einzelheiten zu untersuchen und das Fahrzeug der genauesten Analyse zu unterziehen. Die Hüllenbeschichtung war von ganz besonderem Interesse.

Erhebliche Debatten führte man über die möglichen Begleiter der Königin. Ein Block beharrte darauf, daß sie allein war, was ihr Überleben garantierte, falls eine längere Reise in einen sicheren Hafen erforderlich war. Die 'dinis bedachten ihren möglichen Selbstmord, um nicht in feindliche Hände zu fallen.

Eine sehr kleine Gruppe von Menschen wollte sie auf zivilisierte Weise begrüßen, weil man dies für den besten Weg hielt, sie zur Kooperation zu bewegen. Woher sollte sie denn wissen, argumentierten die Befürworter, daß sie von mutmaßlichen Feinden gerettet/geborgen worden war? Die Schiffe der Menschen waren erst vor kurzem mit den 'dini-Verbündeten in den Raum aufgebrochen; vielleicht wußte die Königin gar nichts von dieser Allianz. Vielleicht konnte man mehr in Erfahrung bringen, wenn man ihr mit Höflichkeit begegnete.

Der Widerstand der 'dinis hinsichtlich dieser Interpretation war fest. Deneber und sämtliche *Talente*, die gefragt wurden, widerlegten diese Haltung.

Die *waren auf Deneb nicht dabei*, sagte Rowan in einem so unmißverständlichen Tonfall, der Rojer hoffen ließ, daß seine Großmutter ihn nie gegen ihn richtete. Er hörte, daß sie seinen Vater ansprach, und kam nicht umhin, diesen Teil ihres Gesprächs mit anzuhören. *Sie haben die Fremdartigkeit nicht gespürt, die wir gespürt haben; den Beschluß, sich Deneb um jeden Preis*

244

*einzuverleiben! Den Käfern kann keine unkontrollierte Aus-
breitung gestattet werden. Ihre verheerende Wirkung muß
eingedämmt werden.*

Einverstanden, Rowan, sagte Afra. *Aber auch wenn's dir
nicht gefällt, ich frage mich, ob wir die richtige Haltung einnehmen. Ist es nun, nachdem ihre Heimatwelt vernichtet ist,
nicht möglich, daß der Verlust ihrer Basis ihre weiteren Aktivitäten einschränkt?*

*Afra! Hast du denn alles von deiner Begegnung mit den
Käfern vergessen?* Die Verärgerung seiner Großmutter
und die mild ausgesprochenen Gegenargumente seines Vaters waren so, daß Rojer seine Abschirmung verstärkte. Er befand sich zwar nur am Rande ihrer mentalen Projektion, aber die Erregung war spürbar. Wie
konnte sein Vater mit dem vollen Gewicht ihrer Mißbilligung fertig werden?

*Ich erinnere mich sogar sehr lebhaft daran, Rowan, aber
bis heute haben wir uns – ohne daß ich je irgendwie gegen
die Allianz war – unbekümmert auf das angeblich unwider-
legbare Urteil der Mrdini verlassen. Wäre es, da wir uns
selbst für hoch entwickelt und zivilisiert halten, nicht klüger,
in Erfahrung zu bringen, ob ein direkter Kontakt mit einer
Vertreterin der Käfer gerechtfertigt ist?*

*Also wirklich, Afra, nur unsere seit langem bestehende
Freundschaft und unser Engagement hält mich davon ab,
deine Loyalität in Frage zu stellen!*

Rojer tauchte unter seine Thermodecke ab, beruhigt
von der Wärme Gils und Kats, die rechts und links von
ihm schliefen. Da die Koje nicht für drei geschaffen
war, wachte er jeden Morgen mit einem Krampf auf.
Sein Bett auf Aurigae hingegen war für drei Schläfer
konstruiert. Er hatte einen faszinierenden 'dini-Traum
gehabt, den er nun dazu benutzte, wieder einzuschla-
fen. Er ignorierte auch den Kummer, den das Gespräch
in ihm hervorgerufen hatte. Auch wenn Rowan seine
Großmutter war, von allen respektiert wurde und als
Brennpunkt des denebischen Widerstandes als Heldin

verehrt wurde – in einem *solchen* Ton sollte sie nicht mit seinem Vater sprechen!

Als Rojer am nächsten Morgen erwachte, erinnerte er sich lebhaft an seinen 'dini-Traum. Für Gil und Kat galt das gleiche. Sie wollten alle drei so schnell wie möglich in den Laderaum 3 zurück, denn der Traum hatte vom Zusammensetzen diverser Teile gehandelt. Sie waren ihrer Sache so sicher, wie die drei Trümmer zusammenpaßten, daß Rojer in seine Hosen sprang und sich daranmachte, den Flaum von seinem Kinn zu kratzen. Doch Gil und Kat beschuldigten ihn des Trödelns und sprangen in ihrer Erregung wie Hampelmänner auf und ab.

BESTIMMTE PERSÖNLICHE GEWOHNHEITEN MÜSSEN AUSGE-FÜHRT WERDEN, UM AUTORITÄT ZU PROJIZIEREN UND WÜRDE ZU BEWAHREN, erwiderte er so streng, daß sie klein beigaben. Er konnte nicht – wie auf Aurigae – in Räuberzivil an Bord der *Beijing* herumlaufen. Sein Vater hätte ihm mit einem Blick gesagt, daß er die Familienwürde herabsetzte.

GANZ SCHNELL DORT HINGEHEN? fragte Gil und bat zum ersten Mal darum, portiert zu werden. In der Regel war dies Rojers Option, über die die 'dinis gewissenhaft wachten.

DIESER HAT EINE GUTE IDEE.

Rojer machte sich klein, legte die Arme um seine Freunde und portierte in den Gang vor dem Laderaum 3. Das Ziel war ihm sicher genug. Falls jemand sein wundersames Auftauchen beobachtete, nun ja, jeder an Bord wußte, daß er ein Primus war. Warum sollte er das ihm geschenkte *Talent* nicht zeigen. Es war ja nicht so, daß er je nach Laune aus dem Nichts sprang und wieder darin verschwand. Und jeder, der sich in der Nähe von Laderaum 3 aufhielt, mußte wissen, daß er ein Puzzlefan war.

Sie begegneten niemandem, aber sie hörten das übliche leise Murmeln und einen gelegentlichen Fluch, wenn sich ein erhoffter Treffer in Luft auflöste. Mehrere der Anwesenden begrüßten ihn mit einem Nicken, aber der größte Teil ihrer Aufmerksamkeit richtete sich auf das Einpassen der ausgebreiteten Teile.

Von den 'dini-Träumen veranlaßt, schritten die drei zum Tisch – Gil und Kat mit gesenktem Kopf, damit ihr Blick auf ihr Ziel gerichtet war –, Rojer hob ein Teil auf, ging am Tisch entlang, nahm ein zweites und fand das dritte genau in der Mitte, so daß er sich recken mußte. Inzwischen schauten ihm alle anderen zu, denn sie spürten, daß etwas in der Luft lag.

Rojer hielt die Luft an und drehte ein Teil vorsichtig auf den Rand, denn es war gerundet, paßte mit der längeren Seite in das zweite und mit der kurzen in das dritte. Es gab keine Frage: Es paßte. Jubel brandete auf, und die, die ihm am nächsten waren, klopften ihm auf die Schulter, was Gil und Kat beinahe verärgerte. Chefingenieur Firr wurde mit der Neuigkeit aus der Koje geholt, und sie verbreitete sich schnell im ganzen Schiff. Rojers Fund wurde registriert. Daß er nur einer von siebzehn anderen in der Allianz war – sechs 'dinis und elf Menschen – die den gleichen Treffer gehabt hatten, schmälerte den Jubel auf der *Beijing* nicht.

Genieße den Augenblick mit Umsicht, sagte sein Vater, aber er verheimlichte seinen Stolz über Rojers Leistung nicht.

Darauf kannst du dich verlassen, Papa, erwiderte Rojer, ohne sich die Mühe zu machen, seinen persönlichen Stolz zu dämpfen. Schließlich konnte sein Vater es ihm nicht übelnehmen, denn alle hatten es gesehen. *Außerdem war ich ja nicht der einzige.*

Du befindest dich in sehr guter Gesellschaft, denn die anderen sind ausnahmslos ausgebildete Ingenieure. Ich glaube, deine Mutter und ich haben uns wohl bei der Einschätzung deiner Berufung geirrt. Wir sprechen nach unserer Rückkehr darüber. Deine Großeltern werden sich freuen. Ach ...

Gedankenassoziationen brachten Rojers ungewolltes Mithören der vergangenen Nacht an die Oberfläche, und sein Vater hatte es mit untrüglicher Sicherheit aufgefangen.

Tja, dagegen kann man nichts machen. Rowan war zu aufgelöst, um ihre Gedanken zu schmälern. Wir müssen heute zurück. Du hast deinen Erfolg zeitlich perfekt abgestimmt. Herzlichen Glückwunsch, Rojer.

Wir kommen wohl nicht zufällig an der Heinlein-Basis vorbei, oder? Die Frage war raus, bevor Rojer sie zensieren konnte. Jeder Hinz und Kunz würde sich nach der Chance strecken, zur Heinlein-Basis zu gelangen. Wie kam er nur darauf, daß man es ausgerechnet ihm erlauben würde?

Ich könnte vielleicht mal ein bißchen mit der Büchse scheppern, erwiderte sein Vater.

Ich wollte nicht, daß man hört, Papa, glaub mir!

Sein Vater kicherte. *Tu ich ja! Es liegt daran, daß du von deinem Erfolg berauscht bist. Ich kann dir nur versichern, ich mich nicht in deine Privatsphäre eingemischt habe.*

Die Bedeutung dieser Aussage machte den Tag für Rojer noch schöner. Eltern talentierter Kinder hatten das Privileg, ihren Nachwuchs so genau wie möglich zu ›lesen‹ – besonders ihre hochtalentierten Kinder –, um alle psychischen Macken korrigieren zu können, bevor sie sich festsetzten und eine Persönlichkeit verbogen. Daß Afra dieses Vorrecht aufgegeben hatte, bedeutete, daß er seinen Sohn für erwachsen genug hielt, um ohne weitere scharfe Überwachung funktionieren zu können.

Zufälligerweise, fuhr Afra dann fort, *möchte ich mir die Kapsel auch kurz aus der Nähe ansehen. Bildschirme liefern zwar sehr scharfe Bilder, aber bestimmte Dinge nimmt man erst wahr, wenn man vor dem Gegenstand steht, den man begutachtet. Wir haben noch immer die Gelegenheit zu einer genauen Untersuchung.*

Dieser Wortwechsel fand während der allgemeinen Feier statt, wobei viele leidenschaftliche Zusammensetzer seinen Treffer untersuchten und die Teile laufend auseinandernahmen und wieder zusammensetzten. Als Chief Firr auftauchte, tat dieser die drei Teile unter ein Skop und verifizierte den Treffer. Er freute sich so, als hätte er die Heldentat persönlich vollbracht.

»Jetzt liegt es an euch«, sagte Rojer, als sich die Aufregung soweit gelegt hatte, daß er wieder etwas sagen konnte. »Mein Vater und ich haben unsere Befehle. Wir müssen nach Kallisto zurückportieren.«

»Warum portiert ihr nicht einfach zum Mond rüber und guckt euch mal die Kapsel an?« sagte ein Bootsmann.

Rojer grinste. »Ein Dienstgrad hat so seine Vorteile ...«

»Dienstgrad?« fragte Firr mit großen Augen.

»Immerhin bin ich Zivilist«, sagte Rojer mit wahrnehmbar bescheidener Miene.

»Sie sind ein guter ... Typ«, sagte Firr. Rojer wußte, daß er ›Junge‹ hatte sagen wollen. Er lächelte freudig.

»Viel Glück, Chief. Vielleicht landen Sie den nächsten Treffer!«

»Zu Ehren der *Beijing!*« erwiderte Firr mit einem breiten Grinsen und hielt Rojer die Hand hin.

Er nahm sie ohne zu zögern. Er wußte, daß der Chief ihn um seiner selbst willen mochte und weil es ihm gelungen war, den Mundmotor eines Fähnrichs mit einem Stöpsel zu verschließen. Er mußte sämtlichen Anwesenden die Hand schütteln und dabei gewann er den Eindruck, daß die Mannschaft ihn mochte, auch wenn er ein *Talent* und noch grün hinter den Ohren war.

Fast noch stolzer als über den Treffer ging Rojer hinaus, um sich in der Messe zu seinem Vater zu gesellen. Gil und Kat baten darum, im Laderaum bleiben zu dürfen, für den Fall, daß noch etwas aus ihren Träumen zu einem Ergebnis führte. Als Rojer um Erlaubnis bat, die 'dinis bleiben zu lassen, stimmte Chief Firr geistesabwesend zu: Er war schon im Begriff, weitere gerundete Teile zu sammeln, die möglicherweise zu Rojers Beitrag paßten.

Als Rojer ging, hörte er hinter sich ein erregtes Summen von Männern, deren Berufung eine positiv Stimulans erteilt worden war.

Kapitän Smelkoff kam während des Frühstücks zu ihnen und beglückwünschte sie ebenfalls zu dem Treffer.

»Auf ausgedehnten Missionen wie dieser, Rojer, ist diese Art von Beschäftigung unbezahlbar, und Sie haben ihr gerade die Wucht des Erfolgs hinzugefügt. So was steigert die Moral. Sie sind wirklich ein Zweierteam. Ich habe auch Ihren älteren Sohn gemocht, Mr. Lyon, auch wenn ich ihn nur selten gesehen habe. Ist mir wirklich eine Freude, Sie an Bord zu haben, und besonderen Dank für den Import der frischen Vorräte! Wenn die Leute ordentlich was zu spachteln haben, bringen sie auch mehr Leistung.« Dann beugte sich der Kapitän in einer gespielt verschwörerischen Pose zu Afra hinüber. »Sie können ihn wohl nicht für 'ne Weile entbehren, was? Ich garantiere Ihnen, ich werde einen Matrosen aus ihm machen!«

Afra grinste breit. »Leider, Kapitän, ist er gerade im Begriff, seine eigenen Laden aufzumachen.«

Dies war Rojer zwar neu, aber gleich darauf erkannte er, daß sein Vater einen höflichen Rückzug einleitete.

»Tja, ich bin sicher, er wird Ihnen alle Ehre machen. Sie können sich freuen.«

Rojer fühlte sich angesichts solch überschwenglichen Lobes allmählich unbehaglich. Er wußte, daß er seinen Auftrag gut über die Runden gebracht hatte: Er freute sich, eine ganze Woche lang an Bord des Schiffes geweilt zu haben; er war stolz, die Artefakte zusammengefügt zu haben, auch wenn er nicht der erste gewesen war. Es war fast eine Erleichterung. Aber er hatte nur das getan, wozu er ausgebildet worden war – portieren und 'dini-Träume zu interpretieren.

Wie viele andere haben vielleicht den gleichen Traum gehabt? fragte er seinen Vater, als er so zurückhaltend wie möglich aß.

Dann bist du also auf diese Weise darauf gekommen? Es wäre bestimmt aufschlußreich, wenn man erfahren könnte, wie viele einen ähnlichen Traum hatten. Die Kommunikation deutet unterschiedliche Quellen an.

Rojer behielt es für sich, daß ein Abstecher zur Kallisto-Station und zur Heinlein-Basis anstand. Nicht mal Gil und Kat erfuhren davon. Doch dies machte es ihm leichter, sich beim Kapitän, der Mannschaft, den Ingenieuren und Bhuto zu verabschieden, die diesmal nur lächelten und ihm das Wort ließen.

Als die Luke geschlossen war, holte er tief Luft und nahm Aufstellung hinter dem Brennpunkt seines Vaters, um den Frachter zur Kallisto-Station zu versetzen.

Dann hat sich mein Enkel also mit Ruhm bekleckert, was? sagte seine Großmutter in einer Stimmung, die sich sehr von der unterschied, die er in jener Nacht mitgehört hatte.

Nicht besonders, Großmutter, sagte Rojer sachlich, weil er einfach *wußte,* ob sie nur darauf wartete, daß er auf irgendwelche Überheblichkeiten ansprang.

Hmmm. Ich würde sagen, der Auftrag hat dir eine Menge Gutes getan, junger Mann. Ich kann anmaßende Jungs nämlich nicht ausstehen!

Wann hatte ein Lyon wohl je die Chance, anmaßend zu werden?

Genau das habe ich gemeint. Na schön, steig aus dem Raumsarg aus und iß mit mir. Ich sehe dich ja ohnehin nicht oft genug.

Danke, aber ich bin noch satt vom Frühstück. Auch wenn Rojer immer Hunger hatte, irgendwann war auch seine Aufnahmefähigkeit erschöpft.

Dann schaust du eben zu, wenn ich frühstücke. Danach kannst du zur Heinlein-Basis gehen. Ich kann dir doch zutrauen, daß du es machst, oder?

Wenn Papa zu müde dazu ist ... sagte Rojer und fragte sich, wie lange das Gespräch in der vergangenen Nacht gedauert hatte.

Ich habe eine Stunde, bevor Kallisto klar ist.

Rojer fing den Blick seines Vaters auf und lächelte. Sie schnallten sich los, halfen den 'dinis hinaus und nahmen den Weg vom Hof zum Haus Rowans.

Zu Rojers Überraschung, denn er hatte nichts davon geahnt, saß auch Jeff Raven am Frühstückstisch und winkte ihnen begeistert zu, sich zu ihm zu setzen. Für die beiden Menschen und die 'dinis standen leere Stühle bereit.

»Ich möchte dich auch beglückwünschen, Rojer«, sagte sein Großvater.

»Gib mir einen Kuß, Rojer«, sagte Rowan.

Es war die endgültige Anerkennung, und Rojer wäre beinahe über die eigenen Beine gestolpert, als er auf die andere Seite des Tisches ging, an der sie saß. Seine Mutter hatte oft gesagt, sie kultiviere schamlos ihre herrische Pose. Natürlich empfand Rojer Angst, doch er behielt den Gedanken gewissenhaft für sich. Eigentlich war sie mit ihrer silbernen Haarmähne und dem zierlichen Gesicht eine sehr hübsche Großmutter – sie reichte ihm gerade bis an die Schulter. Sie hielt ihm die Wange hin und hob die Hand, um nach seinem Kinn zu fassen, als er zögerte, dann küßte er sie.

Er wußte nicht, was er erwartet hatte. Was er bekam, war uneingeschränkte Zustimmung und Anerkennung. Ihre Wange war so glatt wie ein Blütenblatt und ihr Parfüm angenehm, ohne blumensüß zu sein.

Danke, Großmutter, sagte er dankbar.

Das ist das Problem, wenn man ein Talent *ist, Rojer. Normale menschliche Fühlungnahmen setzen Verdienste voraus, die über ihren wahren Status hinausgehen. Es war ein großmütterlicher Begrüßungskuß nach langer Abwesenheit, sonst nichts. Aber ich freue mich wirklich über deine Leistung. So sicher und geschickt, daß weder ich noch dein Großvater es hätten besser machen können. Du hast es dir verdient, das Ding zu sehen, wenn du es sehen möchtest.*

Rowan hatte sichtlich kein Verlangen, sich die Rettungskapsel anzuschauen, doch das war alles, was er spürte. Von ihrem Groll und der Verärgerung der letzten Nacht konnte er nichts mehr wahrnehmen.

»Kaffee oder Tee, Rojer?« fragte sie und bedeutete ihm, wieder Platz zu nehmen. HATTET IHR GUTE TRÄUME? fragte sie Gil und Kat in abgehacktem 'dini, als die beiden sich auf die Hocker niederließen.

SEHR GUTE, erwiderte Gil. HABEN TRÜMMER EINGEPASST. NICHT ERSTE, ABER ERSTE AUF DEM SCHIFF. HAT VIEL AUFREGUNG UND LOB ERGEBEN.

»Haben viel Spatz gehabt«, fügte Kat hinzu, um in Sachen Höflichkeit nicht ins Abseits zu geraten. Er hatte nie viel Glück mit dem scharfen S, das Gil recht gut hinbekam. »Hat Spatz gemacht, Menschenspiele zu spielen.«

EIN NÜTZLICHES SPIEL, erwiderte Rowan, obwohl das Wort, das sie verwendete, um ›Spiel‹ auszudrücken, ›gut verbrachte Freizeit‹ bedeutete.

Rojer trank seinen Kaffee und fand genug Platz für ein schmackhaftes Frühstücksbrötchen, von dem seine Großmutter sagte, man habe es erst vor einer Stunde herportiert. Sein Großvater redete über den letzten Besuch der denebischen Vettern und mehrere kürzlich erfolgte Absprachen. Er erkundigte sich nach Afras Nichten und Neffen, die mit Afras geschickter Unterstützung Positionen in der *Talent*-Branche fern von Capella gefunden hatten. Rojer empfand seine capellanische Verwandtschaft als langweilig – zumindest so

253

lange, bis sie sich eine Weile auf anderen Planeten umgesehen hatten. Dann befleißigten sie sich dessen, was sein Vater ›methodische‹ Verfahren nannte. Während seine denebischen Vettern und Basen wild und unverblümt waren, waren seine capellanischen zu spröde und zurückhaltend.

Auf keinen Fall fielen weitere Worte über das Käferschiff, die Rettungskapsel, die Königin oder andere Probleme, die entweder die *Talente* oder die Allianz betrafen. Das Frühstück spielte sich so ab wie zu Hause: angenehm, spannungsfrei und nach dem Stress des Tages gemütlich.

Rowan hakte sich bei ihrem Gatten ein und führte sie auf den Hof zurück, wo zwei Personenmodule lagerten. Der kleinere gehörte Jeff; er portierte sich stets selbst zum Blundell-Tower, dem gewaltigen administrativen Hauptquartier der VT&T auf der Erde.

Jeff und Rowan schauten zu, als Afra, Rojer und die 'dinis in ihrer Kapsel die Plätze einnahmen.

Wer portiert? fragte Rowan.

Rojer, erwiderte Afra und zwinkerte seinem Sohn feierlich zu.

Hol dir die Landeplattform aus meinem Geist, Rojer. Von dort aus könnt ihr die Anlage sehen. Sie erwähnte die Einrichtung in einem abschätzigen Tonfall. Aber schließlich hatte man ihn ja über ihre Haltung vorgewarnt, deswegen ›schaute‹ er tief und ›sah‹ das Gebiet und die für die Besucher vorhandenen T-Lager. Die Militärpolizei verfügte über eigene Andockeinheiten.

Rojer spürte, daß die Kallisto-Generatoren sich schneller drehten. Er unterdrückte die leichte Nervosität, die er empfand, da er in der Anwesenheit beider Großeltern portieren mußte, aber wenn er dazu fähig war, war er dazu fähig. Er würde es schon hinkriegen. Und er bekam es hin: Die Heinlein-Basis tauchte vor seinem inneren Auge auf.

Er landete natürlich nicht *innerhalb* der Basis. Er ließ

das Modul auf die in der Kreisbahn befindlichen Plattform heruntergehen, die sich hundert Meter darüber
befand. Die Plattform sah aus, als sei sie schnell zu-
sammengebaut worden, und Rojer fiel ein, die kleine
Armatur des Moduls zu prüfen, die den Außenzu-
stand überwachte. Es gab jede Menge Luft, das Rattern
genagelter Stiefel auf dem Metallboden, denn jemand
eilte heran, um sie zu überprüfen.

Talente *Afra und Rojer Lyon, wie erwartet,* dachte und
sagte sein Vater.

»Jawohl, Sir, ausgezeichnet!« rief eine bestätigende
Stimme. »Ich mach die Luke für Sie auf. Die Leiter
steht schon.«

Sie vernahmen ein Kratzen, dann ging die Luke auf.

Nett von euch beiden, daß ihr kommt, sagte eine zweite
Stimme lachend, und Rojer erkannte seinen Vetter
Roddie Eagle.

Sein Vater maß ihn mit einem ernsten Blick, und
Rojer verzog zur Antwort das Gesicht. Dann glätteten
sich seine Züge. Roddie konnte die Kapsel ruhig bewa-
chen, zu sonst taugte er ohnehin nicht viel.

Das reicht jetzt! sagte sein Vater durch einen sehr
engen Strahl.

Rojer stand auf und schob zuerst die 'dinis hinaus,
damit seine wahren Gefühle, Roddie hier draußen
zu treffen, nicht sofort ins Freie drangen. Als er ihm
schließlich Auge in Auge gegenüberstand, war er
ziemlich überrascht, daß aus dem dürren, pickligen
Knaben ein glattrasierter, frisch aussehender junger
Mann geworden war, der ungefähr seine Größe hatte.
Er trug eine saubere Allianz-Uniform und die Sterne
eines Oberleutnants der Marine.

»Schätze, ihr habt es noch nicht alle mitgekriegt«,
sagte Roddie und hieß sie mit einem Lächeln willkommen. »Ihr wart ja eine Woche fort. Ich kann nicht
sagen, daß es mir gefällt, pausenlos *gepiekst-pssstet* zu
werden – nicht auf dem Niveau, auf dem die Königin

projiziert –, aber hier ist der Ort, an dem man *jedem* begegnet!« Und er lachte. GUTE TRÄUME, GRL, KTG. RD HAT EURE TRÄUME GETEILT, ABER KEINE BAUTEILE. »Freut mich echt, daß du so erfolgreich warst, Roj. Und, Mann, wie du die Kapsel hingesetzt hast, das war 'ne glatte Zehn! Gut portiert! Ich hab wirklich 'n üblen Anfall vom Familienstolz gekriegt!«

Rojer bemühte sich, mit dem neuen verbesserten Rhodri Eagle zurechtzukommen, der seinem unangenehmen jugendlichen Ich nicht die Bohne glich.

»Wir haben das Frühstück fertig, falls ihr Hunger habt, Onkel Afra.«

»Danke, Rhodri«, sagte Afra und nickte, »aber ich glaube, *noch* ein Frühstück können wir heute morgen nicht verkraften.«

Roddie grinste freundlich. »Ja, das ist der Nachteil bei der Portation. Man begegnet sich sozusagen beim Kommen und Gehen selbst. Hierher. Wer vor dem Frühstück ankommt …« – Roddie kicherte. Sein Humor, dachte Rojer, hat sich nicht sehr verändert: immer noch schwerfällig –, »entgeht den Massen. Und davon haben wir genug. Danke, Sergeant«, sagte er zu dem Mann, der den Eingang zum Hauptabschnitt der Plattform bewachte. »Ich hab gehört, wir kriegen in Bälde mehr feste Unterkünfte. Die jetzigen sind nicht sehr komfortabel, dienen aber ihrem Zweck.« Roddie führte sie durch einen Gang. Rojer fiel auf, daß sich sein Babyspeck in eine zackig-muskulöse Gestalt verwandelt hatte. Er selbst war allerdings ein, zwei Fingerbreit größer, was ihn sehr erfreute. »Ich bringe euch gleich in den Hauptbeobachtungsraum. Da sind alle Bildschirme auf die Basis ausgerichtet. Sie kann keinen Schritt machen, ohne beobachtet zu werden. Das heißt, falls sie je rauskommen sollte!«

»Sie lebt noch?« fragte Rojer.

»Aber ja! Wir haben nämlich Sensoren am Rumpf angebracht und fangen jeden einzelnen Ton auf. Wir haben aber keine Ahnung, was das ganze Gekratze, das sie erzeugt, zu bedeuten hat. Keins unserer Instrumente kann den Rumpf durchdringen. Wir haben aber entdeckt, daß sie die Atmosphäre geprüft hat. Das war am Ende des ersten Tages. Da sind wir!«

Der große Raum, den sie betraten, verfügte über ein Plasglasfenster, das vom Boden zur Decke reichte und genau auf die Rettungskapsel ausgerichtet war. Sie befand sich hundert Meter unter ihnen, aber optisch war das Glas verändert, um einen 3-D-Effekt zu erzeugen, damit der Beobachter den Eindruck hatte, nicht weiter als ein paar Schritte von ihr entfernt zu sein. Die Bildschirme zeigten die Kapsel aus einem anderen Winkel, und eine Reihe kleinerer Schirme würde aktiviert werden, wenn die Königin sie verließ und anfing, die Gebäude zu benutzen.

»Sie liebt offenbar höhere Temperaturen als Menschen, aber auch 'dinis würden sich bei 32 Grad Celsius noch wohl fühlen. Wir haben die Temperatur im Innern der Basis erhöht. Blrg, der 'dini-Spezialist, hat vor zwei Tagen die Hypothese aufgestellt, daß sie erst dann einen Schritt unternimmt, wenn der Sauerstoff in der Kapsel erschöpft ist. Ich nehme an, er hat recht.« Roddie lächelte bescheiden. »Selbst dieses großzügig gestaltete Rettungsboot kann nur eine bestimmte Menge Sauerstoff enthalten haben, denn ein Teil des Kubikvolumens muß Nahrung und anderen Notwendigkeiten vorbehalten gewesen sein. Da habt ihr vielleicht unheimliches Glück! Drei Einschätzungen, wann sie endlich rauskommt, sind schon vorbei. Die Experten nehmen an, daß sich ihre Vorräte irgendwann heute erschöpfen. Könnt ihr noch 'ne Weile bleiben?«

»Wir haben jede Menge Zeit«, sagte Afra zu Rojers großer Freude.

Es wäre aber auch ein großer Mist, dachte Rojer, wenn sie heute herauskäme, und wir früher gehen müßten.

Von der Jagd abgesehen, bist du in der letzten Woche immer zur richtigen Zeit am richtigen Ort gewesen, Rojer, fügte sein Vater hinzu.

Rojer simulierte eine reuige Grimasse. Dann zeigte sein Vetter ihnen die Annehmlichkeiten und Einrichtungen der Anlage. Sie waren äußerst spärlich für die hier stationierten zwanzig Mann und drei Offiziere.

»Diese Woche kommen ein größerer Konferenzraum, weitere Sanitäreinheiten und eine große Küche, aber frisches Zeug kriegen wir jeden Tag. Ich hab 'ne Sonderbestellung für Rosinenbrötchen aufgegeben. Schade, daß ihr keinen Hunger habt.« In dem gönnerhaften Grinsen, mit dem er Rojer betrachtete, waren Spuren des jungen Roddie.

»Vielleicht später, wenn dann noch welche da sind. Möchte euch nicht berauben.« Es gelang Rojer, seinen Tonfall leicht und angenehm zu halten.

Sie kehrten in den Beobachtungsraum zurück, in dem nun mehrere Techniker den Dienst aufgenommen hatten. Sie analysierten aufgenommene Bänder und diskutierten Ausdrucke.

»Leutnant, da ist eine zwölfköpfige Gruppe, die eine einstündige Besichtigung beantragt hat ...« Der Unteroffizier brach abrupt ab, als ein lautes Scheppern aus den Lautsprechern kam. Er riß die Augen auf, sein Mund bewegte sich, und er deutete erschreckt zum Fenster.

Rojer und sein Vater hatten sich zum Lautsprecher umgedreht, doch nun schauten sie wie ein Mann wieder nach vorn und wichen ein Stück vor dem Anblick auf dem Vergrößerungsplasglas zurück.

Die Luke der Kapsel war herausgeflogen und schepperte über den Plastonboden. Zuerst tauchte eine lange, dürre, merkwürdige Gliedmaße mit seltsamen Gelenken auf. Schlanke spitze Finger schlossen sich zuerst um den einen, dann um den anderen Türrahmen. Die Gliedmaße zeigte ein poliertes tiefdunkles Rot und

war von feinen Härchen bedeckt, von denen Rojer annahm, daß sie sensibel waren. Vielleicht bildete er sich
aber auch nur ein, daß sie sich bewegten. Vier weitere
Arme kamen nach vorn, um den Leib zu stützen, der
nun langsam sichtbar wurde. Dann tauchte ein ›Fuß‹
auf der Schwelle auf. Irgend jemand verfügte über die
Geistesgegenwart, einen Scheinwerfer zu drehen und
die Gestalt im Türrahmen knapp im Innern der Luke
einzufangen.

Rojer wirkte beruhigend auf seine Nerven und seinen überfüllten Magen ein, als das hochgewachsene,
untergliederte Geschöpf auftauchte: seine untere Re-
gion eine geschwollene Träne, die in ein schmales Ver-
bindungsstück zu einem langen dünnen Obertorso
auslief. Drei Armreihen entsprossen dem Torso, und
zwei Reihen ›Beine‹, von denen sich eine vorwärtsbe-
wegte und die andere die gewaltige Wölbung des Un-
terleibs stützte. Ein Dreieck mit hervorquellenden Au-
genhöhlen oberhalb des Oberkörpers mußte der Kopf
sein. An seiner Spitze zuckten aufgeregt mehrere
Fühler.

Ihre Färbung zog Blick, Geist und Beachtung stärker
auf sich als die Form ihrer Gestalt, denn sie wies herrliche Töne von schillerndem Kupfer, Burgunderrot,
Blau und Grün auf, wie die Blütenscheide der sibiri-
schen Iris, die seine Mutter im Garten auf Aurigae
züchtete. Das Scheinwerferlicht liebkoste die gedämpf-
ten Farbtöne ihres Körpers, angefangen bei der glatten
Oberfläche ihrer eigenartig geformten Glieder, den rudimentären Schwingen, die den Oberkörper etwa auf
Schulterhöhe zierten, bis hin zu der schmalen Taille
und dem aufgeblähten Unterleib.

»Sie sieht wie eine Gottesanbeterin aus«, sagte sein
Vater leise, als das Geschöpf ganz im Eingang zu sehen
war.

»Wie eine Schauspielerin, die auf ihr Stichwort wartet«, sagte Roddie unerwartet.

259

»Sie hat Angst!« platzte Rojer heraus, was ihn selbst überraschte. Alle schienen vom Auftauchen der Königin wie hypnotisiert zu sein.

SIE MUSS VERNICHTET WERDEN, sagte Gil mit solcher Inbrunst, daß Rojer sofort ein scharfer Tadel auf der Zunge lag. Doch dann sah er das rasche Kopfschütteln seines Vaters. SIE HAT VIELE MRDINI UMGEBRACHT.

DIE DA NICHT, GRL, erwiderte Afra milde.

Sie ist allein und hat Angst, dachte Rojer. Er schüttelte den Kopf, um sein Mitleid für die Angehörige einer gefährlichen und räuberischen Spezies zu vertreiben.

Dann ließ sich die Königin ohne jede Eleganz auf die sechs oberen Gliedmaßen fallen und krabbelte vollends aus der Kapsel heraus. Sie hatte mehr Eleganz gezeigt, als sie auf den vier unteren Gliedmaßen aufrecht gestanden und den Kopf langsam in einem vollen Kreis gedreht hatte. Nun watschelte sie sehr bedachtsam und ungelenk auf die frischen Gemüse- und Pflanzenstapel zu, die täglich vor der Kapsel aufgeschüttet wurden. Sie nahm auf den Hinterbeinen Platz, von denen Rojer annahm, daß sie in Saugnäpfen endeten, und hob anmutig die Nahrung an eine Öffnung, die sich in ihrem dreieckigen Kopf auftat. Hin und wieder warf sie bestimmte Dinge beiseite. Roddie alarmierte einen Unteroffizier – im Beobachtungsraum wimmelte es nun von Stationspersonal –, der notieren sollte, was ihr nicht mundete. Sie verzehrte Schale, Haut und Mark des Obstes, legte die Kerne jedoch sorgfältig beiseite. Getreide lehnte sie ab, doch sie probierte alles, das man für sie bereitgelegt hatte. Sie aß Knollen, Blattgemüse aller Art, Zuckerrohr und Hülsenfrüchte. Reis verschmähte sie. Sie fraß sich zielstrebig durch den Stapel und setzte sich dann hin.

Sie saß, saß und saß. Sie bewegte kaum einen Fühler. Sie blinzelte nicht, bewegte keine Schwinge und gab auch sonst keinen Hinweis darauf, daß sie sich je geregt hatte. Rojer glaubte, sie habe sich überfressen. Wie lange, fragte er sich, hat sie wohl nichts mehr zu sich genommen?

Die zwölf Besucher, die das Spektakel knapp verpaßt hatten, waren über ihre Unbeweglichkeit enttäuscht, und ein Mann forderte, daß Kapitän Waygella, Roddies Vorgesetzte, die ihr Erscheinen miterlebt hatte, etwas tun sollte, um sie zu stimulieren. Kapitän Waygalla weigerte sich zwar, spielte aber die Aufzeichnung ihres Erscheinens auf dem Hauptschirm ab.

Als eine zweite Besichtigungsgruppe anstand, bereiteten sich Afra, Rojer und die 'dinis entschlossen zum Gehen vor. Kapitän Waygalla bat Roddie, sie zur Landeplattform zu begleiten und die nächste Gruppe in Empfang zu nehmen.

»Ich hab es für euch aufgezeichnet, damit ihr es Tante Damia und den anderen zeigen könnt«, sagte Roddie, als sie die Plattform erreichten. Er gab Afra eine Kassette.

»Das ist sehr aufmerksam von dir, Rhodri.«

»Aber nicht doch. Der Unteroffizier wird die Sequenz den ganzen Tag kopieren müssen. Ich portiere sie zu Dutzenden raus zu Tante Rowan, die sie an alle verschickt, die davon wissen müssen.« Roddie grinste. »Und dazu gehören nun auch die Primen, oder nicht?« Er nickte Rojer unerwartet zu und schien dessen höhere Einstufung zum ersten Mal zu akzeptieren.

»Trotzdem aufmerksam von dir, Rhodri«, sagte Afra.

Rojer murmelte Dank, denn der alte Roddie wäre gewiß nicht so großzügig gewesen. Das Leben in der Garde der Allianz hatte offenbar etwas aus ihm gemacht.

Sie stiegen in ihr Modul und schauten nach, ob die 'dinis ordentlich angeschnallt waren.

Generator läuft, sagte Roddie. *Ihr könnt jetzt loslegen.*

Mach du's, Rojer, sagte Afra. *Wenn mein Zeitsinn mich nicht trügt, sind wir pünktlich zum Frühstück zu Hause.*

PAPA!

Kapitel Zehn

Da seid ihr ja endlich, sagte Damia erfreut. *Gut. Kommt rein, das Frühstück ist fertig.*

Rojer ächzte, als er sich losschnallte, und sein Vater kicherte.

Doch an diesem Morgen wurde nur wenig verzehrt. Das meiste wurde kalt, da der gesamte Haushalt und der Stab des Towers sich die Aufzeichnung vom Erscheinen der Königin anschaute.

»Also, so sehen sie in Wirklichkeit aus«, sagte Damia. »Sie hat ja eine ziemlich sensationelle Färbung.«

»Für mich ist sie wunderschön!« sagte Zara, fast so, als wolle sie die Königin verteidigen.

Fok und Tri klickten sich gegenseitig etwas vor, und die Farbe ihres Fells nahm einen Ton an, der, wie Rojer wußte, Zorn bedeutete. Gil und Kat waren nicht so schlimm, aber Zaras Pärchen, Plg und Dzl, waren zuerst sprachlos. Dann krochen sie näher heran, aber nicht zu Zara, sondern zu Fok und Tri, um sich trösten zu lassen.

Zara schaute nach ihrer Bemerkung mit einer so mißtrauischen, verängstigten Miene zu, daß Damia näher an sie heranging. Rojer ›hörte‹ beruhigende Worte, die ihn verwirrten, da seine Mutter normalerweise nicht auf einer so breiten Frequenz projizierte, um ihn mit einzuschließen.

Er fragte sich allmählich, ob Zara sich auch den Rest der Aufzeichnung anschauen wollte. Er fand es ergreifend genug, als die Königin ihre unbewegliche Position einnahm. Zara war eine so empfindliche Empathin.

Viele Dinge, die ihn oder die anderen nicht störten, machte sie besorgt. Am Ende, als die Königin sich nicht mehr rührte und das Band ewig die gleiche Szene zeigte, brach sie in Tränen aus und floh aus dem Raum. Damia warf Afra einen schnellen, verängstigten Blick zu und folgte ihr. Zaras 'dinis blieben. Fok und Tri unterhielten sich kurz, dann verließen auch sie den Raum.

Als die Aufzeichnung endete, wollten Keylarion, Xexo und die Stationsleiterin Herault sie noch einmal sehen. Afra drückte die Wiederholungstaste.

Rojer schlich hinaus. Er wußte nicht genau, was er tun sollte. Sollte er Zara erzählen, daß auch er das traurige Gefühl der Verlassenheit der Königin gespürt hatte? Er bezweifelte zwar, daß seine Mutter dies für eine passende Reaktion hielt, aber sie war echt. Vielleicht beruhigte es Zara, wenn sie wußte, daß sie in ihrer empfindlichen Reaktion auf die Königin nicht allein war.

Als er die Treppe hinaufgehen wollte, kam seine Mutter herunter, und ihr Gesichtsausdruck sagte ihm, daß sie sehr besorgt war. Doch sie setzte eine neutrale Miene auf und lächelte. Auf der Treppe blieb sie neben ihm stehen. Zu seiner Überraschung streichelte sie seine Wange.

»Ich bin sehr stolz auf dich, Rojer. Jetzt freut es mich, daß Vater auf deiner Seite war. Auch er ist sehr froh. Selbst über das Theater mit den Trümmerstücken!« Sie bedachte ihn mit einem schalkhaften Lächeln.

»Ist mit Zara alles in Ordnung, Mutter?«

»Wie lieb von dir, Rojer. Sie *kommt* schon wieder in Ordnung.« Damia stieß einen schweren Seufzer aus. »Sie gewöhnt sich nur langsam daran, Frau zu werden. Sie ist im Moment etwas … impulsiv.«

»Ahhhh!« machte Rojer. Nun verstand er. Dann schüttelte er den Kopf. »Bei Laria war es aber anders.«

»Laria ist eine völlig andersartige Persönlichkeit. Ein

viel stärkeres *Talent*.« Damia stieß einen weiteren Seufzer aus. »Ich freue mich wirklich, daß ihr wieder da seid. Auch wenn sie ein T-1 ist; ihr macht die Menstruation so stark zu schaffen, daß sie für die Towerarbeit praktisch nutzlos ist. Ich habe zwar noch nie gehört, daß die Menstruation bei *Talenten* zu Funktionsstörungen führt, aber es gibt wohl immer eine Ausnahme.« Sie seufzte abermals. »Ich hoffe, dein Vater und du seid ausgeruht genug, um heute morgen ein paar Dicke Brummer anzuschieben. Morag war mir keine große Hilfe – zumindest nicht im Tower.« Rojer brauchte keinen Telepathen, um zu erkennen, daß Morag wahrscheinlich ihre Schrullen herausgelassen hatte. Sie konnte ziemlich dominant sein, und Zara war zu nachgiebig, um sich ihr zu widersetzen.

»Wieviel steht denn an, Mutter?« fragte Rojer. »Ich muß einige Frühstücke abarbeiten. Brauchst du mich für die Jagd?«

»Ein Haufen – und ja. Wir wärmen die Generatoren an, solange sich die anderen noch mal das Band anschauen, das ihr mitgebracht habt.«

Nun, da Rojer sich ihrer Abneigung gegenüber der Käferkönigin bewußt war, war er froh, seine eigene Reaktion nicht enthüllt zu haben.

Afra gesellte sich im Tower zu ihnen und brachte den Rest der Mannschaft mit.

»Hast du Xexo sagen hören«, erkundigte sich Afra, als er sich auf der Liege ausstreckte, »daß man deinem Treffer schon drei weitere Trümmerstücke hinzugefügt hat?«

»Nein, aber es freut mich. Aber es war doch nicht *mein* Treffer, Papa. Siebzehn andere hatten ihn doch auch.«

Damia lächelte ihrem Sohn zu, dann nickte sie, damit sich alle auf die erste Portation vorbereiteten. Da vom gestrigen Tag einiges übriggeblieben war, waren sie erst gegen Mittag mit der Arbeit fertig. Rojers

Magen knurrte peinlich, als sie zum Haus zurückkehrten.

Morag hatte das Essen fertig. Sie wirkte nach Rojers Ansicht etwas selbstgefällig und übereifrig, so daß er beschloß, sie am Nachmittag ordentlich ranzunehmen, damit sie ein bißchen bescheidener wurde. Sie konnte einem auf den Senkel gehen, wenn sie versuchte, mit ihren Geschwistern in Wettstreit zu treten. Dabei hatte sie gar keinen Grund dazu. Von Zara war keine Spur zu erblicken; dabei hätte sie ihr doch helfen sollen. Kaltia und Ewain hatten sämtliche Kunis, Rutscher, Darbuls und Pferde gefüttert, den Stall ausgemistet und offensichtlich auch noch Zeit gehabt, das Band noch einmal zurückzuspulen, denn sie schauten es sich vor dem Essen noch einmal an.

»Wo ist Zara?« fragte Afra und schaute sich um.

»Laß sie in Ruhe, Afra«, erwiderte Damia und fügte dem Anschein nach eine private Erklärung hinzu, denn er stellte keine weiteren Fragen nach dem Verbleib seiner Tochter.

Rojer ließ sämtliche 'dinis zu Hause und nahm Morag mit nach draußen. Sie nahmen eine Abkürzung, die einen harten Ritt erforderte, ins nächste Tal. Er kannte einige Flitzerbaue und Kaninchenlabyrinthe, die, wie er hoffte, sein Geheimnis geblieben waren. Sie waren nur schwierig zu erreichen, was ein weiterer Vorteil war. Zuerst freute sich Morag, ihm zeigen zu können, was sie für eine gute Reiterin war. Sie hielt ihr Pony den Weg bergauf in Sakis Spur. Auf dem schmalen Weg nach unten, besonders da, wo die offene Seite Hunderte von Metern zur Geröllhalde hin abfiel, war sie weniger anmaßend. Sie mußten steifes Gestrüpp durchqueren. Rojer hatte seine Lederkleidung angezogen, und sie war nur im Hemd. Als sie den Boden der Schlucht erreichten, schwitzte sie, war von Zweigen und Dornen verschrammt und überhaupt nicht mehr selbstgefällig. Als Rojer sein Ziel erreicht hatte, war sie zwar sehr still geworden, aber wild entschlossen, es durchzustehen.

Rojer lobte sie auf dem Heimweg dafür. Sie hatten jeder zehn Flieger und Flitzer erbeutet, das leckerste Fleisch überhaupt, falls man sie jung genug erwischte. Und das hatten sie. Auf dem Rückweg ließ er sich erweichen, eine leichtere, aber dafür längere Route zu nehmen, ohne den Eindruck zu erwecken, entgegenkommend zu sein. Der Weg führte an Massen eßbarem Grünzeugs und Büschen mit jungem fleischigem Schalenobst vorbei. Sie waren mit Nahrung für die nächsten drei Tage bepackt – es sei denn, unerwartete Gäste tauchten auf – und trafen spätnachmittags wieder zu Hause ein.

Zwar waren Yugin und Mexalgo, die Vertreter der Bergwerksbesitzer, gekommen, um die für sie bestimmten Aufzeichnungen der Königin abzuholen, aber sie blieben nur sehr kurz und bedankten sich überschwenglich. Sie sagten, sie könnten es kaum erwarten, die Aufzeichnung und den Feind zu sehen. Als Zara dies hörte, lief sie schluchzend aus dem Raum. Die Bergwerksbesitzer bemerkten nichts davon, da sie schon auf dem Weg zur Tür waren.

Zara! rief Rojer. *Nimm's doch nicht so schwer!* Dann folgte er ihr und fügte hinzu: *Ich helf ihr schon, Mutter.*

Zara befand sich in Larias altem Zimmer, denn sie war aus dem, das sie sich mit ihren beiden kleineren Schwestern geteilt hatte, ausgezogen. Rojer fiel auf, daß keiner der 'dinis ihn begleitet hatte.

Nein, Rojer, laß mich in Ruhe! sagte sie mit von mentaler Qual gebrochener Stimme.

Hilft es dir vielleicht, wenn ich dir sage, daß die Königin auf mich einen einsamen, traurigen, aber auch wunderschönen Eindruck gemacht hat?

Du warst dabei! Du hast zugeschaut! Und du hast nichts gesagt?

Er betrat den Raum und sah ihr tränenüberströmtes

Gesicht. Sie hatte eine rebellische Miene aufgesetzt und musterte ihn trotzig.

»Ach, hör auf, Zara«, sagte er zärtlich. Sie hob die Hand, um ihn abzuwehren.

»Hör mit deinem ›Hör auf, Zara‹ auf«, sagte sie und schniefte. »Das hab ich schon von Mutter oft genug gehört. Sie will einfach nicht *sehen* oder *spüren*, was ich durchmache. Und wenn du jetzt mit diesem Männergeschwafel über wetterwendische Frauen anfängst ... Ich schwöre, ich tret dir in den Arsch!«

Rojer hatte derlei Platitüden natürlich *nicht* auf Lager, und ihre Drohung schreckte ihn auch nicht, selbst wenn es die erste war, die sie je ausgesprochen hatte. Sie war die sanfteste seiner Schwestern und in der Regel zurückhaltend und freundlich; kaum überraschend unter sieben anderen starken Geschwisterpersönlichkeiten. Rojer hockte sich auf den Rand ihres Schreibtisches und verschränkte die Arme. Er strahlte subtil Zuneigung und Beruhigung aus.

»Und *das* kannst du dir auch sparen«, sagte sie und wischte sich die Tränen ab.

»Weißt du eigentlich, daß du Großmutter Rowan ähnlicher siehst als wir alle?«

Zara kniff die Augen leicht zusammen. »Für Ablenkungsmanöver hab ich auch nichts übrig, Rojer Lyon!«

»Ich lenk doch gar nicht ab«, sagte Rojer knapp. »Aber ich habe heute morgen bei Großmutter gefrühstückt, deswegen sehe ich die Ähnlichkeit ganz deutlich. Du bist ihr *wirklich* ähnlicher als Laria oder Morag. Du hast sie zwar schon eine ganze Weile nicht mehr gesehen, aber du wärst die letzte, die die Ähnlichkeit erkennt. Ich frage mich, ob Papa sie bemerken würde.«

Aber Zara wollte sich nicht ablenken lassen. »Wenn es nach ihr ginge, würde man die Königin töten, nicht wahr?«

»Großmutter ist nicht ...« Rojer zuckte die Achseln.

»Sie ist nicht immer friedlich, das weißt du doch.« Er lächelte. Zara zuckte ironisch die Achseln. »Aber ich rede nicht über Großmutters Reaktion auf die Königin, sondern nur darüber, wie ähnlich du ihr siehst. Es gibt übrigens Menschen, die der Meinung sind, wir sollten wenigstens einen Versuch machen, ihren Standpunkt zu verstehen.«

»Aber du hältst nicht viel von ihnen«, gab sie wütend und trotzig zurück, wobei sie gereizt ihre silberne Haarsträhne nach hinten warf.

»Das habe ich nicht gesagt. Ich projiziere es nicht mal, Schwesterlein. Aber ich wollte dir sagen, daß du nicht die einzige bist, die andere Wahrnehmungen hat. Ich ...« – Rojer deutete mit dem Daumen auf sein Brustbein – »habe sie auch für schön gehalten.« Er konnte nicht ganz zugeben, daß er auch ihre Angst gespürt hatte.

Zaras Blick verengte sich. »Halb Aurigae City möchte sie am liebsten öffentlich ... gemordet sehen ... Daß man ihr ein Glied nach dem anderen ausreißt. Hast du das gewußt?«

»Nein, aber es überrascht mich nicht, wenn ich daran denke, wo die Leute ihre Informationen herhaben.« Rojer lächelte herablassend. »Hör mal, Schwesterlein, ich respektiere die Reaktionen und Gefühle, die du für die Königin hegst. Ich hatte sie selbst ...«

»Aber du hattest nicht den Mumm, sie zu zeigen!« Zara funkelte ihn an, ihre Augen glitzerten wie die von Großmutter Rowan, wenn auch aus einem anderen Grund.

»Seltsamerweise wollen auch nicht alle 'dinis sie umbringen. Sie wollen ...«

»Sondieren, spionieren; das arme Geschöpf in den Wahnsinn treiben; herausfinden, wie die Königin funktioniert und ihre Jungen hervorbringt. Sie haben schon die Hälfte der Larven umgebracht, die Thian gefunden hat. Ach, hätte er sie doch nicht gefunden! Ach, wie sehr ich es mir wünsche!«

»Zara, du explodierst in alle Richtungen gleichzeitig, und ohne Sinn und Verstand«, sagte Rojer, da ihre Launenhaftigkeit ihn allmählich etwas erschöpfte. »Du bist nicht ohne Grund ein *Talent*. Es gibt mehr Möglichkeiten, etwas zu tun, als Schläge nach links, rechts und in die Mitte auszuteilen. Außerdem ist es sowieso nicht deine Art. Tu dich mit den Leuten zusammen, die so ähnlich denken – ich helfe dir dabei. Mama und Papa brauchen nichts davon zu wissen. Sieh nach, was du tun kannst, um zu helfen, die öffentliche Meinung zu *verändern*. Es geht nämlich. Und du wärst eine verdammt gute Lobbyistin. So kannst du der Königin *wirklich* helfen.«

»Man wird sie niemals freilassen.« Zara wollte sich nicht trösten lassen. Rojer hatte fast den Eindruck, als gefalle es ihr, in Selbstmitleid zu schwelgen. »Sie wird an diesem abscheulichen Ort sterben, ohne Freunde, ohne Kinder, allein. Und ihre Heimat existiert nicht mehr ...« Sie verbarg das Gesicht in den Händen und fing abermals an zu weinen.

Obwohl Rojer spürte, daß sie ihre Gefühle selbst aufschaukelte, konnte er seine hübsche Schwester nicht weinen sehen. Er nahm sie in die Arme, und sie lehnte sich erschöpft an ihn, wobei sie noch mitleiderregender schluchzte als zuvor.

Jetzt übernehme ich, Rojer, sagte seine Mutter, die durch den Korridor kam.

Ist nicht nötig, Mama. Ich werde schon damit fertig. Ich werde sie besänftigen. Du weißt doch, ich habe sie schon zum Schlafen gebracht, als sie noch ein Säugling war.

Ja, darin warst du gut. Zwischen euch beiden besteht eine starke Verbundenheit, wie bei ... Damia brach ab. Rojer wußte, daß sie beinahe den Namen Larak ausgesprochen hätte.

Richtig, Mama. Also laß sie mich jetzt beruhigen.

Es dauerte eine ganze Weile und bedeutete, daß Rojer auf die wenigen freien Stunden verzichten mußte, die er mit den Käfertrümmern verbringen wollte. Aber Zara war wichtiger. Er tröstete sie mit überschwenglicher Zuneigung, bestärkte sie und zeigte Verständnis, bis sie, von ihrem großen Gefühlssturm erschöpft, endlich einschlief.

Als sie am nächsten Morgen auftauchte, war wieder ihr übliches ruhiges, zurückhaltendes Ich zu spüren, auch wenn in ihrem Blick eine Trauer war, die Rojer ans Herz rührte.

Sie hat die Menses nun überstanden, sagte Damia sehr privat zu ihm. *Danke, daß du sie beruhigt hast. Du bist ein ebenso lieber wie kluger Junge.*

Lieb? erwiderte Rojer empört. *Zara ist zu weichherzig. So was kann nicht gut gehen.*

Seine Mutter sprach weiter, aber nicht mit ihm, sondern zu seinem Vater – und über ein Thema, daß Rojer überrascht war, eingeschlossen zu werden. Dann bemerkte er, daß er gar nicht eingeschlossen *war:* Er fing ein privates Gespräch auf, das er normalerweise nicht hätte ›hören‹ können. Wenn seine Eltern nicht über Zara diskutiert hätten, hätte er sich abgeschirmt.

Wir haben eine funktionsgestörte Prima, Afra, sagte Damia mit großem Kummer und Bedauern. *Vater kann nicht damit rechnen, daß sie Towerdienst macht. Sie würde unter der Anspannung schlappmachen. Aber da jeder weiß, daß sie ein T-1 ist, wird man erwarten, daß sie in einen Tower geht.*

Nicht alle sind wie dein Vater, und auch nicht wie Gollee Gren, der heutzutage viel mehr als Jeff damit zu tun hat, welches T wo arbeitet. Man kann Zara für andere Dinge ausbilden; für Dinge, die weniger gefühlsbeladen sind. Sie hat Schwung ...

Sie ist sprunghaft wie ihre Sympathien ... Der Tonfall seiner Mutter war gereizt.

Nun, ich gebe zu, auch ich habe etwas Sympathie für die Königin empfunden ...

DU?

Rojer war ebenso verblüfft. Aber auch erleichtert.

Ja, ich. Meine Einstellung wird mich zwar bei vielen nicht sonderlich beliebt machen, aber ganz ehrlich, Damia – und in unseren privaten Gedanken waren wir immer ehrlich –, es war etwas Mitleiderregendes an ihr! Mitleiderregend, unbehaglich und ... tapfer, könnte man eventuell sagen.

Eine lange Pause entstand. *Die Umstände lassen mich zwar nicht schwanken,* lenkte seine Mutter zögernd ein, *und leider habe ich – ich kann nicht anders – Vorurteile hinsichtlich der Käfer, aber man könnte sie als tapfer bezeichnen, weil sie die Kapsel verlassen hat. Aber natürlich hatte sie keine Wahl, oder? Sie hatte weder Sauerstoff noch Nahrung.*

Rojer hätte beinahe gejubelt, als er seine Mutter dies zugeben hörte.

Ich mache mir mehr Sorgen um Zaras 'dinis, fuhr Damia fort. *Sie verstehen diese ... diese Pervertierung nicht ...*

Es ist sicher keine Pervertierung, Damia. Sie ist eigenwillig, vielleicht auch eine Abweichung, aber nicht pervers. Sie ist ein äußerst empfindliches Mädchen. Ich werde mich mal um ihre 'dinis kümmern.

Ach, ich glaube, sie werden sich schon erholen, wenn sie erst einmal den Schreck verdaut haben, daß Zara die Königin verteidigt.

Ich glaube nicht, daß sie die Königin verteidigt ... Sie hat eher Mitgefühl mit ihr. Und sie hat einen sehr dichten mentalen Schirm um ihre Gedanken gelegt. Wir müssen ihr die gleiche Intimsphäre zugestehen wir anderen Talenten, sagte Afra.

Sie ist noch nicht erwachsen.

Aber fast. Ich glaube, ich erinnere mich da an ...

Afra!

Zwischen ihren Geistern war nun eine Intimität, die Rojer veranlaßte, sich eilig aus der faszinierenden Konversation auszuklinken.

Der geistige Austausch war nicht der einzige, den er in den nächsten Tagen ungewollt ›mithörte‹, denn es gab 'pathierte Nachrichten, die von allen Primen eintrafen. Manche davon hätte Rojer lieber nicht gehört; andere waren geheimnisvoll und faszinierend. Speziell die Spötteleien, die seine Mutter mit ihrem Vater austauschte, und ihre prägnanten Bemerkungen, die ihrem Bruder Jeran und ihrer Schwester Cera galten, die beide Towerprimen waren. Rojer fing nun auch Larias Berichte von Clarf auf. Er war froh, daß Zara sie nicht zu hören bekam.

Es gab auf Clarf eine Fraktion, die Aurigae City in der Hinsicht gleichkam, daß sie sobald wie möglich eine schnelle Exekution vornehmen wollte.

Außerdem fing er Rufe von der Heinlein-Basis auf. Die Königin hockte nun seit sechsundsiebzig Stunden reglos am selben Fleck und ignorierte die Nahrung, die sie zuvor noch verzehrt hatte. Die Xenobiologen und Xenozoologen taten ihr Bestes, um dafür zu sorgen, daß das, was ihr vorgesetzt wurde, alle erforderlichen Nährstoffe abdeckte, denn sie waren sicher, daß sie bald Eier legen würde. Ihr Unterleib war bis zu einem Punkt gespannt, daß schon Riefen oder Risse sichtbar wurden.

Man hatte in den Laboratorien der Allianz mehrere fehlgeschlagene Versuche unternommen, die Larven zu beleben, doch ihre Anzahl sank ständig. Dann hatte jemand in der Hoffnung, daß die Königin sie ausbrüten könne, vorgeschlagen, die restlichen Larven zur Heinlein-Basis zu schicken. Vielleicht benötigte sie beim Eierlegen Lakaien und konnte nicht funktionieren, da diese ihr fehlten.

Mehrere Larven aller Typen sollten deshalb in die Basis portiert werden, weil man sehen wollte, ob sie die Königin aktivierten. Die Männer schienen eher dafür zu sein, ihr die Larven zu überlassen. Die Frauen waren weniger geneigt, Verständnis für ihren Zustand aufzubringen. Abgesehen davon, daß sie wieder aß, hatte die Königin nichts weiter getan, obwohl ihr mit Eiern gefüllter Bauch sich weiterhin ausdehnte.

Doch als die Entscheidung fiel, ihr einige der drei Larventypen zu überlassen, nahm Rojer Zara beiseite, um ihr etwas zu übermitteln, das seiner Meinung nach eine gute Nachricht war.

»Es ist das wenigste, das man tun kann«, sagte Zara in einem empörten Tonfall. Für den Rest des Tages glaube Rojer jedoch, daß sie besser gelaunt war. Und natürlich war sie dabei, als der Transfer übertragen wurde. Die Szene war noch dramatischer als der erste Auftritt der Königin.

Sie eilte zu den Larven hin, ließ die oberen Gliedmaßen über jede Fruchtblase laufen und stieß ein leises Summen aus. Sie drehte geschickt jede Larve um, inspizierte sie von allen Seiten und fegte dann schwerfällig einen Pfad zum naheliegendsten Gebäude frei. Dies, sagten die Experten, mußte instinktives Verhalten sein, denn man hatte den Boden von allem Staub und Sand saubergefegt, als man die Basis für sie gereinigt hatte. Sie lief zurück, um das Grünzeug des Tages einzusammeln und stapelte es in der großen Eingangshalle auf. Als sie damit fertig war, rollte sie geduldig alle Larve an den neuen Standort, wobei sie sie oft tätschelte und drehte und dabei vor sich hinsummte. Die Mühen des Tages schienen sie erschöpft zu haben, denn sie hockte sich auf die Hinterbeine und verharrte reglos in dieser Stellung.

Biologen und Zoologen – auch zwei bedeutende irdische Insektologen – stritten sich über die Frage, welche Art ›Bett‹ ihren Bedürfnissen wohl am nächsten kam und wählten Stroh und Sägespäne. Eine Menge feines künstliches ›Wachs‹ und natürlicher Talg wurden dem Angebot hinzugefügt, für den Fall, daß sie eher einer Biene glich. Als sie auf den Spänen Platz nahm und sie haufenweise über die Larven schüttete, schickte man noch mehr hinein. Rojer grinste sich eins, als er daran dachte, was Vetter Roddie als Beobachtungs*talent* alles tun mußte.

Zaras Gesicht hellte sich bei jeder neuen Konzession auf, die man der Königin machte. Sie blieb in Sichtweite des Bildschirms und wartete die nächste Entwicklung ab. Ihre Mutter gestattete es ihr, weil sie, wie sie Afra gegenüber eingestand, im Haus nützlicher war als im Tower. Zara war sicher nicht die einzige, die das Geschehen auf der Heinlein-Basis beschäftigte. Die Beobachtung der Königin hatte das Trümmerstückezusammensetzen als galaktische Freizeitgestaltung ersetzt.

Zwei Tage später, als sie gerade den Tower verließen, erreichte sie ein aufgeregter Ruf Zaras. Damia nickte Afra und Rojer kurz zu, dann portierten alle ins Wohnzimmer.

Schaut! Schaut doch nur! Sie legt Eier! schrie Zara und deutete aufgeregt auf den Bildschirm. Morag, Ewain und Kaltia kamen aus ihren Zimmern gestürmt und polterten die Treppe herunter. Zum ersten Mal tadelte Damia sie nicht dafür.

Die Königin hatte sich auf sämtliche Vorderbeine aufgerichtet, ihr Leib war halb verborgen in dem Spänehügel, der sich zu heben und auszudehnen schien.

»Kann man ihr denn nicht mal Intimsphäre zugestehen!« wütete Zara. In ihren Augen funkelte lebhafter Protest.

»Wir können doch gar nichts sehen, Zara«, sagte Ewain und ließ sich mit einem empörten Gesichtsausdruck in den nächsten Sessel fallen. »Wir schauen doch auch bei den Kunis und Darbuls zu, wenn sie werfen. Was hast du denn jetzt dagegen?«

»Ewain hat wirklich recht, Zara«, sagte Afra ruhig. »Den Prozeß selbst sehen wir doch gar nicht. Wir sehen nur das Ergebnis, die Eier.« Doch der Blick, den er seiner Tochter zuwarf, besagte: *Deine Empfindsamkeit ist zwar löblich, Zara, aber unnötig. Insektoiden ist das menschliche Gefühl des Peinlichen unbekannt. In ihrem Schwarm würden die Helfer und Lakaien jetzt nur so um sie umherschwirren. Intimsphäre ist für sie wohl kaum ein Problem.*

Rojer wußte, daß die private Bemerkung nicht für ihn bestimmt war. Er schüttelte den Kopf und fragte sich, wieso er all diese unerwarteten Vertraulichkeiten mitbekam. Zara hatte einfach extrapoliert, was *sie* eventuell beim Gebären empfinden würde und die Unterschiede zwischen den Spezies nicht in Betracht gezogen. Sie wurde nach und nach stiller.

»Ich habe in Biologie gerade Geradflügler, wegen der Königin«, sagte Ewain beiläufig, während sein Blick am ständigen Anwachsen des spanbedeckten Hügels klebte. »Ich habe gehört, daß Käfer riesige Mengen von Eiern auf einmal legen. Sie müssen jetzt jeden Moment durch die Schicht brechen.« Und das taten sie auch. Glitzernde weiße Perlen. Es waren Hunderte. »Welche Variante sie wohl jetzt legt?« fuhr Ewain rhetorisch fort. »Sie muß doch schon schwanger – oder sagt man trächtig? – gewesen sein, bevor ihr Schiff ein Wrack war. Sie war doch ganz allein in der Kapsel.«

»Manche Käfer fressen das Männchen nach der Paarung auf«, warf Morag ein und musterte ihre Schwester mit einem prüfenden Blick. »Vielleicht war das der Grund für das ständige Gekratze, das wir aus der Kapsel gehört haben ...«

»Jetzt reicht es aber, Morag«, sagte Afra streng.

»Laut Biopauker sollen wir die Königin aber für unser Projekt beobachten, Papa«, protestierte Morag. Ihre Stimme wies fast das Quengeln auf, das ihre Eltern an ihr beklagten.

»Dann schau zu, aber behalte deine Kommentare für den Unterricht.«

Morag gehorchte. Rojer wußte: nach einem solchen väterlichen Rüffel würde sie Zara nicht mehr heraus-

276

fordern. Außerdem schien Zara Morags Spott gar nicht zu bemerken, denn ihr Blick klebte am Bildschirm fest. Ihr ausdrucksstarkes Gesicht wirkte weich. Ihre 'dinis saßen zwar dicht neben ihr, schienen ihre Gefühle aber nicht zu spüren.

Rojer nahm eine zaghafte Sondierung an ihr vor, aber sie war so fest abgeschirmt, daß er bezweifelte, seine Eltern könnten ihre Gedanken und Gefühle ›gehört‹ haben.

Die Königin brauchte vier Stunden, dann war sie fertig. Rojer ging hinaus, als es ihm langweilig wurde, verbrachte eine Stunde mit Xexo und versuchte seinen Erfolg auf der *Beijing* zu wiederholen.

Es waren neue Trümmer da. Die *KLTL* hatte den Ort berechnet, an dem das Käferschiff wahrscheinlich getroffen worden war und das Gebiet geviertelt. Rojer fragte sich, ob es Thians glänzende Idee gewesen war, denn man hatte eine ziemliche Menge Treibgut gefunden. Manches war zu verdreht oder zu verschmolzen, um nutzbar zu sein, aber man hatte alle Bruchstücke, Splitter und Fetzen eingesammelt. Man hatte einige große verdrehte und verschmolzene Rumpfsektionen gefunden, aber die Rekonstruktionskunst war möglicherweise in der Lage, aus den Überresten das Original wiederzugeben.

Weder Xexo noch Rojer interessierten sich für die größeren Trümmer, da man die kleineren intakt gebliebenen leichter zusammenzufügen konnte. Die beiden sortierten die neuesten Trümmer zuerst in passende Unterteilungen, da so die wahrscheinlichsten Treffer möglich waren.

»Wenn das hier bloß nicht die kleine spitz zulaufende Kante hätte«, sagte Rojer, nachdem er sich erfolglos bemüht hatte, zwei ähnlich aussehende Kleinteile zusammenzufügen.

»Kante?« Xexo schnippte Rojer das Teil entgegen, mit dem er sich gerade abgeplagt hatte.

»Das ist es! Ich halt's nicht aus!« sagte Rojer und krähte vor Vergnügen. Xexo fegte um den Tisch herum, um es sich anzuschauen. Er grinste.

»Und *ich* habe es dir gegeben!«

»Dann darfst du es auch melden!« Rojer war durchaus bereit, sich zu beugen. In letzter Zeit war sein Name in einem Gespräch seiner Eltern gefallen, und er hatte sich abgeschottet, statt zuzuhören. Sie hatten so hohe Normen; Normen, die er vielleicht nicht erfüllen konnte. Er wünschte sich, ein weniger guter Telepath zu sein.

Als Xexo von dem Anruf zurückkehrte, grinste er von einem Ohr zum anderen. »Jetzt halt dich fest, Bursche, es kommt eine Überraschung«, sagte er, ohne sich jedoch sofort zu erklären. »Ach, es wird dir nicht weh tun, ein bißchen zu schmoren. – Der Treffer ist ein Original, was sagst du dazu? Ich habe ihn als erster gemeldet. Aber ich habe ihn als gemeinsame Entdeckung deklariert. Ist nur gerecht, Roj. Jetzt laß uns mal sehen, ob *meine* Nase mich nicht getrogen hat, denn ich glaube, es ist das Teil eines Gyroskops. Ich weiß, es klingt reichlich an den Haaren herbeigezogen, weil gyroskopische Antriebe zur Steinzeit der Ingenieurskunst gehören, aber ...«

»Gyroskop? Natürlich ist es eins!« schrie Rojer. Er griff über den Tisch auf ein halbes Dutzend Fragmente zu, die, mit etwas verschmolzen, zu einem kompletten Ring zusammenpaßten. Xexo fielen beinahe die Augen aus dem Kopf.

»Das glaubt uns keiner: Zwei Treffer an einem Tag!«

»Tja, wir sind doch immer davon ausgegangen, daß der erste Treffer der Schwierigste ist ...«

»Das meldest du aber allein an, Rojer!« sagte Xexo und drehte den Streifen in den Händen. »Ist vielleicht doch kein Antriebsteil. Vielleicht haben sie es als Kompaßdingsbums verwendet, oder als ... Geh, melde es.« Und er schob Rojer aus dem Keller hinaus.

Rojer meldete den Treffer auf die bescheidenste Art und Weise, die er beherrschte, und war erleichtert, als er mit einem Automatenbeantworter verbunden wurde: Er erkundigte sich nach Einzelheiten, und Rojer gab die Stücknummern und die Reihenfolge an, in der sie zusammenpaßten. Er wurde nach seinem Namen und der Zeit des Treffers gefragt, dann dankte man ihm für die prompte Meldung. Das war das Schöne an Maschinen: sie ließen sich von Dienstgraden nicht beeindrucken. Sie nahmen einen so, wie man war!

Zusammen mit Xexo versuchte er anschließend, weiter auf seinem Fund aufzubauen, aber dann alarmierte ihn sein Zeitsinn, daß die Freizeit zu Ende war. Er und Morag mußten die Ponys bewegen. Die 'dinis wollten mitkommen. Damia bat sie, Grünzeug mitzubringen, wenn sie etwas zum Abernten fanden, aber auf die Jagd brauchten sie nicht zu gehen. Ewain und Kaltia kamen mit, sie saßen mit ihren jungen 'dinis, die noch immer auf dem Soziussitz reiten konnten, auf den Ponys. Zara blieb zu Hause und beobachtete den Bildschirm und die von Spänen und Eiern halb bedeckte Königin.

Als Rojer und seine Gruppe nach Hause zurückkehrten, war Zara wieder einmal in wahre Tränenfluten ausgebrochen.

»Sie ist vielleicht tot. Schaut denn niemand nach ihr? Man meldet keine Sensormessungen. Sie ist erschöpft, Mutter, das Eierlegen hat sie fertiggemacht. Kann ihr denn niemand helfen? Wenn du's nicht tust, rufe ich Großmutter Isthia selbst an!«

»Du wirst deine Großmütter nicht stören. Keine von beiden. Und hör sofort mit diesem hysterischen Quatsch auf!«

Rojer zuckte vor der peripheren 'Pathie seiner Mutter zurück. Sie wollte Zara einerseits beruhigen und sorgte andererseits dafür, daß sie keinen Ruf absenden konnte. Selbst Damia konnte nicht ohne Unterstützung den ganzen Weg nach Deneb 'pathieren. Für solche Zwecke war Rojer zuständig – aber seine Sympathie galt eindeutig Zara.

»Komm schon, Schwesterlein«, sagte er zögernd, und schlenderte auf sie zu. »Schau mal her! Man hat ihr gerade die Nahrung genau vor die Fühler gelegt. Roddie wird ganz gut im Anreichen.«

»Roddie ...« Die Erwähnung ihres Vetters überraschte Zara. Sie blinzelte ihre Tränen fort und schaute wieder auf den Bildschirm, wo sie ordentliche Nahrungsstapel sah, die genau vor der Königin lagen. »Woher weißt du, daß Roddie das getan hat?«

Rojer spürte es: Es spielte eine wichtige Rolle, daß ein Familienmitglied zu denen gehörte, die die Königin aktiv versorgten.

»Er ist das einzige *Talent* da oben, nicht wahr, Mutter?« Damia stimmte ihn verbal und mental zu, weil sie sich freute, daß sein Ablenkungsmanöver die Überempfindlichkeit ihrer Tochter dämpfte. »Ich weiß, daß er sie täglich mit frischer Nahrung versorgt. Und wenn du mal innehalten und kurz nachdenken würdest: Man hat ihr in jeder Weise Unterstützung gegeben, sobald ihre Bedürfnisse erkannt waren. Die Späne, zum Beispiel. Jeder Xenbio und Xenzoo beobachtet die Königin so genau wie du. Reg dich nicht so auf. Und wenn du dir wirklich Sorgen machst ... Ich glaube nicht, daß Roddie etwas dagegen hat, wenn du ihm die eine oder andere Frage stellst. Was meinst du, Mutter?«

Damia musterte ihn diesmal etwas länger, und Rojer wußte, daß er sie überrascht hatte.

»Wenn es deine Befürchtungen lindert, Zara: Ich glaube nicht, daß Roddie etwas dagegen hat. Aber du darfst ihn natürlich nicht mit dummen Fragen bombardieren.« Damia hob einen mahnenden Finger. »Er ist im Dienst und darf nicht mehr abgelenkt werden als dein Vater und ich, auch wenn er kein Tower-*Talent* ist.«

»Du hast Roddie nie gemocht, Mutter«, sagte Zara.

Rojer spürte, daß seine Mutter sich entspannte. Ihre Bemerkung war ein willentlicher Versuch gewesen, Zara von der Königin abzulenken. Zara hatte abartigerweise stets viel von Roddie gehalten; und zwar aus dem einfachen Grund, weil ihre Brüder und Schwestern ihn nicht ausstehen konnten.

»Schau mal, Zar«, sagte Morag. »Sie futtert.«

Zara war sofort wieder in ihrem Sessel, und ihr Blick heftete sich auf die Aktivitäten der Königin. Ihre Bewegungen waren zwar langsam, aber sie bemühte sich und setzte ihre Kräfte ein. Rojer schaute zu, bis er sah, daß sie sorgfältig Kerne und Samen zur Seite scharrte, dann ging er hinaus, um seinen Vater zu suchen. Da alle anderen anderes zu tun hatten, bekam er vielleicht die Chance, mit ihm zu sprechen, ohne daß man sie unterbrach. Afra schwamm eine abendliche Runde im Becken. Rojer ging an den Rand und entledigte sich seiner Kleider.

Sie schwammen ein paar Züge, dann hielt Afra sich am Rand fest und wandte sich zu seinem Sohn um.

»Du hast doch irgend etwas«, sagte er. »Aber zum ersten Mal im Leben habe ich nicht den geringsten Schimmer, was es sein könnte.«

Rojer grinste. Das war die Gesprächseröffnung, die er brauchte.

»Das ist es ja eben, Papa. Ich kann abblocken und höre trotzdem eine Menge Dinge, die, wie ich glaube, nicht für mich bestimmt sind. Aber ich schwöre, Papa, ich tue es *nicht* bewußt.«

Afra wirbelte träge seine freie Hand und beide Beine, um das Gleichgewicht im Wasser zu behalten. Er lächelte nachdenklich.

»Ich würde sagen, daß du jetzt deine volle Kraft als *Talent* erreichst. Deine Mutter und ich haben es schon nach dem Kapseltransport angenommen. Es war an der Zeit. Du hast es bestätigt, als du uns so

sauber zur Heinlein-Basis und dann hierher zurück-
portiert hast.«

»Du hast gar nicht ... Wirklich nicht, Papa?«

Afra kicherte, das Geräusch warf im Becken Echos.

»Ich hab gar nichts getan. Du hast die Arbeit ganz
allein gemacht.«

»Ich habe *alles* ganz allein gemacht?«

»Es überrascht mich, daß du es nicht gemerkt hast.
Ich versichere dir, ich habe keinen Finger krummge-
macht.«

»Aber ich dachte, du wärst der Brennpunkt ...«

»Nur, um die Kapsel anzuheben.«

»Dann ...«

Afra nickte. »Deine Mutter wollte es dir lieber heute
abend erzählen, wenn die Kleinen zu Bett gegangen
sind.«

Doch die Neuigkeit und der Stolz seines Vaters waren so heftig, daß Rojer sie auffing.

»Wirklich? Ich soll beim Geschwader einsteigen?«
rief er jubelnd. Dann keuchte er auf. »Ich hätte Thian
besser zuhören sollen!«

»Du hast dich auf der *Beijing* ausreichend gut geführt, Rojer. Glaubst du, du kannst dich so lange zu-
sammenreißen, bis wir die Sache in meinem Arbeitszimmer besprechen können?«

»Klar, Papa, klar!«

Aber es fiel ihm schwer, nichts auszuplaudern. Da
Zara so empfindlich war, fing sie zwar einen Anflug
seines Stolzes auf, aber nichts Konkretes. Also unterhielt er beim Essen alle Anwesenden mit dem doppelten Fund von heute und ließ sie glauben, seine Hoch-
stimmung sei nur darauf zurückzuführen.

Die Kleinen gingen zu Bett, dann auch Zara, wahrscheinlich unter einigem Druck ihrer Mutter, denn sie
gähnte diesmal viel früher als sonst.

Damia zwinkerte und ging vor ihm her in Afras
vollständig abgeschirmtes Arbeitszimmer.

»Du warst heute abend sehr gut, mein Lieber, und wir billigen es, weil es sich nicht rumgesprochen hat. Mein Vater sagt, die Sache bleibt geheim. – Aber das Geschwader B, das eins der drei Käferschiffe aufspüren soll, die der Nova entkommen sind, wurde lokalisiert.«

Afra übernahm den Bericht. »Zum Geschwader B gehören drei Schiffe: die *KTTS* der 'dinis ...«

»Ein Schiff, das aus Aurigae-Erz gebaut wurde ...«

»Ja, und auch unsere beiden Kreuzer, die *Arapahoe* und die *Genesee*. Es ist vielleicht verfrüht, aber der Hohe Rat möchte einen Primus draußen haben, der Botschaften übermitteln kann. Thian hat sich in dieser Funktion gut bewährt, und dein Großvater und Gollee meinen, daß du, auch wenn du noch keine sechzehn bist, diese Verantwortung erfüllen kannst.«

»Papa, ich kann aber keinen Unterricht geben, wie Thian ...«

»Es würde ohnehin nicht zu deinen Pflichten gehören. Die Besatzung der *KTTS* beherrscht genug Basic, und unsere beiden Kapitäne verstehen genug 'dini, um die notwendigen Meldungen auszutauschen. Erforderlich ist das Gewicht deines *Talents*.«

»Ach.« Rojer lächelte. ›Schauermann spielen‹ hieß der Witz, der sich in ihrer Familie am längsten gehalten hatte. »Aber warum, Papa, könnte es verfrüht sein?«

»Das Geschwader hat entdeckt, daß das Käferschiff abbremst. Sein Ziel ist wohl ein Sternsystem des Typs G. Als man die Nachrichtenkapsel abschickte, näherten sich die Käfer gerade der Systemgrenze. Man hat außerdem weder Späher noch Sonden ausgeschickt. Es könnte sein, daß es in diesem System bereits eine Käferkolonie gibt.«

»Puh!«

»Eben. Eine Annahme, die nicht ganz unvernünftig ist, lautet, daß dieser G-Stern, räumlich gesehen, nicht weit von der Heimatwelt der Käfer entfernt ist. Man hat den Eindruck, daß es Flüchtlinge sind, keine Kolonisten!«

»Und wir werden sie angreifen?«

»Es ist noch nicht diskutiert, geschweige denn beschlossen worden. Beträchtliche Aufklärung ist erforderlich. Nicht mal der Hohe Rat der 'dinis weiß genau, wie die Kolonialplaneten der Käfer geschützt werden. Das Sternsystem liegt Clarf galaktisch gegenüber, sozusagen irgendwie nördlich, und mehr am Rand.«

»Und man braucht einen Primus, damit er die Funde der Aufklärungssonden und Späher portiert!«

»Genau! Er muß die Daten anliefern und notwendige Befehle entgegennehmen. Du warst doch immer verschwiegen, Rojer.«

Rojer stieß einen Seufzer aus, erst dann bemerkte er, daß er die Luft anhielt. »Ich werde so schweigsam sein wie die Sphinx.«

»Nicht ganz, mein Lieber«, sagte seine Mutter. »Du wirst jederzeit erreichbar sein, aber auf unseren Schiffen ist außer dir niemand oberhalb von acht. Deswegen kann dich niemand lesen.«

»Du gehst mit Versorgungsdrohnen hinaus, die dringend gebraucht werden«, fügte sein Vater hinzu.

»Es ist mir egal, worin ich transportiert werde, solange ich *überhaupt* transportiert werde.«

Afra legte die Hand auf Rojers Schulter, drückte sie fest und gestatte seinem Stolz, ihn zu durchströmen. Rojer warf seiner Mutter einen Blick zu. Ihre Augen hatten einen traurigen Ausdruck, der ihn erkennen ließ, daß sein Glück ihr Bedauern war.

»Mama!« Er streckte den Arm aus, um ihre Wange zu streicheln, und sie hielt seine Hand kurz an ihr Gesicht. Er spürte, daß sie, wenn auch zögernd, hinnahm, daß sie nun ein weiteres Kind verlor.

»Es ist schon in Ordnung, Rojer. Aber für dich bedeutet es, daß du deine technische Ausbildung verschieben mußt. Laut Xexo hast du auf diesem Gebiet

284

außerordentliche Fähigkeiten gezeigt. Und du bist wirklich nicht der biedere Typ, der beim Leben im Tower aufblüht.«

»Ich würd es trotzdem tun, Mama, das weißt du doch.«

Damia runzelte die Stirn. »Du hattest keine große Wahl. Nicht mehr als ich in deinem Alter.«

»Aber Mama, es ist doch keine Frage der Wahl, oder? Wer *Talent* hat, hat auch Verpflichtungen …« Er hielt inne.

»Du hast gründlich gelernt, nicht wahr?« sagte sie lächelnd.

»Ja, war wohl so. Du hast mich wirklich gut erzogen, Mama. Aber eine Wahl haben wir auch. Das siehst du doch. Selbst Zara …«

»Oh.« Damia schnalzte mit der Zunge. »Bei dieser quecksilbrigen Instabilität wird ein Problem aus ihr werden …«

»Sie kommt schon wieder in Ordnung«, sagte Afra beruhigend. »Und sie wird uns alle bestimmt noch mal sehr überraschen.«

»Das glaube ich auch, Papa«, sagte Rojer beherzt, um seine Mutter zu beruhigen. Und sich selbst. »Wann … äh … reise ich ab? Kann ich Gil und Kat auch mitnehmen?«

»Natürlich. Sie haben die Hibernation gerade hinter sich, also fühlen sie sich bestens. Thians Pärchen hat es auf Clarf auch nur gutgetan.« Afra lächelte, denn bei seiner Bemerkung kicherte Damia. »Was deinen Termin angeht, so werden wir deinen Großvater informieren, daß wir dich gefragt haben und du eingewilligt hast. Es wird zwar nicht leicht sein, aber du kannst dich auf Thians Erfahrungen stützen. Da du Zivilist bist, muß man dich schützen, damit du keinen Anfall kriegst, falls dich jemand einfach in eine Rettungskapsel werfen und dir sagen sollte, du sollst nach Hause gehen. Primen sind *nicht* entbehrlich.«

Rojer lächelte und stellte sich das Tohuwabohu vor, das seine Großeltern veranstalten würden, wenn einem ihrer Primen-Enkel etwas passierte.

»Wir bleiben auch in Verbindung«, sagte Damia und fuhr sich mit den Fingern durch die weiße Locke, die Rojer immer kurz schnitt. »Wo du auch bist, wir sind immer nur einen Gedanken weit entfernt.«

»Weiß ich. Mama ... Papa ... Ich glaube, ihr solltet Zara lieber nicht sagen, wohin ich gehe. Ich glaube, dann rastet sie aus.«

Damia nickte mit gespitzten Lippen. »Ich muß Elizara bitten, ihre Namensvetterin zu besuchen. Vielleicht durchläuft sie ja nur eine Phase. Es ist untypisch für meine Familie, und ganz bestimmt für die deines Vaters.«

»Unsere Kinder sind eigenständige Persönlichkeiten, Damia.«

»Ich weiß!«

Kapitel Elf

Kapitän Osullivan von der *Genesee* hieß Rojer Lyon persönlich an Bord willkommen und nahm höflich, aber bestimmt, die Kuriertasche an sich, die er, wie man ihm ernst aufgetragen hatte, nur ihm persönlich auszuhändigen hatte. Sein Personenmodul – es war ringsum mit Drohnen bepackt, die es wie rechteckige Satelliten umkreisten – war von den vereinten Bemühungen der Primen von Kallisto, Erde, Aurigae und Deneb portiert worden. Dies sagte Rojer, wie weit entfernt das Geschwader B von seinem Teil der Galaxis war.

Wirklich, nur einen Gedanken entfernt. Es war eher eine Art heiseres Flüstern.

Das ist alles, was du darüber weißt, junger Mann, sagte die unverwechselbare Stimme seines Großvaters, die zwar schwächer war als üblich, aber dennoch deutlich. *Ich kann anmaßende Bengel nicht ausstehen.* Doch zu Rojers Seelenfrieden schwang in seinem Tonfall das Wogen eines Lachens mit.

Die beiden Drohnen, die die Luke versperrten, wurden beiseite geschafft. Die Klappe ging auf. Weder er noch die beiden 'dinis erlitten irgendwelche ungünstigen Nachteile durch die Bordatmosphäre. Die *Genesee*, ein Prototyp der Gründer-Klasse, verfügte über ein sehr wirkungsvolles Sauerstoffaufbereitungsprogramm: *Sgli*-Pflanzen spielten eine wichtige Rolle bei der Luftfiltrierung.

Rojer schüttelte dem Kapitän die Hand. Mit der Linken übergab er dem ihm genannten Empfänger die Dokumente. Osullivan, ein hochgewachsener Mann in den Fünfzigern, körperlich fit, allmählich kahlköpfig werdend, aber Mann von Welt, verriet im Gegensatz zu den hinter ihm stehenden anderen nicht im geringsten, wie sehr es ihn überraschte, daß man einem so jungen Menschen die Kuriertasche anvertraut und daß er dabei geholfen hatte, die Versorgungsdrohnen heranzuschaffen. Dann stellte er Rojer dem Offizier vor, der ihm an Bord als Adjutant zur Seite stehen sollte. Er sprach auch eine Einladung für ihn, Grl und Ktg – deren Namen ihm nicht leicht über die Lippen gingen – aus, um 19.30 Uhr mit ihm und seinen Offizieren zu Abend zu essen. Dann entschuldigte er sich, klemmte die Kuriertasche fest an seine Seite, ermahnte die bummelnden Mannschaftsangehörigen rechts und links, wieder an die Arbeit zu gehen und verließ den Hangar.

Oberfähnrich Lin Xing Tsu, ein drahtiger junger Mann mit so kurzem Haar, daß man seine blaßgelbe Kopfhaut sah, nahm sich auf der Stelle Rojers Seesacks an und führte Rojer zu seinem Quartier.

Lin war offensichtlich stolz auf die erst kürzlich in den Dienst gestellte *Genesee*, die sich auf der Jungfernfahrt befand. Als sie durch die Gänge schritten, beschrieb er ihre Annehmlichkeiten in strahlenden Farben. Als sie an ihren wichtigeren Charakteristika vorbeikamen und Lin ihm zeigte, welchen Lift man nehmen mußte, um in die Sporthalle, das Lazarett und zur Messe zu gelangen, fühlte Rojer sich allmählich sicherer. Er, Gil und Kat wurden in eine Luxuskabine gebracht, die zwar nicht ganz so groß war wie die Thians, aber es war eindeutig nicht die enge Kabine, in der man seinen Bruder anfangs auf der *Vadim* untergebracht hatte.

»Kann ich eine Kleinigkeit zu essen haben … damit ich bis heute abend überlebe?« fragte Rojer. Er hatte Aurigae kurz nach dem Frühstück verlassen, war vor dem Mittagessen auf Kallisto eingetroffen, wo man die

Drohnen an seiner Kapsel befestigt hatte und nach dem Mittagessen auf der *Genesee* angekommen.

Lin neigte lächelnd den Kopf. »Aber sicher! Wenn man bedenkt, daß Sie mehrere Tonnen Nahrung mitgebracht haben, steht Ihnen eine anständige Mahlzeit zu! Ich wette, das ganze Zeug ist schon in der Kombüse und der Vorratskammer.«

Als sie sich auf den Weg zur Messe machten, fragte Rojer: »Gibt es auf diesem Schiff einen Trümmertisch?«

»Trümmertisch?« Lin verlangsamte seinen Schritt und warf Rojer einen überraschten Blick über die Schulter zu. »Wir haben doch noch gar keinen Krieg erklärt. Wie können wir da schon die Trümmer sortieren?«

»Was?!« Rojer schaute ihn verdutzt an. »Ach, ich meine die Trümmer der Käferschiffe … Einen Tisch, an dem man sie zusammensetzt.« Seine Erklärung traf auf verblüffte Ohren. »Auf der *Beijing* hat man alle Teile, natürlich im Maßstab verkleinert, von dem Käferschiff, das von der Druckwelle der Nova erwischt wurde. Die, die das *Vadim*-Geschwader gefunden hat. Die Leute versuchen, sie wieder zusammenzusetzen …«

Lin verstand noch immer nicht, so daß Rojer, als er mit seiner Erklärung fortfuhr, mißgelaunt erkannte, daß er hier keine Chance bekam, einen weiteren Treffer zu landen. Wenn diese Mission endete, hatte man das Wrack wahrscheinlich vollständig rekonstruiert. Und er hätte doch so gern dabei mitgemacht.

»Vielleicht weiß Leutnant Gander etwas«, sagte Lin hilfsbereit. »Er ist der Moraloffizier.«

»Haben Sie zufällig die Aufnahmen von der Königin gesehen? Als sie aus der Kapsel steigt?«

»Königin? Wußte gar nicht, daß es auf der Erde noch welche gibt. Oder … Gibt es auf Prokyon nicht noch eine adelige Familie?«

»Ich meine die Käferkönigin, die lebendig in einer Rettungskapsel gefunden wurde.«

»Was sagen Sie da? – Eine lebendige Käferkönigin? Oh! Das würd ich mir nicht gern ansehen.«

»Sie hat eigentlich ziemlich hübsche Farben«, sagte Rojer möglichst zurückhaltend. Er befand sich auf einem Kriegsschiff, das ein Käferschiff jagte, und die Haltung der Mannschaft zur Königin mußte es widerspiegeln. »Man hat sie in die Heinlein-Basis auf dem Erdmond gebracht.«

»Ich dachte, die Einrichtung wäre schon vor Jahrzehnten ausgeschlachtet worden.«

»Ist sie auch, aber man hat sie wieder geöffnet, um die Königin unterzubringen. Sie kann da nicht raus.«

»Wer würde da schon gern reingehen?« fragte Lin.

»Eure Schiffe sind wirklich von allen Nachrichten entfernt«, sagte Rojer kopfschüttelnd.

»Ach, was wir wissen müssen, wissen wir«, versicherte Lin freundlich. »Uns interessiert mehr, was passieren wird als das, was schon passiert ist! – Wir sind da«, fügte er überflüssigerweise hinzu, da der Geruch gebratenen Fleisches schon appetitanregend durch den Gang wehte.

Man tischte ihm eine Mahlzeit auf.

»Ruckzuck erhitzt, und keiner merkt, daß es nicht frisch zubereitet ist«, sagte der Küchenbootsmann, der ihm einen dampfenden, vollen Teller hinstellte. »Wir ham immer was für die, die sich abrackern müssen. Biste wirklich 'n *Talent*, mein Junge?«

»Man sagt's mir jedenfalls überall«, sagte Rojer grinsend. Er hatte nichts dagegen, von einem in Ehren ergrauten Marine, der möglicherweise älter war als Großvater Raven, ›Junge‹ genannt zu werden. Dann glotzte er die bunten Bilder auf den kräftigen Unterarmen des Raumbären an: Tätowierungen wurden sie wohl genannt.

»Wo haben Sie die her?« fragte er zwischen den Versuchen, das Essen kaltzublasen, damit er genug in den Mund nehmen konnte.

»Ach, die … Tja, Bürschlein, das is'n Ergebnis einer Wette …« Der Bootsmann nahm Rojer und Lin gegenüber Platz, um eine Geschichte zu erzählen, die fast ebenso knallbunt war wie seine Unterarme.

»Unser Mr. Lyon«, begann Lin, als die Geschichte zu Ende und hinreichend aufgenommen worden war, »sagt, daß man eine Käferkönigin gefangen hat. Man hat sie in die Heinlein-Basis eingeschlossen.«

»Wirklich?« Der Bootsmann war entweder skeptisch oder nicht leicht zu beeindrucken.

»Sie hat Eier gelegt«, sagte Rojer in der Hoffnung, ein wenig Interesse zu erzeugen.

»Tja, Bürschlein, in ein, zwei Monaten sehen wir vielleicht mehr Eier, als sie je legen wird«, sagte der Bootsmann und stand auf. »Aye, vielleicht sogar *noch* mehr! Wir nähern uns einem System der Käfer. Wußte doch, daß wir irgendwann eins finden. Freut mich, daß ich den Tag noch erleben darf. Ich bin nämlich Deneber – und mein ist die Rache! Guten Appetit.«

»D … danke.« Rojer war insgeheim froh, daß er seine Ausführungen neutral gehalten hatte. Er war jedoch amüsiert, daß all die erstaunlichen Ereignisse, deren Zeuge er erst kürzlich geworden war, auf der *Genesee* als nichts Besonderes galten, und philosophisch, wie er war, fand er sich mit der Situation ab.

Mutter, Vater, sagte Damia, als sie einen Ruf an ihre Eltern richtete, die auf Kallisto noch beim Frühstück saßen.

Ja, Damia? erwiderte ihre Mutter. *Da ist etwas, Jeff. Ich hab's dir schon gestern gesagt, als wir Rojers Kapsel geschoben haben. Und es geht um … Zara?* Im Ton Rowans schwang erfreute Überraschung mit. *Was, um Himmels willen, kann mit Zara los sein? Sie ist doch die Nachgiebigste von euch.*

Nicht mehr, Mutter. Und Damia lieferte rasch einen Bericht über das abweichende und launische Verhalten ihrer Tochter. *Ich weiß auch nicht, woher sie solche Vorstellungen über die Königin hat ...*

Sie sind ungewöhnlich, sagte Rowan. *Speziell bei dieser Entfernung, und da sie nur eine Aufzeichnung hatte, um diese Reaktion hervorzurufen ...*

Soll das heißen ... Zara hat nicht als einzige so reagiert?

Ja, so ist es, wandte Jeff ein. *Eine zunehmende Minderheit hat das Gefühl, daß die Allianz autoritär und herrisch vorgeht. Was wirrköpfig ist. Immerhin wurde das Geschöpf auf humane Weise vor dem sicheren Tod bewahrt. Es gibt keinen Planeten, auf dem die Königin mit dem verbliebenen Sauerstoff und den noch vorhandenen Nahrungsvorräten hätte landen können. Sie mag ja isoliert sein, aber es ist doch nur zu ihrem eigenen Besten. Es gab bereits zwei Versuche, sie von ›irdischem Boden‹ zu entfernen.*

Wir haben nichts davon gehört ... Damia war entrüstet. Die Königin war *wirklich* in verantwortungsbewußter Schutzhaft; schon durch reine Beobachtung konnte man eine Menge über ihre Spezies in Erfahrung bringen. Zwar würde man sie nicht freilassen, aber auf dem Mond war sie bestimmt für niemanden eine Bedrohung.

Du hast nichts davon gehört, weil es geheimgehalten wird. Klein-Rhodri wird für sein promptes und wirkungsvolles Eingreifen wieder eine Belobigung erhalten, sagte Jeff.

Zudem, fügte Rowan knapp und bissig hinzu, *sind einige abfällige Bemerkungen über die bombigen Positionen gefallen, die von einer speziellen denebischen Familie gehalten werden ...*

Damia hörte ihren Vater erheitert kichern. *Unsere Kritiker können Großfamilien einfach nicht einschätzen: Aber wir sind keinesfalls die einzige denebische Familie mit Phalanxen von Nachfahren. Und ganz gewiß nicht die einzige Familie dieser Art: Es gibt die Ravens, Eagles, Cranes, Gwyns, Lyons, und ein gesundes Grüppchen terranischer Reidingers, Owens', Grens, Maus und Thigbits in den* hohen Rängen. Es ist im Grunde gar kein Monopol – sondern nur kluge Familienplanung.

Allerdings waren die Bemerkungen fast verleumderisch, rufschädigend und eindeutig abfällig, sagte Rowan verärgert.

Irrelevant, würde ich sagen, sagte Jeff. Bis jetzt hat man sich nach dem besten unseres geringen Wissens um die Königin gekümmert. Der Hohe Rat der 'dinis ist mit dem unseren der Meinung, daß wir uns so sorgfältig um sie kümmern, wie um jeden Kriegsgefangenen. Die alte Genfer Konvention – ich weiß nicht mal, wie alt sie wirklich ist – wird sogar übertrieben gewissenhaft angewandt. Der Unterschied ist, daß sie ihre Wächter, Pfleger und so weiter nie gesehen hat. Was vielleicht ein glücklicher Zufall ist.

Warum?

Wir müssen nach Jahrhunderten der Raumschlachten und der Landung, die den Käfern auf der 'dini-Kolonie Sef gelungen ist, davon ausgehen, daß sie wissen, wie die Mrdinis aussehen. Aber sie können nicht wissen, wie Menschen aussehen, da sie bisher noch keinem persönlich begegnet sind. Es gibt da eine Theorie, laut der sich einer unserer Vertreter ihr auf freundliche Weise nähern könnte. So bringen wir vielleicht in Erfahrung ...

Vater, das ist absolut tadelnswert! Es ist ... Vorteilnahme über eine hilflose ...

Du auch? warf Rowan ein.

Was, ich auch?

Du hältst sie auch für hilflos, allein, isoliert, ohne Freunde, heimatlos? Ihre Mutter klang ironisch.

Nicht besonders, erwiderte Damia trocken. Aber Zara!

Zara? Ja, sie war immer besonders psi-empfänglich, nicht wahr? Aber wie hätte sie dies entwickeln können, wo sie sich doch nur eine Aufzeichnung angeschaut hat? Es ist echte Ferneinwirkung, sagte Rowan nachdenklich. Aber auch für solche Talente gibt es Arbeit.

Damia fing im Bewußtsein ihrer Mutter einen be-

293

stimmten Unterton auf. *Mutter, sie ist noch keine vierzehn. Und ...*

Und? drängte Jeff Raven seine Tochter, als sie abbrach, obwohl das, was ihr schwerfiel, den Eltern zu sagen, der Grund der Kontaktaufnahme gewesen war.

Sie war in letzter Zeit als Talent fast ... funktionsgestört. Streicht sie von der Liste der wahrscheinlichen Tower-Kandidaten!

Noch keine vierzehn? wiederholte Rowan. *Und momentan funktionsgestört? Sie hat gerade angefangen zu menstruieren? Nun, die Funktionsstörung könnte sich wieder einrenken, wenn ihr Zyklus feststeht. Wolltest du uns das sagen?*

Damia stieß einen Seufzer aus. *Ja, ich dachte, ihr solltet es wissen.*

Rowan projizierte Verständnis, aber Damia spürte erneut den Unterton, ein Aufblitzen von scharfem Interesse und Befriedigung.

Ich kann nicht sagen, daß du in diesem Alter nur eine Handvoll warst, sagte ihr Vater. In seinem Tonfall war ein Kräuseln von Erheiterung.

Ich war als Talent nie funktionsgestört.

Nein, warst du nicht. In der zärtlichen Woge, die über Damia hinwegspülte, war ein Schatten von Ironie, und sie entspannte sich.

Es wäre mir nur lieb, wenn ich wüßte, was ich tun kann, um Zara zu helfen, sagte sie wehmütig. *Wir haben uns so bemüht, sie zu unterstützen und zu ermutigen.*

Es gibt im ganzen Universum kein Elternpaar, das sich bestimmten Aufgaben nicht irgendwann nicht mehr gewachsen fühlt, Damia, sagte Jeff.

Dein Vater zum Beispiel. Die mentale Fühlungnahme Rowans war ebenso voller Zärtlichkeit wie die Jeffs. *Ich finde, daß du dir über Zara unnötige Sorgen machst. Vielleicht hast du sie treffend nach Elizara benannt, die so viel Mitgefühl für ihre Patienten hat. Es ist nicht unehrenhaft, wenn eine Prima medizinisches Talent hat.*

294

Ich bezweifle, daß Zara den Magen für einen medizinischen Beruf hat. Damia schoß eine Bildfolge ihrer Reaktionen angesichts schlaffer tierischer Kadaver und der Nahrungszubereitung ab.

Chirurgie ist nur ein kleiner Teil der Medizin. Man macht viel mehr mit Biorückkopplung, Metamorphie, mentaler Konditionierung und echter mitfühlender Therapie, als mit intrusiven Methoden, sagte Rowan. *Laß dich von Isthia und Elizara beraten. Beide haben Einblick, der dir helfen wird.*

Ich dachte, ihr solltet es als erste erfahren, fügte Damia lahm hinzu. Wieso hatte sie eigentlich erwartet, daß ihre Eltern ein Problem lösten, daß sie und Afra nicht lösen konnten?

Weil du uns am nächsten stehst, Liebling, sagte ihr Vater, der den Gedanken aufgefangen hatte. *Sei nicht hart zu deiner Tochter; sie ist nun mal das, was sie ist.*

Sie ist das, was die meisten Menschen im Moment nicht *sind. Sie hat Mitleid mit dieser elenden Königin.* Der mentale Tonfall, in dem Damia ›elend‹ sagte, deutet an, daß sie die übliche Bedeutung nicht meinte.

Belaß es dabei, Damia. Liebe Zara einfach nur, sagte Rowan. *Und berate dich mit Isthia und Elizara.*

Damia zog sich zurück, aber nicht ohne Abschiedswoge der Zuneigung und die Billigung ihrer Eltern. Nun, da sie ihre Vorbehalte ihrer Tochter gegenüber eingestanden hatte, wollte sie die Dinge klären und prüfte den Zeitunterschied. Und stieß einen stummen Fluch aus. Isthia würde es nicht gefallen, wenn sie sie aus dem Schlaf holte. Als sie es bei Elizara probierte, ertastete sie einen Geist, der angestrengt mit etwas Lebenswichtigem beschäftigt war. Also ließ sie davon ab und wartete auf einen günstigeren Moment, um die beiden Heilerinnen zu erreichen.

Vielleicht hatten ihre Eltern recht. Wenn Zaras Zyklus sich eingespielt hatte, wurde sie vielleicht ruhiger. Sie wollte ein paar Monate warten und Zara bis dahin mit bedingungsloser Unterstützung helfen. Dies war schließlich das, was Afra empfohlen hatte. Er hatte das Schwanken und die Launen ihrer Mutter durchgestanden ... und ihre eigenen. Er hatte immer bewiesen, daß er sie verstand und liebte. Und er war sehr sanftmütig und verständnisvoll mit Zara. Vielleicht brauchte das Kind gar nicht mehr.

Als Rojer, Gil und Kat an diesem Abend zum Essen in die Messe des Kapitäns kamen, wurden sie von Offizieren willkommen geheißen, die es kaum erwarten konnten, weitere Einzelheiten über die amtlichen Neuigkeiten zu erfahren, die er mitgebracht hatte.

»Kommen wir sofort zur Sache«, sagte Kapitän Osullivan. »Ich glaube, Ihr Bruder ist mit der *KLTL* weitergefahren, um den genauen Standort der Nova und den angeblichen Heimatplaneten der Käfer zu überprüfen.«

»Wußten Sie von dem großen Käferwrack, Sir?«

»Es stand im letzten Kommuniqué, das wir erhielten«, sagte Osullivan.

»Dann wissen Sie noch nicht, daß drei Kapseln entkommen sind?« fragte Rojer.

»Drei? Es wurde nur erwähnt, daß man eine geschnappt hat ...«

»Es ist die einzige, die bisher *lokalisiert* wurde, Sir.«

»Irgendwelche Überlebenden?« fragte ein Offizier.

»Irgendwelche unverletzten Überlebenden?« fragte ein anderer.

Kapitän Osullivan hob die Hand, damit wieder Ruhe einkehrte, denn seine sonst ordentliche Messe eruptierte in ein kleines Chaos informationshungriger Anfragen. »Sollen wir unseren Gast nicht erst einmal erklären lassen? Falls es dann noch Fragen gibt, können sie später gestellt werden.«

Rojer holte tief Luft, kramte in seiner Erinnerung, brachte alles in die richtige Reihenfolge und lieferte dann einen so umfassenden Bericht wie möglich. Er ließ nur eins aus: seine eigene Teilnahme. Er schrieb alles einer Anzahl anonymer *Talente* zu. Er hatte aufgefangen, daß die meisten Anwesenden ihn für ein ›Kind‹ hielten. Er wollte nicht, daß sie dem Wort noch ein ›anmaßend‹ hinzufügten.

»Wir haben Aufnahmen, meine Herren«, sagte der Kapitän, als Rojer fertig war, »aber sie können warten, bis wir gegessen haben. Das Essen verdanken wir übrigens, wie ich hinzufügen möchte, der Ankunft von Mr. Lyon und acht Versorgungsdrohnen. Und jetzt essen wir erst einmal.«

Allerdings wurden Rojer Fragen gestellt, die er nicht beantworten konnte. Über manche wußte er nichts, die anderen beantwortete er nicht so genau, wie er es gekonnt hätte, sondern wie er es sollte. Als er von einem Ingenieuroffizier ausgequetscht wurde, erhielt er die Gelegenheit zu beschreiben, daß das riesige Käferschiff akribisch rekonstruiert wurde. Dieses von vielen autonomen Gruppen in der ganzen Allianz unterstützte Unternehmen erregte das Interesse vieler Offiziere. Sie waren plötzlich besessen von der Vorstellung, einen eigenen Trümmertisch aufzustellen.

Und erneut brach am Tisch des Kapitäns erregtes Stimmengewirr aus. Als die Ordnung wiederhergestellt war, mußte Rojer sie enttäuschen, denn er hatte keine Daten mitgebracht. Er war nicht davon ausgegangen, daß die *Genesee* keinen eigenen Tisch hatte. Sämtliche anderen Schiffe, Welten, Städte, Ortschaften und Ansiedlungen in der Allianz schienen einen zu haben.

»Obwohl es sicher ein netter Zeitvertreib bei der langen Jagd wäre«, sagte Kapitän Osullivan frustriert, »werden wir uns, glaube ich, recht bald auf dringlichere Angelegenheiten konzentrieren müssen, speziell dann, wenn dies wirklich ein von Käfern kolonisiertes System ist.« Er beugte sich zu Rojer hinüber. »Wenn Sie gestatten, Mr. Lyon …« Es war Rojer zwar peinlich, so formell angesprochen zu werden, aber er bemühte sich, entspannt zu wirken. »Ich bin der Meinung, Sie sollten all diese Einzelheiten persönlich zur *Arapahoe* und Kapitän Quacho und zur *KTTS* und Kapitän Prtglm melden. Ich signalisiere ihnen, morgen um 12.30 Uhr zum Mittagessen an Bord zu kommen. Geht das in Ordnung?«

Rojer lächelte. »Was Sie nur wollen, Kapitän. Soll ich sie an Bord portieren?«

Osullivan räusperte sich, und Rojer ›hörte‹, daß er gar nicht an diese Möglichkeit gedacht hatte. »Ähem … ja, es würde uns eine Menge Zeit und Treibstoff sparen, den wir in der Zukunft vielleicht irgendwann dringend brauchen.«

»Dafür bin ich hier, Sir.«

Rojer erblickte Erheiterung auf den Gesichtern in der Runde und spürte, daß man ihn allgemein akzeptierte. Laut Ansicht der Allgemeinheit konnte das ›Kind‹ ganz nützlich sein.

Am nächsten Tag war Rojer flüssiger in der Zusammenfassung dessen, was seit dem Empfang des letzten amtlichen Bulletins passiert war, das die drei Schiffe des Geschwaders B erreicht hatte. Kapitän Prtglm war, wie es sich für seinen Namen geziemte, ein großer, holzkohlengrauer Mrdini. Er sprach flüssiger Basic als jeder andere Mrdini, der Rojer je begegnet war, einschließlich der Freunde seiner Eltern, deswegen wußte er, daß der Kapitän der *KTSS*, auch wenn er eher ein technisches Vokabular hatte und bestimmte Phrasen mit Körperbewegungen unterstrich, jedes seiner Worte verstand.

»Ich bezweifle nicht, daß Geschwader sich einem System nähert, das Käfer besetzt haben«, sagte Prtglm und nickte Rojer, als dieser fertig war, freundlich mit dem Kopfauge zu. Dann ließ er ein leises *Tlock* erklingen. »Kapitäne sind zwar nicht ganz überzeugt, aber Prtlgm ein alter Kapitän. Hat Käfer lange verfolgt. Hat auch neues Gerät zur Frühbeobachtung mitgebracht. Nicht empfänglich für Sensoren.«

Er bedeutete einem seiner Adjutanten, einen schlicht aussehenden Gegenstand zu bringen und auszupacken. Er wies den Glanz von Kunststoff auf, sogar rings um die augenfälligen Düsen, die sich an seinen Enden befanden.

Mit eifrigem Interesse beugte sich Fregattenkapitän Metrios, der Ingenieuroffizier der *Arapahoe,* über den Tisch, um ihn zu untersuchen. Dann schaute er Prtlgm an und wartete auf eine Erklärung.

»Käfersensoren erkennen Metall. In dieser Sonde kein Metall. Kann nicht entdeckt werden. Bringt guten Überblick.« Kapitän Prtlgm stieß das rasselnde Geräusch eines 'dini-Gelächters aus. Als der Adjutant, der die Sonde ausgepackt hatte, ein paar rasend schnelle Worte auf 'dini sagte, die außer Rojer niemand verstand, brachen auch die anderen 'dinis in Gelächter aus. Auch Gil und Kat fielen mit ein, aber wohl mehr aus Höflichkeit, wie Rojer annahm.

Er setzte eine gespielt verwirrte Miene auf. Der Kern der Bemerkung hatte darin bestanden, das die 'dinis nun über ein Instrument verfügten, daß dafür sorgte, daß selbst die Menschen nun den Weitblick hatten, den man brauchte, um zu wissen, was man als nächstes tun sollte.

Thian hatte etwas über die Dichotomie des Verhaltens von Menschen und 'dinis erwähnt, das mit aggressiven oder offensiven Handlungen zu tun hatte, deswegen war Rojer über den unterschwelligen Tadel nicht so verstimmt, wie er es sonst gewesen wäre. Jemand, der nicht ein ganzes Leben mit 'dinis verbracht hatte, hätte vielleicht Anstoß an der subtilen Beleidigung dieser Bemerkung genommen.

»Sie ist also ganz aus Kunststoff?« sagte Kapitän

Osullivan. »Kompakt. Sieht aus wie ein Meteor oder Asteroid. Genau die Sorte Trümmer, die den Weltraum verschmutzen. Aber haben wir ermittelt, ob dieses System überhaupt einen Asteroidengürtel hat?«

»Im gesamten Weltraum treiben unbeschreibliche Dinge«, sagte Prtlgm, und sein Flaschenhals versteifte sich.

»Da hat der Kapitän zweifellos recht, Sir«, sagte der Astrogator der *Genesee*, lächelte Prtlgm zu und signalisierte Zustimmung und Respekt.

»Ich wollte nicht respektlos sein, ehrenwerter Prtlgm«, sagte Osullivan verbindlich und senkte den Kopf, um eine Entschuldigung anzudeuten.

»Ich mache mir mehr Sorgen um die Ionenspur, Sir«, sagte Fregattenkapitän Metrios. »Sie könnte aufgefangen werden ...«

»Angenommen, die Sonde hinterläßt keine Ionenspur«, warf Rojer ein. »Ich meine, sie *muß* doch nicht dorthin fliegen. Ich könnte sie portieren. Dann gibt es keine Spuren.«

Prtlgm richtete sein Kopfauge auf Rojer, und als er sich umdrehte, waren in seiner Bewegung eindeutige Elemente des Unglaubens.

RESPEKTVOLLE ANMERKUNG, GROSSER EHRENWERTER PRTLGM: RJR GEHÖRT ZU DENEN, DIE DINGE UND LEBEWESEN DORTHIN VERSETZEN KÖNNEN, WO MAN SIE BRAUCHT. KANN BOTSCHAFTEN ZU ENTFERNTEN GEISTERN SCHICKEN. Dann machte Rojer eine äußerst unterwürfige Verbeugung. Gil erzeugte neben ihm ein hörbares Zustimmungsklicken.

Prtglm hatte Gil und Kat von ersten Augenblick an ignoriert, in dem er in den Konferenzraum gekommen war. Und der Rest seiner Truppe hatte es ihm gleichgetan, denn alle 'dinis hatten Rojers Freunde auf der Stelle als Jünglinge mit wenigen Hibernationen identifiziert.

DIES IST DAS MENSCHENTALENT RJR LN, fügte Kapitän

Osullivan schnell hinzu. DIESES SCHIFF STEHT BEREITS
IN SEINER SCHULD, DENN ER HAT NACHRICHTEN UND
VORRÄTE – AUCH FÜR DIE *KTTS* – GEBRACHT.

Prtlgm klickte und klackte, er *tlockte* sogar einmal
überrascht, aber er musterte Rojer, ohne mit der Wim-
per zu zucken. Mit einer sehr leichten Kopfbewegung
musterte er auch Gil und Kat, die dem Kapitän der
KTTS respektvoll die offenen Kopfaugen präsentierten.

»Rijor.« Rojer machte sich keine Gedanken über die
vertauschten Vokale; die Tatsache, daß Prtlgm seinen
Namen überhaupt aussprach, war Anerkennung
genug. »Sie sind Tower?«

RJR IST NUN TOWERTYP SENDER-EMPFÄNGER. Was stimmte.
Hätte er seinem Namen in seinem Alter irgendeinen
Titel hinzugefügt, wäre er in den Augen eines so ange-
sehenen 'dini unentschuldbar arrogant gewesen.

SIE KÖNNEN SONDE ZUM KÄFERSCHIFF SCHICKEN, RUND
UM DAS KÄFERSCHIFF, GENAUE ANALYSE MACHEN?

RJR KANN ES, EHRENWERTER PRTLGM.

»Nun, Junge, das würde uns gewaltig bei der Entscheidung helfen, was wir als nächstes tun«, sagte Kapitän Osullivan verbindlich. »Wir müssen eine Menge
über das System und die Welten, die die Käfer eventuell bewohnen, in Erfahrung bringen.«

»Ein so kleines Teil«, sagte Rojer und deutete auf
die knapp fünfundzwanzig Zentimeter lange Sonde,
»kann ich überall hinschicken, wo Sie wollen. Es bleiben keine Spuren zurück.«

Die nun folgende Einsatzbesprechung war für Rojer
ein ebenso berauschendes Erlebnis wie der Fund seines ersten Käferschifftrümmertreffers.

»Bevor wir Sie da reinlassen, müssen wir uns versichern, daß sich keine Sensoren oder Minen innerhalb
oder außerhalb der Systemgrenze befinden«, sagte Kapitän Osullivan.

»Käfer verwenden solche Geräte nicht«, sagte Kapitän Prtlgm und breitete die Arme aus, um anzudeu-

301

ten, daß er wisse, daß seine Versicherung für die menschlichen Kollegen unzureichend sei und sie die Suche zuerst vervollständigen würden.

Als das Geschwader die Systemgrenze erreichte, gab Kapitän Osullivan zu, daß keine Frühwarnbojen existierten. »Aber es hat uns auch nicht geschadet, es erst mal nachzuprüfen.«

Innerhalb der Systemgrenze untersuchten sie das astrogatorische Diagramm des Sternsystems. Es war so weit von der Erde entfernt, daß die Neun-Sterne-Liga es nicht einmal in die Sternkarten eingetragen hatte. Die Mrdini-Bezeichnung bestand aus einer langen Konsonanten- und Zahlenreihe, die man schließlich auf XG-33 abkürzte. Das System hatte zehn Planeten, keinen Asteroidengürtel.

Als die Ingenieure der 'dini ein rundes Dutzend Plastiksonden hergestellt hatte, sagte Rojer, es sei kein Problem, mehrere gleichzeitig in Bewegung zu halten.

»Sind Sie Jongleur, Junge?« fragte Fregattenkapitän Metrios skeptisch.

Rojer ›hob‹ vier Tassen, drei Gläser, zwei Untertassen, ein Messer, eine Gabel und einen Löffel von der Getränketheke der Offiziersmesse. Er ließ die Tassen wie Kompaßnadeln tanzen, die Gläser durch den Raum kreisen – all dies hoch über den Köpfen der Anwesenden – und die beiden Untertassen einen Möbiusstreifen rund um die Sitzenden bilden. Die Messer, die Gabel und der Löffel fielen nebenbei mal in diese oder jene Tasse. Diese Art des Jonglierens war zu Hause für ihn und seine Geschwister eine Lieblingsbeschäftigung und eine gute Übung für die Arbeit im Tower gewesen. Rojer verschwieg, daß seine Eltern es getadelt hätten, daß er auf derart kindische Weise angab. Er sagte auch nicht, daß die Sonden – plus Generator-Gesamt – viel mehr Konzentration erforderten, aber sobald er wußte, daß er sich verständlich gemacht hatte, stellte er alles wieder am ursprünglichen Standort ab.

»Sie haben wirklich was drauf, Junge«, sagte Fregattenkapitän Metrios.

»Wie groß ist der Unterschied zwischen dem Bewegen dieser Kleinigkeiten und den Sonden, Mr. Lyon?« fragte der Kapitän.

»Um ehrlich zu sein, Sir, mehr als drei auf einmal möchte ich mir nicht zumuten.«

»Trotzdem decken wir so in viel kürzerer Zeit viel mehr Boden ab, als wenn wir darauf warten müßten, daß die Sonde mit ... äh ... gewöhnlichen Transportmethoden in Bewegung gesetzt wird«, sagte Osullivan. »Wenn Sie bereit sind, Mr. Lyon?«

Fregattenkapitän Metrios strahlte noch immer eine gewisse Skepsis aus, als er Rojer zur Brücke führte, wo eine Liege für ihn vorbereitet war. Das Schiff war unterwegs, also summten die Generatoren brav vor sich hin. Rojer brauchte nur einen Augenblick, um die erforderliche Energie anzukurbeln, die er fürs Portieren der drei Sonden brauchte. Eine Sekunde pro Stück, dann waren sie auf den parabolischen Kurs zu den Zielplaneten.

Der äußerste Planet war, wie vorherzusehen, ein kleiner kalter Klotz mit einem schweren Kern. Dann kam ein größerer, der ebenso steril war. Der dritte war auch nicht interessanter, obwohl er mehrere Monde hatte. Beim zweiten Streifzug schickte Rojer die erste Sonde um den Gasriesen. Er hatte zwar keinen Ring, aber zwanzig Monde und eine Menge Trümmer, die ihre Positionen tauschten, wenn zwei oder mehr Monde sich so nahe waren, um starke Schwerkrafteinwirkung hervorzurufen. Für den Astrogationsoffizier, eine sehr schöne Frau namens Langio, war dies eine ziemliche Show, denn der lunare Tanz verzauberte sie. Der fünfte Planet war der größte. Auf ihm herrschte überwältigende Oberflächenaktivität, und auch er hatte eine ganze Schar von Monden: manche zeigten Ruinen. Man bat Rojer, die Sonde zu einer näheren Untersuchung an sie heranzuführen. Sie erkannten, daß ein Mond irgendwann bergbautechnisch ausgebeutet worden war.

Der sechste Planet stellte noch ausgedehntere Ruinen zur Schau, genug um anzudeuten, daß er bewohnbar gewesen war, bevor seine Atmosphäre sich verflüchtigt und er die nötige Wärme seines abkühlenden Zentralgestirns verloren hatte.

Danach wies Kapitän Osullivan Rojer an, sich für heute etwas Ruhe zu gönnen. Rojer war überglücklich. Er war sehr müde und wünschte sich, er hätte weniger aufgeschnitten. Prtlgms Zweifel hatten ihn erbost. Auch wenn die Mrdinis und die Menschen möglicherweise nur einen ›Knaben‹ in ihm sahen: Er war ein ›nützliches Kind‹ und wollte es ihnen beweisen.

Als er sich am nächsten Tag auf der Brücke meldete, waren die drei Kapitäne anwesend. Ihr Verhalten sagte ihm, daß sie Pläne mit ihm hatten.

»Mr. Lyon, wir möchten, daß Sie eine Sonde zum Schiff der Käfer schicken. Wir haben zwar Glück, daß die äußeren Planeten nicht mit Warnsystemen ausgerüstet sind, aber wenn auf dem siebenten Planeten Käfer leben, meint Prtglm, gibt es dort mit *Sicherheit* Überwachungssysteme im All. Wir wollen uns heute das Käferschiff vornehmen.«

Rojer war nur allzugern bereit, sich auf eine einzelne Sonde zu begrenzen.

»Wir kennen nun die gegenwärtige Position der Käfer«, sagte Korvettenkapitän Langio mit ihrer ruhigen Stimme. »Sie befinden sich gerade hinter dem achten Planeten. Aber wir können es nicht wagen, unsere Sensoren so weit scannen zu lassen, damit Sie eine gute Schärfe kriegen.«

»Ich brauche keine«, sagte Rojer leichten Herzens. »Die Käferschiffe haben immer die gleiche Form ...«

»Aber nicht immer die gleiche Größe«, sagte Kapitän Prtlgm.

»Stimmt, aber da dort draußen nur eins ist, ist es keine Überlegung.« Rojer nickte Fregattenkapitän Metrios zu, der ihm die Kontrolle über die Generatoren gab, damit er das nötige Mensch-Maschine-Gesamt zustande bringen konnte. Er wußte, wo Langio das Käferschiff auf der Sternkarte positioniert hatte. Er hob die ungeschlachte Sonde an und portierte sie in einer weiten parabolischen Kurve auf das Käferschiff zu.

Funkoffizier Doplas grunzte überrascht. »Krieg eine Messung rein«, sagte er. »Können Sie einen Augenblick stillhalten?«

Rojer gehorchte, dann folgte er seinen Anweisungen. Als er die Sonde zurückholte, hatte sie das Käferschiff mehrmals umkreist, ohne daß sie wahrgenommen wurde.

Rojer war zwar keinesfalls so müde wie am Tag zuvor, aber die kurze Arbeitsstunde überflutete nun alle Bereiche der *Genesee* und sämtliche Spezialisten des Geschwaders B mit Arbeit. Er wurde zu Nebenbeschäftigungen verbannt, die er philosophisch zu nehmen versuchte. Dies dauerte bis zum Mittag, als man ihn freundlich bat, in der Hauptmesse zu speisen. Er hatte nichts dagegen, da, Gil und Kat ihn begleiteten. Das Essen war fast so gut wie das am Tisch des Kapitäns, und es ging hier viel weniger formell zu. Mehrere Besatzungsmitglieder testeten ihre 'dini-Sprachkenntnisse an seinen Begleitern ... oftmals mit erheiternden Resultaten. Gil war besonders gut bei Ausspracheproblemen, aber seine Lehrmethoden erzeugten große Heiterkeit und sorgten für einen interessanten und unterhaltsamen Abend für alle. Rojer war stolz auf seine 'dinis, und er erzählte es ihnen.

Später wurde er von einem irritierenden Lärm aus dem tiefen Schlaf geweckt und erkannte schließlich, daß sein Komgerät quäkte.

»Hmmm? Ja, was is'n?«

»Empfehlung des Kapitäns, Mr. Lyon. Können Sie sofort in den Konferenzraum kommen?«

Rojer gehorchte knurrig, weckte Gil und Kat aber nicht auf. Sie lagen im Tiefschlaf. Na, wenigstes konnten sie mal eine Nacht ausschlafen. Obwohl er sich im Offiziersgebiet befand, war es ein langer Marsch zum Konferenzraum. Wäre er wacher gewesen, hätte er portieren können, aber kein *Talent* tat dergleichen, ohne im Vollbesitz seiner Geisteskräfte zu sein.

»Ah, da sind Sie ja, Mr. Lyon«, sagte der Kapitän bei seinem Eintreffen. Aber er sah auch finstere Mienen, hörte ein irritiertes *Tlock* und das Schnaufen eines jüngeren 'dinis aus Kapitän Prtlgms Stab – als sei er absichtlich zu spät gekommen. Daß sie die ganze Nacht wach gewesen waren, bezeugte der im Konferenzraum herrschende Geruch und die Anzahl der geleerten Becher, die noch halb voll erkaltetem Kaffee waren. Stewards waren im Begriff, Ordnung zu schaffen und den Menschen und 'dinis frische Getränke zu servieren. »Ich freue mich, Ihnen sagen zu können, daß Ihre Bemühungen reife Früchte getragen haben. Sie kommen gerade recht!«

Auf dem großen taktischen Bildschirm bemerkte Rojer schläfrig ein Käferschiff. Nur stimmte irgend etwas an ihm nicht: Es war über und über mit kolorierten Markierungen versehen, die die ursprünglichen Beobachtungen nicht gezeigt hatten.

»Ich weiß nicht genau, wonach ich Ausschau halten soll, Kapitän«, sage Rojer, noch zu schläfrig, um vorgeben zu können zu wissen, was man von ihm wollte.

»Sie sehen hier ein unbewaffnetes Käferschiff, mein Junge, sonst nichts«, sagte Fregattenkapitän Metrios und lächelte in müdem Triumph. »Es ist ein neues Schiff und hat noch keinen Kratzer am Rumpf. Es ist weder auf der Suche, noch bewaffnet, um eine Invasion durchzuführen. Der Planet ist eine Kolonialwelt, und das Schiff rechnet nicht mit uns. Es weiß nicht mal, daß wir schon auf der Schwelle stehen.«

»Ja, Sir«, gab Rojer bereitwillig zu. Er hoffte, daß man nicht mehr von ihm verlangte.

»Diesmal werden die Käfer uns nicht entkommen«, sagte Kapitän Prtglm. Sein Körper spiegelte Befriedigung und Triumph.

»Wenn das Schiff unbewaffnet ist, kann es sich doch nicht verteidigen«, sagte Rojer verdutzt.

Sein Kommentar führte dazu, daß die Gespräche überall im Raum abbrachen und er der unglückliche Brennpunkt sämtlicher Blicke – speziell der 'dini-Blicke – wurde.

»Was ist denn ruhmreich daran, ein unbewaffnetes Schiff anzugreifen?« sagte er und schaute Kapitän Prtglm fragend an. Die Stille blieb ungebrochen, hatte aber nun eine andere Qualität: eine Qualität, in der Rojer sich schrecklich unbehaglich fühlte. »Soll ich eine Botschaft an die Allianz senden?« fuhr er fort, weil er annahm, daß man deswegen nach ihm geschickt hatte. Das Schweigen war fast betäubend, aber er war vom Schlaf zu wirr im Kopf, um den Widerspruch erfassen zu können. »Oder soll ich noch eine Sonde hinausschicken?«

»Eine Botschaft und eine Sonde, Junge«, sagte Kapitän Osullivan und signalisierte einem Steward. »Kaffee für Mr. Lyon, bitte. Er braucht einen klaren Kopf.«

Als Rojer auf der Brückenliege Platz genommen hatte, um den Erdprimus zu kontaktieren, spürte er weniger Feindseligkeit als Zynismus und Abneigung. Zwar keinen offenen Haß, aber eindeutig Verachtung.

Dann hörte er einen Gedanken, der so laut war, daß er wie ausgesprochen klang: »Woher sollen wir eigentlich wissen, ob der Junge das sendet, was er senden soll?«

Der Kapitän reichte ihm die Nachricht. »Das hier muß wortgetreu übertragen werden, mein Junge.«

»Sir«, sagte Rojer mit so lauter Stimme, daß man ihn

307

überall in dem großen Raum hörte, »ein Primus, und ich bin ein Primus, hat die Pflicht, das zu senden, was er senden soll – und das zu vergessen, woran er sich nicht erinnern soll. Man hat mich in Towerethik ausgebildet, seit ich alt genug war, Telepathie zur Nachrichtenübermittlung einzusetzen, und das ist zehn Jahre her. Aus diesem Grund möchte ich auch auf der *Genesee* dienen, denn ich kann über große Entfernungen 'pathieren. Wenn Sie bereit sind, Mr. Metrios, ich brauche alle Energie, die mir die Maschinen jetzt geben können.«

Um sicherzugehen, daß er sich klar ausgedrückt hatte, las er die Botschaft mit leiser Stimme ab, damit der Kapitän, Fregattenkapitän Metrios und der Funkoffizier sie hören konnten. Sie sollten wissen, daß er die Meldung ohne Kommentar weitergab. Er behielt einen gleichmäßigen und verbindlichen mentalen Ton bei, hielt aber unwillkürlich die Luft an, als er die Fühlungnahme seines Großvaters spürte: Sie war trotz der beträchtlichen Entfernung deutlich.

Die Meldung hat es in sich, Roj. Hast du irgendwas angestellt?

Ich, Sir? Nein, Sir.

Jeff Raven hätte seine wichtige Position als Erdprimus und stärkster T-1 in der Neun-Sterne-Liga nicht behalten können, wenn er nicht in der Lage gewesen wäre zu spüren, was manchmal *nicht* 'pathiert wurde. Nach der amtlichen Empfangsbestätigung der Nachricht nahm seine Stimme einen weniger formellen Tonfall an.

Kriegst wohl 'n bißchen Zunder, was, Roj? Er war verständnisvoll, aber belebend.

Nichts, womit ich nicht fertig werde, Großvater. Ich schätze, ich hab mich nur noch nicht an die Methoden der Marine gewöhnt.

Ich bin sicher, daß darauf eine Antwort erfolgen wird. Verbinden wir uns zu jeder vollen Stunde. Das wird's dir ein wenig erleichtern. Was ist eure gegenwärtige Zeit?

Rojer schaute auf die Digitaluhr und gab seinem Großvater die Bordzeit durch: 5.05 Uhr. Dann fügte er verbal hinzu: »Der Empfang der Nachricht wurde um 9.33 Erdzeit bestätigt, Kapitän, und ist bei den Hohen Räten eingegangen. Der Erdprimus bittet mich, zu jeder vollen Stunde bereit zu sein, die Antwort entgegenzunehmen. Ab 06.00 Uhr Bordzeit.« Er glitt von der Liege und richtete sich auf. »Falls Sie mich jetzt nicht mehr brauchen, Sir, gehe ich zu den 'dinis zurück. Wenn sie aufwachen und ich nicht da bin, werden sie wissen wollen, wo ich zu finden bin.«

Kapitän Osullivan klopfte ihm unbeholfen auf die Schulter. »Tun Sie das, Junge. Machen Sie das mal.«

Als Rojer zum vierten Mal zur abgesprochenen Zeit auf der Brücke erschien, ›hörte‹ er zu seiner Erleichterung die lebhafte Stimme seines Großvaters.

»Die Generatoren bitte«, sagte er und nickte Metrios zu. Er streckte sich aus und ließ seine Reichweite vom Mensch-Maschine-Gesamt ausdehnen. Außerdem drückte er alle negativen Gefühle nieder, die er in den letzten vier Stunden in sich angesammelt hatte. Er war wirklich nur ein Kind, verdammt. Warum gab man ihm die Rute? Es war doch nicht so, als könne er die Käfer *warnen*. Oder daß er es wollte. Wenn er wacher gewesen wäre, hätte er die Vibrationen in dem Raum spüren können und die Klappe gehalten. Niemand hier wußte, was er dachte. Waren dies die Reaktionen, mit denen seine Eltern und Großeltern fertig werden mußten, wenn sie sich unter U*ntalentierten* aufhielten?

Die Nachricht hat allerlei Staub aufgewirbelt, mein Junge, übermittelte sein Großvater leise lachend. *Hier sind eure Befehle: Wiederhole sie geistig und verbal, wenn ich fertig bin. Es darf keine Mißverständnisse geben.* Rojer sprach ihm alles nach. *An Kapitän Etienne Osullivan, an Bord A.S. Genesee zur Beantwortung der telepathisch übermittelten Meldung, die heute um 09.30 Uhr bei Erdprimus*

Raven einging. Antwort 13.00 Uhr Erdzeit. Erdprimus Raven an Aurigaeprimus Lyon. Inhalt der Nachricht: Gegen das unbewaffnete Schiff ist nicht vorzugehen. Keine Handlung darf den Argwohn des Kolonialplaneten erwecken, daß er entdeckt wurde. Falls das Geschwader zusätzliche Aufklärer des neuen Typs in Marsch setzen kann, wären Einzelheiten über die bewohnten Planeten und Monde von unschätzbarem Wert für die Formulierung einer Strategie. Wiederhole, weitere Aufklärung darf nur erfolgen, wenn kein Risiko besteht, die Anwesenheit der Allianz in dem System zu enthüllen. Wenn die Aufklärung abgeschlossen ist oder das Risiko einer Entdeckung droht, soll Geschwader B sich hinter die Systemgrenze zurückziehen und weitere Beobachtungen durchführen. Den Feind auf keinen Fall – wiederhole: auf keinen Fall – in Kampfhandlungen verwickeln. Dies ist ein Befehl der Hohen Räte der Allianz. Vorsitzende: Gktmglnt und Admiral Tohl Mekturian. Ende der Nachricht. Erdprimus Raven sendet.

Aurigaeaner Lyon empfängt um 13.00.10.90 Uhr Erdzeit und bestätigt.

Gut gemacht, Junge.

Ich hoffe, die anderen denken auch so, Großvater.

Werden sie. Es ist dir außerdem gestattet, dich Primus zu nennen, da du die Arbeit eines solchen tust. Dies kam in einem festen mahnenden Tonfall, der dazu führte, daß Rojer vor Stolz leicht zappelte. Großvater hätte so etwas nie gesagt, wenn er es nicht ernst meinte. Dann nahm seine Stimme wieder einen amtlichen Tonfall an. *Eine Nachrichtenkapsel ist ebenfalls unterwegs. Weißt du, was so lange gedauert hat? Die Nachricht aufzuschreiben! Diese Marinetypen! Mach dich fertig, um sie aufzufangen. Bestätigung der Meldung, signiert, versiegelt und fertig zum Abschicken ... Jetzt!*

»Eine Nachrichtenkapsel ist unterwegs, Sir«, sagte Rojer zu Metrios, setzte sich hin und bedeutete ihm, die Generatoren bei voller Kraft zu halten. »Da kommt sie ...« Eine schlanke Nachrichtenröhre fiel die letzten

310

Zentimeter vor den Beinen des Kapitäns auf den Bodenteppich. Rojer verzog das Gesicht und wünschte sich, ihm wäre eine perfektere Landung gelungen. »Auf diese Weise, Sir, kann sich niemand an ihr zu schaffen machen.«

Irgend jemand stieß irgendwo auf der Brücke einen leisen Pfiff aus. Der Sicherheitsoffizier schaute sich um, aber der Übeltäter wurde nicht identifiziert.

Kapitän Osullivan drückte seinen Daumen auf das Siegel der Röhre. Der Deckel klappte auf. Das eingerollte Dokument schob sich hoch. Der Kapitän öffnete es, las und grunzte. »Gute Arbeit, Junge. Alle Kommata und Punkte sind noch an Ort und Stelle.« Er reichte dem Funkoffizier die Kopie. »Senden Sie ein codiertes Fax an die *Arapahoe* und die *KTTS*; es ist nur für die Kapitäne bestimmt.« Er schwieg kurz, schaute auf den Frontbildschirm und das ferne Leuchten des G-Sterns. Keiner der Planeten, zu denen Rojer Sonden geschickt hatte, war sichtbar. Da war nur ein enges Muster aus glitzernden Sternen aller Art. »Haben Sie schon zu Mittag gegessen, Mr. Lyon?«

Rojer schüttelte den Kopf. Er brachte es nicht über die Lippen zu sagen, daß er in die Messe gegangen war. Doch alle dort Anwesenden waren plötzlich sehr still geworden, als sie ihn gesehen hatten. Er war wieder gegangen, und die 'dinis hatten kummervoll hinter ihm ge*lockt*.

»Dann wird es höchste Zeit. Wir brauchen wieder Ihr spezielles Talent und müssen bei unseren Ermittlungen sehr behutsam vorgehen. Ingenieurswesen, Sicherheit, Astrogation, OvD – kommen Sie mit in den Konferenzraum. Doplas, informieren Sie die Kapitäne Quacho und Prtlgm, daß wir es gern sähen, wenn sie ebenfalls kommen. Sie sollen uns nur sagen, wann sie nach dem Essen zu uns rüberportiert werden wollen.«

Kapitel Zwölf

Von allen Verwandten hatte nur Urgroßmutter Isthia Verständnis für das, was später allgemein als Zaras Mätzchen bekannt wurde. Uroma Isthia hatte eine hübsch geschwungene Braue hochgezogen und gesagt: »Ihr lehrt sie doch, daß dort, wo ein Wille ist, auch ein Weg ist! Wenn sie das, was sie lernen, in die Tat umsetzen, darf man auch kein Theater machen.«

Selbst ihr Vater, der verständnisvollste Vater, den man sich nur wünschen konnte, hatte erwidert: »Angenommen, sie wäre getötet worden?«

»Sie ist eine halbe Deneberin«, lautete Isthias herrische Antwort. »Uns kriegt keiner unter!«

Zara hatte in der Tat viel Zeit und viele Gedanken in die Erreichung ihres Ziels investiert. Auch den Willen zum Weg hatte sie untersucht. Auch ihre Mutter mußte ihr dies schließlich zugestehen. Was Großmutter Raven wirklich erboste, war Zaras schamloser und oftmals unethischer Einsatz ihres *Talents*. Man mußte ihr jedoch zugute halten, daß sie niemanden mißbraucht oder mehr als nur ein paar Regeln gebeugt hatte.

In den Tagen und Nächten nach Rojers Abreise hatten Zara schreckliche Alpträume geplagt, die ihren Bruder sämtlich in tödlichen Situationen zeigten. Danach hatte sich die Beobachtung der Königin mit ihrer Planung abgewechselt. Seit dem Brüten hatte sich die Königin nicht mehr von der Stelle gerührt. Auch wenn sie hin und wieder einen Fühler einsetzte, um sich Nahrung in den Mund zu schieben – als ›Aktivität‹ konnte man dies kaum bezeichnen. Roddie hatte ihr geschickt frische Nahrung vor den Fühler gelegt, den sie benutzte, und noch mehr verlockende Angebote vor ihre Vorderbeine. Sie blieb, wo sie war, ihr Hinterteil im Berg der gemischten Späne und Eier.

Im Moment zirkulierte die Theorie, daß bei dieser Geradflüglerspezies vielleicht eine männliche Befruchtung der Eier nach dem Legen erforderlich war. Es gab eine endlose Diskussion über die Verdienste jeder artikulierten Mutmaßung; manchmal ziemlich laute und heftige Debatten, bei denen den Sprechern bei den Kollegen aus dem anderen Lager auch schon mal der Geduldsfaden riß.

Ihre Diskussion trug mehr dazu bei, Zaras Bewußtsein zu öffnen, statt sie von ihrem Projekt abzulenken, denn sie machte ihr schmerzlich bewußt, daß niemand WUSSTE, was man für die Königin tun konnte. Irgend etwas mußte aber bald GETAN werden. Zara befürchtete, daß sie sonst verloren war. Sie wußte genau, *sie* würde es wissen, wenn sie nur nahe genug an sie herankam, um ihre Bedürfnisse zu ›ertasten‹. Roddie tat zwar sein Bestes, mehr konnte man von einem Mann nicht erwarten. Denn die Käferkönigin war ein Weibchen. Frauen wie Urgroßmutter Isthia und ihre Großtanten Besseva und Rakella hatten damals die Schwarmreaktion auf die willkürliche Rückkehr des einzelnen Spähers ›gehört‹, der den Rowan-Raven-Widerstand über Deneb überlebt hatte. Und ihre Aktion hatte das riesige Schiff, das nach Deneb gekommen war, in die heiße Sonne geschleudert. Damals hatten die Mrdini natürlich noch keinen Kontakt mit den Menschen gehabt: Dies war sogar der Grund gewesen, *weswegen* sie mit ihnen Kontakt aufgenommen hatten. Aber dies entlastete weder das eine noch das andere Volk von Zaras gegenwärtigen Einschätzungen.

Die einzige Frau im Beobachtungsmodul war Kapitän Waygalla, eine Nicht-Psi-Empfängliche. Warum, bei allen Sonnen, hatte weder ihr Großvater noch ihre

Großmutter daran gedacht, eine Empathin auf den Mond zu schicken?

Sie hatten es nicht getan. *Sie* mußte ihre Not lindern.

Dies bedurfte zeitlicher Abstimmung wie Planung, denn auch wenn auf Aurigae eine Menge VT&T-Verkehr herrschte, nichts von dem, was ihrem Ziel dienlich sein konnte, ging zur Erde oder nach Kallisto. Nun mußte sie mal unethisch vorgehen ... Sie lauschte auf 'pathierte Nachrichten, um genau zu wissen, welche Lieferungen eventuell zur Erde oder nach Kallisto gingen. Sie hatte in ihrem Zimmer für den Fall, daß sie gezwungen wurde, in einer Frachtdrohne zu reisen, eine Atemmaske und eine gepolsterte Decke versteckt. Sie hatte ihre Reisekleidung bereitgelegt und einen kleinen Beutel mit Notwendigem, einschließlich Reiseproviant, da sie derlei Riegel bei Jagdpartien und Campingfahrten verwendeten. Pol und Diz, ihre 'dinis, hibernierten, was dieses Problem auch schon löste. Nicht, daß sie ihnen nichts hätte verheimlichen können, aber es wäre ihr ungerecht erschienen, sie ohne einen nennbaren Grund allein zu lassen.

Die Zeit drängte immer mehr. Die Königin wirkte geschwächt. Nichts konnte sie verlocken, mehr als ein paar Happen zu essen, und die Pausen dazwischen wurden immer länger.

Zara hörte mit, als ihre Eltern über Rojer auf der *Genesee* sprachen. Bevor es ihm gelungen war, irgendeine neue Sonde zu einer Käferkolonie zu schicken, hatte er an Bord irgendein Problem gehabt. Geschieht ihm recht, dachte sie rachsüchtig, wenn er aktiv an der Vernichtung einer Spezies teilnimmt ... Die Leute sagten, die Käfer seien räuberisch, gnadenlos und rücksichtslos. Sie freute sich sogar – womit sie sicher nicht zur Mehrheit gehörte –, als sie hörte, der Kolonialplanet wimmle geradezu von allen Käfertypen, und daß er gut ausgebaute Verteidigungsanlagen besaß und Hunderte von Satelliten und großen Schiffen ihn um-

314

kreisten. Indizien deuteten sogar an, daß die Käfer sich auf weitere Forschungsreisen vorbereiteten. Das behaupteten zumindest die Mrdinis. War eine Welt überbevölkert, lebten zu viele Königinnen; dann wurde ein Schiff mit überschüssigen Königinnen beladen und fortgeschickt, damit sie sich eine eigene Welt suchten.

Ob sich das Verfahren änderte, wenn ein unbewaffnetes Schiff von der Heimatwelt kam und der Kolonie von der Nova und der Vernichtung des Ursprungssystems berichtete? Viele nahmen an, dies werde auf jeder einzelnen Käferwelt zum Chaos führen. Vielleicht, meinten unheilbare Optimisten, führte dies während des Aufbaus einer neuen Welt sogar dazu, daß sie weniger Forschungsreisen machten. Andere waren sicher, daß die lebenden Käfer nicht mal eine Minute Pause machen würden.

Man spekulierte über das, was wohl geschah, wenn die Käferwelten von der Gefangennahme einer Königin durch die Erdlinge erfuhren. Da wahrscheinlich nicht mal das prospektive Opfer des Geschwaders B von der Vernichtung des größten Käferschiffs wußte, warum sollte man sich da Gedanken machen?

All dies machte das Leben der einsamen Königin für Zara noch wichtiger.

Dann sprach Bergwerksvertreter Mexalgo den Aurigae-Tower wegen eines Transports zur Erde an, denn dort stand eine wichtige Tagung der Vereinigten Bergwerks- und Metallurgen-Union der Neun-Sterne-Liga an. Dies war Zaras Chance, denn Mexalgo war fast zwei Meter groß und wog an die hundertzehn Kilo. Er würde nicht in ein normales Frachtmodul passen. Also wurde ihm ein Doppelmodul zugewiesen. Außerdem wollte er noch verschiedene Metallproben mitnehmen. Zara hätte vor Freude beinahe gejubelt. Sie war so zierlich gebaut, daß sie kein Ungleichgewicht verursachte, besonders dann nicht, wenn sie sich selbst ›hob‹. Und sie war so klein, daß sie unter die zweite Polsterliege paßte. Die dunkle Decke konnte sie vor Mexalgos Blicken verbergen.

Als das Doppelmodul morgens früh als erstes im Lager verankert wurde, nahm sie wie gewöhnlich mit der Familie das Frühstück ein. Als sie in ihr Zimmer zurückkehrte – angeblich um den Lehrer einzuschalten –, nahm sie eine gebückte Haltung ein und portierte in den Frachter. Sie hatte das Innere nicht exakt berechnet. Sie stieß mit den Schienbeinen gegen die Innenliege und zerkratzte sich den Rücken. Sie hätte sich längs ins Modul kauern sollen, nicht quer. Sie rieb sich heftig die Beine und baute einen kleinen Block auf, um den Schmerz zu lindern, dann positionierte sie sich, den Beutel und die Decke so, daß sie sich im Schatten verlor, wenn das Modul aufging, um Minenvertreter Mexalgo an Bord zu nehmen.

Sie hatte den Lehrer am Abend zuvor auf Automatik geschaltet, damit er zu den passenden Zeiten loslegte und sich abschaltete. Sie hatte auch eine Notiz hinterlassen, in der stand, sie sei hinausgegangen, um Grünzeug zu suchen. Niemand erwartete sie vor dem Mittagessen zurück.

Sie bekam einen leichten Schreck, als etwas Schweres auf ihrem Rücken landete und Mexalgo es sich bequem machte.

»Sie sollten die Proben lieber auf der anderen Liege sichern, Mexalgo«, sagte der Stationsmeister. Zara hielt die Luft an und schirmte sich fest gegen die Möglichkeit ab, daß Keylarion vielleicht an Bord kam.

»Warum?« grunzte der Minenvertreter.

»Vorschriften, Sir. Möchte nicht, daß Sie zerquetscht werden. Das Bündel paßt bestens auf die Ersatzliege und kann auch problemlos angegurtet werden.«

Nachdem dies geschehen war, wurde die Luke geschlossen. Obwohl Zara ihre Abschirmung so fest wie möglich aufrechterhielt, spürte sie das Anheben der Kapsel.

»Dauert länger, als ich angenommen habe«, murmelte Mexalgo. »Wann portieren sie mich denn endlich? Möchte nicht zu spät zur Tagung kommen. Ist eine Plage, daß man auf verschiedenen Planeten unterschiedliche Zeiten hat. Kann man das nicht mal endlich angleichen?«

Zara hätte über seine Unwissenheit und Nervosität lachen können. Sie hatte genau erkannt, wann sie abgereist waren. Sekunden später waren sie da. Dann ging die Luke auf.

»Minenvertreter Mexalgo?« Kühle Luft flutete in das Frachtmodul herein. »Ich bin T-10 Guanil. Der Bodentransporter bringt Sie ins Blundell-Gebäude. Dort wartet ein Lufttaxi auf Sie. Lassen Sie mich das machen, Sir.«

Keiner der beiden Männer ahnte auch nur das geringste von ihrer Anwesenheit. Zara stoppte das Beben in ihrem Bauch. Sie übte nur leichten Druck aus, um die Luke daran zu hindern, sich zu schließen. Diese Kleinigkeit würde niemandem auffallen, aber wenn sie Kinetik einsetzte, um sie von außen zu öffnen, war es anders. Dies hier war ein gesichertes Gebiet.

Von draußen her drangen alle Arten von Aktivität auf sie ein, aber schließlich war die Erde eine sehr geschäftige Einrichtung, speziell seit man das Unternehmen gegen die Käfer aufgestockt hatte. Sie konnte in jedem Generator, die sich draußen bewegten, ein Mensch-Maschine-Gesamt spüren. Aber wohin wollte sie jetzt gehen?

Wahrscheinlich rechnete niemand damit, hier auf dem Frachtfeld anpathiert zu werden. Roddie holte täglich Lieferungen von der Erde ab ... Angenommen, sie könnte eine finden? Wenn nicht heute, dann morgen.

Sie ließ ihre Sinne vorsichtig aus der Kapsel sickern, gerade so, wie man es sie gelehrt hatte, um eine Umgebung einzuschätzen. Früher war es ein Spiel gewesen, das alle gespielt hatten. Die Belohnung für den umfassendsten Bericht: eine von Papas Origami-Figuren. Sie hatte zwar nicht so viele bekommen wie Laria, Thian und Rojer, aber schließlich war sie auch jünger und hatte diese Übung nicht sehr oft gemacht. Morag hatte nur zwei bekommen.

Die Größe des Frachthofes und die Schnelligkeit, mit der die Lager gefüllt und wieder geleert wurden, erstaunte sie. Dann machte sie sich allmählich Sorgen, ob das ihre ebenso so schnell wieder freiwerden konnte. Sie portierte sich trotz der verkratzten Schienbeine und des verschrammten Rückens unter das Frachtmodul. Niemand war in unmittelbarer Nähe, also schaute sie vorsichtig um den Bug der Kapsel.

Sie sondierte sorgfältig Schritt für Schritt und erkannte, daß hier unterschiedliche Abschnitte existierten: Sie befand sich in einer ›Lebendfracht‹-Zone, in der es nicht im geringsten so geschäftig zuging wie in den anderen, in denen gewaltige Gravliftplattformen Güter ein- und ausluden, die geräuschlos an Reihen großer und kleiner Drohnen entlangfuhren. Der größte Teil der Fracht des ersten Gravlifts war in Kisten verpackt oder eingehüllt. Nichts Lebendiges. Nicht mal gekennzeichnete frische Lebensmittel.

Zu ihrem Schreck näherten sich ihr plötzlich Stimmen.

»In Ordnung, Orry«, sagte eine Männerstimme. »Den Zweier da. Wir stellen die Kisten rein. Das *Talent* hebt immer alles vorsichtig, damit nichts rausfällt oder zerbricht. Geht mit dem Zeug um wie mit 'nem Säugling. Weiß auch nicht, warum er sich die Mühe macht, sie frißt's doch sowieso nicht.«

»Wer ißt's denn dann? Die in dem Modul?«

»Wohl kaum«, sagte die erste Stimme mit einem Schnauben. »Is doch bestimmt vergiftet oder so, wenn's bei dem Viech unten war. *Ich* würd's jedenfalls nich anfassen. Und das ganze leckere Zeug für ein Insekt.«

318

»Ist 'n großes Insekt. Gut, bind das mal fest. 'n Geschirr dürfte reichen.«

Zara tastete um sich, wie man es sie gelehrt hatte, um Masse und Volumen in der Kapsel zu taxieren. Viel Platz war nicht mehr frei. Doch, da war noch was. Wenn sie sich zu einem kleinen Ball zusammenrollte, paßte sie vielleicht noch ans Ende der Liege, wo man das Frischobst festgebunden hatte.

Diesmal stieß sie sich den Kopf an und hätte sich fast verraten, denn sie stieß unweigerlich einen Schmerzenslaut aus.

»Haste das gehört, Orry?«

»Gehört? Was?«

»Ach, nichts. Komm, wir verziehen uns. Frachter FT-387-B hebebereit. – Na ja, wie schon gesagt ...«

Zara hörte, daß die Stimmen sich entfernten.

Außerdem spürte sie das ›Heben‹: ein bißchen ruckartig, da das *Talent* aufgrund ihres Gewichts mehr Mensch-Maschine-Gesamt aufwenden mußte.

Was haben sie denn heute geschickt? Wenn sie sich nicht irrte, gehörte diese Stimme Vetter Roddie. Doch sie hatte ihre Hausaufgaben gemacht und wußte genau, wo sie gelandet war: auf Plattform A, der ursprünglichen Einrichtung des nun weit ausgedehnten Moduls. Ein zweiter Frachter mußte im anderen T-Lager liegen. Sie portierte sich aus dem ersten und versteckte sich hinter dem zweiten. Sie hatte sich beim Betreten und Verlassen der Kapseln genug Beulen und Schrammen geholt und wollte keine weiteren mehr riskieren.

Sie hatte sich gerade versteckt, als die Tür aufglitt und sie Vetter Roddie ›ertastete‹. Sein Geist drehte sich ausnahmslos um seine Verantwortung und Besorgnis für seinen Schützling. Er hatte einige besonders saftige Tropenfrüchte bestellt, denn die Königin hatte doch immerhin echtes Interesse an Obst gezeigt. Sie hatte es gegessen und Samen und Kerne beiseite gelegt. Nicht mal das tat sie jetzt noch. Er mußte ihren Appetit irgendwie stimulieren. Die Xenbios und Xenzoos erhitzten sich angesichts ihres Mangels an Interesse für die Larven. Diese Dinger konnten, wenn man sich nicht um sie kümmerte wie um Junge anderer Spezies, sterben. Wenn die Königin nicht bald dazu überging, sich ihrer anzunehmen, nahm man sie ihr bestimmt für weitere Forschungszwecke weg. Zwei Larven hatten erfolgreich den Übergang zum nächsten Schritt ihres Lebenszyklus gemacht ... Roddie wußte nur dies, Fakten kannte er nicht.

Zara gratulierte sich, weil sie rechtzeitig gekommen war. Sie war nicht zu *spät* gekommen. Sie würde der armen Königin helfen. Sie würde sie retten. Das raschelnde Geräusch ging weiter.

»Richtig, zuerst das Obst.« Zara folgte Roddies Geist, als dieser die süß duftenden Melonen zur Bewohnerin der Heinlein-Basis brachte. »Treffer!« sagte er.

Seine respektlose Haltung wichtigen Dingen gegenüber hatte seine Vettern und Basen stets gegen ihn aufgebracht, und obwohl Zara sein mentales Grübeln vernommen hatte, war sie sauer. Sie beobachtete seine zweite Portation ...

... und spürte seine Verwirrung. »He, was ist *das* denn?«

»Was denn, Leutnant?«

»Ich weiß es nicht genau, Feldwebel, aber ich glaube, ich kriege es raus.«

Zara holte entsetzt Luft, folgte der Richtung seiner letzten Portation und rutschte auf den geronnenen Säften vieler reifer Früchte aus. Sie fiel nach hinten und stieß sich den Kopf an einer Larvenfruchtblase.

Sie war eine ganze Weile wie gelähmt. Dann spürte sie eine schreckliche Kälte, als sei jede Faser ihres Körpers erstarrt. Zara hielt inne, denn sie wußte, daß die Temperatur im Innern der Kuppel bei 32 Grad Celsius gehalten wurde. Dann schaute sie auf den reglosen

Leib der Königin hinab. Er war viel größer, als sie angenommen hatte: größer als sie; aber sie war ja auch nicht groß. Für eine Lyon war sie sogar klein. Für eine Gwyn allerdings nicht. Ihr fiel flüchtig ein, daß Rojer gesagt hatte, sie ähnle ihrer Großmutter.

Nun, es stimmte. Und sie war hier, um etwas zu tun. Einen Teil der Antwort hatte sie schon: 32 Grad Celsius waren zu kalt für die eierlegende Königin und die sie umgebenden Eier. Zara empfand schrecklichen Hunger, schreckliche Schwäche; die Furcht, eine Aufgabe unerledigt lassen zu müssen. Einsamkeit! Hunger! Kälte! Um sie herum überall Fremdartigkeit. Kälte! Hunger!

Zara Raven-Lyon? Was machst du da unten? Sie schaute zum Beobachtungsmodul hinauf und stellte fest, daß ranziger Fruchtsaft an ihr herunterlief.

Sie friert! Sie friert sich zu Tode, verdammt! Sie ist völlig steif, deswegen kann sie nichts fressen. Stellt die Temperatur höher. Werft mehr Späne runter, um sie und die Eier zu bedecken, sonst werdet ihr sie alle verlieren.

Woher, bei den siebzig Sonnen der Allianz, weißt du das, Zara Lyon?!

Käfer haben ein weibliches Bewußtsein. Rowan und alle anderen, die das Vielfach-Bewußtsein der Käfer gehört haben, waren Frauen. Ich bin eine Frau! Sie friert! Stellt die Heizung höher!

Ich habe es schon getan. Und ich hole dich hier rauf, damit du einer anderen Hitze ansichtig wirst, junge Dame!

Zara spürte, daß er sie abtastete, um sie ins Modul zu portieren. Sie widersetzte sich lächelnd.

Hast du vergessen, Vetter Rhodri, daß ich T-1 bin? Du kannst mich nicht holen, es sei denn, ich will es.

Ich schlage vor, sagte eine andere Stimme mit großer Autorität und ohne Humor, *daß du dich ganz schnell selbst ins Modul hievst, Zara Gwyn-Lyon!*

Großmutter Rowan, zwing mich nicht dazu. Nicht, bevor sie es warm und genug zu essen hat, weil sie Hilfe braucht und ich sie ihr geben werde, wenn es kein anderer tut!

321

Also, hör mal, du kleiner Frechdachs!

Ein männliches Kichern ersparte es Zara, mit ihrer Großmutter die Kräfte messen zu müssen. *Sie hat eine lange Reise gemacht, um es zu tun, Rowan.* Es war ihr Großvater. *Da sie mutig genug ist, dort zu sein und ihre Diagnose vielleicht stimmt, wollen wir ihr die Chance geben, es zu beweisen. Die Experten befürchten, daß wir die Königin sonst verlieren.*

In den nächsten beiden Stunden zog Zara alles aus, was sie konnte, um in der mittsommerlich-tropischen Mittagshitze auch etwas Trost für sich selbst zu erringen. Aber die Königin regte sich allmählich und fing an zu essen, und Zara schob immer mehr Nahrung in ihre Nähe, damit sie es mit den Fühlern ergreifen konnte.

Als die Späneballen kamen, stapelte Zara sie rund um die Eier und Larven auf. Ihr Vetter schickte ihr etwas zu Trinken, um ihre trockene Kehle zu lindern, und ein Schweißband herunter und ersetzte die Handtücher, sobald sie durchnäßt waren.

Dann löste sich die Königin langsam von dem Eierstapel und kroch auf den oberen Gliedmaßen vorwärts. Zara, die respektvolle Distanz zu ihren langen Armen und kräftig aussehenden Fühler einhielt, schichtete die Späne um. Die Königin aß weiter. Als sie aufhörte, ging Zara so weit von ihr weg wie möglich. Die Larven lagen zwischen ihnen. Die Königin beschäftigte sich mit dem Hinzufügen weiterer Späne, als wolle sie Zaras Bemühen kritisieren. Dann verharrte sie wieder reglos.

Zara konnte nichts spüren.

Du hast getan, was du tun wolltest, Zara, jetzt melde dich im Modul, sagte ihre Großmutter, die diesmal nicht wütend klang, auch wenn Zara gar nicht vorhatte, ihrem Befehl nicht zu gehorchen. *Ich schlage vor, du nimmst eine Dusche, bevor du zu uns nach Kallisto kommst.* In diesem Zusatz war ein Lichtstrahl der Erheiterung.

Jetzt krieg ich was zu hören, dachte Zara. Aber ich habe getan, was ich tun wollte. Und jetzt bleibt die Königin am Leben!

Zu ihrer Überraschung wurde sie im Innern des Moduls nicht attackiert, und man stellte ihr auch keine Wache zur Seite. Das erste, was Kapitän Waygella tat: Sie hielt sich die Nase zu und schlug vor, daß eine Reinigung nun oberste Priorität habe.

»Wir haben zwar eine gute Wiederaufbereitungsanlage im Modul, Kleine, aber du wirst alle Deodorants für diesen Monat aufbrauchen.« Also geleitete man Zara im Laufschritt zum Bad. Jemand warf ihr ein Badetuch zu; ein anderer ein knielanges Hemd und irgendwelche weichbesohlten Schuhe. Erst als sie nach einer langen Dusche ihre Kleider aufhob, wurde ihr klar, welchen Geruch sie verströmt hatte. Sie hielt sie auf Armeslänge mit spitzen Fingern von sich und warf sie in den Abfall. Dann schrubbte sie sich noch einmal die Hände.

Sie öffnete gerade die Tür und bemerkte einen weiblichen Soldaten draußen, als sie willkürlich zur Fähre portiert und neben dem Frachter abgesetzt wurde, hinter dem sie sich versteckt hatte.

Steig jetzt ein, Kind, sagte ihr Großvater. *Wir ersparen dir soviel Rummel, wie wir können.*

Zara ›ertastete‹, daß Jeff Raven eigentlich gar nicht wütend auf sie war. Er war eher überrascht, aber auch der einzige, bei dem sie sich dieser Sache sicher sein konnte.

Und ihre Vermutung stimmte, denn als sie auf Kallisto ankam, traf sie im Hof Gollee Gren, den ersten Assistenten ihres Großvaters, den Mann, der entschied, wo die *Talente* eingesetzt wurden, wenn sie alt genug waren, um offizielle Aufträge auszuführen.

»Du hast uns alle überrascht, Zara!«

»Aber verstehst du denn nicht, daß ich es einfach tun mußte, Onkel Goll? Niemand hatte eine *Ahnung.*«

»Kleine Zara«, sagte er und legte einen Arm um ihre Schultern, um sie auf den Weg zu bringen, der zum Haus ihrer Großeltern führte, »alles, was dich davor bewahrt, für alle Ewigkeit in einer Hinterweltlerstation auf Capella zu landen, ist, daß du eine Ahnung hattest. Du hast die Königin wirklich gerettet.«

Zara fühlte sich allmählich etwas besser, und ihre Schritte wurden ausgreifender, um den Anschluß nicht zu verlieren. Sein Arm auf ihrer Schulter war ein Trost für sie. Sie wußte auch, sie würde Trost brauchen, wenn sich auch ihre Mutter im Haus der Großeltern aufhielt.

Sie wagte nicht mal ›abzutasten‹, ob ihre Eltern da waren.

Ich bin hier. Sie spürte, daß die kühle Gelassenheit ihrer Urgroßmutter über ihr zusammenschlug. *Deine Eltern sind viel zu sehr damit beschäftigt, Dicke Brummer durch die Allianz zu verschieben.*

Dann waren sie auf der Treppe. Die Tür war offen. Urgroßmutter Isthia und – Zara riß die Augen auf – Elizara, die Frau, nach der man sie benannt hatte. Sie war auch da. Zara empfand Betrübnis. Bei ihren Eltern, sogar bei den Großeltern, hätte sie gewußt, woran sie war, aber Isthia und Elizara …! Onkel Gollees Arm lag noch immer fest auf ihrer Schulter. Sie spürte, daß die Fühlungnahme ihrer Urgroßmutter und der Medizinerin unaufhaltsam – und freundlich – auf sie zukam.

Rojer erwachte, als er die Sirene hörte. Alarmstufe eins. Er sprang in seine Kleider und fragte sich eine kurze panische Sekunde lang, ob es erforderlich war, in seine Rettungskapsel zu steigen. Aber es war Alarmstufe eins, kein Befehl, das Schiff aufzugeben. Im Fall von Alarmstufe zwei oder eins mußte er sich auf der Brücke melden. Er schob die Füße durch die Hosenbeine des Kampfanzugs und fand im gleichen Mo-

ment, indem er die Hände in die Ärmel schob, die Bordschuhe mit den Zehen.

BLEIBT HIER, KOMME ZURÜCK, gab er den schläfrigen 'dinis bekannt, als er den Brustverschluß zumachte. Dann portierte er an seine Brückenstation, wobei er beinahe mit Fregattenkapitän Metrios kollidiert wäre, der zur seinen unterwegs war.

Rojer öffnete seinen Geist und fand den des Kapitäns. Der Alarm war nicht ausgelöst worden, weil *sie* angegriffen wurden, sondern das sich dem Planeten nähernde Käferschiff.

Am Tag zuvor hatte Rojer mehrere Sonden in synchrone Kreisbahnen um den bewohnten Planeten geschickt, hoch genug, um den zahlreichen Käfereinheiten zu entgehen. Auch um die Monde, deren vorheriges Sondieren gezeigt hatte, daß sie über irgendwelche Geschützstände verfügten.

Die planetarischen Sonden hatten ungewöhnliche Aktivität gezeigt; die lunaren hatten angedeutet, daß Langstreckentorpedos auf das sich nähernde Schiff gerichtet wurden.

»Die kennen wohl die neueste Parole nicht, was?« sagte Metrios zum Geschützoffizier, einem Korvettenkapitän namens Yngocelen.

»Ja, oder sie wissen, daß das Schiff von Königinnen nur so wimmelt, und sie können keine mehr gebrauchen«, erwiderte Yngocelen. »Könnte man jedenfalls annehmen, wenn man von dem ausgeht, was wir über ihre Kolonisationsgrundlagen und das wissen, was auf dem Planeten vor sich geht.«

»Ja, aber es ist doch ihre eigene Spezies, oder nicht?« fragte die Astrogatorin verwundert.

»Tja, wie schon gesagt: Vielleicht kennen sie die neue Parole nicht. Schaut euch das Sperrfeuer mal an! Bin verdammt froh, daß wir es nicht aushalten müssen.«

»Die treffen ja überhaupt nichts. Schaut euch die Explosionen an!«

»Vielleicht nur ein Schuß vor den Bug?« meinte der OvD.

»Ihre Treffsicherheit ist nicht toll, Ynggie«, sagte Metrios geringschätzig. »Aber das Schiff ist nicht mal in Reichweite. Warum warten die denn nicht?«

»Anruf für Sie, Kapitän«, sagte Doplas. »Von Kapitän Prtlgm.«

»Auf den Bildschirm.«

»Das ihre Art zu kämpfen, Kapitän Osullivan«, sagte Prtlgm. »Sperrfeuer wird fortgesetzt, bis Schiff entweder vernichtet oder sich zurückzieht. Dann wird es verfolgt, bis es *tot* ist.«

»Aber es ist doch ihr eigenes Schiff, Kapitän!«

»Königinnen teilen nicht«, erwiderte Prtlgm.

»Vielleicht konnte sich das im Anflug befindliche Schiff nicht als Käferschiff identifizieren. Oder nicht sagen, daß es von der vernichteten Heimatwelt kommt.«

»Es spielt keine Rolle, Osullivan. Zu viele Königinnen. Überzählige sterben!«

»Wenigstens erfahren wir so, wo ihre Abschußbasen sind«, sagte Yngocelen, dessen Hände flink über eine Tastatur huschten. »Ich registriere sie.«

»Besteht die Möglichkeit, daß sie ihr Pulver verballern, damit wir locker draufhauen können?« fragte Metrios.

»Keine gültige Theorie, Fregattenkapitän«, sagte Prtlgm.

»Hoppla!« sagte Doplas. Einer der Sondenbildschirme wurde plötzlich leer.

Der Verlust einer Sonde beeinträchtigte die Verfolgung des Abwehrfeuers nicht.

»Es ist anders«, sagte Prtlgm plötzlich, als die Raketen, die nun allmählich auf die Oberfläche des sich nähernden Schiffes krachten, immer mehr danebentrafen.

»Sie können nicht vorbeischießen!« rief Ynggie. »Sie

sind in Reichweite! Wie können sie da fehlen? Die Raketen prallen einfach vom Rumpf ab!«

Rasselndes 'dini-Gelächter führte dazu, daß sämtliche Gespräche auf der Brücke der *Genesee* eingestellt wurden. »Sie brauchen Schiff unbeschädigt. Wollen Königinnen zwingen, es zu verlassen. Ist neue Taktik. Sehr neu. Sehr interessant.«

Nach einer Weile kam es Rojer nicht mehr so vor. Er mußte sich alle naselang die Augen reiben, während die Schlacht Millionen von Kilometern unter ihnen von den Sonden zu den interessierten Zuschauern übertragen wurde. Aufgrund der Übertragungsdauer erkannte man nicht genau, wann es vorbei war ... nur, daß weniger winzige Fünkchen über dem dritten Planeten waren.

»Zuschauen, Verbündete«, sagte Prtlgm mit einer solch tiefen Stimme, daß alle gehorchten. »Beobachten die Rettungskapseln, die Schiff jetzt verlassen.« Eine Sonde war zum Glück in der perfekten Position für eine derartige Beobachtung.

»Sie sind verdammt leichte Beute, wenn die Mistkäfer die Reichweite haben«, sagte Ynggie.

Er stöhnte auf, als alle sechzehn Rettungskapseln, die die Sicherheit des Käferschiffes verließen, Sekunden später in Stücke gesprengt wurden.

»Und wie übernehmen sie jetzt das Schiff?« fragte der OvD. »Kein Königinnenbewußtsein, das den gewöhnlichen Soldaten sagt, was sie tun sollen ... und sie haben das Feuer auch noch nicht eingestellt, oder?«

»Was passieren wird, unbekannt. Beobachten. Dies nicht das übliche Verfahren.«

Was geschah, dauerte viel länger, als die Königinnen zu zwingen, das Schiff zu verlassen. Rojer war sogar auf seiner Liege beim Beobachten der Bildschirme eingenickt. Der Funkoffizier weckte ihn, indem er ihn sanft an der Schulter rüttelte.

»Wir brauchen Sie, junger Mann«, sagte er freund-

328

lich, obwohl sein Gesicht vor Erschöpfung hager war.
»Es ist vorbei. Wir müssen Meldung machen.«

»Wie … ist es ausgegangen, Sir?« Rojer rieb sich die
Augen. Jemand stellte eine dampfende Kaffeetasse vor
ihm ab, und er nahm sie dankbar an.

»Es sah so aus, als hätte Schiff keine Munition mehr
gehabt«, sagte Metrios und nahm einen Schluck aus
seiner eigenen Tasse. »Dann hat eine große Fähre mittschiffs ein Loch in den Rumpf gesprengt – wahrscheinlich eine Lade- oder Dockzone. Prtlgm sagt, daß die
Königinnen die Herrschaft über die Mannschaft antre-
ten, wenn sie an Bord gegangen sind. Aber das ist nur
eine Vermutung, weil Prtlgm auch fortwährend gesagt
hat …«

»… und immer, immer wieder …«, murmelte Doplas
und rollte mit den Augen.

»… daß die 'dinis so etwas auch noch nie gesehen
haben. Nun kann Alarmstufe eins für alle außer Sie,
Rojer, abgeblasen werden. Ich werde Sie auch nicht
mehr lange aufhalten«, sagte Kapitän Osullivan. Und
überraschte Rojer über alle Maßen, als er ihm freundlich an die Schulter boxte und ihm den Notizblock
reichte.

Großvater war ebenfalls müde, aber er war sofort
wach, als er Rojers Stimme erkannte und erstickte alle
Entschuldigungen im Keim.

Rojer gab die Meldung verbal weiter, was die Sendung natürlich verlängerte.

Tja, das sind beeindruckende Neuigkeiten. Sein Großvater lachte leise. *Das Geschwader wäre herzlich willkommen
geheißen worden, wenn es, wie manche es gern gesehen hätten, einfach zugeschlagen hätte. Wiederhol das nicht, Rojer.*

Natürlich nicht, Sir. Rojer gelang es sogar, eine un-
durchsichtige Miene aufzusetzen. *Wir hatten Alarmstufe
eins. Stundenlang. Ich weiß nicht genau, wie lange der
Kampf gedauert hat.*

Es ist ohnehin irrelevant, Rojer. Relevant ist, daß es dazu kam, mit dieser Wildheit und dieser Dauer, mit einem solchen Ergebnis! Wir müssen jetzt sehr vorsichtig sein. Selbst der kriegerischste Mrdini muß das jetzt einsehen. Die Schlacht hat wahrscheinlich viele Menschen und Mrdini vor dem Tod bewahrt.

Aber jetzt kann diese Welt vier Käferschiffe zum Kolonisieren verwenden, Großvater, erwiderte Rojer, da er nun erkannte, daß der offizielle Teil ihres Gesprächs zu Ende war. Das ist nicht gut.

Vielleicht, Rojer. Aber sie haben das System noch nicht verlassen. Vielleicht werden sie es auch nicht. Ich quassle noch mit dir, mein Junge, weil ich Kapitän Osullivans Meldung verschickt habe und möglicherweise gleich eine Antwort kommt. Kannst du wach bleiben? Ich spüre, daß du ebenso gähnst wie ich.

Rojer grinste. Er sah, daß Kapitän Osullivan fragend die Brauen hochzog. »Der Erdprimus möchte mit mir in Verbindung bleiben, Kapitän, für den Fall, daß Ihre Meldung sofort beantwortet wird.«

»Oh!« Kapitän Osullivan ging den schmalen Gang zwischen den Stationen auf und ab. Viele andere Offiziere hatten die Brücke verlassen, und der Steuermann vom Dienst war ersetzt worden. Ein weiblicher Leutnant hatte Doplas' Sitz übernommen und musterte blinzelnd den vor ihr befindlichen Schirm.

Ich fürchte, du mußt bleiben, wo du bist, Rojer, sagte sein Großvater. Das gilt auch für die Geschwader. Wiederhole verbal »Nachricht für Kapitän Osullivan an Bord der A.S. Genesee, Meldung erhalten. Daten werden momentan analysiert. Geschwader bleibt in gegenwärtiger Position, es sei denn, feindlicher Verkehr erfordert Rückzug. Alle Aktivitäten auf Bezugsplaneten sind laufend zu melden – in zwölfstündigen Intervallen, es sei denn, zunehmende Aktivität deutet bevorstehendes Auslaufen feindlicher Schiffe an. Aufklärung per Sonde muß fortgesetzt und Reichweite, falls möglich, ausgeweitet werden. Zusätzliches Personal wird in Bälde an Bord portiert. Hochkanzler Gktmglnt und Admiral

Tohl Mekturian. Ende der Nachricht.« Rojer, ich glaube,
dein Bruder wird bald bei dir sein. Vielleicht löst er dich
sogar ab.

*Ooooch, Großvater, gerade jetzt, wo es spannend wird! Die
Leute hier halten mich nicht mal mehr für ein Kind!*

Beruflich und persönlich freue ich mich, das zu hören,
aber ich glaube, daß du möglicherweise den einzigen ›span-
nenden‹ Teil dessen beobachtet hast, was in nächster Zeit
passieren wird. Wie es auch sein mag, du bleibst noch eine
Weile da ...

Hurra!

Thian ist mindestens noch sechs Wochen von der Stelle
entfernt, an der wir ihn von der KLTL wegportieren können.
Bis dahin sitzt du an Bord fest.

*Ich hab nichts dagegen, Sir. Fregattenkapitän Metrios un-
terrichtet mich ein bißchen in marinetechnischem Kram, also
verpasse ich nicht mal den Unterricht.*

Ha! kam der überraschende Kommentar seines
Großvaters. *Du bist nicht der einzige meiner Enkel, der
Initiativen ergreift. Du kannst dir wahrscheinlich nicht mal
vorstellen, was deine Schwester Zara getan hat ...*

War sie also doch bei der Königin?

Die nun folgende Pause war so eigenartig, daß Rojer
sich fragte, ob er die Verbindung verloren hatte, doch
dann hörte er ein leises Lachen. *Du hast doch jetzt nicht
auch noch etwa hellseherische Fähigkeiten, Rojer?*

*Nein, Sir, ich weiß nur, daß sie der Königin unbedingt
helfen wollte.*

*Ja, sie hat ihr sehr geholfen, Rojer. Du darfst stolz auf
deine Schwester sein. Sie ist auf der Erde, geht nach Kallisto
und studiert bei Elizara. Bis dahin ist ein weiblicher T-4 auf
dem Modul und beobachtet die Königin. Zara hat entdeckt,
daß das arme Wesen sich zu Tode fror. Die Temperaturen von
Eierlegerkammern sind viel höher als sonst bei den Käfern.*

Soll das heißen, Zara hat all das von Aurigae aus getan?
Rojer war von den Fähigkeiten seiner Schwester überwältigt.

331

Sein Großvater gab ihm eine Zusammenfassung des Abenteuers seiner Schwester, die Rojer gründlich verwunderte, weil er nicht geglaubt hatte, daß sie in der Lage war, so etwas zu tun.

Manchmal, Rojer, lernt man seine Fähigkeiten erst kennen, wenn man unerwartete Ziele erreichen muß! Zara ist nun – zur großen Erleichterung aller, sollte ich vielleicht hinzufügen – passenderweise bei Elizara. Nun, ich spüre, daß du gähnst, also geh zu Bett. Jetzt kommt zwar ein Wartespiel auf uns zu, aber im Moment können wir alle etwas Ruhe brauchen.

Anne McCaffrey

Der Drachenreiter (von Pern) -Zyklus

Eine Auswahl:

Moreta – Die Drachenherrin von Pern
Band 7
06/4196

Nerilkas Abenteuer
Band 8
06/4548

Drachendämmerung
Band 9
06/4666

Die Renegaten von Pern
Band 10
06/5007

Die Weyr von Pern
Band 11
06/5135

Die Delphine von Pern
Band 12
06/5540

06/5540

Heyne-Taschenbücher

MAGIC
Die Zusammenkunft

Die Buchreihe zum erfolgreichsten Fantasy-Kartenspiel der Welt!

William M. Forstchen
Die Arena
Band 1
06/6601

Clayton Emery
Flüsterwald
Band 2
06/6602

Clayton Emery
Zerschlagene Ketten
Band 3
06/6603

Clayton Emery
Die letzte Opferung
Band 4
06/6604

Teri McLaren
Das verwunschene Land
Band 5
06/6605

Kathy Ice (Hrsg.)
Der Gobelin
Band 6
06/6606

Mark Summer
Der magische Verschwender
Band 7
06/6607

Hanovi Braddock
Die Asche der Sonne
Band 8
06/6608

06/6605

Heyne-Taschenbücher

Das Schwarze Auge

Die Romane zum gleichnamigen Fantasy-Rollenspiel – Aventurien noch unmittelbarer und plastischer erleben.

06/6022

Eine Auswahl:

Ina Kramer
Im Farindelwald
06/6016

Ina Kramer
Die Suche
06/6017

Ulrich Kiesow
Die Gabe der Amazonen
06/6018

Hans Joachim Alpers
Flucht aus Ghurenia
06/6019

Karl-Heinz Witzko
Spuren im Schnee
06/6020

Lena Falkenhagen
Schlange und Schwert
06/6021

Christian Jentzsch
Der Spieler
06/6022

Hans Joachim Alpers
Das letzte Duell
06/6023

Bernhard Hennen
Das Gesicht am Fenster
06/6024

Ina Kramer (Hrsg.)
Steppenwind
06/6025

H e y n e - T a s c h e n b ü c h e r

HEYNE BÜCHER

Das Rad der Zeit

Robert Jordans großartiger Fantasy-Zyklus!

Eine Auswahl:

Die Heimkehr
8. Roman
06/5033

Der Sturm bricht los
9. Roman
06/5034

Zwielicht
10. Roman
06/5035

Scheinangriff
11. Roman
06/5036

Der Drache schlägt zurück
12. Roman
06/5037

Die Fühler des Chaos
13. Roman
06/5521

Stadt des Verderbens
14. Roman
06/5522

Die Amyrlin
15. Roman
06/5523

06/5521

Heyne-Taschenbücher